KB021700

프란시스 윌슨 윈스롭 지음 | 홍 석연 옮김

성 녀

막달라 마리아

성녀 막달라 마리아 * 차례

막달라 마을

막달라 마을 주변의 낮은 언덕에는 언제나 그렇듯 편도나무꽃이 만발했다.

바다에서 잔잔한 물기어린 바람이 불어올 때마다 이 순백의 꽃잎들은 흔들리지 않는 연기처럼 서 있는 올리브 숲의 어두운 청록색을 배경으로 눈송이처럼 흩날렸다.

마리아는 봄이 오면 일찍부터 피어나기 시작하는 흰 꽃송이들이 구름처럼 뒤덮이는 정경을 무엇보다 사랑했다.

매년 이맘 때는 그녀의 생일이 들어있었다. 그러나 지금 편도나무의 만발한 꽃들은 마리아에게 아무런 의미가 없었다. 고통과 두려움으로 뒤섞인 불행한 한 해가 온 것이다.

바로 일 년 전, 그녀의 생일날 어머니는 이렇게 말했다.

"마리아! 이젠 너도 숙녀야! 성숙한 여자로서 갖추어야 할 것을 놓쳐 버린 것 같은 느낌이 드는구나……."

"어머니가 말씀하시는 뜻을 알겠어요. 하지만, 어머니께서도 잘 알고 계시듯이 전 결혼을 할 수가 없어요. 아이를 가질 수 없단 말예요. 전 완전한 여인이 될 자격이 없어요."

"아니다, 얘야. 올해는 꼭 회복될 거다. 하늘에 계신 구원의 주님께서 우리의 기도를 들어주실 거다."

그것은 일 년 전의 일이었다. 그러나 올해는 그녀의 생일에 대해 아무런 말씀이 없는 어머니였다. 다만 그녀의 머리를 두 손으로 감싸며 조용히 한숨 섞인 소리로 말할 뿐이었다.

"주님께선 너처럼 아름다운 처녀를 쓸모없는 여자로 만들어 놓으시진 않을 거다. 마리아! 낙심해서는 안 된다. 분명 어떤 일이 꼭 일어날 거야."

"엄마! 아무 일도 일어나지 않을 거예요. 그건 분명해요."

어머니 한나는 딸의 얼굴을 근심어린 표정으로 들여다보았다. 그녀의 얼굴은 넓은 이마에서부터 아래 쪽으로 단단해 보이는 턱까지 좁아지며 내려간 모습이었다.

어둡지만 빛을 발산하는 눈동자와 부드럽고 풍부한 감정을 가지고 있는 입은 고통과 불안의 짙은 그림자가 역력히 드러나보였다.

한나는 손을 뻗어 이 세상에서 버림 받은 듯한 딸아이의 풍성하고 검은 머리카락을, 거의 엉덩이까지 흘러내린 긴 머릿결을 말없이 쓰다듬었다.

"난 하나님을 믿는단다. 내 딸 마리아야! 난, 그 분이 널 돌보아주실 거라고 확신하고 있단다."

마리아는 어두운 표정으로 고개를 저었다.

"전 그 동안 무척 오랫동안 기도를 올렸어요. 왜 그 분은 저의 기도를 들어주시지 않을까요?"

"넌 몇 주일 동안이나 발작이 없었잖니? 아마도 그것이 끝났을지도……."

그러나 마리아는 고개를 저으며 말했다.

"아녜요! 불과 삼일 전 밤에 전 아버지의 배에서 고기를 끌어올리는 일을 도와드리고 있었어요. 그때 배 뒤쪽에서 그들이 다가오는 것을 느꼈어요. 언제나 그랬듯이 무척 빠른 몸짓으로 달려들며……. 아! 엄마!"

"저런, 네 아버지가 나한테 말씀해 주시지 않았구나!"

"전 아버지께 절대로 아무 말씀도 하셔서는 안 된다는 약속을 받아냈어요. 전……. 너무도 창피했던 거예요. 아버지께서 나중에 말씀해 주셨어요. 무슨 일이 일어났는지를 말예요. 그건 무서운 재앙이었어요."

"마리아!"

"난 정말 엄마가 모르시기를 바랬어요. 하지만 엄마는 아셨어요. 그때 난 암흑이 기어서 다가오는 절망스런 모습을 보았어요. 그건 내 몸의 배와 다리부터 시작했어요. 숨도 제대로 쉴 수 없을 정도였어요. 전 그만 비명을 질렀죠. 그러자 주위가 온통 암흑으로 변해 버렸어요. 아버지는 갑작스런 저의 비명소리에 놀라 들고 있던 광주리까지 떨어뜨리셨다는 거예요. 그리고는 달려오시다가 하마터면 배 밑으로 떨어지기 직전의 저를 붙잡아 주셨다는 거예요. 차라리 그때 그냥 떨어져 죽었더라면 난 그 고통에서 벗어났을 거예요. 엄마!"

"그래, 얘야. 아버지가 나에게 삼일 전 밤에 일어났던 일들을 말씀해 주셨어야 옳았을 일인데……. 너와 아버진 늦게 집에 돌아오셨어. 난 전혀 그런 일이 있었는지 생각조차 못했지. 네 아버지는 나에게 바다 | 갈릴리 호수를 말함 | 에서 그냥 늦은 거라고만 말씀하셨다. 잡은 고기가 가득 들어 있는 광주리를 옮기셔야 했기 때문이라구……."

"아버지가 정신도 제대로 차리지 못한 저를 집까지 업고 오셨던 거예요. 그런 일을 당한 후 너무나 힘들고 무서워서 제대로 걸을 수가 없었어요."

"오, 마리아! 다시는 그놈들이 너한테 안 왔으면 좋겠다. 그 빌어먹을 악령들 같으니라구!"

"저도 그래요, 엄마. 아버지가 저를 집에 데려다 주시기 전에, 그 암흑이 사라지고 모든 사물들을 제대로 분간할 수 있게 되자, 전 아버지께 모든 사실을 말씀해 달라고 했어요. 그 일이 벌어지고 있을 때 저의 모습이 어떠했는지를 여쭈어 봤어요."

"그래, 뭐라고 말씀해 주시더냐, 마리아? 이쪽으로 와서 앉거라. 모든 것을 좀더 자세히 알고 싶구나. 너와 함께 그 고통을 나누고 싶다. 이 엄만……."

"제발 그러지 마세요. 너무도 고통스러워요. 다른 때만큼 오래 가지는 않았어요. 하지만 아버진 전 보다 훨씬 심하다고 말씀해 주셨어요. 전 계속 비명을 지르고……. 입에서는 거품을 내뿜고……. 아아! 더 이상 그런 것들을 말씀드리고 싶지 않아요. 제발요. 엄마!"

마리아는 거실의 긴 의자에 힘없이 주저앉으며 고통으로 창백해진 얼굴을 두 손으로 가렸다.

"전 — 저에겐 너무도 무서운 일로 생각되었어요. 아버지가 저를 붙들려고 했는데, 손을 떨고 계셨어요. 그런데 제가 이빨로 아버지의 손을 물려고 했다는 거예요. 또 주먹으로 아버지의 얼굴을 때렸대요. 보통 때라면 할 수 없는 무서운 힘으로 말예요."

그녀의 어머니는 부드럽게 말을 이었다.

"그건 네가 아니었어, 마리아야! 나도 전에 그런 일을 본 적이 있단다."

"제가 항상 그렇게 행동했나요, 언제나?"

"그건 네가 아니란다. 사랑하는 딸아! 사탄이 그의 부하들을 내보낼 때, 그들은 우리들의 삶을 시기하여 착한 마음을 파멸시켜 버린단다. 결코 그런 일들이 네가 한 일이라고는 생각지도 말고 믿지도 말거라. 착한 딸아."

"더 심했어요, 엄마! 전 제가 알지도 못하는 말을 사용했어요. 아버지는 발작을 하는 동안에 제가 말한 내용을 말씀해 주시지 않았지만, 상스럽고 무서운 말들이었을 거예요. 그리고 엄마! 제가 그런 말을 하다니 정말 믿을 수가 없어요. — 전 하나님을 모독했어요."

"난 너처럼 놀라지 않는다. 그건 네가 너의 방에 매트리스를 깔아 놓는 것처럼 당연하게, 그런 일에 대해서 전부터 들어왔단다. 그렇기 때문에 너를 욕하는 사람은 아무도 없어. 그것은 세상을 지배하려고 하는 사탄이나 악령들의 짓이야. 그들은 할 수만 있다면, 우리의 하나님과 대적하려고 하지만, 그들은 그럴 수가 없단다. 왜냐하면 우리의 전지전능하신 하나님이 그런 적들을 모두 멸망시킬 테니 말이다."

"제베데의 배가 거기 있었어요. 그때 그의 두 아들이 고기를 끌어올리고 있었어요. 야고보와 요한이……."

"제베데는 좋은 이웃이란다. 그의 아들들은 절대로 쓸데없는 말은 안 한단다."

"하지만 모든 사람들이 저에 대해서 잘 알고 있어요."

어머니 한나는 울고 있는 딸의 어깨를 부드럽게 쓰다듬었다.

"너무 걱정하지 말아라, 애야. 길은 항상 열려 있단다. 오늘은 네 생일날이야. 네가 행복해지기를 이 엄마는 간절히 바라고 있단다. 알겠니?"

마리아는 고개를 끄덕이며 젖은 얼굴을 어머니의 무릎에 묻었다. 어머니의 무릎 아래로 마리아의 윤기 도는 머리카락이 흘러내렸다. 이제 그녀는 안도의 숨을 들이쉬었다.

그것은 마리아가 열네 살 때 일어난 사건이었다.

어느 겨울 늦은 오후 땅거미가 내릴 무렵, 마리아는 그녀가 태어나서 자란 막달라 마을 해변의 모래사장에서 그물 손질을 끝내고 집으로 돌아오는 길이었다.

그날 한 백부장 | 로마 군대의 우두머리 | 이 인접 도시인 티베리아스의 순찰을 끝내고 돌아가는 중이었다. 이들 한 조의 군인들은 일상적인 순찰이 아닌 특별경계 임무 때문에 본대가 있는 병영으로 귀대하지 못하고, 여인숙에 군장을 풀고 다음 날 아침까지 자유 시간을 보내게 되었다.

몇몇 군인들은 갈릴리 호수 연안 가까이에 있는 술집으로 몰려갔고, 나머지 군인들은 여인숙에서 술타령을 벌였다.

그때 마리아가 이 여인숙 앞을 지나 집으로 가고 있는데 술에 취한 군인 두 명이 밖으로 나왔다. 그들이 마리아를 발견했던 것이다.

한 군인이 소리쳤다.

"이봐! 그렇게 빨리 걷지 말라구. 어디 아가씨의 예쁜 얼굴 좀 볼 수 없겠나?"

건물 안쪽에서 불빛이 흘러나와 마리아의 아름다운 검은색 머릿결이 반짝거리게 비추었다. 그녀는 나이가 든 여인들처럼 머리에 두건을 쓸 필요가 없었다.

두 명의 군인이 그녀 뒤를 따라가며 소리쳤다.

"좀 천천히 가라구. 이봐, 아가씨! 우린 로마제국의 군인들이라구. 우린 당신을 보호해 줄 의무가 있단 말이야."

"전 빨리 집에 가야 해요. 어머니께서 기다리고 계세요."

마리아는 약간 겁먹은 소리로 말하며 발걸음을 재촉했다.

그러자 다른 병사가 빠른 걸음으로 뒤쫓아오며 말했다.

"막달라 여잔가? 아니면, 여기 살아?"

"네. 전 자카리아스와 한나의 딸입니다. 아버지는 어부예요. 지금 집으로 돌아가는 중이라고 말했잖아요."

"제길! 유태인이구먼. 저런 여자애는 그냥 내버려두는 것이 좋아. 괜히 긁어 부스럼 만들지 말고……."

뒤쪽에서 쫓아오던 병사가 말하자, 다른 병사가 바짝 다가오며 말을 받았다.

"이런 똥같이! 무슨 걱정거리가 된단 말이야! 어이, 예쁜 아가씨! 우리 하고 잠시 동안만 같이 있으면 문제는 해결된다구. 하루 종일 행군을 하고 나니까, 아가씨 같은 친구가 미치게 그립거든……."

모래사장으로 이어진 거리를 따라 죽 늘어선 집들과 마을 쪽으로 가는 집들 사이에 인적이 없는 작은 들판이 있었다.

어느 새 그들은 그곳까지 왔다. 그때 갑자기 두 병사 중의 한 명이 재빠르게 몸을 날려 겁에 질려 걷고 있는 마리아를 와락 자기 품안으로 끌어당겼다.

마리아는 자기도 모르게 비명을 질렀다. 그러자 그 로마 병사는 한 손으로 그녀의 입을 틀어막으며 번쩍 들어올렸다.

"그 여자를 내버려 둬! 어디 다른 여자를 찾아보자구."

뒤를 쫓아오던 병사가 말했다.

"이 정도면 쓸만해. 난 벌써 몸이 달아올랐다구."

그의 동료가 술냄새를 풍기며 열띤 소리로 말했다.

어둑어둑한 숲 속으로 마리아의 작은 몸은 굶주린 병사의 손에 허리를 잡힌 체 빠르게 옮겨졌다.

사내의 억센 손이 그녀의 비명소리를 막았다. 마리아는 병사의 손을 물려고 했으나 그럴 때마다 그녀의 턱을 잡고 있는 손에 힘을 주었다.

그러자 동료의 행동을 만류하던 다른 병사도 합세하여 발버둥치는 그녀의 두 다리를 꼼짝달싹 못하게 붙잡았다.

늘 바닷바람에 씻기며 고기 그물을 다루었던 마리아인지라 같은 또래의 소녀들 보다 훨씬 힘이 셌지만, 젊은 병사들은 술에 이성을 잃고 야욕에 불타 있는 지라, 이들에게는 밀가루 부대처럼 무기력한 그녀였다.

그들은 마리아를 들판을 가로질러 건너편 쪽으로 껴안고 가서 땅바닥에 내려놓고는 야유를 하기 시작했다.

"이봐, 아가씨! 아무리 발버둥쳐봐야 소용없어. 몸에 이로울 것이 없다구. 이젠 좀 얌전하게 굴라구."

마리아는 공포와 두려움에 떨며 울기 시작했다. 그러자 두 병사는 미친듯이 달려들었다.

그녀는 자기의 튜닉이 벗겨지면서 다른 옷이 올려지며 속옷이 찢겨져 나가는 것을 느꼈다. 이제 지친 울음은 그쳤고 반응을 잃은 몸부림만이 의식적으로 반복되고 있을 뿐이었다.

그들 중에 한 사내의 무거운 체중이 위로 덮쳐왔다. 아직도 그녀의 입은 틀어막혀 있는 상태였다. 사나이의 뜨거운 입김과 확 풍겨오는 술냄새가 얼굴 위로 뿜어졌다.

어느 사이에 벌려진 두 다리 사이로 무엇인가 파고들었다. 그리고는 격렬한 고통이 몸 안 구석구석까지 전해 지자, 그녀의 육체는 산산조각이 나는 듯한 떨림을 주었다.

무서운 공포로 뒤범벅이 된 그녀의 비명은 목구멍까지 올라와서는 그대로 그 안에서 사그라졌다. 다만 남자의 육중한 육체가 그녀의 숨마저 끊어버릴 듯이 반복적으로 누르고 있을 뿐이었다. 헐떡거리는 숨가쁜 소리와 정체 불명의 고깃 덩어리가 더욱 강하게 파고들 때마다 찾아오는 고통은 죽음, 바로 그것이었다. 반복되는 거친 행위 속에서 차츰 의식을 잃어갔고, 찢긴 그녀의 여린 육체는 의식의 어둠 속으로 끝없이 침몰하며 서서히 죽어가고 있었다.

마침내 병사는 동작을 멈추었다. 그의 체중이 힘없이 그녀에게서 떨어져 나갔다. 마리아는 손가락 하나 움직일 만한 힘도 남아 있지 않았다. 그러나 다음 순간 다른 병사가 죽어 있는 그녀의 몸 위로 올라와 더 강하고 더욱 맹렬하게 힘을 가해 왔다.

"아! 하나님, 나의 하나님!"

그녀의 두 다리는 마치 찢겨질 것처럼 더 넓게 벌려졌다. 마리아에게는 죽음의 연속이었다. 이제 동작은 거의 멈추어진 체 의식의 끝에 매달리며 반항할 뿐이었다.

얼마 후에 그녀가 눈을 떴을 때 병사들의 모습은 보이지 않았다. 어둠과 같은 격렬한 전율이 덮쳐왔다. 아직도 그녀는 제 정신이 아니었다. 너무나 치를 떨었기 때문에 이가 부딪치는 소리를 의식할 수 있을 정도였다.

그녀는 극심한 아픔으로 하여 더 이상 자신의 몸으로 생각되지 않았다. 그리고 자기가 옷이 벗겨진 알몸 상태로 누워 있다는 사실을 깨닫고는 다시 몸을 떨었다.

그녀의 튜닉은 젖가슴 위로 끌어올려져 있었고 일어나 앉으려고 했으나 손가락 하나 움직일 수가 없었다. 다리 사이의 고통은 일종의 고문이었다. 그녀는 다시 힘을 모아 손을 움직여 보았다.

그녀의 손가락에 끈적거리는 어떤 불유쾌한 액체가 느껴졌다. 어둠 속에서 그녀는 자신의 손을 보았지만, 아무것도 발견할 수가 없었다. 다만 그것은 자신의 혈흔이 아니면 사내들이 남긴 흔적일 거라는 생각뿐이었다.

또다시 그녀는 허탈해진 상태로 싸늘하게 식은 자신의 육체를 가리려고 튜닉을 끌어내리기에 온 힘을 쏟았다. 그리고 나서 한동안 멍하니 그 자리에 누워 있었다. 얼마나 오랫 동안을 그렇게 누워서 일어설 힘을 모으려고 기다렸는 지, 그녀도 알 수 없었다.

그때 멀리에서 들려오는 소리를 들었다.

"마리아! 마리아! 어디 있니?"

그것은 아버지 자카리아스의 목소리였다. 그녀는 신음소리를 냈으나 몸을 움직일 수가 없었다.

"마리아! 마리아!"

어두운 물체가 들판을 가로질러왔다.

"아! 마리아야?"

"아빠! 아 — 아버지!"

자카리아스는 거의 실신해 누워 있는 그녀를 일으켜 안고 집으로 달려갔다. 그의 얼굴은 어둠 속에서도 무섭게 일그러져 있었다.

마리아는 아버지의 품에 안겨 흐느껴 울면서 더듬거리며 모든 일을 털어놓았다. 그리고는 다시 실신해 버렸다.

한나는 남편에게서 딸아이의 이야기를 듣자 얼굴이 백짓장처럼 하얗게 변했다. 그리고는 가쁜 숨을 몰아쉬며 울음을 터뜨렸다. 무엇보다도 이 아이에게 닥쳐올 예기치 않는 불행을 순간적으로 떠올리면서 몸을 부르르 떨었다. 그러나 그녀는 곧 냉정을 되찾았다.

"자카리아스! 빨리 가서 산파를 데리고 오세요. 당신, 그녀가 사는 곳을 기억하고 있죠. 빨리 가요."

한나는 아직도 몸을 떨고 있는 마리아를 방으로 데리고 가서 매트리스 위에 눕혔다. 그리고 따뜻한 물과 마른 수건을 가지고 왔다. 아직까지 소녀의 허벅지와 아랫 부분에 남아 있는 혈흔과 분비물을 씻어냈다.

"침착해라. 내 딸아! 산파가 곧 여기로 올 거다. 눈을 꼭 감고 모든 것을 잊어버리도록 해라."

한나가 슬픔에 젖은 음성으로 애원하듯이 말했다.

그녀의 어머니는 혼이 나간 딸이 숨을 고르게 쉬고 고통이 가라앉을 때까지 달래 주었다. 그에 보답하듯 마리아는 차츰 안정을 되찾는 모습을 보였다.

얼마 후에 친절하고 점잖은 산파가 도착하자 무릎을 꿇고 마리아에게 있어 너무도 유감스러웠던 일을— 세세하게 조사하기 시작했다.

"나를 겁내지 말아요. 내가 바로 아가씨를 어머니 뱃 속에서 받아낸 사람이에요. 난 아가씨가 첫 아이를 보는데 도움이 되기를 아직도 바라고 있어요."

그러나 마리아는 간헐적으로 몸을 떨었다.

잠시 후 산파가 일어나며 한나에게 조심스럽게 말했다.

"물론 아가씨는 처녀성을 잃었어요. 너무나 큰 타격을 받아서 쓰라린 고통을 느낄 거예요. 하지만 이 상처가 그녀의 미래에 영향을 줄 만큼 지속적인 것은 아니라고 확신할 수 있어요. 문제는 결과를 제가 어떻게 설명해야 하느냐입니다. 두 달이 지나면 우리는 알게 되겠죠. 그 때까지 우리 조용히 지켜보도록 해요. 아시겠죠?"

"하나님께 기도하겠어요."

한나는 얼굴을 돌리며 불안하게 대답했다.

옆에서 이런 말들을 듣고 있던 자카리아스가 격노하며 큰 소리로 말했다.

"즉시 우리 유태인 집회소 회장과 관계 당국에 따져 봐야겠소."

"그건 안 돼요. 그럴 순 없어요. 그렇게 하시면 우리 아이에게 창피만 가져다 줄 뿐이에요."

"사람들이 나중에 마리아가 아이를 가진 사실을 알면 사태는 더욱 악화될 뿐이오. 그놈들을 먼저 붙잡아서 마을 사람들에게 진실을 알리는 것이 현명한 일 같소. 그놈들에게 복수심을 품는다고 해서

이 자카리아스에게 어떤 해로운 행동을 할 사람은 아무도 없소."

바로 그때 마리아의 오빠 사무엘이 들어왔다.

"무슨 일이 있나요?"

그는 집안의 이곳저곳을 살피며 물었다.

"마리아가……. 네 어머니가 말해 줄 거다."

자카리아스가 한나의 눈치를 살피며 머뭇거리다가 문 쪽으로 달려가서 어둠 속으로 사라졌다.

"사무엘! 네 어린 여동생이 변을 당했단다. 글쎄 집으로 돌아오는 길에 두 로마 병사놈들한테……."

한나가 다시 복받쳐 오르는 분노의 눈물을 삼키며 말했다.

"옛? 어디서……. 언제요? 내 칼로 그놈들의 목을 베겠어요. 악마 같은 그놈들 지금 어디 있어요."

청년은 자기 방으로 달려가며 소리쳤다.

"집 밖으로 나가지 말거라!"

그의 어머니가 비명을 지르듯 외쳤다.

"네 아버지의 행동만으로도 잘못된 것을 가리기엔 충분하다. 듣고 있니? 네가 가면 안 된다!"

순간 사무엘은 걸음을 멈추었다. 그의 얼굴은 분노로 일그러졌다.

"그놈들이 내 동생을 겁탈했으니까, 그만한 댓가를 치뤄야 해요. 더러운 로마놈들. 나라는 빼앗겼지만 동생마저 당하게 할 수는 없어요……."

"사무엘! 마리아의 방에 가서 동생을 위로해 주렴. 지금은 그것이

최선의 방법이란다.”

사건의 내용을 듣자, 유태인 집회소의 우두머리들은 자카리아스와 함께 읍내의 관할지구 통치소로 달려갔다.

백부장은 곧 소환되었고, 사건의 내용이 그에게 보고되었다. 그는 신중하게 경청한 다음, 자신이 직접 조사해 보기 위해 자리를 떴다.

그 다음 날 백부장은 호수 모래사장 부근에 있는 술집에서 부하들의 추행사건에 대한 전말을 심문한 후, 그 지역을 실제로 조사하려고 조사원을 대동하고 갔다.

바로 그 장소에서 병사들 중 한 명이 떨어뜨린 대검이 발견되고, 증거물과 함께 두 병사는 그 자리에서 체포되어 티베리아스로 압송되었다. 그런 소식이 풍문으로 전해진 뒤로는 아무런 명확한 회답이나 난동 병사들의 처벌을 확인할 수 있는 더 이상의 것도 막달라에 전해지지 않았다. 그러나 여러 가지 상반된 추측들 만이 소문에 꼬리를 이을 뿐이었다.

그들 두 병사는 체포됨과 동시에 즉시 처형되었다 하고 처벌을 받기 위해 로마로 호송되었다고 전해지기도 했다. 한편으로는 전혀 아무 일없이 석방되었다는 말도 떠돌았다. 사건이야 어찌 되었거나 모든 문제는 떠도는 소문과 함께 묻혀 버릴 것으로 끝나고 말았다.

점령한 나라에 주둔해 있는 군대와 그 병사들의 무모한 이탈 행위에 대해 엄격한 군법으로 다스린다는 명령은 하나의 노력에 불과할 뿐, 그런 일들이란 군인들이 머물고 있는 곳이면 어디서나 되풀이 되듯 발생하는 사소한 일에 불과하다.

그 사건이 있던 날 밤, 자카리아스의 집에서는 저녁 끼니도 잊은 체 온 식구들이 분노와 슬픔으로 밤을 지새우고 있었다. 한밤중에 마리아의 비명소리는 더욱 가족들을 놀라게 했다.

자카리아스는 허겁지겁 등불을 들고 한나와 사무엘을 데리고 마리아의 방으로 달려갔다. 마리아는 매트리스 위에서 알아들을 수 없는 욕설을 지껄여대며 얼굴은 창백하다 못해 파랗게 질린 체 이상한 신음소리와 거품을 내뿜으며 온 몸을 뒤틀고 있었다.

한나는 급히 달려가 딸의 팔을 붙잡으려고 했으나, 마리아는 상처를 낼 정도의 억센 힘으로 그녀의 얼굴을 매섭게 때렸다. 이에 놀란 자카리아스가 몸부림치며 달려드는 딸아이를 잡으려고 했으나 더욱 무서운 기세로 달려들어 그의 얼굴을 할퀴어 피로 얼룩지게 하였다.

"마리아! 마리아야! 제발 정신 좀 차려! 넌 지금 무서운 꿈을 꾸고 있는 거야."

사무엘이 힘껏 소리를 지르며 그녀 옆에 앉았다. 그 순간 마리아는 오빠 사무엘의 사타구니를 힘껏 발로 찼다. 그러자 사무엘은 비명소리와 함께 그 자리에 주저앉아 버리고 말았다.

이러한 마리아의 돌발적인 행동에 결국 가족들은 손을 놓은 체 망연히 바라다 볼 뿐이었다. 마리아의 몸부림은 계속되었다. 그녀는 자리에서 일어나려고 안간힘을 다 썼으나 마룻바닥에 그대로 넘어졌다. 간헐적으로 지르는 비명과 목마른 신음소리가 어두운 밤공기를 뚫고 가족들에게 불안과 공포감을 더해 주었다. 발가벗겨진 두 다리를 야릇하게 떨고 있었다.

"전에는 이런 일이 없었는데……. 사무엘! 빨리 달려가 의사 선생님을 모셔 와."

어머니 한나의 두 눈에는 뜨거운 눈물이 가득 찼다.

그때 자카리아스가 아주 무거운 음성으로 말했다.

"안 돼! 의사들은 저 애를 아주 먼 곳으로 데리고 갈 거야. 일전에 길바닥에 쓰러져 있는 한 남자를 그들이 어디론가 데리고 가는 것을 본 적이 있어. 당국에서도 그들의 행동을 말리지 않았어! 사람들은 그를 보고 악령에 미친 사람이라고 떠들어 댈 뿐 말리지 않았단 말야."

"저주 받을 로마 병사놈들! 그놈들이 내 동생을 저렇게 만들어 놨어요! 오, 하나님! 제발 그놈들에게 지옥의 형벌을 내려주시옵소서."

사무엘은 비통한 신음소리로 자신에게 말하듯이 중얼거렸다.

자카리아스와 한나는 아무 말도 하지 않았다.

그들은 마리아가 밤새도록 몸을 뒤틀며 마룻바닥을 나뒹굴면서 신음하는 모습을 지켜보았다. 이 무서운 형벌이 어린 딸에게 주어진 것은 하나님의 뜻이라 생각하며 고통받는 딸을 위해 두 손을 모았다.

새벽이 다 되어서야 마리아는 깊은 잠에 빠졌다. 겨우 그 무서운 고통에서 벗어난 것이다. 가벼운 숨소리와 함께 그녀의 얼굴은 차츰 안정을 되찾아 가고 있었다.

한낮이 되어서야 눈을 뜬 마리아는 어머니가 자기 옆에서 근심어린 얼굴로 지켜보며 앉아 있는 것을 발견했다.

"엄마! 왜 그렇게 앉아계세요?"

마리아는 놀란 표정으로 물었다.

그녀는 지난 밤에 일어났던 일을 전혀 기억하지 못하는 표정이었다.

그 일은 이제 예기치 않는 때에 일어나는 숙명적인 형벌—어떤 때는 짧게, 또 어떤 때는 오랫동안—의 후유증이었다. 가족들은 그녀가 어디서 무슨 일을 하든 간에 간섭을 하지 않고 유연한 태도로 대해주었다.

첫 발작이 있은 후 자카리아스와 한나는 상처 받고 있는 딸을 유태인 집회소 랍비인 매네라우스에게 데리고 가서 지금까지의 일을 자초지종 말했으나 그는 회의적인 태도로 고개를 저었다.

다만 마리아에게서 그 무뢰한 병사들로 인하여 발생된 비난이나 수치심을 없애 주기 위해 청결 의식을 거행하고, 악령의 지배에서 그녀를 자유롭게 해주기 위해 특별한 안수기도를 해 주었으나 모든 노력은 허사였다.

"하나님께 기도하십시오. 주께서는 저희가 할 수 없는 일들을 하실 수 있습니다."

그는 이렇게 조용히 말할 뿐이었다.

그로부터 두 달이 지났으나 마리아의 몸에는 아무런 이상도 나타나지 않았다. 그녀가 임신하지 않은 것은 확실했다. 그들은 고마운 은혜의 하나님께 감사와 찬양을 올렸다.

처음에 막달라 마을 주민들은 두 로마 병사에게 강간을 당한 가련한 소녀에게 온정과 동정을 베풀었다. 부인네들은 앞다투어 한나의 집을 방문하여 가족들과 어린 마리아에게 위로의 말을 했다. 그것은 로마 정복자들에게 유태인들이 당해야만 하는 숙명적인 불행이었으며, 약한 민족의 운명이라고 말했다.

그러나 마리아가 계속해서 악령에 의해 고통을 당하고 있다는 소문이 나돌자, 마을 사람들은 그녀가 악령의 딸이라고 하면서, 그들 가족과 차츰 거리를 두고 지내기 시작했다. 또 마리아는 동네 친구들과 학교 급우들 사이에서도 따돌림을 당하고, 가깝게 지내던 남자 친구들도 눈치를 보면서 다른 여자 아이들과만 어울렸다.

막달라는 조용한 작은 어촌 마을이다. 이곳 주민들은 종교적인 믿음과 신앙심에 대해서는 매우 보수적이었고 전통적으로 이스라엘의 정치적 문제에 대해서는 협조적인 태도를 취하고 있는 선량한 사람들이었다.

갈릴리 호수 연안에 위치해 있는 막달라 마을은, 남쪽으로 로마인들에 의해 건설된 도시 티베리아스와, 북쪽으로는 고대도시 카파르나움 사이에 자리잡고, 게네사 평원을 등지고 있었다.

이곳 막달라 사람들은 비옥한 평원의 농부이거나 요르단강 줄기가 흐르는 갈릴리 호수의 어부들이거나 했다.

마리아는 자신은 물론 부모도, 한 세대에서 다음 세대로 이어지는 평온한 삶을 영위하는 마을 사람들과 다를 바 없다고 믿어왔다. 그러므로 그들 주위의 세상과 유리된 사람이라고는 전혀 생각지 않았던 것이다.

그러나 그녀의 간헐적이긴 하지만, 불상사나울 정도의 발작이 너무나도 오랫동안 계속되어 왔으므로 한나와 자카리아스는 딸의 미래에 대해 부모로서 크게 큰 걱정하지 않을 수 없었다.

또한 마리아는 한 여자로서 만이 가질 수 있는 행복과는 너무나도 먼, 인생에 있어서 무서운 형벌일 수밖에 없는 지속적인 고통과 절망으로 이어지는 발작, 그 다음에 뒤따라 오는 치욕을 받아들이면서 살아가야 되는 어쩔 수 없는 삶의 연속이 있을 뿐이었다. 이렇듯 그녀는 가증할 암연의 가장자리에 항상 머물러 있어야만 할 운명의 여인이었다.

어느 날 학교에서 갑작스러운 발작이 있은 후, 그녀의 존재는 감당할 수 없는 것이 되고 말았다. 오후 수업이 계속되고 있는 교실 안은 잔잔한 지루함에 뒤섞인 선생님의 강의 소리에 모든 급우들이 열중해 있을 때 갑자기 그녀의 발작이 일어났다.

……고통……전율……현기증……다가오는 암흑의 세계……

그녀는 벌떡 자리에서 일어나 교실 밖으로 뛰쳐 나오려고 했지만, 그 악령들은 너무나도 빨리 달려왔다.

항상 밝고 명랑하던 소녀, 그래서 늘 모든 급우들에게 아낌 없는 사랑을 받던 사랑스러운 소녀가, 갑자기 돌변하여 괴성을 지르며, 무서운 동물처럼 변하자 놀란 급우들에게 온갖 욕설을 퍼부으며 옷을 찢는가 하면 피하려는 자에게 달려들어 물어뜯기도 하고, 손톱으로 상처가 나도록 할퀴는 것이 아닌가.

또 이를 말리려는 선생님에게까지 욕설과 함께 의자를 집어 던져 모두를 놀라게 했다. 이로 말미암아 교실 안은 온통 아수라장으로 변했고, 아이들의 비명소리에, 다른 교실에서 공부하던 학생들까지 이 광경을 구경하느라 수업이 중단되는 소동이 벌어졌다.

돌연한 발작과 함께 언제나 그랬듯이, 그녀가 교실 바닥에 몸을 뒤틀면서 거품을 입으로 내뿜으며 힘없이 쓰러지자 학교 당국에서는 그녀를 겁에 질린 학생들에게서 격리시키기 위해 실습실에 감금해 버렸다. 그로부터 얼마의 시간이 지난 뒤 그녀의 어머니가 학교로 불려왔다.

그때 마리아는 발작에서 완전히 깨어나 있었다. 그녀는 자기가 무슨 일로 혼자 실습실에 감금되어 있는 지, 또 어떤 행동을 했는 지 전혀 기억할 수 없었으나 그 쇼크로부터 안정을 되찾기 위해 수업은 이미 중단되어 있었고, 나중에 안 일이지만, 교실이 온통 아수라장으로 변해 있었다는 것이다. 그러자 자기가 왜 감금되었는지 알 수 있었다.

"엄마! 난 다시는 학교에 갈 수 없어요. 이젠 저를 알고 있는 반 아이들이나 선생님들까지도 제가 언제 또 그런 일을 저지를까 경계하는 눈치들이예요. 그들은 저를 몹시 두려워하고 있어요. 전 견딜 수 없어요. 정말 무서워요."

마리아는 집으로 돌아오는 길에 어머니의 팔을 잡으며 힘없는 소리로 말했다. 한나는 불쌍한 딸의 작은 어깨를 팔로 감싸며 아무 말도 하지 않았다.

학교 당국도 그녀의 생각과 같았다. 그날 오후 늦게 학교에서는 교직원 회의를 거쳐 협의된 사항을 지카리아스에게 통보했다.

그것은 마리아가 병이 다 나을 때까지 휴학하도록 종용하는 내용이었다. 그런 말을 하는 학교 측에서도 어려운 조치이었지만, 다른 학생들에게 교육상 영향을 준다는 것이 명목상의 이유였다.

그러나 그들은 마리아가 언제 그 무서운 병에서 회복되리라고는 어떤 희망도 가질 수 없었다.

유태인 집회소 원로 중 한 사람이기도 한 자카리아스는 마리아의 교육 문제를 상의하기 위해 그 지방의 랍비인 메네라우스를 다시 방문하였다. 그는 마리아가 강간 당한 뒤 청결의식을 베풀어 준 사람이어서 그녀에게 깊은 동정심을 갖고 있는 랍비였다.

그는 제한된 것이긴 하지만, 자신이 직접 일주일에 3일씩 마리아의 교육을 맡기로 쾌히 승낙하고, 그녀에게 하나님의 섭리와 세상에 관한 것들을 가르쳐 주기로 약속했다.

"난 마리아와 당신 가족의 고통을 잘 이해하고 있습니다. 또 그 아이가 총명한 두뇌로 이해력이 빨라서 학교 성적이 우수했다는 것도 알고 있지요. 이제 마리아는 자기의 고통만큼이나 열심히 배워서 학교에서 배울 때보다 더 많은 진전을 보일 겁니다."

하고 메네라우스가 자카리아스에게 힘주어 말했다.

"선생님께 너무 많은 부탁을 할 처지가 못됩니다. 선생님께선 다른 일도 바쁘실 텐데…….”

“이봐요, 자카리아스! 당신께 드릴 말씀이 있어요. 그러면 당신도 내가 줄 수 있을 만큼 많은 것을 저에게 부탁하셔야 된다는 사실을 아시게 될 것입니다. 제가 말씀드리는 뜻을 잘 이해하셔야 됩니다. 마리아는 이곳 막달라 마을에서는 정상적으로 결혼해서 한 남자의 아내가 될 수 없다는 사실입니다. 그 아이는 이제 비정상적인 상태에서 벗어나거나, 자기의 고통을 잊어버릴 수 있는 존재가 아닙니다. 만일 이 순간에 기적적으로 병이 치유된다 하더라도, 이것 역시 제가 볼 때에는 거의 가능성이 없습니다만, 그 아이는 의심을 받게 될 것입니다. 즉, 어딘가 좀 다르다는……. 어떤 젊은이가 그 아이와 결혼을 할까요? 이런 말씀은 드리고 싶지 않습니다만, 비록 그 아이 자신의 잘못이 아니지만, 현재의 그녀는 분명 처녀가 아니라는 사실입니다. 물론 타의에 의해서지만 말입니다. 남자들은 자기의 아내가 될 여자가 자기 이외의 다른 남자에게 몸을 허락하지 않았기를 절대적으로 바라고 있지요. 물론 과부의 경우는 예외입니다만. 전 이 점에 대해서는 말씀드리고 싶지 않아요. 하지만 결혼을 한다고 하더라도…….”

“그러면 제 딸아이의 장래는 어떻게 될까요?”

“그 점에 대해서는 저도 확실한 대답을 드릴 수가 없습니다. 제 소견을 말씀을 드리자면 유모나 산파가 되는 것이 좋을 거라는 생각이 듭니다. 아니면 부잣집 가정에서 아이들을 돌보는 보모도 좋을 듯 싶습니다. 그러나 발작 증세가 나타난다면 그것조차도 어려운 일이라고 봅니다."

"그럼, 그 다음은요?"

자카리아스는 괴로운 신음소리를 토해 냈다. 그러자 랍비는 자카리아스의 어깨에 손을 얹으며 낮은 음성으로 말했다.

"지금 그 아이에게는 스스로 자기의 삶을 개척할 힘과 용기가 필요합니다. 한계는 있습니다만, 제가 할 수 있는 모든 것을 당신 따님에게 베풀어 드리겠습니다."

랍비는 마리아가 집에서 읽을 수 있는 성경 두루마리를 빌려주겠다고 약속했다. 또 그녀에게 교양이 될 수 있는 필사본의 여러 책을 읽도록 하겠으며, 특별히 히브리어 공부는 물론 라틴어와 가능하면 그들의 고유 언어인 아라메어 | Aramaic어 ; 예수가 살던 시대의 유태인들이 사용하던 언어 | 도 가르쳐 주겠다고 약속했다.

"난 그녀에게 선한 사람과 악한 사람을 구별할 수 있는 능력을 기르는데 노력하겠습니다. 제가 지금까지 접해 온 사람들을 통해서 얻은 경험을 교훈 삼아서 말입니다. 그것은 그들의 이름이나 겉모습으로 식별하는 것이 아니라, 각 사람들의 말씨나 성격에 따라서……. 그리하여 그녀로 하여금 앞으로 만나게 될 사람들을 이해할 수 있도록 말입니다."

"선생님, 저는 제 딸을 위해서 더 이상의 부탁을 드릴 수가 없군요. 저는 무식한 어부일 따름입니다. 당신께서 말씀하신 내용도 제대로 이해할 수 없는 보잘 것 없는 어부입니다."

자카리아스가 목메인 소리로 말하자, 랍비 메네라우스는 미소를 지으며 다시 입을 열었다.

“저 역시도 무엇 때문에 당신의 딸 마리아에게 이런 일을 하는지 알 수 없습니다. 우리 함께 기도드려 주님께서 그녀에게 새로운 삶의 길을 열어주시도록 노력합시다. 그렇게 된다면 그건 하나님의 은총입니다. 그리고 당신 부인 한나에게도 전해 주십시요. 만약 마리아가 우리 집에 있을 때 발작하더라도 우리 집 사람이 딸처럼 돌보아 줄 것이라고 말입니다.”

그리하여 마리아는 새로운 존재로 새 삶의 개척이 시작되었다. 그녀는 때때로 절망과 좌절감을 맛볼 경우도 있었지만, 새로운 생활에 익숙해지려고 몸과 마음을 집중시켰다.

그녀는 매일매일 새로 태어나듯 이미 학교에서 배워 알고 있는 내용까지도 다시 음미하고 기억해 두었다. 아무리 하찮은 내용이라도 메네라우스가 그녀에게 가르쳐 주는 것이면 하나도 놓치지 않으려고 귀를 기울였다.

또 그녀는 두루마리 성경을 틈틈이 읽고 암송에 열중했으며, 성경 이외의 사사로운 것—세상의 관심사—에도 세심한 관심을 갖고 주의 깊게 살펴보는 습성을 길렀다.

마리아는 특히, 이집트와 그리스, 로마 등의 역사에 깊은 관심을 가졌다. 갈릴리 지방의 토착 언어인 아라메어 이외에도 히브리어와 다른 유태인의 말로 읽고 쓰기를 배웠고, 그 다음에는 라틴어에 몰두했다. 이러한 마리아의 비상한 노력은 알파벳으로 된 간단한 그리스어를 이해할 수 있는 단계까지 이르렀다.

어느 날, 랍비의 부인이 식사 준비를 거들어 줄 것을 부탁하자, 마리아는 서슴지 않고 일을 도우며, 그녀를 상대로 외국어 회화를 연습할 수 있는 좋은 기회로 삼았다. 그래서 조금씩 막달라 지방 너머 다른 세상이 그녀 앞에 펼쳐지게 되었다.

시간이 흘러감에 따라 그녀는 자신이 배우고 있는 지식과 여러 가지 일들에 대해 더욱 많은 것을 깨닫고 깊이 사색에 몰두하였다. 가끔 마리아는 스승 메네라우스가 대답할 수 없는 질문을 하기도 했다.

'죄의 본성은 무엇인가? 또 선의 본성은 무엇인가?'

유태인들이 세운 나라를 다른 어떤 나라보다도 더 어려운 곤경에 놓이게 하시며, 백성들이 신앙을 잃었을 때 그토록 엄한 벌을 내리시는 하나님은 과연 어떤 존재이신가?

하지만 그녀의 스승 랍비는 지금까지 그 자신이 생각해 왔던 것만 대답해 줄 뿐, 마리아가 만족할 만한 답변은 주지 못했다.

그럴 때마다 그는 마리아가 이미 알고 있는 내용을 더 명확하게 설명해 주면서 이스라엘에서 뿐만 아니라, 로마제국 전역에 걸쳐 유태인들이 살고 있는 곳이면 어디서나 발생하고 있는, 유태인들을 분열시키는 알력과 불화에 대해 납득이 가도록 이해시켜 주었다. 하지만, 그의 상식적인 설명은 불완전하기만 했다.

랍비에 의하면 엄격한 보수주의자 바리새이파는 모든 유태 민족의 전통에 잠재해 있는 율법에 대한 해석이 너무 엄격하며, 더 더욱 강경한 보수주의자들인 사두새파는 인간 영혼의 불멸성을 믿지 않으며, 한편 그리스 문화의 산물인 자유주의 영향을 받은 헬레니즘 신봉자들은 사고가 너무나 개방적이어서 열성분자들은 하나님의 능력에 의해서 독재 로마제국을 전복시킬 수 있다는 과신에 사로잡혀 있다고 설명해 주었다.

"그럼 그들은 종교 단체라기보다는 오히려 정치성이 강한 집단으로 봐야겠군요."

그는 이런 말을 하는 마리아를 이상하다는 표정으로 바라보며 말했다.

"다행히도 평화스러운 이곳 막달라에서, 우리가 이런 문제들을 다루지 않아도 되는 것은 주님의 은혜란다. 우리 주민들은 대부분 바리새이파 사람들이지. 난 종교적인 분열은 우리 민족의 불행과 하나님의 뜻을 거역하는 죄를 짓게 만든다고 믿고 있어."

"죄를 짓게 만든다구요?"

"그건 점점 더 확실해지고 있단다. 너도 항간에 떠도는 세례자 요한이라는 사람의 이야기를 들은 적이 있겠지? 그는 사람들에게 관심과 인심을 끌기 위해 하나님께서 우리에게 보내주실, 아마도 우리들의 메시아 한 분을 곧 보내주실 것이라고 예고하고 있단다. 하지만 난 그의 말이 진실인지를 알 수가 없어!"

"하나님이 우리 모두를 벌하실까요?"

"그것은 아주 이전에 일어났단다."

메네라우스는 애써 회피하듯 막연한 대답을 했다.

하나님을 굳게 믿는 신자들 가족의 한 구성원인 마리아에게 이런 뜻밖의 새로운 사실은 충격이었다.

마리아는 무엇보다도 학업에 열중해 있었던 터라 발작에 대한 두려움과 불안은 거의 잊을 수 있어 마음의 안정에 많은 도움이 되었다. 그녀의 유일한 휴식은 아버지와 함께 고기잡이를 하는 시간이었으나, 가끔은 오빠 사무엘과 동행하기도 했다. 그러나 아버지와 단둘이서 고기잡는 날이 더 많았다.

이제 마리아에게 마음의 고통을 함께 나눌 수 있는 사람은 가족, 스승인 랍비와 그의 부인 외에는 어느 누구도 그녀를 가까이 하려고 하지 않았다. 조금씩 그녀는 막달라 마을에서 잊혀진 존재로 변모해 갔다.

그녀의 생일이 왔고, 지나갔다. —한 해 또 한 해, 그리고 또 해가 바뀌어갔다.— 마침내 최근의 생일에는 성숙한 여자로서 편도나무의 아련한 꽃그늘에서 달콤한 슬픔을 감지했다.

마리아는 스스로 지식의 세계를 찾기에 열중했으나, 때때로 그녀는 지금 자기가 하고 있는 학업이 정말 올바른 것인가 하는 회의와 두려움을 느끼기도 했다.

마리아는 자기의 인생이 타인에 의해 고독하게 시작되어 끝없는 삶의 원을 그려놓았으며, 그것은 아무런 의미도 없이 출발했고 또 무의미하게 끝나리라는 것을 예감하였다.

언제나 그랬듯이 금요일이 되면 아버지 자카리아스와 사무엘은 일찌감치 호숫가에서 하던 일을 끝내고 집으로 돌아와 해질 무렵에 시작되는 안식일 예배 시간에 맞추었다.

늘 해 오던 관습에 따라 한나는 저녁 식사를 다른 날보다 일찍 준비했다. 그러면 마리아는 집안에서 제일 나이어린 사람답게 양쪽 긴 의자 사이에 놓여 있는 식탁의 예식용 촛대에 불을 붙였다.

온 집안이 촛불로 밝혀지자 자카리아스는 포도주를 가득 넘치게 따른 컵을 들고 전통적인 축도를 거행하였다. 안식일은 온갖 기쁨의, 모든 일에서 손을 놓는 진정한 휴식, 걱정과 근심으로부터 벗어난 주일이었다. 마리아는 아무 일도 해서는 안 된다는 안식일의 전통적 율법에 따라 학업을 중단해야만 했다.

안식일의 조용한 휴식이 찾아오고, 열중하던 학업에서 잠시 벗어나면, 그녀 안에 깊숙이 숨어 있던 그 고통의 악령들이 다시 나타날 것 같은 막연한 두려움에 몸을 떨었다.

악령들은 거의 한 달 동안 마리아에게서 떠나있었다. 때로 발작의 징후는 마리아를 신경질적이리 만큼 민감하게 만들었다. 그러나 그녀는 그러한 자기 마음을 내보이지 않으려고 노력했으며, 또 가족들은 자신과 싸우고 있는 마리아를 지켜보면서 애써 명랑하게 행동했다.

자카리아스와 한나는 안식일만은 모든 것을 잊으려고 했지만, 또 하나의 문제거리가 뒤를 이었다 지난 몇 주일 동안 사무엘이 특별한 일이 없는데도 바쁘게 돌아다니고, 아무런 이유도 없이 전보다 훨씬 늦게 귀가하는 날이 늘자, 더 세심하게 주의를 기울였다.

"아마, 그 애는 여자에게 관심이 생긴 거야. 그건 틀림없어. 이제 사무엘도 다 자랐지. 여자를 찾을 나이거든."

자카리아스가 약간 근심스런 투로 아내 한나에게 말했다.

다음 날 아침 평상시와 마찬가지로 네 식구는 읍내 한복판에 있는 유태인 집회소로 안식일 예배를 보기 위해 집을 나섰다.

그 곳은 거리 중앙에 세워진 고대 건물로, 그 고장 특유의 검은 바살트 바위벽돌로 축조되어 있었는데, 내부는 유태인들의 상징처럼 단순하게 장식되었으며, 불필요하고 거추장스러운 것이라고는 아무것도 없었다.

하나님은 언제 어디에나 존재하고 계시며, 경배드리는 장소에만 존재하는 것이 아니라는 믿음에 의해 세워진 예배당이었다. 단순함 그 자체가 퍽 인상적이다.

예배당 안에서 가족들은 지정된 자리에 앉았다. 마리아는 어머니를 따라 남자들과 분리된 뒤쪽의 여자들 만을 위해 마련한 의자에 자리를 잡았다.

자카리아스는 선임된 원로인으로서 집회소 앞쪽에 있는 그의 자리로 갔다. 마리아는 건장한 어깨에 검은 턱수염을 기르고 있는 아버지가 선임 원로 자리에 서 계시는 모습이 무척 자랑스러웠다.

요즈음 갑자기 말수가 적어진 사무엘은 너댓 명의 같은 또래 친구들이 있는 데로 가서 앉았다. 마리아는 그들을 주의깊게 살펴보았다.

그녀는 학교 선생님들은 물론, 이 곳에 참석한 사람들을 거의 다 알고 있었지만, 자기를 대하는 고압적인 태도가 매우 싫었다. 그래서 오빠 사무엘도 그들과 서먹서먹하게 지내는 터였다.

랍비 메네라우스의 경배와 기도로 예배가 시작되었다.

마리아는 스스로 그 무서운 고통과 시련에서 구해 달라고 기도하는 자신을 의아하게 생각했다.

사실, 그녀는 많은 시간을 하나님께 기도를 올렸었다. ―매일 매일 거의 매시간마다― 그토록 오랫동안 열심히 기도를 드렸는데도 아무 것도 들어주지 않자, 마리아는 기도의 효용에 대해 새로 의혹을 갖기 시작했다.

주 하나님은 그녀의 미래를 어둠 속에 그대로 방치해 두는 것 같았다.

원로 중에 한 사람이 율법에서 제1일과 | 역자주 ; 예배나 미사 중에 두 번의 성경 낭독을 하는데, 첫 번째의 낭독을 제1과로 구약성서 가운데서 예배에 알맞는 구절을 읽는 것이고, 제2일과는 신약성서 중에서 읽는다. 신약성서는 예수의 탄생 이후 훨씬 나중에 집필된 것으로 제1일과, 제2일과는 모두 로마 통치시대를 겪은 이후에 관습화된 예식 중의 한 절차로, 유태인의 예배 의식을 두 부분으로 나누어 율법, 잠언 등을 낭독함 | 를 읽었다.

제2일과는 '이사야서'에서 인용한 예언서를 낭독했다.

"나를 가난한 자들에게 복음을 전파하라고 명하신 대로 우리 주님의 성령이 나에게 다가왔다. 또 주님은 나를 보내시어 실의에 빠진 백성들을 살피게 하시고 포로된 자들은 석방을, 눈먼 자들에게는 광명의 회복을, 억압당한 자는 해방을 주셨으며, 주님의 해를 선포하게 하시었도다."

마리아는 성경을 경청하느라고 눈을 감고 있다가 더 이상 듣기 싫다는 듯이 무심코 뇌까렸다.

“오, 하나님! 제발…….”

얼마 후에야 그녀는 ‘이사야서’의 예언을 기억해 냈다.

예배는 랍비의 마지막 축도로 끝났다. 회중에 모인 사람들은 자리에서 일어나 서로에게 미소와 그 동안의 안부를 전하며 인사를 나누었다. 그러는 사이에 사무엘은 그의 친구들과 함께 자리를 떴다. 그녀의 아버지는 끝까지 남아 다른 원로들과 함께 대화를 나누는 중이었다. 그때 갑자기 마리아는 집회소에서 뛰쳐 나가야만 한다는 것을 절실히 느꼈다. 그녀의 내부에서 오랫동안 억압되어온 감정이 팽창하기 시작한 것이다. 순간 그녀는 겁먹은 얼굴로 어머니를 바라보았다.

그러나 느리게 움직이는 군중들이 집회소 입구를 막고 있었다. 그녀는 온 힘을 모아 자신의 내부로부터 폭발하려는 악령들과 싸우느라 안간힘을 다썼다. 꽉 쥔 두 손은 땀으로 축축히 젖어 있었고, 두 다리가 금방이라도 허물어질 듯이 휘청거렸다.

가까스로 출입구에 도달한 그녀는 뜨거운 햇볕을 받으며 밖으로 나왔다. 그리고 나서는 이미 익숙해진 암흑의 세계로 떨어졌다. 나중에서야 그녀는 모든 것을 알 수 있었다. —들어야만 했다. 무슨 일이 일어났었는가를—

집회소를 떠나는 운집한 사람들 한가운데서 마리아는 걸음을 멈추고 짐승같은 비명을 터뜨리고만 것이다. 그리고는 자기가 쓰고 있던 두건을 벗어 공중으로 높이 던져 버렸다. 뜨겁게 불타고 있는 태양을 향해 똑바로 치켜든 그녀의 얼굴과 두 눈은 이상한 광기로 번득였고, 마침내 곱게 땋아내린 머리카락을 풀어헤쳐 흐트러뜨렸다.

지금까지 얌전해서 누구에게나 사랑 받던 사랑스런 소녀가 돌연 한 마리의 야수처럼 몸을 날려 거리를 질주하기 시작했다. 그녀는 달려가면서 신고 있던 샌들마저 벗어 던져버리고 몸에 걸친 튜닉을 가슴 쪽부터 찢기 시작했다.

어디서 그런 불가사의한 힘이 솟아나는 것일까? 상의가 찢겨지자 그것을 벗어 거추장스럽다는 듯 길바닥에 던져 버리고는 겹겹이 껴입은 속옷까지 벗었다. 그러나 그녀는 아무런 수치심도 못 느끼는지 허리에 감고 있던 치마와 그 속의 마지막 옷까지 벗어 멀리 멀리 힘껏 내던졌다.

마침내 완전히 나체가 된 마리아는 두 손으로 허공을 저으며 거품과 비명으로 일그러진 흉칙한 얼굴로 겁먹은 군중들을 향해 맹렬히 돌진했다. 이제 흐트러진 머리카락 이외에 그녀의 몸에는 아무 것도 감출 것이 없었다.

때아닌 소동에 놀란 군중들은 남녀노소 할 것 없이, 그들 중 젊은 남자들은 야릇한 호기심으로 그녀의 알몸 구석구석을 핥듯이 바라보았다. 그때 마리아는 엄청나게 펄쩍펄쩍 몇 번인가 높이 뛰더니 몸을 날려 멍청히 자기를 바라보고 있는 한 젊은 청년의 등 위로 한 마리 맹수처럼 올라탔다.

그녀는 두 다리로 젊은이의 허리를 감고, 다른 두 팔로는 청년의 목을 힘껏 조르기 시작했다. 돌연한 기습에 놀란 젊은이는 그녀를 떨쳐내려고 온 힘을 다 했으나 엄청난 힘으로 조여오는 그녀의 맹렬한 기세에 그만 그 자리에서 의식을 잃고 말았다. 쓰러진 젊은이의 입에서는 피가 흘렀다.

때아닌 수난을 당한 젊은이는 공교롭게도 선임 원로 가운데 한 사람의 아들이었다.

젊은이가 쓰러지자, 그녀는 몸을 반쯤 구부린 체 비틀거리며 달려가더니 마침내 길 바닥에 의식을 잃고 누웠다. 그녀의 몰골은 저주받은 한 마리의 비참한 짐승과 같았다.

사무엘이 제일 먼저 그녀에게로 달려갔다. 죽은 듯이 쓰러져 있는 그녀의 벌거벗은 몸을 안아일으켰다. 축 늘어진 그녀를 안고는 집을 향해 뛰기 시작했다.

자카리아스도 숨을 헐떡거리며 뒤를 따랐다. 한나 역시 모든 것을 잊은 듯한 표정으로 그들의 뒤를 쫓았다.

이윽고 집에 다다르자, 사무엘은 마리아를 그녀의 침대 위에 살며시 내려놓고 땀과 흙먼지로 얼룩진 그녀의 알몸을 얇은 담요로 덮어주었다.

마리아는 마치 죽은 사람처럼 아무런 움직임도 없었다. 옆에 서 있던 자카리아스는 그녀에게서 얼굴을 돌리며 격렬한 흐느낌으로 어깨를 들먹이기 시작했다. 뒤를 따라 들어간 한나 역시 비통한 슬픔에 젖어 아무 것도 제대로 볼 수가 없었다.

사무엘은 머리를 창밖으로 돌린 체 거실 문 가까이에 서서 주먹을 쥐었다 폈다 하며 분노를 삭히고 있었다. 얼마 동안을 그런 자세로 있다가 그는 현관문을 요란스럽게 밀치고 나가 어디론가 쏜살같이 달려갔다.

그로부터 오랜 시간이 지난 뒤 마리아의 입에서 조용한 목소리가 흘러나왔다. 그녀가 깊은 잠에서 깨어나 눈을 뜨고 둘러보니 어머니가 근심어린 얼굴로 침대 옆에 앉아 있었다.

"엄마! 제가 어떻게 집으로 왔어요?"

해가 지고 밤이 되어 안식일의 모든 의식이 끝나자, 예기치 않은 전갈이 자카리아스에게 전해 졌다. 마을회의에 참석해 달라는 내용이었다. 이제 자카리아스는 놀라지 않았다. 그들이 자기에게 무슨 말을 할 것인지는 아주 자명했기 때문이다.

마을회의에 모인 사람들은 집회소 원로 자격을 가진 그의 동료들이었다. —목에 붕대를 감은 그 청년도 있었다.— 그리고 마을 행정을 담당하고 있는 실무자들과 막달라 학교의 몇몇 선생님들……. 그리고 랍비 메네라우스도 참석하고 있었다.

이윽고 자카리아스가 안으로 들어서자, 미리 와 있던 사람들은 서로들 얼굴만 바라볼 뿐 침묵을 지켰다. 잠시 후 그들을 대표하여 한 사람이 입을 열었다.

"자카리아스, 우리는 당신을 늘 존경하고 있습니다. 또 당신의 가족들이 지금 겪고 있는 고통과 시련에 대해 진심으로 동정의 뜻을 표하는 바입니다. 그러나 우리들은 마을의 질서와 안녕을 위해 만장일치로 결의된 토의 사항을 당신께 전하고자 합니다."

그는 잠시 말을 끊고 좌중을 한 번 둘러본 다음 다시 말을 이었다.

"당신의 따님을 멀리 보내십시요. 우리는 당신 따님처럼 곤란에 처한 사람들을 보살펴 주는 곳을 수소문해서 알아보았습니다."

그는 자카리아스의 표정을 살피려는 듯 잠시 말을 중단하고는 침묵을 지키다가 계속해서 말을 이었다.

"자카리아스씨! 당신은 존경 받는 우리들의 원로이십니다. 당신 부인의 선행과, 불행한 따님의 일로 고통을 받고 계시는 한 어머니의 슬픔을 함께 나누고자 하는 뜻에서 우리 막달라 마을에서는 댁의 따님이 기거할 수 있는 진료소에서 요구하는 비용의 반을 부담하기로 결정했습니다. 이런 사항을 현명하신 당신께서는 기꺼이 받아주시리라고 사료됩니다. 아울러 한 가지 더 드릴 부탁의 말씀은 댁의 따님이 요양소나 진료소에 갈 때까지 당신 가족 중의 한 분이 따님을 감시해 주십사 하는 요청입니다. 마을 주민 모두가 더 이상 그런 광경을 볼 수 없도록 말입니다. 이것이 오늘 마을회의의 결정이었습니다."

회의에 참석한 모든 사람들은 깊숙이 고개를 숙였다.

자카리아스는 흐느끼는 듯한 젖은 음성으로 대답했다.

"모든 것을 이해할 수 있습니다. 고통 받고 있는 저희 가족들에 대한 배려에 깊이 감사합니다."

그는 더 이상 말을 계속하지 못하고 밖으로 뛰쳐나와 어두운 밤길을 달리기 시작했다.

그는 집으로 돌아오는 어두운 길가에 홀로 서서 뜨거운 눈물을 흘리며 사랑하는 딸에 대한 연민의 정으로 하나님께 기도를 올렸다. 젖은 그의 기도소리가 밤하늘에 높이높이 울려퍼졌다.

다음 날, 자카리아스는 보통 때와 다름없이 동이 트기 전에 잠자리에서 일어나자, 아주 놀랍게도 마리아가 아침 식사를 준비하기 위해 부엌에 있는 모습을 발견하였던 것이다.

"여기서 뭘 하고 있지?"

그는 약간 파리해져 있는 딸의 얼굴을 보며 물었다.

"아빠! 언제 사무엘이 집으로 돌아왔어요?"

그녀는 대답 대신 물음으로 답했다.

"아마 자정이 지난 것 같더구나. 달이 진 후였으니까. 술을 마셨나 보더라. 지금은 자고 있어."

"저도 그렇게 생각했어요. 오빠가 들어오는 소리를 듣긴 했지만, 시간은 몰랐어요. 엄만 아직 주무시고 계세요. 제 방에서 꼬박 밤을 새으셨어요. 엄마가 너무 불쌍해요."

"그래, 마리아! 사무엘은 좀더 자도록 내버려두고 오늘은 아빠와 함께 배를 타면 어떻겠니?"

"그래요. 오늘 마지막으로 아빠하고 배를 타고 싶어요."

자카리아스는 마리아가 건네 준 치즈를 바른 빵 접시를 만지작거리며 말했다.

"정말, 너 배를 타도 괜찮겠느냐?"

자카리아스는 약간 놀란 표정으로 마리아의 동정을 살폈다. 그러나 그녀는 별다른 표정없이 우유를 컵에 따르며 말했다.

"아빠! 전 모든 것을 다 알고 있어요. 어젯밤 마을회의에서 들으신 이야기를 저에게 말씀하실 필요는 없어요. 전 아빠가 엄마에게 하시는 말을 들었어요."

자카리아스는 그녀의 말에 하마터면 접시를 떨어뜨릴 뻔했다.

"나도 사실은 너에게 어떤 말을 해야 좋을 지 무척 고심하고 있었단다."

"괜찮아요, 아빠! 모든 것이 마을 어른들의 뜻이라서 전 오히려 다행스럽게 여기고 있어요. 다른 방도가 없잖아요? 때문에 아빠나 식구들이 더 이상 희생시킬 수 없어요."

"아! 마리아……."

마리아는 자카리아스의 걱정어린 모습과는 달리 평온한 표정으로 우유를 따르고 있었다. 눈으로 딸의 일거일동을 살피고 있던 자카리아스의 눈은 진한 물기로 젖어 있었다.

"이제 저는 제 인생을 어떻게 살아야 되는가를 알게 되어서 마음이 편해요. 전 항상 불안 속에서 떨며 지내왔어요. 이젠 너무나 분명하게 제 자신을 알았어요. 더 이상 그 일에 대해선 말하지 않기로 해요. 전 오늘 아빠와 함께 배를 타고 즐거운 하루를 보내고 싶어요. 저의 작은 소망을 들어주시겠죠. 아빠?"

마리아의 음성은 침착했으나 가늘게 떨고 있음이 분명했다.

자카리아스는 속으로 자신과의 끝없는 싸움을 계속하고 있었다.

얼마 후에 그가 조용히 입을 열었다.

"난 오늘 카파르나움에 갈 계획이란다. 오늘은 특별히 장이 서는 날이야."

"그럼 좋아요. 저도 따라가게 해주세요. 엄마는 막달라에서 살 수 없는 물건을 늘 갖고 싶어했어요. 엄마께 그것들을 사다드려도 되겠지요?"

"글쎄다, 마리아?"

"아빠! 오늘은 제 걱정을 하실 필요없어요. 얼마 동안은 발작을 일으킬 염려가 없으니까요. 전 내 안에 있는 악령들에 대해서 이젠 잘 알고 있어요."

어느 새 그녀가 자신의 고통에 익숙해져 있다는 사실에 새삼 놀라면서 자카리아스는 잠시 망설이는 듯하다가 동의했다.

"좋다. 너를 위해 시간을 내보자꾸나. 하나님께 순풍이 불도록 기도나 하렴."

마리아는 물에서 성장했다. 그녀가 걸을 수 있을 무렵부터 거의 아버지를 따라 배를 타고는 작은 갑판 위에서 잡은 고기며 건져올린 조개를 소꿉동무 삼아 놀았다.

또한 갈릴리 호수에서 불어오는 바람의 성질을 배웠고, 그 바람을 이용하여 배를 모는 법도 익혔다. 가끔 밀어닥치는 거센 파도를 어떻게 피해야만 되는가 하는 배의 조련과 키의 조작법도 배웠다.

유달리 배 타기를 좋아한 그녀는 성장함에 따라 낚시는 물론 그물을 끌어올리는 기술까지 터득할 수 있었다. 아버지의 큰 짐을 덜어줄 수 있을 정도로 갈릴리 호수에 관한 일이라면 모르는 것이 없었다. 마리아는 마음 속으로 오빠 사무엘보다도 자신이 더 많은 것을 알고 있다고 자부하고 있는 터였다.

자카리아스는 배를 그의 부친에게서 물려받았다. 그리고 언젠가는 자신이 고기를 낚기에 너무 늙어 노 젓기에 힘이 부치면 아들 사무엘에게 넘겨주리라고 마음먹고 있었다.

그의 배는 다른 사람들 것보다 작았지만, 천성이 부지런한 탓으로 그를 도와줄 다른 어부의 손은 필요치 않았다. 이제 그는 나이가 들어감에 따라 점점 더 사무엘에게 의지했고, 때로는 마리아의 도움으로 고기잡이에 별 곤란을 느끼지 않고 있는 터였다.

그들은 천천히 호숫가로 갔다. 이른 아침 공기를 헤치고 시원한 바람이 호수 저쪽으로부터 불어오자, 마리아는 오늘 날씨가 무척 맑을 것이라고 예측했다.

그녀는 끝없이 뻗어 있는 부둣가에 매어둔 배에 먼저 뛰어 올랐다. 그물은 뱃머리에서부터 가지런히 물 속에 잠겨 있고 활대를 따라 돛이 접혀 있었다.

한 짝의 노가 만약의 경우를 대비해서 갑판 위에 잘 보관되어 있었고, 고기 광주리가 차곡차곡 쌓여 있어 아버지의 찬찬함과 준비성을 엿보게 했다.

뒤따라온 자카리아스는 부두에 매어 놓았던 밧줄을 풀고는 한쪽 발을 뱃머리에 올려놓고 아주 능숙하게 다른 발로 힘껏 배를 밀면서 올라탔다. 그러자 배가 미끄러지듯이 서서히 빠져 나갔다.

이어 활대의 줄을 풀어 돛대 위로 돛을 잡아 당겼다. 뒤쪽에서 배의 키를 잡고 있던 마리아는 그와 동시에 뱃머리를 돌려 남쪽으로부터 불어오는 바람을 펄럭이는 돛에 가득 받도록 방향을 잡았다.

두 사람은 말이 필요 없었다. 서로가 해야 할 일들을 너무나 잘 알고 있었기 때문이다.

호숫가에는 다른 어부들로 서서히 활기를 찾기 시작했고, 호수 건너편 시리아쪽 하늘은 찬란한 아침 햇살로 가득했다. 북쪽으로는 거대한 헤르몬산이 일출하는 태양을 배경으로 그 웅장한 모습을 드러내기 시작하였다.

자카리아스는 돛대 옆에 서서 출항 준비를 서두르고 있는 다른 어부들과 아침 인사를 주고받았다.

"자, 저쪽 요르단 해협을 지나서 카파르나움으로 가자."

자카리아스가 마리아에게 말하자, 그녀는 고갯짓으로 답하며 뱃머리를 북쪽으로 돌렸다. 그와 동시에 아주 익숙한 동작으로 활대줄을 잡아당겨 바람을 최대한 이용할 수 있도록 했다.

배는 찬란하게 부서지는 물살을 받고 앞으로 앞으로 나아갔다.

이제 그녀는 마음을 놓아도 되었다. 손잡이를 약간만 움직여서 배가 똑바로 나가게 하는 것을 제외하고는 더 이상 할 일이 없었다.

갑자기 태양이 시리아의 낮은 구릉지대를 넘어 먼 지평선으로부터 솟아올랐다. 햇살이 닿자 수면은 곧 푸른색으로 변했고 잔 물결이 반짝였다. 이제 어둠의 회색빛은 호수에서 완전히 사라져 버렸고 뒤로 등진 마을은 생기가 돌았다.

멀리 보이는 마을의 굴뚝에선 그림자 같은 연기가 아련히 피어 올랐고, 사람들이 작은 인형처럼 이리저리 움직이는 모습이 꿈 속처럼 보였다. 그러자 양떼들이 갑자기 언덕에 나타났다.

막달라 마을은 이미 뒤쪽으로 멀리 멀리 사라져 갔고, 뒤를 따라오는 다른 배들로 호수는 술렁거렸다. 아직 파도가 일지 않아서 배는 순조롭게 수면을 가르며 알맞게 불어오는 바람은 더욱 배의 속력을 높여 주었다. 마리아는 아버지가 갑판에 누워 잠에 빠진 모습을 보고 가벼운 미소를 지었다.

이윽고 태양이 더 높이 솟아오르자 햇살은 따갑게 변하기 시작했고 정면으로 햇빛을 받을 수 없을 정도로 열기를 더했다. 그녀가 태양을 피해 얼굴을 돌리자 머리카락이 바람에 흩날렸다.

지난 겨울 동안 차가운 북풍에 씻겨 약간 바랜 듯한 자기의 얼굴이, 이제부터는 짙은 갈색으로 변해 갈 계절이 다가옴을 느끼면서 늦은 봄의 아쉬움을 다시 한 번 절감했다. 이러한 봄의 태양은 다가오는 계절의 강렬함을 예고하는 선구자였다.

바람과 태양과 물결소리에 젖어 있던 얼마간의 시간이 흐르고 나서, 마리아는 그녀 쪽으로 다가오고 있는 고기잡이배를 보았다. 그것은 카파르나움에서 오는 배였다. 그들 역시 고기떼가 몰려 있는 곳을 찾아온 어부들이었다.

몇 번인가 아버지를 따라가 본 적이 있는 코스모폴리탄 도시인 카파르나움의 집들은 아름다운 색으로 도색되어 이국의 정취를 느끼게 해주었고, 유난히 뾰죽한 성전의 탑들은 주위를 에워싼 초록빛 산과 조화를 이루며 웅장함을 자랑했다.

자카리아스는 마치 배가 항해할 시간을 정확히 알고 있었던 것처럼 깨어났다. 벌떡 일어서더니 호수 주위를 주욱 둘러보면서 큰 소리로 말했다.

"여기다. 여기다가 그물을 내려야겠다."

마리아는 활대의 줄을 늦추어 뱃머리를 바람부는 쪽으로 돌린 다음 다시 활대를 단단히 잡아당겼다.

그러자 자카리아스는 돛줄이 풀리자 펄럭거리며 내려오는 커다란 돛을 잡아 고정시켰다. 그러자 배는 더 이상 움직이지 않고 부드럽게 수면 위에 정박했다. 마리아는 바람을 맞아도 배가 움직이지 않도록 뱃머리를 다시 바람 부는 쪽으로 돌리려 손잡이를 잡았다.

자카리아스가 고개를 끄덕거리자, 마리아는 배의 키를 단단히 고정시켜 놓고 아버지가 그물을 던지는 작업을 도왔다. 그녀는 아버지가 그물 끝쪽을 만지고 있는 것과 똑같은 동작으로 능숙하게 그물을 폈다.

자카리아스는 자기 쪽의 그물 손질을 끝내고, 마리아를 바라보았다. 그녀는 아버지의 눈짓으로 다음에 할 동작을 알아차리자, 두 사람은 동시에 그물을 높이 쳐들어 물 속으로 힘껏 던졌다.

그물과 한쪽으로 치우쳐 있는 사람의 무게로 순간 배가 기우뚱했으나, 그물은 활짝 펴진 체로 원을 그리며 퍼져 나갔다. 그물이 완전히 가라앉는 것을 눈으로 확인하면서 두 사람은 그물고리를 뱃전에 단단히 걸어맸다.

자카리아스는 마리아를 보고 힐쭉 웃음을 지었다. 그녀의 행동은 완벽했다. 마리아도 되받아 웃음지었다. 다른 배들도 멀리서 혹은 가까이서 그물 투척을 반복하며 뒤따라왔다.

자카리아스와 마리아는 여유 있는 모습으로 고기들이 그물에 걸려들도록 시간을 두고 끈질기게 기다렸다. 배는 이제 뒤쪽에서 잡아당기는 그물의 중량에 천천히 약간 옆으로 기울어 떠다니고 있었다.

자카리아스는 그물이 쳐져 있는 곳을 바라보며 계속 관찰했고, 마리아도 배 끝머리에서 아버지의 시선이 닿는 곳으로 얼굴을 돌렸다.

그들은 똑같이 수면 아래 있는 그물 속에서 반짝이는 은빛 물체를 보았다. — 고기떼였다.

"자!"

자카리아스가 소리쳤다.

이런 일에 이미 익숙해져 있는 두 사람은 천천히 그러나, 아주 능란하게 작업을 해냈다.

마리아의 약한 팔에도 힘이 넘쳐났다. 그녀는 늘 이런 일을 해 온 터라 익숙했다. 두 사람은 리듬에 맞추어 그물 한쪽 끝을 잡고 적당한 간격으로 끌어당기기 시작했다. 그와 동시에 고기들이 들어갈 수 있도록 열어 놓았던 그물 주둥이를 막아 나가지 못하도록 다른 줄을 잡아당겼다.

그들은 천천히 그물을 끌어 올리며 물의 압력을 받지 않도록 무리한 힘을 가하지 않았다. 그물이 반 쯤 물 속에 잠긴 상태에서 자카리아스는 몸의 균형을 잡고 마리아와 함께 뱃전에 몸을 댄 체 그물 가장자리를 더 가까이 안전하게 당겼다.

그리고는 그물에 걸린 물고기를 건어올리기 위해 지루한 싸움을 계속했다. 바깥 쪽의 그물이 올라오자 마리아의 얼굴과 몸은 땀으로 젖어 마침내는 땀방울이 흘러내렸다. 그러나 그물에 걸려 반짝이는 은빛 고기떼를 보는 순간 환희와 기쁨이 벅차올라 환성이 절로 터져 나왔다.

마침내 그물이 배 옆에 와 닿았다. 마리아는 재빠른 동작으로 두 개의 광주리를 준비했다.

자카리아스는 그물 끝쪽에 고기들이 몰려 있는 작은 어망을 긴 장대로 들어올렸다. 그러자 마리아가 재빨리 광주리를 들이대자 팔딱거리는 고기들이 쏟아져 들어갔다.

몇 년만에 처음으로 잡아보는 고기떼였다. 네 광주리 반이나 되었다. 수면은 다시 고요해졌고 눈으로 고기떼를 찾으며 그들은 잠시 휴식을 취했다.

요르단강의 수로는 호수 밑으로 층을 이루면서 흐르는 것이 특징이다. 그 수로의 물살은 갈릴리 호수의 평온한 수면보다 훨씬 깊고 차가운 조류였으며, 남쪽으로 흘렀다. 이 강줄기를 타고 싱싱한 각종 어류들이 올라와 지류가 갈라지는 곳으로 많은 고기들이 떼를 지어 몰려들었다.

오늘처럼 수면이 잔잔하고 바람이 알맞게 부는 날은 어느 정도 익숙한 눈을 가진 어부라면, 산의 계곡을 타고 내려오는 강물이 모여드는 곳의 물빛이 약간 다르다는 것을 금방 알아차릴 수 있을 것이다.

자카리아스는 미풍에 따라 배가 흔들리며 흘러가는 대로 내버려두었다. 그러다가 드디어 눈으로 느낄 수 있을 정도로 확연히 물빛의 변화를 발견했다.

그는 소리쳤다.

"마리아! 지금이야. 그물을……."

마리아는 재빨리 몸을 움직였다. 전처럼 그물을 던졌다. 완전한 형태로 그물이 수면 위로 던져지자 자카리아스는 다시 물살과 물빛을 주의 깊게 바라보았다.

"우리의 생각이 옳았어! 저쪽의 물이 훨씬 맑아! 물밑으로 틀림없이 다른 강줄기가 흐르고 있는 거야. 두고보렴. 얼마나 고기가 많은 지 곧 알게 될 거다."

그들은 그물을 내려다보며 기다렸다. 서서히 수면 밑이 밝아지는 듯 하더니 은빛으로 가득 차 올랐다. 그것은 우글거리는 물고기들이 햇빛을 받아 반짝이는 비늘이 반사광을 내며 물살을 따라 거슬러 올라가고 있는 모습이 분명했다.

"굉장한 물고기떼구나. 자, 마리아. 네가 잡고 있는 줄을 잡아당기거라. 고기들이 도망가지 못하도록……. 서둘러!"

그녀가 배 끝쪽에 서서 쥐고 있던 줄을 잡아당기는 가벼운 몸놀림에 배가 약간 기우뚱하자, 다시 몸의 균형을 잡으려고 두 팔에 힘을 주었다. 자카리아스도 뱃머리에 서서 줄을 당기고 있었다.

천천히 그물이 움직이기 시작하자, 재빨리 그물의 출구를 차단시켰다. 먼젓 번보다 더 무거운 느낌은 기대 이상으로 고기가 많이 잡혔음을 알 수 있었다.

마리아는 더욱 긴장하며 그물을 끌어올렸다. 감당키 힘든 무게가 그녀의 팔과 등에 통증을 가져다주었다. 잡힌 고기들이 보이기 시작했다. 살아 움직이는 은빛 고기들의 싱싱함을 보자, 마리아는 더 힘을 냈다.

그물이 배에 닿았다. 좁은 갑판이 순식간에 은빛으로 뒤덮였다. 정말 오래간만의 풍어였다. 나머지 열네 광주리를 채우고도 남을 정도였다. 자카리아스의 얼굴은 웃음으로 가득했다.

"이젠 더 잡아도 담을 그릇이 없구나. 나머지는 다음을 위해 남겨둬야지."

바닥에 널려있던 고기들이 펄떡거리며 뛰어오르다가, 어떤 놈은 운좋게 호수로 떨어지기도 했다. 자카리아스와 마리아는 깊은 숨을 몰아쉬면서 열기로 가득한 하늘을 올려다보았다.

"정오 쯤에 카파르나움으로 배를 몰고 가자꾸나. 네가 물건을 살 시간은 충분할 거다."

그들은 다시 돛을 올리고 그물을 정리했다. 마리아는 뱃전에 기대어 비린내가 밴 손을 씻으며 호수의 차가운 물을 얼굴과 목에 튕겨보았다. 잔잔하게 불어오는 바람이 무척 시원한 느낌을 주었다. 그리고나서 키를 잡고 활대를 끌어당겨 남풍을 받도록 조종했다. 배는 순식간에 바람을 받아 강의 지류에서 서서히 방향을 바꾸기 시작했다.

자카리아스의 배가 돛을 올리며 자리를 뜨는 것을 본 다른 배들이 가까이 다가왔다. 그들은 그의 배가 만선임을 알고 모여 들었다. 모두들 손을 흔들어 축하해 주었다. 자카리아스도 손을 들어 답례를 표시했다.

"우리가 제일 먼저 어시장에 도착할 수 있을 거다. 비싼 값을 받아야지!"

마리아는 키의 손잡이를 단단히 잡고 멀리서 조금씩 모습을 드러난 카파르나움을 응시했다.

한낮의 열기가 쏟아져 내렸다. 그 더위 만큼이나 높은 파도가 호수 건너편에서 밀려왔다. 그녀는 파도에 떠밀리어 배가 솟아올랐다가 순식간에 내려앉는 아찔한 율동을 즐겼다. 뱃전에 닿아 부서지는 하얀 물보라를 보며 마리아는 하나님의 옷도 저와 같을 것이라고 생각했다.

그녀의 아버지가 마리아 곁에 앉으며 쾌활하게 말했다.

"네 덕분에 행운을 얻었다. 사무엘은 너만큼 잘 해본 적이 없어. 아마, 이 말을 들으면 화를 낼 거다."

그의 손은 마리아의 어깨를 토닥이고 있었다.

마리아는 멀리 호수의 끝을 바라보면서 알 수 없는 고독에 잠길 수 있는 시간이 무척 소중하다고 느꼈다. 끝없이 밀려가고 밀려오는 파도에 온 정신을 쏟다보면 절망과 고통으로 얼룩진 지나간 슬픈 날들을 한순간이나마 잊을 수가 있었던 것이다.

"아버지 어젯밤 사무엘이 어디에 있었는지 물어보셨어요?"

"그럴 수가 없었단다. 이제 네 오빠는 자기 행동에 책임을 져야 할 나이가 된 거야. 아마도 여자 친구가 생긴 것 같다."

"안식일에 오빠는 예배당에서 알렉산더의 두 아들과 함께 있었잖아요. 다른 친구들도 있었는데도요."

"그래, 그건 나도 보았다."

"오빠는 그들 두 형제들과 예배가 끝나자 곧 함께 나갔어요."

"그래?"

"막달라에서는 그들 두 형제가 열성 당원이라는 소문이 있어요."

그러자 자카리아스는 당혹한 눈길로 마리아를 바라보았다. 그러나 마리아는 아무런 표정도 없이 배가 가는 방향을 살피며 길을 벗어나지 않도록 주의를 기울였다.

"열성 당원이라구?"

자카리아스가 빠르게 말했다.

"소문일 따름이에요. 그렇지만 아버지가 잘 알고 계시는 알렉산더는 열성당원이잖아요. 학교에는 그런 소문이 자자해요."

막달라 마을에서는 비밀 결사대 열성당원들이 자기들의 사리사욕을 위해서 로마제국에 협력하고 있는 동족 유태인들이나 파견되어 있는 로마 수비병들을 상대로 무력 행사를 벌이고 있다는 소문이 나돌았다.

가까운 이웃 도시인 티베리아스에서는 두 명의 유태인 열성당원이 체포되어 십자가형을 받았다는 소식도 전해졌다. 자카리아스는 충격을 받았지만, 잠시 침묵을 지키다가 혼잣말처럼 중얼거렸다.

"아무래도 사무엘과 이야기를 해야겠구나."

두 사람은 서로 대답을 피했다. 어떤 막연한 불안감을 똑같이 느끼고 있었기 때문이다.

현명한 유태인이라면 정복자 로마제국의 권력에 폭력으로 맞서는 것은 황소를 물어뜯으려는 벼룩과 같은 무모한 행위라는 사실을 잘 알고 있었다. 오히려 잘못 건드리면 더 많은 박해와 핍박이 따를 뿐이다. 그리고 벼룩은 황소의 꼬리에 맞아 어디로인가 자취를 감추게 되고, 또한 육중한 발밑에 깔리면 살아남지 못할 것은 분명한 일이었다.

차츰 파도가 높게 밀려왔다.

성곽 도시인 카파르나움은 갈릴리 지방에 있는 큰 도시들 중에 하나였다. 카라반 행상로가 시리아부터 시내 한복판까지 뚫려 있었고, 선창가는 동방에서 많은 상품을 싣고 입항한 배들로 항상 붐볐다. 거리는 여행자들과 많은 각종 상인들로 들끓어 시장이나 다름없었다.

마리아는 수산물 교역소 건물이 있는 선창가 한구석에 배를 댔다. 또 그녀는 선창을 따라 해변을 떠다닐 수 있을 만한 바람을 받기에 충분할 만큼 활대의 줄을 잡고 있었고, 자카리아스는 뱃머리에서 내릴 준비를 하며 정박용 밧줄을 풀었다.

배가 완전히 선창가에 닿자, 마리아는 돛을 풀어내리고는 먼저 뛰어내린 아버지에게 고기 바구니를 하나씩 건네주었다. 그녀의 아버지는 줄을 맞추어 고기 바구니를 늘어놓았다.

고기 바구니를 다 내리고 마리아까지 배에서 내리자, 그가 말했다.

"자, 난 어시장에 가 봐야겠다. 내가 그들과 흥정할 동안 넌 엄마를 위해서 장을 볼 수 있을 거다. 너 혼자서도 괜찮겠니?"

자카리아스는 약간 근심스런 표정을 지으면서 말했다.

"네, 걱정 마세요. 엄만 새 도자기 그릇을 원하고 계세요. 그림이 있는 예쁜 것 말예요. 그리고 식탁용 쟁반도 말씀하셨어요. 그리 멀지 않은 곳에 큰 상점들이 있어요."

자카리아스는 미소로 응답해 주었다.

"애야, 네 것도 좀 사려무나. 자, 여기 있다. 돈은 두 사람이 원하는 것을 사기에 아마 충분할 거다."

그는 동전 주머니를 건네주었다.

"고마워요, 아버지. 전 꼭 한 가지 사고 싶은 것이 있어요."

"그러렴. 시간은 충분하다. 아주 멋진 것을 사거라."

그랬다. 마리아가 오랫동안 열망해 온 것이 있었다. 그것은 비단으로 짠 밝은 빛깔의 새 두건이었다. 그녀의 머리를 감싸고 턱 아래로 묶을 수 있는…….

마리아는 혼자서도 돌아다닐 수 있을 만큼 그 도시 구석구석까지 잘 알고 있었다. 언젠가 눈여겨 본 상점으로 가서 이국적인 새와 이상한 모양으로 나무가 그려져 있는 식탁용 쟁반과 뜨거운 불에도 견딜 수 있는 사기그릇과 냄비를 골랐다.

그녀는 아버지가 준 돈으로 값을 치르고 점원이 물건을 나무상자에 포장하는 동안 자기가 원하는 두건을 찾아보려고 상점을 나왔다.

평상시와 마찬가지로 좁은 거리에는 짐을 실은 마차와 당나귀, 터번 | 역자주 ; 인도 등지에서 남자들이 머리에 감는 두건 | 을 치렁치렁 두른 사람들이 끌고 오가는 낙타들의 행렬, 물건 파는 소리에 몰려 서 있는 사람들, 기웃거리는 여행자들로 인해 틈을 비집고 걸음을

옮길 수도 없을 정도로 붐볐다.

마리아는 이런 떠들썩함과 활기에 찬 거리를 좋아했다. 작은 어촌 마을 막달라에서는 맛볼 수 없는 흥분과 열띤 분위기가 감돌고 있었기 때문이다.

마리아는 군중 사이를 비집고 다니며 상점 안을 눈여겨 보았다. 그러나 그녀가 찾고 있는 물건은 보이지 않았다. 좀더 앞으로 걸음을 옮겼다.

그때 거리 한 모퉁이에 있는 동방에서 온 상품들만 파는 자그마한 가게를 발견했다. 문 밖 선반대에는 두건들이 진열되어 있었다. 그리고 구석에 걸려 있는 비단 두건을 보았다.

머리 전체를 감싸기에 충분하고 턱 아래까지 묶을 수 있는 굉장히 넓고 큰 두건이었다. 그것은 잔잔한 금빛 줄무늬의 엷은 하늘색 바탕에 주홍과 연분홍색 꽃잎이 수놓여 있었다.

그 두건은 매력적이고 눈길을 끄는 그녀의 검은 머리와 반짝이는 눈동자와 조화를 이루었다. 부드럽고 가벼운 감촉은 마리아를 흥분시키기에 충분했다.

마리아는 두건을 꺼내 들고 작은 가게 안으로 들어갔다. 나이 많은 주인은 즐거운 표정으로 고개를 끄덕거리며 말했다.

"잘 고르셨습니다, 아가씨."

가격도 적당해서 마리아는 두건을 샀다. 그리고는 자랑스러운 듯이 머리 위에 얹고 가게를 나왔다.

더 많은 사람들로 붐비는 큰길로 나와 그릇을 맡겨 놓은 상점을 향해 사람들 사이를 비집고 걸었다. 많은 사람들과 떠들썩함으로 숨이 막힐 지경이었다. 한낮의 열기는 그녀에게 무서운 공포감을 주었다.

'만일 여기서 발작을 일으킨다면?'

갑자기 두려운 생각이 그녀를 엄습해 왔다.

긴장한 탓인지 입술이 말랐고 심장의 고동이 빨라졌다. 가까스로 그녀는 그릇가게에 도착했다. 이미 물건들은 상자에 포장되어 있었다.

검은 피부의 노예가 그녀를 위해 부두까지 들어다 주기로 했다. 상자는 꽤 무거웠다. 흑인 노예는 상자를 자기 머리 위에 이었다.

그들은 함께 상점을 나섰다. 그때까지 불안감으로 떨고 있던 마리아의 발걸음은 빨랐다. 머리 위에 물건을 이고 뒤를 따라오는 흑인 노예는 혹시 나무상자가 떨어질세라 한 손으로 잡고 뒤를 따라왔다. 부둣가가 가까워질수록 마리아의 마음은 차츰 안정을 되찾아 가고 있었다.

이윽고 그들이 부두에 도착하자, 그녀는 겨우 안도의 숨을 쉴 수가 있었다. 흑인 노예는 그녀가 갑판 위로 물건 상자를 옮겨 놓을 때까지 함께 있었다.

마리아는 수고의 댓가로 동전 한 닢을 주었다. 그러자 노예는 감사의 큰 절을 하며 그제서야 자리를 떴다.

마리아는 같은 마을 사람이며, 아버지의 좋은 친구인 제베데와 그의 두 아들 야고보와 요한이 자기들의 고기잡이배를 강변에 정박시키는 것을 보았다.

그때 아버지 자카리아스가 나타나 제베데와 무슨 이야기를 나누고 있는 동안 야고보와 요한은 가득 찬 고기 바구니들을 선창가로 옮겨 놓느라 분주했다. 그들도 만선이었다. 그들은 마리아에게 시선을 주며 인사를 했다.

자카리아스가 그녀 쪽으로 다가오며 말했다.

"애야, 잠깐 동안 친구들을 만나면 모든 일은 끝난다. 그래도 괜찮겠니?"

"네. 그렇게 하세요. 배에서 기다리고 있겠어요. 천천히 볼 일 다 보세요."

자카리아스는 마리아의 머리 위에 얹은 하늘빛에 빨간 줄무늬로 수놓여진 예쁜 두건을 눈여겨보며 아주 부드럽게 말했다.

"아주 예쁘구나."

그는 미소를 남기며 선창 아랫 쪽으로 걸어가더니 거리 모퉁이에서 이내 모습을 감추었다.

이곳 카파르나움에 오면 언제나 그랬듯이 아버지는 선창가에서 그리 멀지 않은 어부들의 단골 술집을 찾아가 잠시 즐긴다는 것을 마리아는 잘 알고 있었다.

그곳에서 그는 새 친구를 소개 받기도 하고 장사에 필요한 정보를 교환하기도 했다. 또 고기가 많이 잡히는 장소를 탐지했다는 정보를 얻기도 했다.

마리아는 아버지를 기다리는 동안 뱃머리에 앉아서 카파르나움의 생동감 넘치는 부둣가의 생활상을 눈여겨 보았다. 뒤를 이어 고기잡이배들이 계속 닻을 내렸고 비들은 거의 만선이었다.

어떤 배는 물건을 가득 싣고 돛을 두 개씩이나 높이 펄럭이면서 선창가를 떠나는가 하면, 그들의 즐거운 노랫소리에 맞춰 노를 젓자 잔물결이 아름다운 시정을 느끼게 해주었다.

이런 정경은 항상 그녀를 매료시켰다. 어떤 배에서는 승객들이 쏟아져 나오자마자, 다시 태우느라고 지금까지 단조롭던 선창가는 순식간에 떠들썩하게 변해 버렸다.

나이 많은 제베데는 뱃머리에 앉아 마리아와 몇 마디의 말을 주고받았고, 야고보와 요한은 어획물을 매매하는 조합사무실로 옮기느라 땀을 흘리고 있었다.

그런 모든 일이 끝나자, 다시 선창가는 조용해졌고, 이제 남은 고기까지 팔아버린 제베데의 두 아들은 배에 널려있던 그물을 모래사장으로 옮겨와 찢어진 곳을 수리하기 시작했다.

그들 두 형제는 매우 성실한 젊은이들로 마을에서도 좋은 평판을 듣고 있는 터였다.

그때 마리아는 멀리서 선창가를 향해 오는 한 남자를 발견했다. 그는 천천히 부드러운 모래 위를 굳굳한 걸음걸이로 걸어왔다. 얼굴 모습을 완전히 식별할 수 없는 거리였지만, 그녀는 그 사람이 보통 사람보다는 약간 큰 키의 젊은 사람이라고 추측했다. 그가 이쪽으로 더 가까이 다가올수록 그의 윤곽은 점점 뚜렷해졌다. 그는 호숫가를 따라 걷다가 가끔 그 자리에 우뚝 서서는 호수 건너 쪽을 바라다보곤

했다.

그의 우뚝 선 자세와 고개를 위로 치켜든 모습은 그를 훨씬 크고 돋보이게 했다. 그 낯선 사람의 행동과 자세에 마리아는 특별한 호기심과 매력을 느꼈다.

이제 그는 가까이 다가와서 야고보와 요한이 일하고 있는 바로 앞에 섰다. 그는 이곳 갈릴리 지방 노동자들의 전형적인 옷인 갈색의 소매 없는 튜닉을 입고 있었는데, 적당한 길이로 잘 다듬어진 턱수염은 양쪽 뺨 주위까지 덮여있고 귀 뒤로 빗어넘긴 갈색머리는 그의 목 뒷부분에까지 닿았다.

마리아는 그의 길고 태양에 그을린 갈색 근육이 붙은 팔과 크고 강하게 생긴 손을 주시했다. 잠시 동안 그는 야고보와 요한이 열심히 일하는 모습을 지켜보다가 말문을 열었다.

"제베데의 아들 야고보와 요한아!"

그의 목소리는 부드러운 공명이 깃든 명확한 음성으로 허공을 울리며 잔향을 남기는 목소리였다.

마리아는 그의 일거일동을 가만히 지켜보았다.

그들 형제는 옆을 돌아다보더니 깜짝 놀란 표정을 지으며 자리에서 황급히 일어났다.

"넷! 선생님?"

"착한 이웃인 당신들과 이야기를 나누고 싶소. 난 나사렛 예수입니다. 들은 적이 있소?"

"우리는 당신이 오시리라는 말씀을 들었습니다. 그럼 바로 선생님이 우리들이 기다리는 그 분이십니까?"

"내가 바로 그 사람이오."

순간, 두 젊은 형제는 그 자리에서 무릎을 꿇었다.

"아, 메시아!"

요한이 큰 소리로 외쳤다.

"하나님의 아들이십니까?"

야고보가 머리를 깊숙이 조아리며 물었다.

마리아는 자기도 모르게 앞가슴을 손으로 여몄다. 그녀의 심장은 멎을 것만 같았다. 그때 제베데는 갑판에서 일어나 더 잘 들을 수 있도록 귀를 기울였다.

"당신들은 옳게 들었습니다. 당신들의 직업을 버리십시오. 이제부터는 나와 함께 하나님의 영광을 위한 거룩한 일을 하게 될 것입니다. 그러나 한 가지 분명히 형제에게 드릴 말씀은 이 세상에서 당신들의 생애는 곤경과 고통과 비탄으로 가득 찰 것이라는 사실입니다. 그래도 나를 따르겠습니까?"

"우리는 기꺼이 선생님을 따르겠습니다. 주님!"

두 사람이 동시에 말했다.

"내가 누구인지 절대로 말하지 마시오. 아직 사람들이 알 때가 안 되었습니다."

예수는 돌아서서 잠시 머뭇거리다가 마리아에게 시선을 주었다. 그녀를 보고 미소를 지었다. 그리고 그는 천천히 해변을 따라 걸음을 옮겼다.

그때 야고보와 요한은 자리에서 일어나더니 손질하던 그물을 한쪽으로 밀어놓고 아버지가 지켜보는 것도 아랑곳 하지 않고 곧장 나사렛 예수의 뒤를 따랐다.

순간 마리아는 두 눈을 깜박거렸다. 그녀의 입술은 말라왔고 가슴은 숨이 막힐 것 같은 강렬한 느낌에 사로잡혔다.

—지금 깊은 잠에 빠져 내가 무슨 꿈을 꾸고 있는 것일까?

그러나 부두에서 일어나고 있는 일상적인 일들은 이전과 다름없었고, 태양은 항상 그랬듯이 하얗게 메마른 열기를 머리 위에 쏟아붓고 있었다. 그러나 마리아에게는 모든 것이 사실처럼 느껴지지 않았다.

제베데는 몽롱한 상태로 뱃머리에 앉았다. 그는 두 손을 높이 쳐들고 형언할 수 없는 음성으로 외쳤다.

"주님께서 나의 아들들을 데리고 가셨도다. 내 자식들인데! 모든 것이 하나님의 뜻이도다!"

그리고는 두 손을 내려 얼굴을 감쌌다. 결코 마리아는 꿈을 꾼 것이 아니었다.

자카리아스는 해변의 한 술집 안으로 들어섰다. 이미 많은 어부들로 꽉 차 거의 빈 자리가 없을 정도였고, 모두들 오늘의 수확량에 만족하는 표정들이었다.

그는 몇몇 낯익은 어부들이 있는 곳으로 가서 그들과 자리를 같이 했다. 어부들은 그를 반갑게 맞았다.

"어이, 자카리아스. 이렇게 먼 곳까지 왔군. 오늘 제일 많은 고기를 잡았다는 소식은 들었소. 반가운 일이오."

그들의 말에 자카리아스는 눈웃음으로 답하며, 오랜 옛 친구인 이삭에게로 고개를 돌리며 말했다.

"제일 먼저 입관 | 역자주 ; 고기를 팔았다는 말 | 했소. 그래서 비싼 값을 받았지."

그때 술집 하녀가 그에게 포도주 한 잔을 가져다 주었다.

자카리아스는 그 잔을 높이 쳐들고 주위를 둘러보며 말했다.

"전능하신 하나님께 감사합니다."

다른 어부들도 따라서 각자의 잔을 들고 합창하듯 외쳤다.

"아멘 ! "

"우리 주 아멘 ! "

이곳 카파르나움 어부들이나 갈릴리 사람들은 너나 할 것 없이 선량했다. 그들은 한 마리도 잡지 못하는 날이라도 하나님의 뜻으로 돌리며, 오히려 감사하는 마음과 함께 어부 생활을 천직으로 알고 사는 사람들이었다. 그들은 한결같이 막달라 마을의 어부 자카리아스를 좋아하고 존경심까지 갖고 있었다.

어부들의 대화는 계속 이어졌다. 바로 얼마 전 자기들이 잡은 고기의 양이며, 판 값, 사소한 집안일에 이르기까지 이야기꽃을 피우기에 바빴다.

자카리아스는 그들의 이야기를 듣기만 하고 잠자코 있었다. 그는 두 아이들 생각에 주의가 집중되지 않았다. 우선은 마리아가 걱정이었고, 그녀가 말한 사무엘의 행동에 대해서도 큰 걱정이었다.

"여보게 자네는 왜 아무 말도 하지 않나? 막달라에 뭐 새로운 소식은 없나?"

이삭이 말했다.

"내가 알기로는 아무 일도 없어. 그 곳은 항상 조용한 마을이니까."

"그래, 살기 좋은 곳이지. 이 도시는 너무 시끄러워. 날이 갈수록 더욱 번잡스러워지고 있거든. 요즈음 마누라가 신경쇠약 증세까지 보였어. 자네 집은 별일 없나?"

자카리아스는 힘없이 고개를 끄덕였다. 그는 마리아를 혼자 내버려 두어서는 안된다고 생각하는 중이었다.

"자카리아스, 안색이 좋지 않군. 뭐 걱정거리라도 있나? 틀림없이 고통스러운 일이 있는가 보군. 자, 술이라도 한 잔 들라구. 그리고 비밀을 지킬 줄 아는 이 친구와 이야기를 좀 해보세."

자카리아스는 포도주를 한 잔 더 청해 마셨다.

"우리 딸아이 때문에 마음이 무겁네. 난 그 애를 멀리 떠나보내지 않으면 안 되게 되었어. 지난 안식일 날 예배당 마당에서 최악의 발작을 일으켰다네. 그래서 마을 사람들의 요청도 있고 해서 어디 조용한 요양소나 진료소로 보낼 작정이야."

이삭은 혀를 찼다.

"자네의 처지를 이해할 수 있을 것 같네. 정말 동정이 가는군. 딸아이가 아버지에게 너무 큰 짐이 되는구먼."

"그리고 내 아내에게도……."

"우리 이웃에도 그런 사람이 있어. 그도 아주 젊었을 때부터 발작을 시작했지. 수년 동안 고통을 받아왔다네. 지금은 문 밖 출입도 못하고 있는 실정이야. 자네 딸도 회복하기 어렵지 않을까?"

"바로 그것이 내가 제일 우려하는 점일세. 내 생각이지만 딸아이에겐 일곱 악령들이 숨어 있는 것 같아. 첫째 놈은 신을 모독하고, 그 다음 놈은 나와 내 아내를 저주하고……. 셋째 놈은 말야. 그 애에게 폭력을 휘두르도록 자극하고, 또 넷째 놈은 여자로서의 절제와 부끄러움을 앗아가는 것 같거든. 다섯째 놈은 평상시에는 감히 생각도 못하던 욕설을 하도록 만들지. 그리고 말야, 여섯째 놈은 악마의 일을 시키고, 맨 나중 놈은 입에 거품을 물게 하고 짐승 같은 행동을 하도록 변신시킨단 말일세. 왜 그 아이가 그런 무서운 악령들한테 사로잡혀 있는 지 모르겠어."

이삭이 깊은 한숨을 내쉬며 가라앉은 목소리로 말했다.

"이봐 친구. 주님이 자네의 기도를 들어주실 걸세."

"아냐. 주님은 내 기도를 들어주시지 않아. 사탄이 보낸 악령들이 승리를 거두었어. 난 그 악령들이 먼 훗날까지 내 딸아이를 괴롭힐 것이라고 믿고 있다네."

그의 음성은 격정과 흥분으로 갈라졌다. 잠시 말을 끊었다가 다시 이었다.

"지금 갈릴리는 많은 죄로 가득 차 있어. 예루살렘에는 더 나쁜 사악한 일이……. 사탄이 하나님과 싸워 이길 수 있다고 생각하나? 우리 모두 악령들한테 많은 고통을 당할 것 같아……. 분명 하나님이 노하실 거야."

"지난 안식일에 한 나그네 설교자가 우리 집회소에 왔지. 그의 이름은 예수였어. 나사렛 출신이더군. 그는 병자들을 고쳐 주는 사람으로 소문나 있어서 많은 병자들이 집회소 앞에 모였지. 그런데 그게 말일세, 헛소문이 아니었어. 정말 그는 우리가 지켜보는 가운데 병자들을 고쳐 주었거든. 그 때문에 소동이 일어나기까지 했지. 그리고는 우리에게 회개하라고 외쳤어. 그렇지 않으면 우린 하나님을 뵐 수 없을 뿐만 아니라 죄의 심판을 받게 된다고 했다네. 나도 죄 많은 인간이지. 안 그런가. 자카리아스?"

"난 모르겠네. 아마도 우린 모두 죄인일 거야."

"음! 난 가끔 티베리아스에 있는 창녀집엘 드나들곤 했지. 우리들 모두가 그런 경험이 있지 않나?"

맞은편에 앉아 있던 한 어부가 그 말을 듣고 끼어들었다.

"이삭! 자네가 무게를 속이려고 고기 광주리 속에 돌을 넣었던 일은 죄가 되지 않나?"

그의 말에 이삭은 놀라며 변명하듯 말했다.

"내가? 그것은 고기를 저울에 달 때 산 놈들이라 펄떡거려 제대로 올려 놓을 수가 없어서 균형을 잡기 위해서 한 방편이었다네."

테이블 주위에 앉아 있던 다른 어부들까지 그 소리를 듣고 한바탕 크게 소리 내어 웃었다.

그들 중에 또다른 어부가 좌중을 둘러보면서 정색을 하며 말했다.

"어이, 자카리아스! 자네 마을에 야고보와 요한이라는 청년이 있지. 조금 전 그들에게 무슨 일이 있었는지 알고 있나?"

"아니? 그들은 내 친구의 아들인데, 왜?"

"그 두 형제가 그물을 손질하고 있는데, 바로 그 예수라는 자가 나타났다네. 처음에는 무슨 말인가 몇 마디 하더군. 그때 나도 그물을 손질하느라고 가까이 있었기 때문에 이야기하는 소리를 들을 수 있었지. 그가 이런 말을 그들에게 했어. '당신들의 직업을 버리시오. 이제부터는 나와 함께 하나님의 영광을 위한 일을 하게 될 것입니다' 하고 말일세. 젊은이들은 바로 그 자를 따라갔다네. 손질하던 그물은 그냥 내버려둔 체 말이야. 그 후로는 아무도 그들을 보지 못했어."

순간 자카리아스는 얼굴을 찡그렸다.

"난 야고보를 매우 실리적인 젊은이로 알고 있는데……. 그렇게 쉽게 넘어갈 위인들이 아니오."

"뭐, 내일 아침이면 돌아오겠지."

조금 전에 말을 거들던 어부가 대단치 않다는 투로 말했다.

"나도 그럴 거라고 생각해요."

자카리아스도 별 관심 없는 표정으로 말했다.

대화의 내용은 곧 다른 것으로 바뀌었다. 자카리아스는 두 잔째의 포도주를 단숨에 비우고는 자리에서 일어났다. 일행들에게 바람이 너무 약해지기 전에 돌아가야겠다면서 자리를 떴다.

그러나 야고보와 요한의 소식은 그에게 일말의 불안감을 주었다. 왜 그런 행동을 했는지 도저히 이해할 수가 없었다.

자카리아스는 배가 있는 선창가로 돌아오자마자 서둘렀다.

"바람이 차츰 자기 시작했어. 얘야, 서두르자. 그러지 않으면 노를 저어야 한다. 너무 늦으면 어머니가 걱정해."

그가 활대의 줄을 풀면서 말했으나 마리아가 아무런 대꾸를 않자, 그녀를 돌아다보며 다시 말했다.

"그 동안 괜찮았니. 마리아?"

"네."

짧은 그녀의 대답은 침묵이나 다름없었다.

"그러면 키를 잡아라. 넌 배를 집까지 몰고갈 수 있을 거다."

그들은 돛을 올려 부드러운 바람을 맞으며 서서히 선창가를 빠져 나갔다.

자카리아스는 조금 전 술집에서 들은 말들이 신경에 거슬려, 제베데가 자기 배에 꿇어앉아 비탄에 잠긴 모습으로 기도를 올리고 있는 것을 미처 보지 못했다.

마리아는 활대를 당겨 돛에 바람을 받을 수 있도록 조정했다. 늘 그랬듯이 귀가를 서두르는 뱃길은 고즈넉함과 알 수 없는 작은 슬픔이 포말처럼 가슴을 적시는 아련함에 몸을 떨곤했다.

—나이 찬 처녀만이 간직할 수 있는 감정일까!

배는 순조롭게 바람을 받아 앞으로 나아갔다. 그녀는 키의 손잡이를 부드럽게 조종하고 있었다. 이대로라면 무사히 마을까지 도착할 수 있으리라.

자카리아스는 마리아 쪽을 넌지시 바라보다가 느긋한 마음으로 선미에 편안한 자세로 앉아 두 다리를 뻗었다. 조용히 기우는 햇살을 보며 아늑한 만족감이 찾아들었다.

"술집에서 이상한 말을 들었단다."

이윽고 그가 침묵을 깨고 마리아의 동정을 살피면서 조용히 입을 열었다.

"카파르나움에 한 낯선 설교자가 나타났는데, 오늘 아침엔 강가에서 일하던 우리 마을의 야고보와 요한을 데리고 어디론가 가버렸다는구나."

"야고보와 요한 말인가요!"

마리아는 별 동요 없는 표정으로 되물었다.

"그래, 난 무척 놀랬단다. 그들이 왜 그런 행동을 했는지 알 수가 없구나."

"어쩌면, 그들은 영영 돌아오지 않을지도 몰라요. 저도 보았거든요. 그리고 그들이 하는 말도 들었어요."

자카리아스는 놀라 벌떡 자리에서 일어났다. 순간 배가 중심을 잃고 흔들렸다.

"아니 마리아야? 그 사람의 말을 들었다구. 그래 어떤 사람이더냐. 힘이 있는 사람같이 보이더냐?"

마리아는 잠시 생각에 잠겼다. 나사렛 예수라고 하던 이의 모습을 다시 떠올려 보았다. 그리고는 천천히 힘있게 대답했다.

"그는 — 그 분은 매우 성스러운 분이셨어요."

"성스러운 사람이라구? 성스러운 사람은 많이 있어. 어떤 식으로 성스러운 사람이더냐? 그때 제베데는 뭘 하고 있었지? 그도 알고 있니?"

"네, 아버지. 그 분도 알고 계세요."

그녀는 방향을 바꾸려고 재빨리 뱃머리를 돌렸다. 머리 위의 활대를 다시 잡아당겨 바람을 조정했다. 잠시 배는 멈추는가 싶더니 바람을 받아 계속 앞으로 나아갔다.

자카리아스는 할 말을 잃고 뭔가를 골똘히 생각하는 듯 하더니 그냥 바닥에 편한 자세로 누워버렸다. 찰랑거리는 물결소리에 잠을 청했다.

그들의 배가 막달라 마을을 향하여 순조롭게 움직이자, 마리아는 먼 호수의 끝쪽을 바라보며 오늘 카파르나움에서 보낸 일들을 다시 한 번 머리 속에 떠올려보았다.

무엇보다도 강변에서 보았던 나사렛 예수라는 사람의 모습이 너무나 또렷히 마음에 잡히는 것이었다.

—왜 야고보 형제는 어떤 확신을 갖고 그를 서슴없이 따라간 것일까?

어쩌면 그 사건은 단순히 그녀의 생활뿐 만이 아니라, 지금 다른 민족에게 수난을 받고 있는 유태인의 모든 역사에 있어서 일대 중대사일 것 같은 느낌이 끊임없이 머리 속을 맴돌았다.

그녀는 수천 년 동안 자신의 모체인 유태 민족이, 얼마나 오랫동안인지 알 수는 없으나, 아브라함으로부터 시작하여 모세, 그 뒤를 이은 모든 예언자들 이래로 진정한 메시아의 출현 —그리스도 ; 하나님의 아들— 을 고대해 왔는지 잘 알고 있었다.

이제 마리아는 이스라엘 백성들 중 그 시기가 도래하였음을 안 몇 안 되는 사람 중의 하나가 되었다.

예수의 음성, 그가 말하고 명령하는 자세, 그리고 그가 그녀를 바라보았을 때 그의 눈에 드리웠던 감정은 그녀에게 추호도 의심할 여지를 남겨 놓지 않는 강력한 힘을 느낄 수 있었다.

마리아는 마음 속으로 믿음을 가졌다. 그가 분명 하나님의 아들이고, 하늘에서 강림하신 구세주라는 확신을, 또 한편으로 그녀에게 강렬한 현실적인 감정이 압도해 왔다. 이러한 마음은 그녀에게 무한한 평화를 맛보게 해주었다. 이제 마리아는 나사렛 예수를 다시 만나리라고 확신했다.

해가 저물 무렵이 되어서야 집에 도착하니, 한나는 저녁 식사 준비를 끝내놓고 그들이 돌아오기를 기다리고 있었다. 사무엘은 어디 나갔는지 집 안 어디에도 없었다.

자카리아스와 마리아는 한나에게 오늘 예상 외로 많이 잡힌 고기에 대해 이야기 했다. 그것을 증명해 보이기라도 하듯 자카리아스는 자랑스럽게 고기 판 돈을 내보였다.

마리아도 사기그릇과 접시가 든 선물 상자를 어머니께 드렸다. 한나 역시 매우 기뻐하며, 마리아가 두르고 있는 동양자수가 놓인 두건이 무척 예쁘다고 칭찬을 아끼지 않았다.

자카리아스는 마리아에게 자기와 동행하지 않을 경우 절대로 밖에 나가서는 안 된다고 주의시켰다. 그 말은 랍비 메네라우스에게서 받는 수업도 중단됨을 의식했다.

또 그녀는 어떠한 경우에도 사람이 있는 곳은 물론 필요한 물건을 사는데도 보호자 없이는 한 발자국도 움직일 수 없음을 뜻했다. 가장 특별한 요구는 그녀가 안식일과 성일에도 미사에 참석할 수 없다는 사실이다.

마을에서는 랍비 메네라우스에게 자기들이 낸 보조금으로 마리아가 치료를 받을 수 있는 진료소나, 아니면 격리시킬 마땅한 장소를 예루살렘의 성직자들에게 알아보도록 편지를 보낼 것을 요청했다.

그럴 때마다 자카리아스는 이런 마을 사람들의 태도를 가족에게 특히, 마리아에게 이야기할 때면 정신 나간 사람 같은 표정을 지었다. 그러나 마리아는 어떤 대답도 할 수가 없었다.

그녀는 마음 속으로 하나님께 간청했다. 그 무언의 기도는 악령들이 자기 마음 속에 나타나 다시 발작을 일으키면 죽게 해 달라는 슬픈 소원이었다. 지금과 같은 인생이라면 아무 의미가 없었기 때문이다.

그로부터 며칠이 지난 어느 날, 밤늦게 사무엘이 몰래 스며들 듯이 집으로 들어와 재빨리 마리아의 방으로 가서 동생을 깨웠다.

"쉿! 조용해. 너한테만 할 말이 있어."

사무엘은 속삭이듯이 말했다.

"뭔데요?"

마리아는 잠에서 깨어나며 놀란 소리로 물었다.
"내 친구가 오늘 카파르나움에 갔다 왔는데, 그 곳은 지금 야단 법석이래. 어떤 사람이 병자들을 고쳐주고 있대. 그래서 많은 사람들은 그가 하나님의 능력을 갖고 있다고들 확신하고 있는 모양이야. 우린 그 분을 메시아라고 믿기로 했어."
"사무엘! 잠깐만. 메시아라고 믿기로 한 우리란 누구지?"
그러자 사무엘은 무척 격앙된 음성으로 말했다.
"마리아! 넌 이해를 못하는구나. 그는 약속된 메시아야. 유태 민족을 해방시키기 위해 하나님으로부터 오신 분이란 말야."
"지금 오빤 열성당원처럼 말하고 있어."
"그래 맞아. 난 당원으로 가입했어. 아버지께 일전에 고기잡이 나갔을 때 모든 것을 말씀드렸어. 너도 이젠 나의 비밀을 지켜주길 바래."
"난 그럴 수 없어. 사무엘, 그건 어리석은 짓이야."
"뭐 어리석다구? 마리아, 로마놈들을 우리 땅에서 몰아내는 것이 어리석은 짓이라구? 난 그놈들이 너에게……. 단 하나 밖에 없는 내 여동생에게 한 짓을 생각하면 참을 수가 없어."
마리아는 눈물을 흘리며 고개를 저었다.
"내가 내 인생을 잃어버린 것처럼, 오빠도 자신의 인생을 잃어버리고 말거야. 그럼 누가 늙으신 아버지와 어머니를 돌보지? 오빠! 제발 당원에서 탈퇴해."
"하나님은 메시아를 보내 우리를 승리로 이끌어 주실 것을 약속하셨어."

그의 목소리는 분노로 떨리고 있었다. 마리아는 잠자코 분노에 떨고 있는 그의 표정을 읽었다. 그러자 그가 애써 말했다.

"우리 유태인들 모두가 그에게 협력하지 말라고? 네가 어떻게 그런 말을 할 수 있지?"

"그럼 오빠는 나사렛 예수가 어떻게 그런 엄청난 일을 할 수 있다는 거지? 그 분이 그렇게 말했어?"

"그가 어떻게 불리는지 넌 알고 있어? 마리아! 그 분은 너 같은 병자를 고쳐주는 위대한 분이라구."

"내 속의 악령은 병이 아니야."

마리아는 피곤하다는 듯 힘없이 말했다.

"알았어. 사람들은 그를 나사렛에서 온 평범한 목수라고 말하고 있지. 그러나 그는 하나님의 능력을 갖고 있음이 분명해."

"오빠, 너무 그를 과대평가하지 말아요. 그가 어떻게 기적을 일으킬 수 있단 말이에요. 더 이상 현혹되지 마세요. 그리고 나처럼 불행한 몸이 되지 말란 말이에요."

"넌 나를 믿지 못하는구나. 난 너를 위해서 하는 말이다."

사무엘은 더 이상 말해봐야 소용없는 일이라고 생각했던지 잠시 동안 물끄러미 바라보다가 방을 나가 버렸다.

마리아는 혼자 침대 위에 누워 있었다. 고요한 어둠 속에서 자신에 대한 모든 것을 생각해 보았다. 앞으로 얼마나 더 큰 고통과 시련이 닥쳐올지 예측할 수 없었다.

"정말 그는 하나님의 아들, 우리의 메시아인가?"

마리아는 차츰 분명하게 깨달을 수 있었다. 언젠가 들려온 그 밝은 소리와, 며칠 전 카파르나움 강변에서의 일들을 생각해 보았다.

마리아는 그 동안 간직하고 있던 의문에 사로잡혔다. 그때 갑자기 찬란한 빛이 서서히 다가왔다. — 그것은 하나의 빛기둥이 되어 그녀의 주위를 맴돌았다. 차츰 구름같은 광채로 변하며 그녀를 감쌌다. 그녀는 놀라지도, 두려워하지도 않았다. 그 빛의 기둥은 마리아를 들어올렸다. 그때 그녀는 분명 어떤 소리를 들었다.

"막달라의 마리아여! 잘 듣거라. 너는 하나님의 아들 주 예수 그리스도의 현시를 받은 지상에서 최초의 사람으로 선택되었노라. 때가 오면 모든 세상 사람들에게 하나님의 아들을 알릴 수 있도록 준비하여라. 이는 모두 나 하나님의 말씀이니 명심하기 바라노라. 막달라의 여인 마리아여! 때가 오기 전에는 아무 말도 해서는 안 됨을 약속하거라. 주 예수께서 너에게 말씀하실 때까지 기다려야 하느니라. 그리하면 내가 지금 너에게 전하는 말을 이해하고 믿게 될 것이니라. 하나님의 평화가 너와 함께 있을지어다. 마리아여!"

소리가 끝남과 동시에 찬란한 빛의 기둥도 사라졌다. 다만 어둠 속에 그녀만이 홀로 남았다. 마리아는 두 손으로 눈을 가리고 침대에 엎드렸다.

"하나님! 하나님이시여, 그것은 무슨 뜻이오니까?"
하고 큰소리로 외쳤다.

안식일 바로 전날 마리아는 혼자 집을 지키며, 지난 번의 일이 꿈이라고 자신에게 자문자답하며 모든 사실을 믿지 않으려고 애써 보았다. 그녀는 자기 자신에게는 그 어떤 희망도 있을 수 없다고 생각했다. 일주일 내내 어머니의 집안일을 도와주며 시간을 보냈다.

오후 늦게 마리아는 세탁물을 끄집어내 부엌문 옆에 있는 세탁용 통으로 날랐다. 어머니 한나는 부엌에서 평상시처럼 저녁 식사 준비하고 있었다. 아마 지금쯤 자카리아스와 사무엘은 고기잡이를 끝내고 귀가를 서두르고 있으리라.

이웃집과 온 마을이 조용히 저녁 어스름에 잠길 무렵, 남자들은 아직 일터에서 돌아오지 않았고, 여자들은 한나처럼 저녁 밥을 짓거나 내일 있을 주일 예배 준비에 분주한 시간을 보내고 있었다.

늦은 봄이 끝나고 초여름이 다가온 지라 햇살은 길고 따가웠다.

마리아는 빨래를 서둘렀다. 해가 지기 전에 끝낼 것을 생각하니 잠시도 쉴 틈이 없었다. 아예 그녀는 신고 있던 샌들마저 거추장스러워 벗어버리고는 온통 물투성이가 되어 빨래 하기에 여념이 없었다.

그때 어디선가 고함소리가 들려왔다. 그것은 평상시에는 거의 없던 일인지라 마리아도 하던 일을 멈추고 마을 길 쪽을 내다보았다.

한 젊은 남자가 있는 힘을 다해서 호수 가까이에 있는 술집을 향해 달려가는 모습이 보였다. 마리아는 그에게 무슨 일인지 알아보려고 소리쳤으나 그 젊은이는 아랑곳하지 않았다.

또다른 길쪽에서는 마차를 타고 달려가는 소리가 덜그럭거렸다. 마차를 타고 있는 사람 역시 뭐라고 소리를 지르고 있었으나 잘 들리지 않았다.

불이 난 것일까? 아니면 누가 모반이라도 일으켰단 말인가?

늘 평온한 이 곳 막달라 마을에 일찌기 없었던 일이다.

그러자 그 뒤를 이어 너댓 명의 남자들이 뛰어갔고, 또 이어 많은 사람들이 몰려가고, 그 틈에 절름발이 이웃집 여자가 보기 흉한 꼴로 절뚝거리며 급히 가고 있었다. 길 건너편에 살고 있는 중풍 환자 노인도 그의 아들 등에 업혀 황급히 뒤쫓아갔다.

"무슨 일이에요?"

마리아는 바로 집 앞을 뛰어가고 있는 한 남자에게 소리쳤다. 하지만, 그는 숨을 몰아쉬며 돌아보지도 않고 말했다.

"그 환자를 고친다는……. 예수가……. 나사렛 사람이 나타났어요. 병든 사람들을 모두 고쳐준대요. 그 분이 지금 우리 막달라에 왔다는 거예요."

그 남자는 계속 뛰어가며 온 동네가 다 떠나가도록 큰 소리로 계속 외쳐댔다.

"예수요. 병든 자를 고쳐주는 사람이 왔소. 여기 왔단 말이요. 마을 공터에 와 있단 말이요!"

"아픈 사람을 데리고 와요. 빨리 오세요."

반대편에서 한 여인이 달려오며 외쳤다.

마리아는 안으로 뛰어들며 말했다.

"어머니, 저, 어머니! 예수가 막달라에 왔대요. 그가 병을 고쳐준대요. 빨리 따라오세요."

한나가 황급히 밖으로 나오며 말했다.

“마리아! 잠깐만 기다려라. 도대체 예수란 누구냐? 병자를 고쳐 주는 사람이라니?”

“지금은 설명할 수 없어요. 사람들이 그렇게들 말하고 있어요. 저와 함께 가세요.”

“안 된다. 넌 아버지의 말씀을 못 들었니? 넌 집 밖을 나갈 수가 없는 몸이야.”

“아버지가 아셔도 말리지 않으실 거예요. 어머니가 저와 함께 있잖아요. 전 가야만 해요. 어머니, 저 혼자서라도요. 전 그 분의 말씀을 들어야만 해요.”

“난 도무지 이해할 수가 없구나. 네 뜻이 정 그렇다면 하는 수 없구나. 너와 함께 가겠다. 아! 냄비를 그냥 불 위에 놔두었구나. 얘, 마리아야, 너 입은 옷을 좀 살펴보려무나. 그 젖은 튜닉을 갈아입으렴.”

“제 걱정은 마시고……. 어머니나 서두르세요. 늦으면 안 돼요.”

“마리아, 아무리 그래도 머리에 두건은 써야지? 신도 신지 않고 어떻게 집을 나선단 말이냐?”

마리아는 그녀의 방으로 뛰어들어가 낡은 샌들을 신고 새로 산 두건을 그냥 두른 체 문 쪽으로 달려나가며 소리치듯 말했다.

“어머니, 빨리요!”

“얘, 난 너처럼 뛸 수가 없단다. 마리아야.”

“그래도 뛰셔야 돼요. 저를 위해서라도요!”

밖은 많은 마을 사람들이 웅성거리며 공터를 향해 몰려가고 있었다. 한 발이라도 늦을세라 그들은 앞다투어 뛰어갔다.

"엄마, 제발 좀 빨리 뛰어가요."

마리아가 소리쳤다.

"애야, 난 뛸 수가 없구나. 그런데 그 분은 어디에 계시냐?"

"마을 공터예요. 난 그 분을 놓칠 수가 없어요."

"오! 하나님. 자비를 베푸시어 저희 딸을 고쳐주옵소서."

마리아가 많은 사람들이 웅성거리고 있는 공터에 거의 다다랐을 때 그를 보았다. 공터의 높은 둔덕 위에 서 있는 한 사람을…….

"어머니 저기 있어요. 전 그 분을 알아볼 수 있어요. 저기 키 큰 사람이에요. 저 분이 예수……."

"빨리 그 분께 달려가거라. 가서 말씀드려라."

바로 그 순간 마리아는 그 자리에 멈춰섰다. 무서운 고통이 덮쳐오자 그녀는 배를 움켜쥐며 비명을 질렀다.

"어머니, 악령들이……. 아, 저를 살려주세요."

순간 동요가 일기 시작했다. 그때 마을 사람들은 마리아에게서 멀찌감치 떨어지려고 뒷걸음질을 쳤다.

이미 그녀의 고통은 참을 수 없을 정도에까지 이르렀다. 마침내 그녀는 길바닥에 쓰러졌다. 그리고는…….

그러나 암흑은 다가오지 않았고, 다만 무서운 고통이 계속될 뿐이었다. 그녀의 육체는 발작으로 흔들렸다. 무서운 고통이 계속 이어졌으나 이상하게도 마음은 편했다. 그녀는 분명 자신의 입 속에서 흘러나오는 악령들의 소리를 들었다. 그것은 그녀의 목소리가 아니었으며, 그녀가 하는 말이 아니었다. 악령들의…….

"예수 그리스도시여! 우리들을 놓아주십시오. 우리는 당신을 알고 있습니다. 그리스도는 하나님의 아들이십니다."

그 격렬한 고통 속에서도 마리아는 또다른 소리를 들었다. 그 소리는 아주 부드럽고 친근한 음성이었다.

"너희에게 명하노니, 이 여인에게서 나오너라. 너희 모든 악령들이여! 더러운 혼령들이여! 즉시 나오거라. 그리하여 너희들의 주인 사탄에게로 돌아가거라. 가라! 너희들 모두 하나도 남지 말고……."

"예수 그리스도여! 우리를 그대로……."

"명령하노니, 즉시 나오너라."

마리아의 육체는 고통이 반복될 때마다 심한 경련으로 떨렸다. 이제 모든 것은 그녀에게서 떠나고 있었다. 아픔과 고통의 슬픔까지도…….

그러자 그녀의 육체는 잠잠해졌다. 고통이 가셨다. 평화와 편안함이 그녀에게 찾아왔다. 그런 평화스러움은 지난 수년 동안 맛보지 못한 감정이었다. 그녀는 누운 체로 미소를 띄었다.

그때 강한 남자의 손길이 그녀의 팔을 잡았다. 그리고 다른 한 손이 그녀의 팔꿈치를 받쳐들었다. 그녀는 눈을 뜨고 그 손과 팔을 보았다. — 크고 햇볕에 그을린 갈색의 손이었다. — 예수는 그녀를 일으켜 세웠다. 마리아는 평온한 모습으로 예수를 마주 보고 섰다. 바로 하나님의 아들 앞에—.

그는 마리아가 카파르나움의 강변에서 그를 처음 보았을 때와 같은, 그런 아름다운 웃음을 보내고 있었다. 순간 그녀는 바로 자기 앞에 서 계시는 분이, 이미 이런 일이 곧 일어나리라는 것을 모두 알고 계셨음을 이해할 수 있었다. 모두 하늘의 뜻이었다.

"당신은 그리스도이십니다."

마리아는 그 앞에 무릎을 꿇으며 말했다.

"자, 일어나서 내가 하는 말을 들어라. 막달라 마리아여!"

그녀는 그의 뜻에 따라 일어섰다.

"너는 어떤 소리를 들었을 것이다. 너에게 이르노니, 나를 따라 내가 가는 곳 어디든 내 사도들과 함께 가도록 하거라. 너는 내 말을 듣고 배워서 때가 오면 준비를 하겠느냐? 이제부터 모든 것을 버려라. 네가 있는 지금 그 상태로 있거라. 다른 것은 그 무엇도 필요없느니라. 우리 하나님께서 너에게 필요한 것 모두 다 주실 것이다."

"네 주님. 전 당신이 가는 곳이라면 어디든 따르겠나이다."

그녀가 분명한 목소리로 대답했다.

주위에 모여 있던 사람들도 예수의 말을 들었다. 또 고통으로부터 구원받는 마리아의 모습을 지켜보았다. 어머니 한나는 물론 고기잡이에서 돌아온 자카리아스와 사무엘, 랍비 메네리우스도 그 광경을 지켜보았다. 그들의 얼굴은 놀라움과 경탄으로 가득 차 있었다.

그 많은 군중들 사이에는 마리아의 학교 친구들과 선생님, 그녀를 멀리 떠나보내려고 했던 집회소의 원로들도 있었고, 로마 병사들에게 강간을 당하고 일곱 악령들의 희생물이 된 가련한 여자의 이야기를 알고 있는 막달라 마을의 모든 사람들이 지켜보았다. 그들은 너무나 엄청난 일에 할 말을 잃었다.

그때 한 거지가 예수 뒤쪽에서 다가왔다. 그를 동정하는 사람들에 의해 이끌려 온 거지는 예수의 옷자락을 잡았다.

그 거지는 이 마을 사람이라면 누구나 다 아는 장님이었다.

예수가 뒤를 돌아보며 나직히 말했다.

"왜 나에게로 왔습니까?"

"전 오랫동안 장님으로 지내왔습니다. 당신은 저에게 밝은 세상을 볼 수 있게 해주실 분이라는 것을 믿고 있습니다."

"나에게 그런 능력이 있다고 생각하시오?"

"네, 당신은 그리스도 하나님의 아들이십니다."

그러자 예수는 자기의 두 손가락에 침을 바른 다음 소경의 눈가에 갖다 댔다. 그리고는 말했다.

"그를 우물이 있는 곳으로 데리고 가서 얼굴을 씻도록 하시오. 그러면 그는 눈을 뜨게 될 것입니다. 그의 믿음이 그를 그렇게 만들었습니다."

그때 누군가가 군중 속에서 소리쳤다.

"이 분은 정말 하나님의 아들이십니다."

그러자 주위에 몰려있던 사람들이 하나 하나 그 자리에 무릎을 꿇었다.

“오, 그리스도여! 당신은 우리들의 메시아이십니다.”

그들은 소리를 높였다.

“신을 찬양하여라. 우리의 아버지를!”

예수를 칭송하는 소리에 그는 손을 들어 말했다.

“당신들이 오늘 보고 들은 것을 세상에 전하지 마시오. 아직 세상에 알릴 때가 아닙니다.”

마리아는 주위에 몰려 있는 사람들 사이를 빠져나와 어머니에게로 다가갔다.

“어머니 전 나았어요. 이젠 악령들이 떨어졌어요. 난 하나님의 목소리를 들었어요.”

또 그녀는 그녀의 아버지와 사무엘에게 입맞춤을 하고 랍비 메네라우스에게 손을 흔들어 보였다.

그때 예수의 음성이 들려왔다.

“나를 따르라. 막달라 마리아여!”

그녀는 가족과 모든 마을 사람을 뒤로 하고 그를 따라 나섰다.

부름 받은 여인

마리아는 한밤중에 깜짝 놀라 자리에서 일어났다. 그녀가 깔고 있는 매트리스가 낯설어 불편했기 때문이다. 지푸라기들이 삐져나와 그녀의 속옷을 뚫고 상처를 줄 정도였다. 주위는 분간할 수 없을 정도로 어두웠다.

잠깐 동안 그녀는 지금 자신이 어디에 와 있는지 생각해 보았다. 바로 그때 그녀 옆에서 숨소리가 들려왔다. 순간 알 수 없는 공포가 밀려왔다. 놀라움에 가쁜 숨을 몰아쉬었다. 그러자 어제 일어났던 기적이 번개처럼 그녀의 기억을 되살렸다.

지금 그녀는 꿈을 꾸고 있는 것이 아니었다. 모든 악령들이 사라진 그녀의 육체에 평화로움이 깃들어 있음이 그것을 증명해 주었다.

지금 마리아는 예수가 머물고 있는 카파르나움의 어느 집에서, 그녀도 잘 알고 있는 시몬과 안드레아, 그리고 제베데의 두 형제 야고보와 요한이 함께 잠을 자는 중이었다.

그 방에는 마리아 이외에 또 한 명의 여자가 있었다. 그 여자는 수산나라고 불렸는데, 예수와 그의 일행이 막달라에서 배를 타고 카파르나움으로 돌아오던 배 안에서 만난 여자였다.

지금 이 곳에 있는 사람들은 하나님의 사업을 돕기 위해 예수의 부름을 받은 자들이었다.

그녀는 육체 뿐만이 아니라, 마음의 평화도 함께 느끼며 미소 지었다. 그러면서도 알 수 없는 막연한 불안감이 마음을 흔들었다. — 그것은 갑작스런 어머니 아버지와의 이별과 믿기 어려운 생활의 변화 때문이었을 것이다.

정오가 지나고 저녁 무렵까지 너무나 많은 일들이 일어나서 어떻게 시간을 보냈는지 정신을 차릴 수가 없었다.

마리아는 너무 놀란 나머지 주위에서 끊임없이 일어나는 기적 같은 일들을 제대로 이해할 수 없어, 뭐가 뭔지 분간조차 못하고 있을 때, 수산나가 그녀를 그들이 자고 있는 이 작은 방으로 데리고 왔을 때도 그저 놀란 상태였다.

지금 어둠 속에 누워 있는 마리아는 악령과 예수와의 싸움에서 보았던 형용할 수 없는 두려움과 고통에서 완전히 벗어나 편안함을 맛보면서 모든 것을 극복할 수 있었던 자신에 대해 스스로 만족했다.

그녀는 자신이 많은 마을 사람들에게 둘러싸여 쓰러져 있을 때, 예수께서 어떻게 자기를 보았는지, 그리고 그가 그녀 몸 속에 숨어 있는 악령들에게 떠나가라고 엄한 말씀이 있자, 곧 고통과 괴로움에서 풀려나게 된 기적을 믿어야 될지, 나를 따르라고 한 그의 말에 아무런 거리낌없이 뒤를 따라온 자신의 행동에 대하여, 그녀는 믿기지 않는 듯 반신반의했다. 그러나 그녀의 환상과 같은 기적은 엄연한 사실이었다.

예수께서는 그 모든 사실을 이미 알고 계셨던 것이다. 그녀가 하나님의 부름을 받은 선택된 여인이었다는 것을—.

"막달라 마리아여! 너는 선택되었느니라."

작은 어촌 마을의 아주 평범한 여자, 일상적인 것 외에는 아무 지식도 없는 여자가 어찌하여 예수의 현시로 선택된 자가 되었을까?

막달라 마을에서 한 어부의 딸로 태어나고 자라서, 침략자에게 순결을 짓밟혀 버린 가엾은 여자, 그리하여 악령에게 고통을 당하고, 이웃들의 무서운 시선으로 버림까지 받아야 했던 여자가 하나님의 말씀을 어떻게 이 세상 사람들에게 전할 수 있을까?

그렇다면, 그 현시란 어떤 것일까?

"때가 오면……"

그녀에게 들리던 음성을, 그녀는 얼마 전까지만 해도 불가능한 일로 생각했었다. 그러나 하늘에 계신 전능한 하나님에게 불가능한 일은 없다는 것을 처음으로 깨달았다.

그것은 자신에게 내려준 예수의 은총이었다.

마리아는 자기 자신이 갈릴리 호수의 파도를 따라 만들어진 물거품 —바람과 물결에 밀려가는— 같은 보잘 것 없는 존재라고 생각했다. 그 물거품은 갈릴리 호수가 있는 한 없어지지 않을 것이며, 그녀에게 정해진 운명과 같은 것이었다.

그녀는 어떠한 환경에 처하더라도 그와 함께 행동할 것이며, 어떠한 명령에 순종할 것이며, 예수와 그의 제자들이 있는 곳이라면 그림자처럼 머물 것이며, 예수의 가르침이라면 무엇이든 배울 것이며, 또 그 때가 올 때까지 어떤 일이라도 행하리라고 마음먹었다.

그 때가 짧은 시간이 될 것인지, 긴 기간인지, 그녀는 알 수도 추측할 수도 없는 미지의 세계였다. 앞으로 몇 주일이 될지, 몇 년이 걸릴지, 아니면 그녀의 전 생애 동안 기다려야 할지, 그 누구도 예측할 수 없는 하나님의 뜻이라고 믿었다.

자카리아스는 그의 곁을 떠난 딸 때문에 슬퍼하지 않았다. 마리아가 예수를 따라가고자 했을 때, 그는 그녀를 껴안아 주었다. 두 사람의 눈에 넘치는 기쁨의 눈물을, 그 의미를 그는 순간적으로 깨달았던 것이다.

그때 한나와 자카리아스는 너무도 놀란 나머지 한 마디의 말도 하지 못했던 것이다. 마리아를 떠나보내고 집으로 돌아와 저녁 식탁을 마주 하고서야, 이제는 가고 없는 딸의 빈 자리를 보면서 할 말을 잃었던 것이다. 어떻게 하여 이런 갑작스런 일이 자기 집안에서 일어났는지 그 이유를 알 수 없었다. 앞으로는 누가 안식일 저녁 촛불을 밝힐 것인가?

다시 제 정신으로 돌아온 마리아는 안식일인 다음날까지 줄에 널어 말려야 했던 빨래가 생각났다.

"마리아, 울고 있어요?"

그 물음은 한쪽 구석에 누워있던 수산나가 어둠 속에서 한 말이었다.

"조금은요."

아주 나직한 목소리로 마리아가 대답했다.

"마리아, 울지 말아요. 우린 예수님과 함께 있어요. 우리들 중에 아무도 편한 사람은 없을 거예요. 하지만, 난 행복해요."

그녀가 조용하게 말했다. 수산나의 두 눈이 어둠 속에서 반짝였다. 그녀는 마리아에게 막달라에서 이 곳 카파르나움으로 오는 도중, 배 안에서 있었던 일을 이야기해 주었다.

마리아가 예수를 따라 막달라 마을을 떠났을 때, 야고보는 그녀를 부축해 배가 있는 부둣가로 데려갔다. 배 안에는 수산나가 먼저 와 있었는데, 예수의 제자들 중에 여자는 마리아와 수산나 단 둘 뿐이었다.

야고보는 그들 모두가 카파르나움으로 가는 길이라고 말했다.

"우리가 도착하기 전에 바람이 멎을 것 같아요."

마리아는 호수의 바람에 대해서 알고 있는 대로 말했다.

"아닙니다. 바람은 자지 않을 거요."

야고보가 힘을 주며 강조하듯 말했다.

마리아는 그의 말에 의심스런 눈으로 바라보자, 그는 더 이상 아무런 대꾸도 하지 않았다.

그의 말은 옳았다. 배 뒤쪽에서 불어오는 강하면서도 잔잔한 바람이, 예수가 타고 있는 배를 포함한 여러 척의 배들을 북쪽으로 빠르게 밀며 카파르나움을 향해 물살을 갈랐다.

마리아는 수산나에게서 좋은 인상을 받았다. 그녀는 마리아보다 몇 살 위로 몸집이 크고 키도 컸으며, 약간 검은 피부는 시리아계의 혈통을 이어받은 듯했다.

수산나는 요르단강 건너편 갈릴리 호수 북쪽에 위치한 벳사이다 출신으로, 그녀의 아버지는 갈릴리에서 유다야 지방을 오가며 동방산 옷감을 파는 상인이었다.

수산나는 태어날 때부터 오른쪽 다리를 못 쓰는 불구자였는데, 자랄수록 점점 더 다리를 쓸 수가 없어, 지팡이를 사용하지 않고서는 걷지를 못했다. 그녀 자신은 물론 집안 식구들까지 늘 어두운 그늘에 싸여 있었다.

그러던 어느 날, 그녀의 아버지는 카파르나움에서 예수가 기적적으로 병자를 고쳐주고 있다는 소문을 듣고 즉시, 딸을 데리고 그에게로 달려갔다.

예수가 수산나를 보자, 자신의 손을 불구가 된 그녀의 다리에 올려놓았다. 그러자 수산나는 그의 갈색 손을 통해 자기의 힘없는 다리에 전해 오는 강렬한 힘을 느꼈다.

"자, 이젠 당신의 지팡이를 버리시오. 그리고 당신 마음대로 걸어 다니시오."

예수가 말했다. 그녀는 머뭇거리며 천천히 자리에서 일어났다. — 다리를 폈다— 그리고는 지팡이 없이 걸음을 옮겨 놓았다.

"당신의 믿음이 당신의 병을 낫게 하였소."

예수는 그녀의 부모를 향해 덧붙여 말했다.

"그리고 당신들의 믿음도……."

예수는 수산나에게 자기의 제자들과 함께 여행하며 하나님의 복음을 전도하겠느냐고 물었다.

"그 길은 멀고 많은 역경으로 가득 차 있습니다."

예수는 경고하듯 그녀에게 말했다.

"주님! 주님께선 저를 완전한 인간으로 만드셨습니다. 기꺼이 따르겠습니다."

그때 수산나의 아버지는 놀라움에 소리 높여 외쳤다.

"정말로 당신은 전능하신 하나님께서 보내신 분입니다."

그는 예수 앞에, 그녀의 어머니와 함께 무릎을 꿇었다.

"주님! 저의 딸을 데리고 가 주십시오. 하나님을 섬기게 해 주십시오."

수산나의 부모들은 딸을 떠나보내는 슬픔에 젖으면서도 크나큰 기쁨을 간직한 체 벳사이다로 돌아갔다. 그리하여 수산나는 예수와 그의 제자들을 따라 카파르나움으로 왔던 것이다.

"그 일이 있은지 아직 일주일도 안 되었어요."

수산나가 카파르나움으로 가는 배 안에서 마리아에게 들려준 이야기였다.

"난 우리가 할 일이 어려운 사명임을 잘 알고 있어요. 우리는 예수님께 몰려드는 많은 병자와 불구자들을 돕고 위로해 주어야 할 거예요. 전 건강한 두 다리를 갖게 되었으니까, 힘껏 일할 작정입니다. 이른 새벽부터 밤 늦게까지 매일 주님을 찬미하도록 해요. 전 매일 밤 아주 편안한 마음으로 잠을 잘 수 있답니다. 정말 저는 성경에서 예언한 구세주이신 예수님을 섬기고 있다고 믿어요."

마리아도 그녀의 말을 되받았다.

"맞아요. 그 분은 성경에서 예언하신 그리스도이십니다. 저 역시 지금의 생활을 만족스럽게 생각하고 있어요."

마리아는 그녀에게 어떤 특별한 사명을 받았느냐고 물었다.

"아무 말씀도 없었어요. 예수님께서 말씀하신 것은 단지 저의 불구를 고쳐 주셨을 때, '그 길은 멀고 험하며 역경으로 가득 차 있습니다.' 라는 말씀 이외에는 아무 것도 없었어요."

그러나 마리아는 자신이 한밤중에 들었던 목소리에 대해서는 아무 말도 하지 않았다. 그러나 그녀는 자신이 악령들에 의해 발작을 일으킨 일과 어떻게 해서 사탄으로부터 벗어날 수 있었는지를 그녀에게 모두 말해 주었다.

그날 저녁 두 여자는 카파르나움의 숙소에 도착하여 예수와 제자들을 위해 저녁 식사를 준비해 주었다. 염소에서 얻은 우유와 빵이 전부였다.

예수는 먼저 음식에 축복하고 하나님께 감사의 기도를 올렸다. 마리아와 수산나도 부엌에서 같은 음식을 먹고 수산나가 인도하는 그들의 작은 방으로 갔다.

"앞으로 우리와 함께 있게 될 여자들도 있을 거예요. 그가 누구일지는 아무도 모르지요. 아마 그녀들 자신도 모를 겁니다."

마리아는 수산나가 말을 채 끝내기도 전에 잠들었다.

아침이 되자 수산나가 먼저 잠자리에서 일어나며 말했다.

"오늘은 안식일이에요. 우린 오늘 아무 일도 할 수 없어요."

그 말에 마리아는 몸을 떨었다. 바로 일주일 전의 그 무서웠던 안식일의 광경이 떠올랐기 때문이다.

"함께 집회소에 갈까요?"

"물론이에요."

"우린 하나님께 감사할 일들이 너무나도 많아요, 마리아!"

수산나가 말했다.

"그럼요."

마리아의 대답은 열렬했다.

"오늘은 사람들이 굉장히 많을 거예요. 카파르나움의 모든 사람들이 예수님의 가르침을 고대하고 있어요."

수산나는 창가로 가서 커튼을 열어 젖혔다. 밝은 햇살이 방 안 가득히 쏟아져 들어왔다.

"그 분의 말씀을 듣고 싶어요. 난 그 분이 말씀하시는 것을 배워야만 해요."

마리아가 자리에서 일어나며 말했다. 이에 수산나도 고개를 끄덕거렸다.

"그래요. 우리 빨리 가요. 난 그 분이 이 집안에서 제자들에게 말씀하시는 것을 들은 적이 있어요. 그 분의 말씀은 우리가 지금까지 성장해 오며 배운 것과는 너무나 달랐어요. 나의 아버지는 엄격한 바리새이파예요."

"저의 아버지 역시 막달라 집회소의 바리새이파 원로 중의 한 분이세요. 엄격하시기는 하지만, 집안에서는 늘 자상하시고 조용하시죠. 항상 아버지께서는 우리들에게 이런 말씀을 하시곤 했어요. 바리새이의 법률과 율법은 사람들이 만들어 놓은 것이지, 하나님이 태초부터 만들어 놓은 것은 아니라고 말입니다. 아버지는 어부예요. 야고보나 요한, 또 시몬이나 안드레와 같은 일을 하지요. 아마, 아버지는 호수를 통해서 자연의 법칙을 아시는 것 같아요."

수산나가 마주 보며 조용히 말했다.

"예수께서는 시몬의 이름을 베드로라고 바꾸어 주셨어요. 또 우리말인 라메이어 말로는 세파스라고 하는데, 바위라는 뜻이지요."

"베드로라고요? 그러나 전 그를 그대로 시몬이라고 부르겠어요."

마리아가 엷은 웃음을 띄우며 대답했다.

두 여자는 튜닉을 입고 곧 아래층으로 내려갔다. 그리고 그들이 집안에서 맨 처음으로 만난 사람은 다름 아닌, 대문 안으로 들어서는 예수, 바로 그 분이었다.

"안식일이라 일찍들 일어났구만."

그가 부드럽게 말했다.

"선생님 안녕히 주무셨어요?"

수산나가 먼저 인사를 했다. 그녀의 목소리는 약간 떨리고 있는 것 같았다. 이에 마리아는 곧 무릎을 꿇는 자세를 취했으나 예수가 즉시 그런 그녀의 행동을 저지했다.

"아니오. 우리 아버지께 감사하시오. 지금의 나에겐 그렇게 하지 마시오."

―지금의 나……?

마리아는 의아했다. 지금이란 무슨 의미일까?

순간 그녀의 마음은 두려움으로 가득 찼다. 하나님의 아들인 예수에게 그런 간단한 인사를 드리는 것이 그를 모독하는 일로 느껴졌기 때문이었다.

그녀는 지금까지 랍비와 율법학자와 집회소 원로들에게는 아주 경건한 마음과 존경심으로 대해야 한다고 배워왔던 것이다. 그리고 모든 유태인들이 그래왔듯이 그들의 말을 절대적으로 복종해야 된다는 가르침을 받아왔다. 그러나 이 분은 모든 사람들과는 다른 위대한 주 그리스도가 아닌가? 그런데 평범한 사람들처럼 그녀 앞에 이렇게 서 있다니, 그녀로서는 믿을 수 없는 일이었다.

마리아는 자신의 불안감을 억제하듯 머뭇거리며 말했다.

"고맙습니다, 선생님. 저에게 베풀어 주신 일이……."

"나에게 감사하지 말고 하늘에 계신 당신의 아버지께 감사하시오. 이 세상의 모든 사람들이 당신처럼 믿음이 있기를― 마리아!"

마리아는 또 어떻게 대답을 해야 좋을지 몰라 생각대로 말했다.

"전 오늘 수산나와 함께 집회소에 가려고 해요. 거기서 저희들은 하나님께 감사의 기도를 드리겠어요. 수산나의 말에 의하면 선생님은 그 곳에서 설교를 하신다고요?"

"그렇소. 내가 오늘 무슨 말을 해야 될지 생각해 보기 위해서 새벽

산책을 나갔다가 돌아오는 길이오."

"그럼 드실 것을 마련해 드릴까요? 오늘 많은 일을 하시려면 매우 힘이 드실 거예요."

수산나가 물었다.

"나중에 다른 사람들이 일어나면 같이 들겠소. 그리고 미리 부탁을 드리겠소. 우유와 빵을, 또 빵에 곁들여 먹을 수 있는 꿀을 좀 준비해 주면 고맙겠소. 그것이면 족합니다."

예수가 예의 부드러운 미소를 지으며 말했다.

"네, 선생님. 그럼 저희들은 샘으로 가겠어요."

수산나가 대답하자, 예수는 미소 띤 얼굴로 말했다.

"당신들은 얼굴을 씻지 않아도 환히 빛나고 있소. 자, 가 보시오. 그럼 난 다른 사람들을 만나봐야겠소."

차가운 샘물이 얼굴에 닿자 상쾌한 기분이 들었다. 마리아는 젖은 얼굴로 수산나를 마주 보며 미소지었다.

수산나는 빗질에 여념이 없었다. 그녀는 머리카락을 아래로 늘어뜨리고 맨 끝에 리본을 달았다. 마리아는 머리를 새로 손질하고 땋아 위로 말아올렸다.

"이런 낡은 튜닉을 입고 집회소에 가기는 좀 창피하군요. 막달라에서 이 곳으로 오기 전에 집에서 빨래를 하고 있던 옷차림 그대로예요."

"상관없어요. 군중 속에 있으면 아무도 우리에게 신경 쓰지 않을 거예요."

마리아의 말에 그녀가 웃어 보이며 말했다.

그녀들이 다시 집안으로 들어섰을 때는 대부분의 사람들이 일어나 차비를 끝낸 체 그들의 방에 앉아있었다.

마리아와 수산나는 우유컵과 빵이 놓여 있는 접시들을 그들에게 날라다 주었다. 각자의 접시에는 꿀이 놓여 있었다.

마리아는 컵과 접시를 건네주며 같은 마을 어부인 야고보와 요한, 시몬과 안드레아에게 첫 인사를 했다.

마리아가 시몬에게 말했다.

"당신의 이름이 베드로로 바뀌었다는 말을 들었어요."

그가 고개를 끄덕거리며 대답했다.

"시몬 베드로라고 불러요. 뭐, 당신이 좋다면 난 아무래도 상관없소. 내 생각으로는 우리 선생님께서 시몬이라는 이름이 너무 흔하니까, 그런 생각을 하셨던 모양이오."

그의 두 눈이 번쩍 빛나고 있었다.

"아니예요. 저는 베드로라는 이름이 무척 좋은 이름인 것 같아요. 난 이제부터 당신을 베드로라고 부르겠어요. 아주 단단한 바위라는 뜻을 가지고 있다면서요. 마치 풍랑이 심한 바다의 굳건한 닻처럼 말이에요."

신체적으로도 베드로는 바위를 닮아 있었다.

그는 작달만한 키에 똥똥한 몸집을 하고 있었는데, 지금까지 살아오는 동안 고기잡는 어부로 그물을 당기고 노를 젓는 데서 생긴 근육이 몸 전체를 둘러싸고 있어 강인한 인상을 주었다. 그의 머리는 앞으로 나와 있었고 무성한 턱수염으로 뒤덮인 얼굴엔 용기와 격정으로 타오를 것 같은 불굴의 강렬한 기상이 엿보게 하는 사람이었다.

그는 웃으며 큰소리로 말했다.

"바다가 얼마나 험한 곳인지 모르고 하는 말이요. 물론 당신에 대해서는 들어서 압니다만……."

그녀도 따라 웃으며 대답했다.

"영원히……. 아주 영원히……."

갑자기 마리아는 말을 중단했다.

두 사람은 순간 엄숙한 표정으로 서로를 쳐다보았다. 그리고 그녀는 컵이 놓인 쟁반과 접시를 들고 다른 사람에게로 갔다.

그녀가 제베데의 아들 야고보 앞에 왔을 때, 그가 즐거운 표정으로 말했다.

"마리아, 난 당신을 풍랑이 거칠고 바람이 사나운 호수에서 활줄과 키를 잡고 배를 잘 부리는 어린 소녀로만 기억하고 있었는데, 정말 놀랍게도 우리와 함께 있게 되었다니 무척 반갑습니다. 당신의 부친 자카리아스 씨는 지금의 우리를 어떻게 생각하고 계신가요?"

"모르겠어요. 야고보! 제가 선생님을 따라 올 때도 우린 아무 말도 나누지 못했거든요."

"너무 걱정하지 말아요. 그 분은 우리 아버지와 모든 일을 의논하실 것입니다."

카파르나움 집회소는 이 도시 대부분의 건물들처럼 황토색 벽돌로 지어졌다. 인구가 적은 막달라 마을의 집회소와는 달리, 도시답게 건물들은 크고 위엄을 갖추고 있었다.

또 안식일 예배에 참석하기 위해 그토록 많은 군중들이 모인 것은 처음보는 광경으로 예수의 명성은 경이로운 것임이 분명했다.

건물 중앙에 있는 문으로 많은 사람들이 서로 먼저 들어가려고 밀치며 법석을 부렸다. 마리아와 수산나는 재빨리 군중들 사이로 비집고 들어갔다. 한 사람이 앞장 서서 헤쳐 나가면서 길을 트면 뒷사람이 따라올 수 있게 했다. 그들은 손을 꼭 잡고 안으로 들어섰다.

이미 집회소 안은 많은 사람들로 가득 차 있어 더 이상 들어설 자리가 없어 보였다. 그들은 여자들 만의 자리로 지정되어 있는 맨 뒷쪽 벽에 기대어 섰다. 그런대로 안에서 일어나는 일을 확연히 살펴볼 수 있었다.

두 여자는 마침내 예수가 맨 앞줄 의자에 앉아 있는 모습을 발견하였다. 그는 무릎을 꿇고 기도를 드리는 중이었다. 그의 주위에는 그를 따르는 제자들과 다른 사람들이 경건한 자세로 함께 무릎을 꿇고 있었다.

마리아도 무릎을 꿇고 싶었으나 많은 사람들 때문에 조금도 몸을 움직일 수가 없었다. 그녀는 고개를 숙였다. 수산나도 그녀를 따라 머리를 숙였다.

"우주 만물을 창조하신 하나님 아버지. 특별히 저에게 은총을 주시어 당신의 위대한 아들인 예수님을 통해 저를 고통에서 구원해 주시고, 지금 저의 영혼마저 구원해 주신데 대하여 무한한 감사를 드리옵니다. 또한 당신의 독생자를 따라 일을 하게 해 주신 은혜에 보답코자 마음과 몸을 바쳐 봉사하겠나이다. 이제 저는 제가 아니오라 하나님 아버지의 것이옵니다. 저에게 힘과 용기를 주시어 하나님께 대한 저의 믿음을 증명하게 하옵소서. — 아멘."

마리아는 낮은 음성으로 기도를 드렸다. 그녀의 기도가 끝나자마자 집회소 안이 갑자기 조용해졌다.

그때 랍비가 운집한 군중들 앞에 나타났다. 그는 두 팔을 들어 올리고 경배 문구를 암송하며 기도를 인도했다.

그의 축도가 끝나자 군중들과 마주보며 긴 의자에 앉아있던 바리새이파 원로들 중 한 사람이 일어나 제1일과를 읽고나서 자기 자리로 돌아가 앉자, 다른 원로가 '예언서'에서 제2일과를 읽었다. 그가 읽기를 마치자 작은 소란이 일어났다.

그것은 다음에 연단에 설 이방인에 대한 기대와 어떤 기적을 기다리는 군중들의 조바심이었다. 마침내 예수가 일어섰다.

"나는 나사렛 예수입니다."

그는 조용하게 말했지만, 목소리는 집회소 안을 울렸다.

"나는 이 곳에 모은 카파르나움 사람들에게 주 하나님의 말씀을 전하고자 합니다."

그의 말이 잠시 끊긴 틈을 타 랍비가 큰소리로 외쳤다.

"주님의 은총이며 영광이오. 나사렛 예수! 자, 이제 우리 모두 그의 말을 경청합시다."

예수는 천천히 걸음을 옮겨 사람들을 마주 볼 수 있는 정면 단상 위로 올라갔다. 그리고는 군중들을 둘러보았다.

그는 머리를 약간 뒤로 젖혔다. 그의 단정한 몸가짐과 큰 키, 빛나는 두 눈은 군중들의 바램을 집중시키기에 충분했다. 그것은 마리아가 그를 강변에서 처음 보았을 때와 같은 인상이었다.

"카파르나움의 여러분! 나는 당신들에게 전할 매우 소중한 메시지를 가지고 왔습니다. 당신들은 세례자 요한이 유다야 강가에서 하나님의 나라가 가까이 왔음을 설교한 사실을 기억하고 계실 것입니다. 많은 우리 형제들은 그의 말을 듣고 그가 예언한 말을 진심으로 믿으며, 자신들의 죄를 회개하고 따랐습니다. 그러나 더 많은 죄를 짓고 간음을 한 사람들은 회개하기는 커녕, 그 말을 믿으려고도 하지 않았습니다. 이제 당신들에게 드리는 메시지는 하나님의 왕국이 가까이 왔음을 알리는 복음의 소리입니다. 모든 사람들은 자기의 죄를 회개하고 하나님의 말씀을 믿어야 할 시간이 다가왔습니다. 이제 내 말을 듣는 사람들에게는 축복을 받을 것이며, 내 말을 듣지 않는 사람들은 고통이 따를 것입니다."

사람들은 조용히 듣고 있었다. 예수의 설교는 계속되었다.

"한 농부가 씨를 뿌리기 위해 들로 나갔습니다. 씨앗을 뿌린 것들 가운데 어떤 것은 길가에 떨어져 날으는 새들의 먹이가 되었습니다. 또 바위에 떨어진 씨앗은 싹은 텄으나 뿌리를 내릴 수가 없어 그대로 말라 죽었습니다. 가시덤불이 자라는 곳에 떨어진 씨앗은 너무 강한 가시덤불 때문에 열매를 맺지 못하고 생명을 다했습니다. 그러나 밭 한가운데 떨어진 씨앗은 기름진 땅에서 잘 자라 나중에는 좋은 열매를 맺었습니다. 귀가 있는 사람들은 그 의미를 알아서 들으시오."

여기서 예수는 말을 마쳤다.

그는 자기의 자리로 돌아가지 않았다. 다른 일이 일어나고 있었던 것이다. 앞줄에 앉아 있던 한 사람이 기다렸다는 듯이 자기가 데리고 온 사람의 팔을 들어올렸다. 그러나 그의 팔은 제대로 쓸 수 없는 나무도막같이 오그라든 갈색이었다.

모든 군중들이 호기심 어린 시선으로 고개를 들어 그들을 바라보았다. 어떤 사람들은 의자에서 일어나기까지 했다. 웅성거리는 소리가 집회소 안을 떠들썩하게 만들었다.

마리아는 바로 자기 앞의 의자에 앉아 있는 여자가 옆 사람에게 속삭이는 소리를 들었다.

"바리새이파 사람들은 저 사람이 안식일에 또다시 병자들을 고쳐주는 것을 보기 위해서 데리고 왔어요."

그때 예수의 목소리가 들려왔다.

"앞으로 오시오."

그러자 한 사람이 재빨리 예수 앞으로 다가갔다. 아주 빈약한 체구에 낡은 옷을 걸친 자였다.

의자에 앉아 있던 모든 원로들이 약속이나 한 듯 자리에서 벌떡 일어났다. 마치 그들은 이런 일을 기다리고 있었다는 듯이…….

집회소의 지도자인 듯 싶은 한 사람이 예수 앞으로 나갔다.

"성스러운 안식일에 병자를 고쳐주는 것이 합당한 일이라고 생각하오?"

그가 큰 소리로 다그치듯 물었다.

그러나 예수는 약간 노기 띤 표정으로 그를 보며 말했다.

"당신들 중의 어떤 사람이 양 한 마리를 가지고 있었는데, 그 양이 그만 안식일에 구덩이에 빠졌다고 합시다. 그럴 때 그 양을 구덩이에서 건져내지 않을 사람이 어디 있겠습니까? 하물며 사람의 생명은 양보다 더 소중한 것입니다. 안식일에 금하는 것은 착한 일이 아니라, 악한 일을 행하지 말라는 뜻입니다."

그러면서 예수는 환자를 돌아다보며 말했다.

"당신의 손을 펴시오."

그러자 그가 손을 펴보였다. 예수는 그의 손을 가볍게 잡고 그가 팔을 펼 수 있도록 힘을 주었다. 순간 그 사람은 자기의 팔에 그 어떤 강력한 힘이 전해져 옴을 느꼈다. 예수가 그의 손을 놓자, 그는 자기의 팔을 펴서 들어보였다. 다른 사람들과 똑같이 움직일 수가 있었다. 그러자 그 초라한 사람은 예수를 향하여 그의 두 팔을 힘껏 벌리고 예수를 껴안았다.

"전 나았습니다. 다른 사람의 것과 다름이 없습니다. 주 하나님께 감사합니다. 고맙습니다, 선생님!"

그는 통로를 뛰어가며 계속 큰 소리로 외쳤다.

"난 나았어요. 선생님께서 고쳐주셨습니다. 하나님께 찬양합시다. 난 정말 나았어요."

그가 춤을 추듯 집회소 밖으로 뛰어나가자 모든 사람들은 고개를 들어 그를 지켜보았다. 이 광경을 지켜본 집회소 바리새이파 원로들은 예수를 노려보며 아무 말없이 자기들의 자리로 돌아가 앉았다. 믿을 수 없다는 표정이 역력했다.

그러자 군중들 사이에서는 큰 소동이 벌어졌다. 랍비는 손을 들어 모든 사람들에게 조용히 할 것을 지시했다. 그는 축도 기도로 예식을 끝마쳤다.

예배가 끝났음에도 불구하고 많은 사람들은 아직도 그대로 자리에 남아 있었다. 먼저 나가려고 서로 밀치고 싸우는 소리며, 자기 주장이 옳다고 떠들어대는 사람들의 고함소리에 집회소 안은 온통 아수라장이 되었다.

마리아는 제자들이 예수의 주위를 감싸고 있다는 사실 이외에, 그들이 언제 그 곳을 빠져 나갔는지 알지 못했다. 요란한 군중들의 떠들썩함 속에서도 예수에 대해 말하는 소리를 듣는데 온 정신을 쏟고 있었다.

그들의 말은 진정으로 하나님의 말씀을 전하는 자인가, 아니면 안식일에 병자를 치료해 주어서는 안 된다는 바리새이파 원로들의 말을 반박한 것이 옳은 지에 대한 자기들의 견해에 대해서였다.

마리아와 수산나는 소란을 피우면서 밖으로 나가려고 서로 등을 밀치는 북새통 속에서 한 남자의 이야기를 우연히 듣게 되었다. 그들 두 사람은 실로 놀라운 말들을 주고받았다.

"저 자를 죽여 버려야겠어."

그들 중의 한 사람이 거칠게 말하자, 다른 자가 대답했다.

"그 일은 내일 아침에 모여 의논합시다. 저 자는 우리의 율법을 깨뜨렸을 뿐만 아니라, 아무 것도 모르는 사람들까지 유혹하고 있어요. 위험한 인물입니다."

두 여자는 더 이상 그들의 말을 들을 수 없게 되자, 서둘러 집으로 돌아왔다. 그들은 각자 자기 나름대로 깊은 생각에 잠겼다.

그날 오후에 마리아는 예수와 잠시 이야기를 나눌 기회가 생겨 집회소에서 일어났던 일들이며 특히, 두 남자들 사이에 오고간 엄청난 음모의 말을 들려주었다.

그는 약간 신중한 태도를 보이며 웃음 띤 얼굴로 말했다.

"막달라 마리아. 당신은 이제 첫 번째의 교훈을 얻게 된 것입니다. 난 당신이 말한 내용을 이미 알고 있었습니다. 이 일은 겨우 시작에 불과할 뿐이오. 앞으로 더 많은 비난의 말을 듣게 될 것입니다. 나도 당신에게 많은 일을 맡기도록 할 계획입니다. 앞으로도 나에게 계속 그와 같은 말을 들려주기 바라오."

얼마 동안의 휴식을 가진 후 예수와 그 일행은 안식일 식사를 하기 위해 식당에 모여 앉았다. 아침에 수산나는 쇠고기를 구워 잘게 잘라 안식일 식사로 준비해 놓았다.

"어떤 사람이 찾아와 저에게 고기를 주었어요. 그 사람은 이 고기가 율법에 따른 청결한 음식이라고 말했습니다. 이런 일은 일주일 내내 계속되었어요. 사람들은 우리에게 먹을 것과 필요한 모든 물건들을 가져다 주지요. 우리에겐 아무 것도 부족한 것이 없답니다.

우리가 살고 있는 이 큰 집도 예수님께 빌려주신 거예요."

"왜 그들이 그렇게 한다고 하던가요?"

마리아가 그녀에게 물었다.

"어떤 이들은 자기의 병을 고쳐 주어 감사하는 마음에서 가져온 것이라고 말하기도 하고, 또다른 사람은 예수께서 가르쳐 주신 설교 내용을 믿으며, 그것을 위해 특별히 마련해 온 음식이라고 말하기도 했어요. 그리고 세례자 요한에게서 세례를 받았다고 말하는 사람도 있었지요. 사람들은 예수님이, 요한이 오시기로 약속된 분이라고 예언한 바로 그 그리스도라고 생각하는 것 같아요. 비록 그들이 아직은 확신하는 것 같은 태도는 아니지만……."

사람들은 긴 식탁에 마주보게 자리를 잡고 앉았다. 그들 중의 어떤 사람은 손님이었지만, 다른 사람들은 마리아처럼 예수를 따라 함께 생활하는 일행들이었다.

수산나는 마리아에게 필립보를 소개했다. 그는 그녀와 같은 고향인 벳사이다 사람이었다. 두 사람은 서로 안 지가 얼마되지 않았으며, 필립보의 나이가 수산나보다 약간 많은 것 같았다.

사실 예수를 포함해서, 그의 제자들이나 주위 사람들은 모두 젊었다. 마리아는 예수의 나이를 추측해 보았다. 서른 살, 아니면 한 두 살 정도는 더 먹었으리라 생각했다.

이들 중에 가장 나이가 많은 사람은 시몬 베드로 같았다. 그는 원래 벳사이다 사람이었지만, 오래 전부터 이 곳 카파르나움의 장모집에서 부인과 함께 살고 있었다.

마리아와 수산나는 고기와 빵, 올리브 기름으로 준비한 야채 샐러드와 포도주를 식탁에 올려놓고 집에서 하던 습관대로 안식일 예식용 촛대에 불을 붙였다.

예수가 축복을 한 다음 사람들은 자기 앞에 놓인 음식을 먹기 시작했다. 두 여자도 그들을 따라 함께 음식을 들었으며, 식사가 끝나자 대화 내용을 듣기 위해 벽에 기대놓은 의자에 앉았다.

곧 이어 대화가 시작되었다.

손님들 중의 한 사람이 예수께 씨앗 뿌리는 자의 비유에 대해 질문을 했다.

"너무나 많은 사람들이 그것을 이해하지 못하는 것 같았습니다. 사람들이 약간 당황하는 것처럼 보였습니다. 저 역시 확실히 깨달을 수가 없습니다. 어떤 것을 비유하신 말씀입니까?"

예수는 식탁 좌우를 둘러보았다. 그리고 되물었다.

"그 비유를 이해하지 못한다구요? 그러면 어떻게 다른 비유를 이해할 수 있겠습니까?"

잠시 말을 끊었다가 질문한 사람을 바라보며 조용히 입을 열었다.

"하나님 나라의 신비를 이해하는 것은 당신들에게 달려 있습니다. 그러므로 모든 사람들에게는 비유를 통해서만 깨달을 수 있게 말해야 합니다. 사람들은 복음을 들어도 배우려고 하지 않고 진리를 보아도 그것을 믿으려 하지 않습니다. 하나님의 말씀은 듣고 볼 준비가 되어 있는 사람만이 그 비유를 이해할 수 있습니다."

마리아는 예수의 씨뿌리는 자의 비유에 대한 설명을 아주 주의 깊게 들었다.

그는 제자들에게 씨뿌리는 자의 씨앗은 하나님의 말씀이라고 말했다. 씨앗이 길가에 떨어졌다는 것은 하나님의 말씀을 듣기는 하였지만, 알아듣지 못한 사람들을 두고 한 말이었다고 했다.

이런 사람들에게는 마귀가 와서 마음에 심어진 말씀을 빼앗아가 버리기 때문에 믿음이 없어지며, 따라서 구원을 받을 수가 없게 됨을 강조하였다.

씨앗이 돌밭에 떨어졌다는 뜻은 하나님의 말씀을 듣고 기쁘게 받아들이기는 하였지만, 자기가 무엇을 어떻게 따라야 될지 모르는 신념이 없는 사람을 가리키는 말이라고 했다. 이런 사람은 신념이 없어 하나님의 말씀은 들으나 환난이나 박해를 당하면 곧 마음이 흔들려 그만 자신을 번복하는 자를 일컫는 다고 말했다.

씨앗이 가시덤불에 떨어졌다는 것은 하나님의 말씀을 듣기는 하였지만, 세속의 일에 마음을 쓰고 재물을 탐내고, 온갖 종류의 쾌락을 쫓는 사람으로, 이런 사람은 늘 탐욕에 싸여있어 하나님의 말씀에 삶의 열매를 맺지 못하고 그냥 죽고 만다는 것이다.

씨앗이 좋은 땅에 떨어졌다는 것은 하나님의 말씀을 듣고, 정직하고 진실된 마음과 믿음으로 받아들여 그 말씀대로 꾸준히 행하는 사람으로 나중에는 좋은 열매를 맺게 됨을 비유한 말이라고 설명해 주었다.

그리고 예수가 다시 덧붙여 말했다.

"이 세상에서 아무리 숨기고 싶은 일이라도 다 드러나기 마련이며,

그 어떤 비밀이든 알려지는 것이 사람의 일입니다. 여러분은 지금 듣고 있는 말씀을 마음에 잘 새겨두도록 하시오. 여러분은 남에게 준 만큼 받을 것이며, 그것보다 더 많은 것을 얻게 될 것입니다. 그러므로 가진 자는 더 풍족하게 받을 것이며, 별로 가진 것도 없으면서 가진 줄로 아는 사람은 그것마저 빼앗길 것입니다."

마리아는 그 말의 의미를 새길 수 있는 예수의 모든 말을 그녀의 마음 속에 깊이 간직했다.

해가 저물고 안식일의 일정이 모두 끝나자, 새로운 일이 벌어졌다. 많은 사람들이 집 앞으로 모여들기 시작하였다.

그들은 하나 둘씩 모습을 나타낸 것이 아니라, 서로 약속이나 한 듯 짧은 시간에 무리를 지어 모습을 나타낸 것이다. 서로 먼저 자리를 차지하려고 문 앞에서 밀치고 싸우며 소란을 피웠다. 금새 병자와 불구자, 그들의 가족들로 들끓었다.

요한이 예수에게로 달려갔다.

"선생님, 저들을 그냥 돌려보낼까요? 지금 집앞에는 수백 명의 군중들이 몰려와 있습니다."

"아니오. 내가 그들을 만나보겠소."

예수가 말했다. 예수의 말이 전해지자 군중들은 기쁨의 환호성을 울렸다. 곧이어 모여든 사람들을 정렬시켰다. 베드로는 건장한 몸으로 문앞에 버티고 서서 한 사람씩 들어오도록 했다. 야고보는 그 옆에서 끼어드는 사람들을 저지하느라 안간힘을 썼다.

예수는 거실 한가운데 자리를 잡았다. 그곳에서 예수는 애원하는 환자와 그들의 가족들을 만나기 위해서였다. 제자들은 치료가 끝난 사람들이 부엌과 뒷문을 통해서 나갈 수 있도록 안내하는 역할을 맡았다.

수산나는 서둘러 집안 곳곳에 불을 밝게 켜 놓았다.

그때 예수가 마리아를 불렀다.

"막달라 마리아! 내가 병자를 치료하는 동안 다른 사람을 대기시켜 주시오. 그리고 그 사람의 고통을 미리 알아봐 주시오."

"네, 선생님……."

그녀는 아직도 무엇을 어떻게 해야 할지 몰랐다. 그러나 그녀는 서둘렀다. 베드로가 문을 열자, 쇄도해 들어오는 사람들로 인하여 뒤로 밀려날 지경이었다.

"기다려요. 잠깐만 기다려요. 한 사람씩 차례로 들어오란 말이오."

베드로가 소리쳤다.

첫 번째로 한 소년이 그의 어머니의 손에 이끌려 들어왔다. 마리아는 몸을 구부리고 소년에게 물었다.

"어디가 아픈가요? 먼저 나에게 말해 주세요."

소년은 약간 의아해 하며 그녀를 올려다보면서 말했다.

"저를 살펴보시기 바랍니다."

마리아는 소년을 자세히 살펴보았다. 소년의 몸은 깡마르고 아주 나약해 보였다. 그런데 소년의 머리가 몸집에 비해 너무나 컸다. 그의 어머니가 예수 앞에 무릎을 꿇었다.

"주님! 제 자식을 살펴주세요. 제 아이는 태어날 때부터 불구였습니다. 자식이 정상적인 생활을 할 수 있도록 도와주세요."

그녀는 애원하였다.

예수는 마리아에게서 소년을 넘겨 받더니 가볍게 안아올렸다.

소년의 겁먹은 눈이 예수를 올려다보았다.

"이제 너는 건강한 사람으로 자랄 것이다."

예수의 말에 소년이 놀란 표정으로 되물었다.

"제가요?"

예수도 소년의 눈을 들여다보며 말했다.

"네가 그럴 것이다."

소년은 예수를 보며 웃음지었다. 그의 짧은 두 팔로 예수의 목을 껴안으면서 말했다.

"전 선생님을 믿어요."

"그가 원하는대로 될 것입니다."

예수는 소년의 어머니를 내려다보며 말했다.

마리아는 다른 사람을 맞이할 준비를 끝냈다. 다음 차례는 너무 몸이 약해서 제대로 걷지도 못하는 노인이 식구들의 부축을 받으며 들어왔다.

"두려워하지 마세요. 예수께서 당신을 도와주실 것입니다."

"아! 선생님……."

그들은 줄을 지어 한 사람씩 끊임없이 들어왔다. 병든 자와 불구의 몸으로 들어와서는 예수의 짧은 기도와 축언의 말로 건강을 되찾고 온전한 사람이 되어 떠나갔다. 그들의 마음 속엔 진실과 하나님의 전능하신 뜻을 간직하고 자기들의 집으로 돌아갔다.

그때 무너지는 듯한 요란한 소리가 바로 윗층에서 들려왔다. 문 가까이에 서 있던 수산나가 놀라 마리아를 바라보고는 소리 나는 쪽으로 달려갔다.

그와 동시에 세 남자가 집 안으로 들어서는 것을 보았다. 그들은 잘 차려 입은 몸가짐으로 불구자나 병자의 모습은 아니었다.

베드로 뒤에 서 있던 야고보가 마리아에게 눈짓으로 세 사람을 가리켰다. 그들 중에 한 사람은 낮에 집회소 안에서 보았던 낯익은 얼굴이었다.

그녀는 그들에게로 다가가며 말했다.

"제가 도와드릴 일이라도 있나요?"

"없소. 우린 지금 이 안에서 일어나고 있는 일에 대한 이야기를 들었소. 직접 눈으로 모든 것을 확인해 보기 위해 온 것이오."

마리아는 그들이 집회소의 바리새이파 지도자들이라는 것을 기억했다. 그들은 그 무서운 음모를 꾸미고 있던 원로들 중의 세 사람이었다. 또다시 윗층에서 요란한 소리가 들려왔다. 이번에는 필립보가 달려갔다. 수산나에게서는 아무런 소식이 없었다.

"손님들! 다른 방으로 안내해 드릴까요. 보시다시피 우린 무척 바빠요."

마리아가 세 사람을 번갈아 보며 말했다.

"아니오. 우린 저쪽 의자에 앉아 있겠소."

예수가 서 있는 뒷쪽의 의자를 가리키며 그들 중의 한 사람이 말했다.

"네 알겠어요."

세 사람은 날카로운 시선으로 방 안을 한 번 둘러보고는 나란히 의자에 앉았다.

한편 예수는 들것에 실려온 한 젊은이의 머리에 손을 얹자, 그는 예수의 발 아래 무릎을 꿇고 눈물을 흘리며 떨리는 음성으로 말했다.

"주님! 전능하신 하나님과 당신께 찬미를 드립니다."

그는 감사의 눈물을 계속 흘리며 흐느꼈다. 가까이 서 있던 요한이 그를 일으켜 세워 밖으로 데리고나갔다. 그의 두 친구들이 들것을 들고 기뻐하며 뒤를 따랐다.

마리아는 다음 차례를 기다리고 있는 사람을 맞이했다. 한 젊은 여자가 반점 투성이 아기를 안고 안으로 들어섰다. 아기의 얼굴은 온통 붉은 열꽃으로 뒤덮여 보기에도 안스러웠다. 그 여인은 절망의 눈으로 아기를 내려다보면서 소리쳤다.

"내 아기를! 지금 내 아이가 열병으로 죽어가고 있어요."

마리아는 그녀에게서 아기를 받아 안았다. 아기의 몸은 불덩이처럼 뜨거웠고 가엽게도 가쁜 숨을 몰아쉬고 있었다.

"아기가 매우 위험해요."

마리아가 다급하게 말했다.

예수는 갓난아이를 마리아에게서 받아들었다.

"아기 어머니는?"

예수가 물으며 마리아의 뒤를 따라 들어오는 여인을 바라보았다.
"바로 저예요. 제 아이가 죽을 것 같아요. 의사가 오늘밤을 넘기지 못할 것이라고 말했어요."
"아기는 절대로 죽지 않습니다."
예수는 손으로 열꽃이 핀 아기의 이마를 짚었다.
"자, 이젠 열이 떨어졌습니다. 당신이 집에 도착하기 전에 아기는 완전히 회복될 것입니다."
예수의 말에 그녀는 못믿겠다는 듯이 그 자리에 주저 앉아 흐느끼면서 말했다.
"전 예수님이 병자를 고쳐 주시는 분이라는 소문을 들었어요. 아기에 대한 마지막 희망으로 이 곳까지 달려왔어요."
"어서 아기를 집으로 데리고 가시오. 가서 하늘에 계신 우리 아버지께 감사하시오."
예수가 그녀를 굽어보며 조용히 말하자, 그 때서야 아기 엄마는 모든 것을 믿을 수 있겠다는 표정을 지으면서 밝은 목소리로 말했다.
"제가 어떻게 하면 당신의 은혜에 보답할 수 있을까요? 나사렛 예수님."
"나에게 하지 말고 나를 이 곳에 보내신 하나님께 감사하시오."
여인은 놀란듯 중얼거렸다.
"그리스도 !"
"아무에게도 말하지 마시오."
예수가 나지막한 소리로 말하며 안고 있던 아기를 건네주었다.

요한은 여인의 한 팔을 잡고 방에서 데리고 나갔다. 마리아는 기다리고 있는 다른 여인을 돌아다보았다.

"전 같이 온 일행이 아니예요. 그냥 사람들 틈에 끼어있다가 그 여자의 아기가 금방 죽을 것만 같아서 걱정이 되어 따라 들어왔던 거예요."

"그러면 당신은?"

마리아가 물었다.

그 여자는 건강하게 보였으나 겁을 먹은 표정이었다. 그러나 이국적인 아름다운 얼굴은 동방계의 여자 같았다.

"사실 전 이곳에 있을 사람이 못돼요. 이렇게 아픈 사람들이 많이 있는데……. 아마도……."

"당신을 만나게 돼서 매우 기뻐요."

마리아가 말했다.

"제 이름은 살로메라고 해요. 페니키아의 타이어에서 왔어요. 유태인이 아니라 이방인입니다. 전 하나님과 복음에 대해 많은 것을 들었습니다. 그것은 제가 그리스나 로마의 신들을 믿지 않았기 때문이지요. 제가 고향 타이어에서 위대하신 나사렛 예수에 관한 이야기를 듣고, 그 분을 만나보기 위해 여기 갈릴리까지 왔어요. 전 매우 불행하기 때문입니다. 불행이 육체의 병은 아니지만, 병보다 더 무서운 것으로 여겨져요. 전 그 분이 틀림없이 하나님의 아들이라는 사실을, 당신들의 성경이 예언하고 있는 그리스도임을 믿고 있어요. 아마, 언젠가는 그 분께 말씀드릴 수 있겠지요."

그때 그녀의 말을 예수가 들었다.

"페니키아의 여인 살로메여! 모든 것을 사실대로 말하시오."

그러자 그녀는 예수 앞에 무릎을 꿇으며 말했다.

"선생님, 전 많은 죄를 지었습니다. 비속한 죄의 구렁텅이에서 헤어날 수가 없습니다. 정말 하나님의 도움으로 회개하고 새로운 삶을 살고 싶습니다."

"당신이 지난 생활을 청산하고 다시는 죄를 짓지 않기 원한다면 새로운 삶을 다시 부여받을 것입니다. 마리아, 그녀를 잠시 다른 곳에서 기다리게 하시오. 아니오. 그녀를 밖으로 내보내 다른 사람들을 도와주도록 하시오."

마리아는 살로메를 데리고 지금까지 문 밖에 서 있는 베드로에게로 갔다.

"살로메는 우리를 도와주기 위해 바깥의 사람들있는 데로 갈 거에요."

베드로는 고개를 끄덕거리며 그녀를 밖으로 내보내주었다.

"이젠 기다리고 있는 사람이 얼마 남지 않은 것 같소."

베드로가 마리아를 보며 말했다.

그때 수산나가 허겁지겁 윗층에서 달려내려왔다.

"마리아! 사람들이 지붕을 뚫고 들어왔어요. 구멍을 통해 거적으로 싼 사람을 내려보냈는데, 그 사람은 반신불수였어요. 그를 데리고 온 사람들은 예수님께로 데리고 갈 방법이 없어서 부득이 그렇게 했다는 거예요."

"지붕을 뚫고요?"

마리아는 놀랐다.

"네. 어찌하면 좋지요."

"그들을 잠시 그대로 있게 하세요. 여기 일이 너무 많아요. 곧 끝날 거예요."

눈이 멀었던 한 여인이 다시 시력을 회복하고는 밖으로 나가며 모든 사람들에게 하나님을 찬양하였다. 눈먼 여인이 마지막이었다.

드디어 아무도 더 이상 안으로 들어올 사람이 없었다. 밖에 있던 살로메가 다시 안으로 들어오자, 베드로는 문을 잠궜다.

마리아는 예수를 바라보았다. 그의 얼굴은 피로한 기색이 완연했고, 두 어깨가 약간 쳐졌다.

"선생님 한 사람이 더 있어요. 지금 윗층에 있는데 지붕을 뚫고 들어왔대요."

"지붕을 뚫고?"

예수도 몹시 놀라는 표정이었다.

"바로 조금 전에 들었던 것이 그 소리였던가?"

마리아는 고개를 끄덕였다.

"그 사람은 반신불수랍니다. 수산나와 필립보가 그들과 함께 지금 위에 있어요."

요한이 예수에게 물 한 컵을 가져다 주었다. 물을 마시는 동안 마리아는 바리새이파 사람들이 기다리고 있음을 알려주었다.

"그들에게로 가서 나를 따라오게 하시오. 그러면 모든 것을 보게 될 것입니다.”

마리아는 세 명의 바리새이파 사람들에게로 갔다.

“나를 따라오세요. 지금 예수께서 당신들과 만나기를 원하십니다.”

그녀는 그들을 등불이 밝게 빛나는 방으로 안내하였다. 그때 예수는 구멍이 뚫린 천정을 바라보고 있었는데, 입을 벌린 듯한 구멍을 통해 서늘한 밤공기가 쏟아져 내렸다.

밤공기에 흔들리는 등불 밑에서 한 젊은이가 들것에 누운 체 꼼짝도 못하고 있는 마룻바닥엔 천정이 무너지며 떨어진 나무조각이며 흙덩이, 갈라진 벽의 잔해 등 지저분한 것들이 널려 있었다.

예수는 젊은이를 데리고 온 네 사람과 들것 위에 누워 있는 병자에게 환한 얼굴로 말했다.

“당신들의 믿음은 실로 놀라운 것입니다. 그 믿음으로 이런 일을 하였소!”

“정말 저희들은 군중들을 뚫고 들어올 수가 없었습니다. 그래서 부득이 무례를 저질렀습니다.”

그들 중의 한 사람이 머리를 숙이며 말했다.

그러자 예수는 그 젊은 사람에게 말했다

“아들이여! 당신의 죄는 이미 사함을 받았소.”

그것을 본 바리새이파 사람들의 반응은 즉시 나타났다. 얼굴 표정은 순식간에 굳어졌고 마른 입술은 경련을 일으키며 일그러졌다. 한 사람이 격노한 듯 발을 굴렀다.

그들의 생각은 분명했다. 예수가 그들의 마음을 꿰뚫어 본 듯 세 사람을 번갈아 보며 말했다.

"당신들은 스스로 이런 말을 하고 싶었을 게요. 자기가 도대체 뭔데 이런 말로 하나님을 욕되게 하는가? 하나님의 이름으로 어느 누가 감히 죄를 용서할 수 있다고 말할 수 있는가 하는 생각말이오. 그런 생각을 갖지 않으면 안 되는 당신들에 대해 나는 모든 것을 잘 알고 있소. '당신은 이미 죄를 용서 받았소.' 라는 말과, '일어나 걸어가시오' 라고 말하는 것 중에서 어느 쪽이 더 쉽다고 생각하시오? 그러면 이제 하나님의 아들이 이 땅에서 인간의 죄를 용서하는 권한을 가지고 있음을 당신들에게 똑똑히 보여주겠소."

예수는 그렇게 말하면서 다시 병자를 내려다보며 말했다.

"아들이여！ 당신에게 말합니다. 어서 일어나 그 들것을 가지고 집으로 돌아가시오."

그러자 병자는 그들이 지켜보는 가운데 돌연히 일어나 자기가 누워있던 들것을 걷어 들고는 문쪽으로 또박또박 걸어갔다.

"하나님께 영광이……. 내가 걷게 되다니！"

그가 기쁨에 찬 음성으로 소리 높여 외쳤다. 그가 외치며 문쪽으로 걸어오자, 베드로는 그를 보고 재빨리 문을 열어주었다.

밖으로 나오자, 그는 거리에서 젊은이들이 지붕을 뚫고 들어간 일이 어찌 되었는지 궁금해 하는 사람들을 보며 큰소리로 외쳤다.

"주！ 하나님께 영광이……. 내가 걷게 되었소！"

그러자 네 명의 친구들이 방을 나섰다. 그들은 방금 일어난 기적에 너무 놀란 나머지 할 말을 잃었다. 그 중에 한 젊은이가 겨우 입을 열었다.

"내일 다시 와서 지붕을 고치고 청소를 해드리겠습니다."

모든 것을 지켜보고 있던 바리새이파 사람들도 놀라움을 감추지 못했다. 그러나 아직도 믿지 못하겠다는 듯이 한 원로가 중얼거리듯 말했다.

"우리는 이런 일을 일찌기 본 적이 없소. 정말 사실이오?"

그때 밖에서 군중들의 함성 소리가 흔들리는 등불보다 더 크게 들려왔다.

"하나님께 영광! 그의 뜻이 땅에서 이루어지셨도다."

그러자 예수는 아직까지도 기다리고 있던 여인 살로메에게로 가서 그녀와 긴 대화를 나누었다. 다른 사람들을 멀리 둔 체 그들의 이야기는 계속되었다. 이따금 살로메의 작은 흐느낌이 등불 사이를 타고 간간히 흘러나왔다.

얼마간의 시간이 흐르자, 예수는 자리에서 일어서며 마리아와 수산나를 불렀다.

"이제 살로메는 하늘에 계신 주 하나님을 진실로 믿는 믿음을 갖게 되었소. 그녀의 죄는 이제 모두 용서 받았소. 그리고 우리 모두의 하나님의 계명을 받아들였소. 그러므로 그녀는 우리 일행이 되었고, 우리를 따라 주님을 위한 일에 헌신하며 봉사하게 될 것이오. 그녀를 잘 돌보아 줄 것을 부탁하오. 마리아와 수산나! 그녀는 우리와 함께 머물며 배울 것입니다."

살로메의 뺨에는 뜨거운 눈물이 흘러내리고 있었다. 그것은 자기의 죄를 속죄하고 새로운 삶을 시작하는 기쁨의 눈물임이 분명했다.

밤이 고요히 깊어갔다. 마리아와 수산나는 그녀를 인도하여 그들의 방으로 갔다. 두 여자는 새로운 동반자에게 덮고 잘 침구를 내주었다.

마리아는 매우 피로하였지만 행복했다. 그 무서운 고통과 공포에서 구원된 이래로 자기가 이렇듯 보람된 일에 함께 할 수 있다는 것이 무한히 자랑스러웠다. 그녀는 창문 가까이에서 무릎을 꿇고 하루가 무사히 지나갔음을 감사하며 기도를 드렸다. 수산나도 그녀와 나란히 꿇어앉았다.

살로메는 어찌할 바를 몰라 망설이면서 말했다.

"난 기도 드리는 방법을 몰라요."

그녀는 솔직하게 자신의 무지함을 고백했다.

"오늘 우리가 하나님의 아들이신 예수 그리스도를 통해서 주님께 봉사하며 함께 있었던 것을 감사하면 돼요."

하고 수산나가 일러주었다.

살로메는 그녀들처럼 조용히 무릎을 꿇었다. 그런 다음 그녀의 경건하고 낮은 음성이 흘러나왔다.

밤은 점점 더 그들의 믿음만큼 깊어갔다.

다음 날 아침이 되자, 여자들이 있는 방문을 노크하는 소리가 크게 들렸다.

"막달라 마리아! 일어났어요? 지금 아래 층에 당신의 오빠가 찾아왔어요.”

“아! 오빠가요? 곧 내려갈게요.”

마리아는 아직도 잠에서 덜 깬 소리로 대답하며 피곤이 가시지 않은 몸을 일으켰다. 사실 그녀는 깊은 잠에 빠져 있었던 것이다. 다른 두 여자도 잠결에 마리아를 깨우는 소리와 약간의 소음을 어렴풋이 느꼈다.

“사무엘!”

마리아는 매트리스에서 벌떡 일어나 가까이에 있는 창문 커튼을 활짝 젖혔다. 이른 아침의 밝은 햇살이 그림자처럼 남아있는 어둠을 밀어냈다.

사무엘은 틀림없이 동이 트기도 전에 막달라 마을을 떠났을 것이다. 걸어서 왔을까? 아니면 배를 타고 어두운 물 위를 달려왔을까? 대체 무슨 일로 그가 온 것일까?

수산나가 밝은 햇살에 못 견디겠다는 듯이 천천히 잠에서 깨어나며 말했다.

“우리가 잠을 너무 많이 잤나봐요. 다른 사람들이 아침 식사를 기다리겠어요.”

“너무 늦게 잠자리에 든 탓이에요. 거의 새벽이 다 되어서야 일을 마쳤잖아요? 제 오빠가 막달라에서 왔어요. 무슨 일로 왔는지 모르겠어요.”

“뭐 급한 일이라도 있나요?”

살로메가 일어나 앉으며 하품을 깨무는 소리로 말했다.

"글쎄요? 집엔 급한 일도 없을 텐데……. 그 동안 무슨 일이 있었는지 저도 모르겠군요."

마리아는 빠른 동작으로 튜닉을 입고 머리를 손질했다.

"아래 층에서 기다리겠어요. 늦은 만큼 아침 식사를 서둘러야 할 것 같아요."

마리아가 문을 닫고 나가자 수산나가 말했다.

"우리가 할 테니 걱정 말아요. 살로메! 자, 우리 일어나요."

"아, 사무엘! 반가워요."

사무엘은 바로 층계 아래에서 그녀를 기다리고 있었다.

"마리아! 이렇게 다시 보게 되어서 반갑구나. 네가 예수님과 함께 카파르나움에 있다는 것 이외에는 아무것도 알 수 없었어."

그녀는 사무엘에게로 달려가 그의 손에 입술을 갔다댔다. 몇 년만에 만나보는 사람처럼 반가웠다.

"오빠, 언제 출발했어요. 아직 아침을 못 드셨죠."

"동이 트기 전에 집에서 떠났지. 걸어서 왔단다. 너무 어두워서 배를 저을 수가 없었어. 어머니가 먹을 것은 싸주셨다. 사실은 어제 떠나려고 했는데, 아버지께서 안식일이라 여행을 허락하지 않으셔서 서둘렀다."

"아버지의 말씀이 맞아요. 아버지랑 어머니는 제 걱정을 많이 하고 계시죠?"

"그럼. 아버지는 네가 집으로 속히 돌아왔으면 하는 마음이야."

"사무엘! 그건 불가능한 일이에요. 오빠도 잘 아시잖아요."

"그래, 그건 우리도 알고 있지. 뭐, 아버지의 마음이 그렇다는 거지. 난 그럴 때마다 제베데 아저씨와 의논해 보시라고 말씀드렸어. 그 아저씨의 두 아들도 여기 너와 함께 있지?"

"네. 야고보와 요한도 여기서 함께 지내고 있어요. 시몬과 안드레아도 있는 걸요. 시몬은 베드로라고 이름을 바꾸었어요. 저도 막달라 마리아라고 불러요."

"이름까지 바꾸었구나."

"시몬이라는 이름이 너무 많기 때문에 선생님께서 다시 붙여준 이름이래요. 전 막달라 마을 태생이고 마리아라고 해서 그렇게들 불러요. 듣기 좋은 이름이라고 생각하고 있어요."

"또 별다른 일은 없었니?"

"갈릴리 주위를 여행한 것 이외에 별다른 일은 없어요. 앞으로는 더 많이 여행할 것 같아요. 오빠! 어머니와 아버지께 제 걱정은 않으셔도 된다고 전해 주세요."

"아버지는 네가 이런 일을 하기에는 너무 어리다고 생각하고 계신 거야. 또 무척 보고 싶어 하시는 것도 사실이야. 나도 네가 집에 없으니까 너무 쓸쓸해. 마리아야! 아니 막달라 마리아. 어머니가 너에게 전하라는 물건을 가지고 왔다."

그는 무거워 보이는 가죽부대를 테이블 위에 올려놓았다. 그리고는 주머니의 끈을 풀었다.

마리아는 그 속에 무엇이 들어있나 살펴보며 말했다.

"사무엘! 어머니께서 내가 가지고 있던 물건들을 보내셨군요."

"나도 그럴 줄 알았지."

"전 아주 긴요한 것 이외에는 필요 없어요. 튜닉은 하나 정도면 되고……. 아니지, 두 벌은 있어야 되지만, 속옷은 지금 입고 있는 것이면 돼요. 오빠! 학예회 때 입은 금실로 짠 옷도 있군요. 이런 것들은 도로 가지고 가세요. 이제 저에겐 너무 작은 옷들이에요. 그리고 이 금빛 장식이 달린 샌들도요. 다른 신발은 제가 신을게요. 어머! 모조품 보석까지……."

마리아는 말을 멈추고 손으로 귀걸이며 동방산 목걸이, 그리고, 은팔찌를 만져보았다.

처음의 두 가지는 어머니께 생일 선물로 받은 것이었고, 은팔찌는 그녀가 건강했을 때 학교 남자 친구에게서 받은 선물이었다.

마리아는 머뭇거리며 지난 날의 추억에 잠긴 듯 그것들을 얼마 동안 말없이 바라보다가 다시 그 가죽부대 속에 넣었다.

"이것들을 어머니께 드리세요. 전 아무 것도 어머니께 드린 것이 없어요. 이들 기념품이며 자질구레한 장신구들로 저의 마음을 대신하고 싶군요. 오빠! 난 꼭 필요한 것 이외에는 가질 수가 없어요. 이 외투는 필요하죠. 나머지는 무거우시겠지만, 다시 가지고 돌아가세요."

마리아의 약간 냉정한 말에 그는 퉁명스럽게 대답했다.

"뭐, 괜찮아."

마리아는 갑자기 사무엘이 깊은 감상에 빠져드는 기분을 이해할 수 있었다.

"사무엘! 마음을 편히 가지세요."

"또다른 것이 남아 있어."

그는 마리아의 말을 가로막으며 입을 열었다.

사무엘은 허리춤에 있는 벨트를 매만졌다. 그의 허리띠에는 동전이 들어있는 듯싶은 아주 작은 가죽주머니가 매달려 있었다.

"아버지가 너에게 주시는 거야. 급할 때 쓰라고 하셨어. 어서 받으렴."

사무엘은 동전주머니를 테이블 위에 내던지듯 놓았다. 둔탁한 소리가 났다. 마리아가 그것을 집어들며 말했다.

"돈이라구요? 무거운 데요. 많은 돈이 들어있나 봐요."

"얼마인지는 말씀하시지 않으셨어. 내가 알기로는 아버지가 용돈을 틈틈이 모은 것일 꺼야. 너를 위해 지참금을 준비하셨지. 그건 너도 알고 있지 않니?"

"아, 사무엘!"

순간 마리아의 눈에는 눈물이 핑 돌았다. 그러나 단단히 묶여져 있던 주머니의 끈은 풀지 않았다. 그리고는 오빠에게 눈물을 보이지 않으려고 고개를 돌렸다.

"어머니! 아버지! 너무 고마워요. 오빠, 우린 돈을 갖고 있지 못하도록 되어 있어요. 하나님께서는 우리가 필요한 것은 이웃을 통해서 보내주고 계세요. 이 돈은 아버지께 돌려드리세요. 사무엘! 저 대신 아버지를 이해시켜 주세요."

사무엘은 다시 깊은 생각에 잠겨 잠시 말없이 그대로 앉아 있다가 조용히 입을 열었다.

"알았어. 아버지께 네 뜻을 잘 전해 줄게. 아버지도 이해하시겠지."

그는 동전주머니를 다시 허리춤에 찔러 넣었다.

"마리아! 난 너에게 꼭 부탁하고 싶은 말이 있단다. 난 예수란 분이 메시아라는 것을 믿고 있어. 막달라에서 그 분 자신이 그렇다고 말했지. 난 그 분을 따르는 추종자가 되고 싶단다."

"사무엘 정말이에요?"

사무엘은 목소리를 낮추며 소곤거리듯 말했다.

"그래, 난 그 분을 믿고 있어. 지금까지의 모든 기적은 그 분이 메시아라는 것을 증명해 주고도 남아. 너도 세례자 요한이 모든 사람들에게 한 말을……. 그 분이 오시기로 되어 있었던 분이라는 사실을 알고 있지. 그리고 그 분이 지금 여기에 계시고……. 나는 아주 운이 좋아서 그 분을 만나게 되었던 거야. 난 때가 오면 그 분과 함께 있고 싶어."

"때가 오면이라니요?"

"그것은 그 분 스스로가 메시아라고 밝히실 때이지. 우리들은 모두 준비하고 있어. 그때가 되면 난 그 분 곁에 있고 싶단 말이다."

"오빠, 지금 열성당원들에 대한 이야기를 하는 거예요?"

"물론이지. 분명히 막달라에 있는 우리 단체를 말하고 있는 것이 맞아. 또 유대야나 갈릴리 어디에나 우리와 똑같은 단체들이 있어. 여기 카파르나움에는 더 큰 단체가 활약하고 있는 중이니까. 이제 그 분이 이 곳에 계시다는 사실을 알고 있으므로 우리는 때가 오면 힘이 될 준비를 서두르고 있단다."

"사무엘! 그건 잘못된 생각이에요. 예수님은 전쟁을 하기 위해서 하나님이 보내신 분이 아니라 평화의 사자란 말예요."

"마리아, 바보 같은 소리하지 마. 예수님은 병자들을 고쳐 주시고 설교를 통해서 명성이 높아지기를 바라고 계시단 말야. 그 분은 모든 준비가 끝나면 자신을 우리의 구세주인 메시아로서 유다야의 왕이라고 공포하실 거야. 하나님께서 우리 유태 민족을 인도해 주심으로서 이 땅에서 그 저주 받을 로마놈들을 몰아내고 우리를 해방시켜 주실 거야. 이건 확실해. 로마 잡신들이 하나님의 분노와 우리 민족의 메시아인 그 분을 어찌 대적할 수 있겠어. 난 그 분이 우리 민족을 이끌어 주실 왕이라고 생각하고 있단다."

"사무엘! 오빠는 지금 제 정신이 아니예요."

"나를 화나게 만들지 마. 나와 같은 사람들이 우리 땅에 수백 수천이 넘는다구."

마리아는 절망하듯이 가느다란 신음소리를 내며 얼굴을 가렸다.

"나는 애국단체에 가입선서를 했어. 다른 모든 사람들이 한 것처럼 말이다. 우리는 하나님을 위해 준비된 군인들이야. 우리의 메시아인 예수의 부름을 기다리고 있는 군인들이라구."

"그 분에게서는 오빠가 고대하고 계신 그런 일은 일어나지 않을 거예요."

사무엘은 격분한 듯 밖으로 나갔다가 다시 들어오며 말했다.

"너는 눈 먼 자나 다름없어. 너에게 한마디 꼭 하고 싶은 말은 나도 그 분의 추종자가 되어 부름을 받을 수 있는 곳에 항상 있고 싶다는 거야."

"난 오빠를 도울 수 없어요."

사무엘은 실망했다는 듯 한숨을 몰아쉬었다.

"할 수 없지. 때가 오면 나 혼자 힘으로라도 꼭 해 낼 거다. 너도 날 절대로 말릴 수 없을 것이다. 그 누구도 나를 저지시킬 수는 없어."

그리고는 마리아에게 가지고 왔던 커다란 가죽부대를 힘껏 둘러메면서 거칠게 말했다.

"그럼, 잘 있어. 막달라 마리아!"

사무엘은 무거운 가죽부대의 끈을 잡아 어깨로 끌어올리고는 숙소를 떠나갔다.

마리아는 매우 걱정 되었다.

사무엘의 말이 과연 옳은 것일까? 언젠가 때가 오더라도 예수 그리스도는 현시를 알리며 군대를 지휘하는 유다야의 왕이 되지는 않을 것이라는 확신이 들었다.

마리아는 집에서 가지고 온 옷가지들을 집어들고 그녀가 거처하고 있는 거실의 층계를 향해서 걸음을 옮겼다.

그때 그녀는 층계 중간에서 예수를 만났다. 그는 그녀를 내려다보며 미소로 인사를 대신했다.

"막달라 마리아! 무슨 걱정을 그렇게 하고 있나요?"

"네, 선생님……."

"모든 것을 어렵게만 생각할 필요는 없어요. 마리아! 당신은 하나님을 믿고 당신의 미래에 대해서는 나를 믿으시오."

—지금 그녀가 생각하는 그 괴로움을 그는 어떻게 알고 있는 것일까? 사무엘과 나눈 이야기를 엿들은 것은 아닐까?

"선생님! 당신께서는 어째서 하나님이 이 세상에 보내신 분이라는 사실을 감추려 하십니까? 집회소의 바리새이파 사람들이 선생님을 모함하며 헐뜯고, 그것도 모자라 생명까지 위협하는 음모를 꾸미려 염탐하기 위해서 이 곳에 오는 것을 허락하셔서는 안 됩니다. 진정으로 모든 사실을 그대로 알리시어 사람들이 선생님을 존경하고 따르도록 하지 않으시는 것은 어찌된 연유인가요?

예수는 그녀의 손을 잡았다.

"마리아 침착하시오. 내 아버지의 목적은 길고도 험난합니다. 내가 세상 사람들 모두에게 영원히 나 자신의 모습을 드러낼 수 있는 길은 단 한 가지 밖에 없습니다. 그것은 하나님께서 나를 위해 선택하신 길입니다. 나는 당신에게 곧 그것이 무엇인지를 말하게 될 것입니다. 그리고 나와 함께 있도록 선택된 사람들에게도 말할 것입니다. 그러나 그때는 그들 모두가 나를 의심할 것입니다. 당신도 그들과 마찬가지로 나를 의심하게 되겠지요. 그러나 당신은 현시를 제일 먼저 보고 다른 사람들에게 말할 것입니다. 그렇게 되는 날, 당신은 이 세상의 모든 사람들에게 영원히 지속될 하나님의 진리를 올바르게 깨달을 수 있을 것입니다."

예수는 잡고 있던 손을 놓았다.

마리아는 너무 놀란 나머지 그 자리에 한동안 정신없이 서 있었다. 뭔가 분명히 깨달을 수는 없지만 어떤 강렬한 힘이 그녀를 에워쌌다. 말로 표현할 수 없는 감동이 그녀를 전율시켰다.

"마리아, 당신은 내가 지금 한 말을 믿어야 합니다. 다른 사람들의 말은 믿지 마시오."

예수는 층계 아래로 천천히 내려갔다.

마리아는 조용히 그 자리에 비켜 서 있다가 다시 계단을 올라갔다. 그가 무슨 말을 하는지 도무지 이해할 수가 없었다.

수산나와 살로메는 안에 없었다. 그들은 부엌에서 빵과 우유로 아침 식사를 준비하고 있었다. 그녀는 집에서 가지고 온 옷으로 갈아입었다. 그리고 나서 샘가로 가 얼굴을 씻은 다음 다른 사람들의 일을 도왔다.

아침 식사를 끝내고 마리아는 마루 청소를 하고 있었는데 카파르나움의 장모집에서 기거하고 있던 베드로가 안으로 들어왔다.

마리아는 하던 일을 멈추고 그에게 가벼운 인사를 했다.

"지금 선생님은 어디에 계십니까?"

그가 안쪽을 유심히 살피며 물었다.

마리아는 정원을 쓸던 빗자루를 한쪽에 세워 놓으며 말했다.

"제가 선생님 계신 곳을 알려드릴게요. 선생님께서는 지금 독서를 하고 계세요."

마리아는 베드로와 함께 예수가 있는 곳으로 갔다.

베드로가 음성을 높여 말했다.

“저, 선생님 잠깐만……. 지금 카파르나움에는 많은 사람들이 선생님을 찾고 있습니다. 선생님의 말씀을 듣고자 전국 방방곡곡에서 왔다고 하더군요. 선생님께서 고쳐주신 병자들은 물론 관리들도 그들과 함께 모여있습니다. 그들은 저에게 떼를 쓰듯 선생님을 만나게 해 달라고 야단들입니다.”

예수는 읽고 있던 양피지 필사본에서 시선을 뗐다.

“내가 어디로 가면 그들을 만날 수 있을까?”

“지금 집회소는 많은 사람들로 가득 차 있습니다. 바리새이파 원로들도 있구요.”

“천천히 말하시오, 베드로. 바리새이파 사람들은 이제 내 말을 들으려고 하지 않을 거요. 또 내가 집회소에서 설교하는 것조차 원치 않을 것입니다. 그러니 어디 좋은 장소가 없을까?”

“이 도시엔 마땅한 장소가 없지요.”

“그럼 언덕은 어떨까. 그곳에서는 나를 찾아온 많은 사람들과 편안하게 앉아서 이야기할 수 있지 않을까?”

“남쪽으로 조금만 가면 언덕이 하나 있습니다. 낮은 언덕이라 많은 사람들이 마음놓고 앉을 수 있습니다.”

베드로가 말했다. 그러자 마리아도 그의 말을 거들었다.

“저도 그곳을 잘 알아요. 거기 제일 높은 곳에 바위가 하나 있어요. 제가 배를 타고 다닐 때 그 바위를 이정표로 삼아 방향을 잡곤 했어요.”

베드로가 고개를 끄덕이며 말했다.

"그렇습니다. 선생님. 어떻게 하시겠습니까?"

예수는 의자에서 일어났다.

"형제 베드로여! 온 도시 사람들에게 전하시오. 거기서 모든 카파르나움 사람들과 방문객들에게 말할 것이라고 말입니다. 마리아! 집에 있는 형제들에게도 말하시오. 모든 준비를 하라고……. 오늘 정오에 우리는 그 언덕에 있을 것입니다."

정오가 다가옴에 따라 카파르나움의 언덕에는 초여름의 하얀 햇볕이 쏟아져 내리고 있었다. 진한 풀내음을 풍기는 수풀이 무릎 높이만큼 무성하게 자라있고 바로 언덕 너머 편도나무 가지에는 이제는 다 져버린 꽃잎들이 잔향을 남기며 줄기에 붙어 애처로움을 더해 주고 있었다.

또 올리브 숲의 푸르름이 아득히 시야에 들어왔다. 바람이 불때마다 은빛으로 반짝이는 갈릴리 호수의 수면이 거울처럼 빛났다.

마리아는 파란 하늘 아래 멀리 반점처럼 한가로이 떠 있는 배들을 바라보았다. 참으로 그림같은 한 폭의 아름다운 풍경이었다.

—저 배들 중 어느 것이 아버지의 고기잡이 배일까?

사무엘은 아직 막달라에 도착할 시간이 안 되었다.

—그렇다면 누가 아버지의 일을 돕고 있을까?

예수의 뒤를 따르는 그의 제자들과 일행, 그들 중에는 수산나와 살로메도 함께 있었다. 마리아는 그들을 따라 걸으면서 머리 속엔 사무엘과 집안 일로 가득 차 불안스러웠다.

사무엘은 스스로 감당할 수 없는 일을 저지를 것만 같은 생각이 들었다. 만일 그가 어떤 무서운 일을 저지른다면 딸을 떠나보낸 슬픔에 이은 또다른 아픔을 맛보아야 할 부모님들의 일이 걱정스러웠다.

이제는 모든 악령들로부터 벗어나 온전한 사람이 된 그녀였다. 그녀의 몸과 마음은 평화롭고 나날이 놀라울 정도로 변화되고 새로운 진리의 길을 가고 있는 중이다. 잃어버린 젊음을 다시 찾은 댓가로 생명의 말씀을 들으며 예기치 못한 생활을 하고 있는 그녀 자신도 가끔 놀랄 정도로 변하는 지금의 환경이 두렵기까지 했다.

마리아는 늘 그 음성—막달라 마리아! 너는 선택되었노라—을 항상 생각하고 마음에 깊이 담고 생활했다.

—그것은 무엇을 의미하는 것일까?

아직도 그녀는 그 높은 뜻을 알 수가 없었다.

그러나 바로 그녀 앞에는 고대 예언자들이 예언했던 메시아, 모든 이스라엘 민족이 그토록 염원해 왔던 하나님의 아들인 예수 그리스도가, 언덕 위로 긴 행렬을 이끌며 가고 있는 중이 아닌가.

예수 바로 뒤에는 베드로가 따르고, 그 다음에 야고보, 요한, 안드레아가 낯선 사람들과 함께 걸어가고 있었다. 바로 그녀 옆으로 수산나와 살로메가 자신들의 생각에 골몰하며 걸음을 옮겼다.

마리아가 호수에서 멀리 바라보았던 그 언덕을 향해 올라가고 있을 때, 그 아래 쪽은 이미 카파르나움에서 쏟아져 나온 사람들로 가득 메워져, 들판에서 한가롭게 풀을 뜯고 있던 양떼들이 때 아닌 사람들의 발길에 놀라 사방으로 쫓기고 있어 높은 곳에서 내려다보면 그것이 사람인지 양떼인지 분간하기 어려울 정도로 무리를 지어 올라오고 있었다.

남녀노소 할 것 없이 병자들을 고쳐주고 기적을 일으키는 예수의 말씀을 듣기 위해 뜨거운 햇볕도 아랑곳하지 않고 서로 앞다투어 언덕을 향해 가느라 가쁜 숨을 몰아쉬는 것이었다.

예수의 일행이 먼저 언덕 위의 바위에 다다랐다. 그것은 자연적인 제단으로 예수가 사람들을 굽어보며 설교하기에 알맞은 장소였다. 뒤를 따라온 사람들은 예수 가까이에 차례 차례 풀밭에 자리를 잡았다. 눈으로 헤아리기 어려울 정도로 많은 사람들이 따가운 햇살을 받으며 둘러앉았다. 지금까지 마리아는 이렇게 많은 사람들이 모인 것을 본 적이 없었다.

예수는 모든 사람들을 내려다볼 수 있는 바위 한쪽에 앉았다. 세 여자는 그 바위 바로 밑에 자리를 잡았다. 예수는 사람들의 긴 행렬이 도착하여, 모두 자리에 앉을 때까지 기도를 하고 있었다.

그때 앞줄에 앉아있던 한 사람이 일어서더니 손으로 나팔을 만들어 입에 대고 큰소리로 외쳤다.

"메시아! 우리의 메시아시여! 우리들에게 말씀해 주시오. 우리들은 당신의 말에 기꺼이 따르겠나이다. 로마의 압제자들에게 죽음을……."

그러자 다른 사람이 군중들 사이에서 일어나며 소리쳤다.

"우리의 메시아 만세! 로마인들과 압제자 헤로데 안티파스에게 죽음을! 만세!"

많은 사람들이 일어나 합창을 했다.

"메시아! 메시아여!"

그 소리는 점점 더 큰 외침으로 변하여 곧 무슨 일을 낼 것 같은 기세로 번져갔다. 마리아는 놀라며 바로 자신의 머리 위 바위에 앉아 있는 예수를 바라보았다. 그러나 그의 표정은 매우 침착했다. 얼굴에는 깊이를 알 수 없는 잔잔함이 흐르고 있었다.

그는 결정적인 순간에 손을 들어올려 군중들에게 조용히 하라는 손짓을 했다. 그러자 사람들은 다시 자기 자리에 앉으며 입을 다물었다. 군중들의 표정엔 어떤 기대감으로 충만되어 있었다.

잠시 침묵이 흘렀다. 말없는 군중들 머리 위로 여름의 강렬한 햇빛이 쏟아져 내렸다. 온 산과 들이 긴장감마저 감돌게 하는 그런 침묵이었다.

"내 형제들이시여! 당신들에게 우리들 모두의 아버지께서 모세와 많은 선지자들, 예언자들을 통해서 약속하셨던 그 말씀을 오늘 전하겠습니다. 모두 잘 들으시기 바랍니다. 내가 당신들에게 말하노니 죄 많은 이 세상에 이제 곧 하나님의 왕국이 가까이 다가왔음을 알려드립니다."

그때 군중들이 웅성거리기 시작했다.

"내가 당신들에게 하나님의 약속을 전합니다. 내 말을 듣고 실천하는 사람은 하나님의 축복을 받을 것입니다."

예수의 음성은 바로 앞에 앉아 있는 사람은 물론 맨끝 자리에 있는 사람들에게까지 낭랑하게 들렸다.

“마음이 가난한 사람은 행복합니다. 그들은 하나님을 위해 그들이 필요함을 깨닫고 있으며, 하늘은 그들의 것이기 때문입니다.
슬퍼하는 사람은 행복합니다. 그들은 위로를 받을 것입니다.
온유한 사람은 행복합니다. 그들은 땅의 몫을 받을 것입니다.
옳은 일에 주리고 목 말라 하는 사람들은 행복합니다. 그들은 배가 부르게 될 것입니다.
사랑을 베푸는 사람은 행복합니다. 그들은 준 것보다 더 많은 사랑을 받을 것입니다.
마음이 깨끗한 사람은 늘 행복합니다. 그들은 하나님을 만나게 될 것입니다.
평화를 위해 일하는 사람은 행복합니다. 그들은 하나님의 아들이 될 것입니다.
옳은 일을 하다가 박해를 받는 사람은 행복합니다. 하늘나라는 그들의 것입니다.
나로 인하여 모욕을 당하고 박해를 받으며, 터무니 없는 말로 온갖 비난을 받을 때 여러분은 행복합니다. 기뻐하고 즐거워하시오. 여러분을 위하여 큰 상급이 하늘에 마련되어 있습니다. 많은 예언자들이 박해를 받아온 사실을 기억할 것입니다.
그러나 부유한 사람들은 불행합니다. 이제 그들은 위로 받을 곳이 없습니다. 지금 배불리 먹고 지내는 사람들, 그들은 불행합니다. 그들은 곧 배고픔을 알게 될 것입니다. 지금 웃고 지내는 사람들, 그들은 불행합니다. 그들은 눈물을 흘리며 슬퍼할 때가 올 것입니다.

세상에서 칭찬을 받고 있는 사람들, 그들은 불행합니다. 거짓 예언자들도 그들의 조상들에게 그런 대우를 받았습니다."

예수는 잠시 말을 멈추고 군중들에게 시선을 주었다가 다시 말을 이었다.

"눈에는 눈으로, 이에는 이로 대하라고 말씀하신 것을 여러분은 잘 알고 있을 것입니다. 그러나 나는 여러분에게 명합니다. 누가 여러분에게 나쁜 짓을 하더라도 절대로 앙갚음 하지 마시오. 누가 당신의 오른 뺨을 때리거든 왼쪽 뺨까지 내미시오. 누가 재판을 걸어 겉옷을 달라 하거든 속옷까지 내주시오. 그리고 누가 여러분을 징발하여 오 리를 가자고 하거든 십 리를 가 주시오. 달라는 사람에게는 주고, 얻으려는 사람의 청을 거절하지 마시오. 그리고 빼앗아 간 사람에게는 되돌려 달라 하지 마시오."

또다시 예수의 말을 이해할 수 없다는 웅성거림이 더욱 크게 마리아의 귀에 들려왔다.

예수는 거듭 말했다.

"네 이웃을 사랑하라. 원수를 미워하라고 하신 말씀을 여러분은 들었습니다. 그러나 나는 이렇게 명합니다. 원수를 사랑하시오, 그리고 박해하는 사람들을 위해 기도하시오. 여러분을 미워하는 사람들에게 친절을 베풀어 주고, 여러분을 저주하는 사람들을 축복해 주시오. 또 여러분을 모함하는 자들을 위해서 기도해 주시오. 그래야만 여러분들은 하늘에 계신 아버지의 자녀가 될 수 있습니다. 아버지께서는 악한 사람이나 선한 사람 모두에게 햇빛을 비추어주시고,

옳은 사람이나 나쁜 사람을 구별하지 않으시고 비를 내려주십니다. 여러분이 만일 자기에게 잘해 주는 사람에게만 친절하다면, 잘한다는 것은 무엇이겠습니까? 죄인들도 자기를 좋아하는 사람을 존경합니다. 여러분이 받을 가능성이 있는 사람들에게만 물건을 준다면, 그런 것은 죄인들도 할 수 있는 일입니다. 또 여러분이 자기 형제들에게만 인사를 한다면, 그것은 대단한 일이 못됩니다. 모든 이방인들도 할 수 있는 것들 입니다. 여러분은 원수를 사랑하시오. 그리고 누구에게나 친절을 베풀고 되돌려 받을 생각은 하지 말고 꾸어주십시오. 그리하면 하나님께서 여러분에게 갚아주실 것이니, 여러분은 지극히 높으신 분의 자녀가 될 것입니다. 그 분은 은혜를 모르는 사람은 물론, 악한 사람들에게도 지극히 인자하신 분입니다. 여러분의 아버지께서 자비로우신 것처럼 여러분도 자비로운 사람이 되십시오. 하늘에 계신 여러분의 아버지께서 완전하신 것처럼 여러분들도 완전한 사람이 되시오."

마리아는 수산나의 가쁜 숨소리를 들었다. 살로메의 검은 두 눈은 당혹감을 감추지 못했다. 오직 놀라움으로 예수를 바라보고 있을 뿐이었다.

예수의 말은 상상도 할 수 없는 내용들이었다. 제자들은 물론 그를 따르는 사람들도 전혀 이해할 수 없다는 표정들을 지었다.

또다시 예수는 일상생활 속에서 매일 보는 사실들 중에서 더욱 놀라운 내용을 언급하였다.

이제 예수는 사람들에게 비유로 설교를 끝마쳤다.

"내가 지금 한 말을 듣고 그대로 실행하는 사람은 땅을 깊이 파서 반석 위에 집을 짓는 슬기로운 사람입니다. 폭풍우가 몰아치고 홍수가 들이닥쳐도 그 집은 반석 위에 세워졌기 때문에 끄떡도 하지 않습니다. 그러나 나의 말을 듣고도 실행하지 않는 사람은 자기 집을 모래 위에 짓는 어리석은 사람입니다. 비바람이 불고 큰 물이 닥치면, 그 집은 쉽게 쓰러지고 크게 부서질 것입니다."

그러나 제자들은 물론 수많은 군중들도 놀라서 멍한 상태로 앉아 있었다. 그 누구도 일찌기 그들에게 이런 설교를 해준 적이 없었다. 원로들이나 율법학자들, 집회소의 설교사들도 그런 말은 한 적이 없었다. 그들 아무도 예수가 그런 말을 하리라고는 상상조차 못했던 것이다.

예수의 메시지는 지금까지 그들의 전 생애를 통하여 배워온 것과는 정반대의 말이었다. 예수의 가르침은 인생의 모든 개념에 대해 크나 큰 감동을 주어 그들은 당황했고, 설교를 듣는 순간 깊은 감명을 받지 않을 수 없었다.

하늘을 우러르며 말하는 예수의 가르침은 너무나 당당했고 신념에 차 있어서 대부분의 사람들은 믿지 않을 수 없었다. 그러나 실망하는 사람들도 군중들 속에는 있었다. 이 사람들은 예수가 진정한 메시아로 그들을 해방시켜 주도록 하나님께서 보내주신 유다야의 왕이라고 선언해 주기를 고대하는 열성당원들과 같은 사람들이었다.

이윽고 예수와 그의 일행이 언덕을 내려와 카파르나움으로 돌아오자, 수천 명의 군중들이 기쁨을 외치며 그의 뒤를 따랐다.

시내로 들어오는 입구에서 치료할 수 없을 정도로 아주 보기 흉한 문둥병 환자가 달려와 예수 앞에 무릎을 꿇었다. 이미 그의 한쪽 팔과 손은 썩어 있었고, 얼굴도 보기 흉할 정도로 일그러져 혐오감을 주었다.

"주여! 당신의 뜻대로 저에게 행하여 주신다면, 저는 온전한 사람으로 다시 소생할 수 있나이다."

뒤를 따라오던 사람들이 놀라 한 걸음 뒤로 물러서며 화를 내었다. 문둥병자는 그 어떤 사람에게도 접근해서는 안 된다고 법률로 정하고 있었기 때문이다. 감염이 두려워서였다.

그러나 예수는 손을 뻗어 문둥병자의 썩은 팔을 잡았다.

"당신의 뜻대로 해주겠소. 자, 이제 당신은 깨끗한 사람으로 변할 것이오."

그의 말이 끝남과 동시에 문둥병자의 썩은 살이 다시 돋아나고 일그러졌던 얼굴이 되살아났다. 실로 놀라운 증명이었다. 주위에 있던 사람들을 놀라게 했다.

"빨리 가서 제관에게 당신의 몸을 보여주고 이제는 당신의 육신이 깨끗해 졌다는 사실을 모든 사람들에게 증명해 보이시오."

| 역자주 ; 문둥병자는 사회생활로부터 격리되어 모든 종교 예식에 참석할 수 없었다. 병이 나으면 율법의 규정대로 정결예식을 행한 다음에야 사회생활에 참여할 수 있었다. 정결예식에 관한 율법은 레위기 14장 1~32절, 참고 |

그리고 나서 그들이 시내로 막 들어설 때 한 로마인 백부장이 예

수에게로 다가오며 말했다.

"주여! 저의 집에 있는 노예가 온몸에 마비 증세를 일으켜 크게 고통을 받고 있습니다."

"내가 가서 고쳐드리지요."

예수가 그에게 정중하게 대답했다. 그러자 백부장이 말했다.

"주님! 저는 주님을 집에 모실 자격이 없는 사람입니다 | 역자주 ; 이 백부장은 이교도였으므로 유태인이 이교도 집에 들어가는 것은 율법상 부정한 일로 금하고 있었다 |. 실은, 그래서 주님을 직접 찾아 뵈옵지 못하였던 것입니다. 그러하오니 수고스럽게 저의 집까지 가실 것이 아니라, 한 마디만 말씀하여 주십시오. 그러면 제 노예가 나을 것입니다. 저도 남의 밑에서 직책을 맡아 일하는 자이오라, 저에게도 거느리는 부하가 있어 가라고 명령하면 가고, 오라고 하면 곧 오지요. 그러므로 노예에게 나으라는 말 한마디만 하면 그대로 나을 것입니다."

예수는 로마 백부장의 말을 듣고 적이 놀랐다. 그는 로마 병사를 거느리는 군관이었고, 유태인과 다른 이방인이었던 것이다.

예수는 그의 일행을 돌아다보며 말했다.

"참으로 이와같은 믿음을 가진 사람은 이스라엘 백성들 가운데서도 본 적이 없습니다."

그리고는 백부장을 향해 말했다.

"안심하고 돌아가시오. 당신이 믿는 대로 이루어질 것입니다."

막달라 마리아는 이러한 모든 사실을 보고 들으며, 놀라움 속에서도 그녀의 머리 속에 깊이 새겨 두었다.

거처로 돌아오자 곧 세 여자는 저녁 식사를 준비하였다. 그 동안 새로운 식구들이 늘어 예수 이외에도 모두 열 두 명으로 늘어났다.

마리아는 그들이 영원한 일행으로 선택된 사람이라 여겼다.

수산나가 먼저 알고 있던 필립보와 네 명의 어부들 이외에 다른 한 명을 알게 되었다.

저녁 식사를 하는 동안과 식사가 끝난 후에도 밤늦게까지 제자들은 오늘 산상에서 행한 예수의 설교에 대해 많은 질문을 했다.

허드렛일과 잔심부름을 하면서도 여자들은 예수의 설명에 귀를 기울였다. 그러나 제자들은 물론 그녀들도 그가 전하는 진리를 다 깨달을 수는 없었다. 밤이 늦도록 이야기를 나누었으므로, 모두 피곤한 몸을 이끌고 하루의 일과를 끝마치기 위해 잠자리에 들었다.

마리아는 몹시 피곤하긴 했지만, 침대에 누워 오늘 낮에 예수가 산상에서 행한 설교며 문둥병자에 관한 일, 이방인 로마 백부장의 노예에 이르기까지, 그가 베푼 일에 대해 끊임없이 생각에 잠기면서 하나님의 복음을 선포했다는 새로운 사실을 깨닫게 되었다.

다음 날 예수는 함께 생활하고 있는 사람들을 불러놓고 그들만을 데리고 시내에서 멀리 떨어진 산으로 함께 가겠노라고 말했다.

그는 그의 부름을 받아 선택된 열 두 명의 남자와 세 여자만 대동할 것을 명했다. 오늘 아침 특별한 분부에 거명된 제자들은 서로 저으기 놀라며 어떤 결과가 있을지 매우 궁금해 하는 표정들이었다.

아침 식사를 마친 뒤 곧 집을 떠난 그들이 여러 그룹으로 나누어 사람들의 주의를 끌지 않도록 뒤를 따라오는 사람이 없도록 신경을 썼다. 그들은 도시의 뒷골목을 벗어나 낮은 구릉지대와 들판을 지나 모이기로 약속한 장소에 도착하였다.

약간씩 시간을 달리 하여 모두 모였다. 예수까지 포함해서 모두 열여섯 명이었다. 예수는 일행이 모두 도착한 것을 확인하고는 언덕을 지나 산의 정상을 향해 오르기 시작했다.

길도 없는 가파른 산을 향해 억센 풀숲을 헤치며 올랐다. 예수는 초여름의 햇살을 즐기며 걸어갔고, 그의 일행들도 밝은 마음으로 뒤를 따르고 있었다. 예수가 그들에게 몇 마디의 말을 하였으나 그들은 아무런 생각도 하지 못했다. 산 중턱을 조금 더 오르자 평평한 녹지대가 나타났다. 드넓은 풀밭이었다. 마침내 그가 말했다.

"자, 여기서 잠시 쉬기로 합시다."

일행은 가쁜 숨을 몰아쉬며 예수를 중심으로 편한 자세로 풀밭에 앉았다. 몇 그루의 나무가 한쪽에 비켜 서 있어 뜨거운 여름 햇볕을 가려주었다. 예수가 앉은 자리는 갈릴리 호수에서 멀리 시리아 쪽까지 넓게 내려다보이는 전망 좋은 장소였다.

호수 물결은 흰 빛과 파란 빛이 함께 어울려 반사되는 반짝임 사이로 멀리 보이는 고깃배들이 점점이 흔들리고, 까맣게 움직이고 있는 양떼들이 흩어지며 풀을 뜯고 있는 것도 보였다. 그러자 흰 구름이 지나는 소리라도 들릴 것 같은 고요 속을 깨뜨리며 산새들이 날았다.

“지금 우리는 늘 함께 계시는 우리 아버지의 성령으로 이곳에 있습니다. 나를 믿는 모든 사람들 가운데서 그대들 열 두 명을 선택했습니다. 당신들은 나의 사도들이 될 것입니다. 이는 하나님의 뜻입니다. 그러므로 여러분은 주 하나님의 광명에 의해서 선택된 사도들입니다. 이제 당신들은 모든 땅을 두루 다니며, 하나님의 왕국을 선포하고 그 말씀을 전할 권능이 그대들에게 맡겨질 것입니다. 그러므로 당신들은 나와 똑같이 병자들을 고치고 마귀들을 내쫓을 수 있는 능력을 부여받을 것입니다. 그리고 모든 사람들에게 나와 나의 이름으로 하나님의 복음을 가르치게 될 것입니다.”

그는 일어서서 제자들 한 사람 한 사람을 그의 앞에 불러 세웠다. 그리고 예수는 열 두 명의 제자들에게 하나님을 위해 여러 가지 봉사와 사업을 할 수 있는 힘과 능력을 성경에 따라 하나님의 아들인 예수의 이름으로 부여했다.

후에 그들은 하나님의 아들 예수 그리스도의 이름으로 말하게 될 것이며, 하늘 나라의 건설을 위해 일할 것이다. 그러나 아직은 그 때가 아니었다.

그의 사도로 선택된 사람은 베드로라고 불리는 시몬과 그의 동생 안드레아, 마리아와 같은 마을 출신인 제베데의 아들 야고보와 요한, 예수는 그들 형제에게 ‘천둥의 아들’이라는 뜻에서 보아네르게스라는 이름을 따로 붙여 주었다.

마리아는 예수가 그들 형제에게 별명을 붙여주었을 때 속으로 웃음을 지었다. 착하고 나이 많은 제베데는 천둥이라는 이름과는 전혀 연관이 없어 보이는 사람 같았기 때문이었다.

그러나 예수는 어떤 뜻이 있어서 그만이 알고 있는 생각으로 그들의 이름을 지었다는 것을 나중에서야 마리아는 깨닫게 되었다.

그리고 필립보와 바르톨로메오, 마태오, 토마스, 알페오의 아들인 야고보와 타데오, 열성당원 시몬, 그리고 후에 예수를 배반한 유다 이스카리옷 등, 선택된 이들 열 두 명의 사도들은 여러 계층의 사람들로 대부분 갈릴리 출신들이었다.

또 그들의 모습도 제각각이어서 뚱뚱한사람이 있는가 하면 아주 메마른 사람도 있었고, 큰 사람 작은 사람은 물론, 턱수염을 기른 사람이 있는가 하면, 매일 면도를 해서 단정하게 가꾸는가 하면, 상인들이나 장인들처럼 부유하게 옷을 입고 있는 사람은 아무도 없었다.

마리아는 이들 가운데 네 사람의 어부들에 대해서는 잘 알고 있었으나 마태오가 세리였다는 사실에는 놀라지 않을 수 없었다.

왜냐 하면 유태인들은 세리들이 법률에 허용되어 있는 세금보다 훨씬 많은 것을 착취하여 사욕을 채운다는 악평이 나 있었기 때문이다. 그래서 사람들은 그 어떤 이교도보다도 세리를 몹시 혐오하고 있는 형편이다.

카나니 출신인 시몬은 열성당원이었음이 밝혀졌고, 세금 계산원이었던 유다 이스카리옷은 갈릴리 출신이 아닌 유다야 사람일 것이라고 마리아는 추정했다. 나머지 사람들에 대해서는 아직 아무 것도 모르는 그녀였다.

이따금 예수는 열 두 사도들에게 짝을 지어서 복음을 전파하도록 그들을 다른 곳으로 내보내기도 하였다. 그래서 그들은 밖으로 나가 병자들을 고쳐주고 문둥병자들을 치료하기도 했다. 또 악령들로부터 구해 주는 은혜를 베풀었다.

그들은 아무런 댓가없이 받았으므로 댓가없이 주었고, 금과 은, 돈을 가지고 다니지 않았으며 또 식량 주머니를 메고 다니지 않았다. 입고 있는 옷 이외에 다른 옷을 가지고 다니는 일이 없었으며, 신발도 지팡이도 없었다. — 유태인들의 옛 속담에 의하면 모든 일꾼들은 각자 먹을 것을 받을 권리가 있는 것처럼 어떤 마을이나 촌락에 들어가 존경 받는 사람의 집을 찾아가서 떠날 때까지 그 집에 머무르는 것이 그 예였다.

사도들이 안내 받은 집에 들어갈 때 제일 먼저 평화와 하나님의 은총을 비는 인사를 하고, 그 집 사람들이 사도들의 축복을 받을 만하면 평화가 있을 것이며, 그렇지 못하면 평화가 머무르지 못할 것이므로 그 평화는 다시 하나님께로 돌아갈 것이라고 예수가 말했다.

만일 그 집이 사도들의 말을 받아들이지 않거나 들으려 하지 않으면 사도들은 그 집에 머물지 않았다. 이때 그 집을 나서면서 발에 묻은 먼지를 털어내는 오랜 풍습이 있었는데, 이것은 그들이 사도들을 반대한다는 것을 알려주는 표시였던 것이다. ｜역자주 ; 유태인들은 이방인의 땅에서 돌아올 때에는 그곳에서 묻혀 온 흙먼지를 털어버리고 성지 팔레스티나로 돌아왔다. 예수가 제자들에게 이렇게 하도록 명령한 것은 그들이 하나님 나라의 기쁜 소식을 받아들이지 않았기 때문에 이방인이라는 것을 알리기 위한 조치였다. 바오로와 바누나바

두 사람도 전도여행을 할 때에는 이와 같이 하였다. 사도행전 13장 51절. ㅣ

마리아는 예수가 사도들에게 내린 여러 가지 훈계를 매우 주의 깊게 들었다. 그가 말하는 설교의 내용은 그리스도가 가는 길이라면 어느 곳이든 따라가겠다고 결심한 그녀에게 큰 영향을 주는 것들이었다.

"자 ! 나는 이제 여러분을 이리 떼 속으로 양을 보내듯이 그대들을 보낼 것입니다."

예수는 열 두 사도들에게 그들 앞에 놓여진 여러 고난과 역경에 대해 설명해 주었다. 또 앞으로 그들에게 닥쳐올 형벌과 체포, 감금과 박해에 대해서도 말했다.

예수는 그들 사도에게 더 많은 경고와 교훈을 주어, 그들이 사명을 위해서 충분한 준비를 할 수 있도록 용기를 주었다. 늘 하나님의 성령이 그들과 함께 있으므로 두려움을 갖지 말라고 특별히 당부하였다. 이렇게 그들 모두에게 무한한 새로운 사명이 주어진 것이다.

살로메는 거의 혼수 상태와 같은 무아지경 속에서 예수의 말을 들었다. 사실 그녀는 하나님의 존재조차 모르는 이방인으로서 완전한 하나님의 종이 되었던 것이다.

예수는 제자들에게 갈릴리 이외의 다른 지방과 도시, 마을들을 두루 돌아다니며 주님의 기쁜 소식을 전파하게 될 것이라는 새로운 사명에 대해 말했다.

그리고 그는 제자들에게 각각의 상황에 알맞는 기도를 가르쳐 주며, 그를 위해 일을 하도록 하나님의 축복을 그들에게 베풀며, 내일 아침에 떠날 것이라는 것도 함께 알려 주었다.

마리아는 여행에 관한 여러 가지의 많은 말을 듣게 되자 강한 전율마저 느끼지 않을 수 없었다.

일찌기 그녀는 자신이 태어난 작은 어촌 마을 막달라 지역을 떠나 본 적이 없었기 때문이다. 이제 예수의 한 구성원으로서 그녀는 가장 위대하고 중요한 사명을 띤 인물이 되었다.

머나 먼 여정

여름 날 새벽 먼동이 트기도 전에 예수는 그의 일행들과 함께 카파르나움 밖으로 나갔다. 그들 일행은 열 두 명의 사도들과 세 명의 여자들이었다.

이른 시간의 시가지는 온통 새벽 어스름에 싸여 조용하기만 했다. 가끔 농산물을 실은 짐마차가 지나갈 뿐 거리는 한적했다. 그들이 집을 떠나기 전에 예수는 일행들에게 축복을 내려주며 갈릴리 중앙지대로 갈 것이라고 미리 여정과 목적지를 말해 주었다.

마리아는 소매 없는 튜닉을 걸쳤기 때문에, 이른 새벽의 찬 공기가 그녀의 팔과 다리에 닿아 서늘하게 느꼈다.

그녀가 늘 아끼고 자랑으로 여기던 밝은 빛깔의 두건으로 머리를 감쌌다. 그녀의 여행용 가죽자루를 다른 사도가 들어주어 몹시 가벼운 여장으로 길을 떠날 수 있었다.

그녀의 여행용 가죽자루 속에는 외투와 한 벌의 튜닉, 속옷 몇 가지와 갈아 신을 샌들이 전부였다. 마리아는 함께 동행하는 남자들 보다 뒤지지 않으리라고 결심하며 마음을 다잡았다.

수산나도 그녀와 거의 같은 크기의 짐을 만들었다. 살로메는 예수를 만나기 전에 머물던 집으로 가서 자기 소유의 물건들을 가지고 왔다.

예수가 제자들에게 지니고 다닐 수 있는 물건들에 대한 지시를 내렸던 지라 그녀도 아주 긴요한 것을 제외하고는 모두 버렸다. 예수를 만나고 나서, 그녀의 과거를 버렸듯이—.

마리아와 수산나는 살로메에게 자기들의 과거에 대해서 말하지 않았고 또 그녀의 과거를 묻지 않았다. —예수에게 고백했던 것처럼 그토록 죄 많은 과거를— 이제 그녀는 예수를 통해서 그녀가 지은 모든 죄를 용서 받았던 것이다.

삼일 낮과 이틀 밤을 함께 지내고 난 세 여자들은 서로 이해하며 지낼 수 있음을 절실히 깨달을 수 있었다.

이방인이면서 노예 출신인 살로메가 비록 예수로부터 구원을 받고 유태인의 하나님의 말씀대로 새 삶을 가졌다고는 하지만, 잘 융화되기에는 아직도 많은 어려움이 남아 있었다. 그러나 그녀들은 예수의 말씀에 따라 서로 의좋게 지낼 수가 있었다.

살로메는 하나님의 복음과 유태인의 율법을 배우는데 무척이나 열심이었기 때문에, 그녀 자신도 다른 두 여자에게 가질 수 있는 적대감이나 감정에서 벗어날 수 있었던 것이다.

그러나 그녀의 과거 생활은 예수를 통해선 택한 새로운 생활이나,

앞으로 겪을 엄청난 일들에 익숙하지 못한 것도 사실이었으나, 자신이 부족함과 혈통이 전혀 다른 이방인이라는 결점을 잘 알고 있으므로, 모든 것을 극복하리라고 굳게 결심을 하였다.

예수 일행은 이슬로 젖어 있는 풀밭을 지나 아침 햇살이 밝게 비치는 태양을 비스듬히 바라보며 계속 걸어서 남쪽 유다야와 예루살렘을 잇는, 지중해 해안에까지 뻗어 있는 카라반 행상로에 다다랐다. 이 길을 따라가면 요르단강과 시리아에 닿을 수 있으리라.

이미 이 곳은 혼잡을 이루고 있었다. 짐을 가득 실은 마차들이며, 낙타 행렬, 로마 전차들이 뽀얀 먼지를 일으키며 어디론가 달려가고 있었다. 일행은 예수와 함께 길 옆에 앉아 지나가는 행인들과 마차들을 보며 잠시 휴식을 취했다.

마리아 역시 그들과 함께 앉아 속으로 생각해 보았다.

'나는 지금 하나님의 아들 예수와 함께 어딘지 알 수 없는 곳으로 가고 있는 중이다. 앞으로 어떤 고난을 겪게 될 지 알 수 없는 운명의 길을 가고 있는 것이다.'

마리아가 처음으로 예수를 보았을 때 입고 있었던 갈색옷과 같은 종류의 옷을 지금 그는 입고 있었다. 그는 어깨에 여행용 가죽자루를 메고 있어 평범한 나그네로 보였다.

한 인간으로서 ―마리아는 고기잡는 어부들과 그녀의 아버지와 오빠 사무엘, 그리고 랍비 메네라우스 같은 남자들만 알고 있었다.― 예수는 한 남자로 강인하고 감상적이며 합리적인 기질로 재빨리 순응할 줄 아는, 그러나 도움이 필요한 사람에게는 친절하게 다가서는 다정다감한 사람이라는 사실을 아무도 알지 못했다.

과연 이런 사람이 세상에 또 있을까?

'하나님의 아들로서 이 세상을 살았다는 사람은 지금까지 아무도 없었다.'

바로 이 점을 그녀는 도저히 이해할 수 없었고, 그것에 대한 생각을 버리지 않을 수 없었다.

예수가 선택한 사도들, 그를 따르고 믿는 많은 사람들은 어떻게 생각하고 있을까? 그녀와 같은 여자인 수산나와 살로메의 마음 속에는 어떤 생각이 들어있을까? 일행은 침묵 속에서 길을 걸었다. 가끔 이야기들이 오고갔지만, 피상적인 말에 지나지 않았다.

그들이 얼마 동안을 그렇게 계속해서 걷고 있을 때 태양이 높이 솟아올랐다. 이제 완전히 새벽의 찬 공기는 가셨고 뜨거운 햇볕에 묻어 온 열기가 쏟아져 내리기 시작했다.

마리아는 자기의 이마에 맺히는 땀방울에 새삼 더위를 느끼며 샌들 밑으로 전해져 오는 날카로운 돌뿌리의 아픔에 이미 많은 길을 걸어왔음을 짐작했다. 그녀는 힐끗 살로메를 보았다.

그녀의 얼굴은 창백했고 마른 입술은 고통을 참아내느라 꼭 다물고 있었다. 절룩거리는 걸음걸이가 몹시 불편하게 보였다.

마리아가 재빨리 말했다.

"살로메! 내가 여벌로 가지고 온 이 샌들을 신어봐요. 당신이 신고 있는 것보다는 좀 편할 거예요."

"아니예요. 괜찮아요. 당신에게 필요한 신발인데……."

살로메가 애써 웃음을 지어 보이며 대답했다.

"난 신고 있는 이 신발이면 충분해요."

마리아는 걸음을 멈추고 자루에서 샌들을 꺼내 살로메에게 건네주며 덧붙여 말했다.

"이걸 신어요. 물집이 생기면 더 큰 고생을 하게 돼요."

살로메도 더 이상 사양하지 않고 신고 있던 샌들을 벗어 길가 수풀 속으로 던지며 말했다.

"고마워요, 막달라 마리아! 제 신발은 과거의 일부분에 지나지 않아요. 이제 귀찮은 것을 속시원히 버리게 됐군요. 그럼 당신의 신을 신어 볼까. 아무에게도 짐이 되지 않으려 했는데 어쩔 수가 없게 됐군요."

그녀는 허리를 굽혀 마리아의 샌들을 신었다. 수산나도 잠시 걸음을 멈추고 바라보고 있다가 말했다.

"마리아의 것이 맞지 않으면 제 것을 신도록 하세요. 제 발이 마리아의 발보다 조금 커요. 우리 두 사람은 호수에서 자란 터라 어렸을 때부터 맨발에는 익숙해요."

"나도 이제부터는 맨발에 익숙해지도록 노력하겠어요."

살로메가 애써 웃음 띤 얼굴로 대답했다.

끈을 묶자, 샌들은 그녀의 발에 꼭 맞았다.

"고마워요 마리아! 그리고 수산나도요. 제가 답례로 뭐 해드릴 것이라도 있으면……."

"그런 말씀 마세요. 우린 모두 같은 일을 함께 하고 있는 거예요."

마리아가 말했다.

세 여자들은 앞서 가고 있는 일행들을 따라가기 위해 걸음을 재촉했다. 얼마 동안을 더 걸어 가 길 옆에 있는 작은 샘을 발견하자, 일행은 그 곳에서 잠시 쉬어가기로 했다. 정오의 태양은 머리 위에서 뜨거운 열기를 더해 주었다.

예수의 뒤를 이어 차례로 신선한 물을 마시고 땀과 먼지로 얼룩진 얼굴을 씻고 난 다음 간단한 음식으로 점심을 대신하였다.

다시 기운을 차린 일행은 끝없이 뻗어 있는 길을 따라 걸어갔다. 곧 그들의 얼굴은 땀과 먼지로 얼룩졌으나 누구 한 사람 불평을 말하는 사람은 없었다. 그렇게 강렬했던 여름 햇볕이 늦은 오후가 되자 기우는 태양과 함께 열기를 잃었다. 일행은 마른 짚으로 지붕을 이어 만든 어느 한 움막 앞에 다다랐다.

예수는 일행을 멈추게 하고는 말했다.

"오늘밤 우리들을 받아줄런지 물어봅시다. 아무리 작은 마을이라도 우리의 복음을 전하는 데는 상관없습니다."

그때 한 남자가 집 안에서 뛰쳐나오며 소리쳤다.

"나사렛 예수다!"

그는 곧장 예수 앞으로 다가와 무릎을 꿇으며 말했다.

"당신이 우리가 소문으로 듣던 병자를 고쳐 주시는 바로 그 분이신가요?"

"일어서시오, 형제여! 우린 당신들에게 복음을 전하러 왔소. 잠시 후에 말해 주리다."

예수가 그에게 말했다.

그러는 동안 마을 사람들이 모여들었다. 아이들을 포함해서 70여 명 남짓한 마을 사람들이 예수와 그 일행 주위에 둘러서서 놀라움과 호기심이 가득 찬 시선으로 바라보았다.

"이렇게 누추한 곳에 오시다니……. 환영합니다. 우리들은 당신께 드릴 만한 값진 물건은 없습니다. 하지만, 우리가 가지고 있는 모든 것들은 당신과 당신 일행의 것입니다."

마을의 우두머리로 보이는 나이 많은 촌부가 예수에게 머리를 숙이며 말했다.

잠시 후 일행은 마을의 여러 집에 나누어 묵을 곳을 정했다.

세 여자들은 매우 명랑한 기분이 되어 하얀 살결을 지닌 한 과부 집으로 숙소를 정했다.

"당신들을 이 곳까지 인도해 주신 하나님께 감사드려요. 늘 우리들은 카파르나움으로 오고가는 행인들에게 예수의 기적에 대한 많은 이야기를 들어왔어요. 그런데 그 분이 우리 마을에 오시고 우린 그 분의 말씀을 듣게 되었군요."

과부는 즐거운 듯 명랑하게 말했다.

세 여자들은 몹시 피곤하였으므로 늦은 오후의 낮잠으로 잠시 휴식을 취했고, 그 과부는 그녀들을 위한 식사를 준비하기 시작했다. 여자는 그녀들을 꼼짝 못하게 하면서 편안히 휴식을 즐기라며 만류해, 마리아가 너무 미안하다면서 그녀의 뜻을 거둘 것을 요청하자, 그제서야 그녀는 마을 샘에서 물을 한 통 길어다 줄 것을 부탁했다.

"전 혼자 살아요. 그래서 많은 물이 필요치 않거든요."

그녀가 물을 길어가지고 오는 마리아를 보며 미안하다는 듯이 말했다.

모든 마을 사람들이 저녁 식사가 끝나자, 예수는 빈 터에 사람들을 모아 놓고 설교와 축도를 내려주었다.

다음 날 아침이 되자, 예수와 일행은 떠날 차비를 서둘러 끝냈다.

온 마을 사람들이 그들을 전송했다. 예수는 손을 높이 들어 주민들에게 축복을 빌어주었다.

그 날의 목적지는 전날보다 더 많이 걸어야 할 가나였다. 피로가 채 가시지 않은 마리아였지만, 새로운 곳으로 간다는 호기심이 몸과 마음에 활기를 주었다.

마리아는 지금 목적지 삼아 떠나는 가나라는 곳이 사도들 중의 한 사람인 나타니엘이라고 부르는 바르톨로메오의 고향이라는 사실을 새로이 알았다.

바르톨로메오는 늘 용모가 단정했는데 수염을 아주 산뜻하게 매일 깎는 젊은 사람이었다. 매사에 부지런해서 예수로 하여금 그가 잘 알고 있는 사람들에게 설교를 하도록 배려한 일도 있었다.

가나는 예수의 고향인 나사렛에서 그리 멀지 않은 고장이다.

마리아는 나사렛 사람들이 예수가 첫 사명을 시작할 때 그의 가르침을 어떻게 배척하였는가 하는 모든 사실을 이미 들어서 잘 알고 있었다.

그 곳 사람들은 같은 마을에 살고 있는 요셉이라는 보잘 것 없는 목수의 아들인 주제에 어찌 하나님의 집인 집회소에서 설교를 할 자격이 있느냐고 반박을 했던 것이다. 그러한 그의 용기와 담력을 정신 이상자로 몰아세우기까지 했다.

그래도 아랑곳하지 않는 젊은 예수의 완강한 태도에 격노한 마을 사람들은 그를 절벽 아래로 떨어뜨려 죽이겠다고 위협했다.

가나로 가는 길은 낮고 구불구불한 길이 이어진 언덕을 넘어서 평평한 들판을 지나기도 했다.

정오가 되자 일행은 숲이 있는 곳에서 걸음을 멈췄다. 숲 저쪽으로 한없이 뻗어간 길 위로 따가운 여름 햇볕이 쏟아지고 있었다.

각자 메고 있는 일행의 자루 속에는 신선한 빵과 포도가 들어 있는 작은 식량 꾸러미는 머물던 집에서 오늘 아침에 마련해 준 음식이었다.

열세 명의 남자와 세 명의 여자들은 나무 그늘에 앉아 피곤한 몸을 쉬면서 이미 마르기 시작한 빵을 꺼내어 먹기 시작했다.

그때 반백의 한 노인이 나귀를 끌고 맞은편에서 오고 있었는데, 나귀 안장 양 옆에는 큰 포도주통이 매달려 있었다.

노인은 예수 일행을 보자 아주 반가운 표정으로 인사를 했다.

"마실 것이 있는가요? 여긴 물이 없지요. 포도주라도 한 잔씩 따라 드릴까요?"

이렇게 말하면서 노인은 청하지도 않은 포도주 통을 내려 마개를 뽑았다.

마리아는 자기에게도 차례가 왔으면 하고 바랐다. 사실 그녀는 목이 너무 말랐던 것이다. 사도들 중 어떤 사람의 자루 속에는 나누어 마실 수 있는 충분한 양의 물이 들어있었다.

노인은 포도주를 잔에 가득 따라 돌아가며 마시게 해 주었다.

일행은 마른 입술과 빵을 적실 수 있었다.

"하나님의 은총이 당신과 함께 하시기를 빕니다."

예수가 노인에게 정중히 답례했다.

"당신에게 우리들의 감사한 마음을 드립니다."

사도 중의 한 사람이 노인께 감사했다. 노인도 머리를 숙여 답례했다.

"당신들의 여행에 하나님이 함께 하시기를……. 주님께서 우리들에게 나누도록 해 주신 은혜는 즐거운 일입니다."

"당신이 나누어 주신 것처럼 다른 사람들도 당신과 함께 나누어 가질 것입니다."

예수가 대답했다.

이윽고 노인은 포도주 통을 다시 안장에 매달고는 나귀를 몰아 가던 길을 갔다. 인사로 노인은 손을 흔들었다.

일행은 식사가 끝난 후에도 나무 그늘에서 약 한 시간 가량을 더 머물렀다. 뜨거운 태양이 수그러들기를 기다렸다.

어떤 사람은 대화를 나누며 시간을 보내고 다른 어떤 사도는 나무에 기대어 낮잠을 즐기기도 하였다.

예수는 나무 사이로 조금 걸어가 기도하기 위해 무릎을 꿇었다.

그때 마리아는 야고보 바로 앞에 앉아 있었다.

"어때요. 막달라 마리아! 집과 가족은 모두 안녕하시고요?"

야고보가 물었다.

마리아는 고갯짓으로 그에게 대답해 주었다.

야고보는 키가 크고 몸집이 컸으나 살은 찌지 않았다. 그는 항상 면도를 했으나 그의 젊은 나이에도 불구하고 머리에는 간간이 흰 머리카락이 눈에 띄었다. 그의 표정은 늘 즐거움에 밝아 호감을 주는 인상이었다.

그의 동생 요한은 형과는 달리 몸집이 작고 소심한 성격의 소유자였다. 그는 보통 사람보다 키가 작고 침착하며 조용한 용모로 생각이 깊었다. 또 그는 턱수염을 거의 얼굴 전체에 기르고 있었는데, 그의 우정어린 빛나는 갈색 눈동자는 무척 아름다웠다.

예수는 일행이 있는 곳으로 다시 돌아와 베드로 옆에 있는 나무 등걸에 등을 기대고 앉았다. 그때 베드로는 팔꿈치로 몸을 지탱하고는 들판의 먼 곳에 시선을 던지고 있다가 말했다.

"주님, 전 선생님께서 자주 기도하시는 모습을 봅니다. 전 배운 것은 없습니다만, 어렸을 때부터 듣고 읽어온 성경 덕택에 제 나름대로 기도를 올리고 있습니다. 저의 기도 방법이 합당한지 그릇된 것인지 알 수 없습니다. 저희들에게 기도하는 법을 가르쳐 주시기 바랍니다. 세례자 요한이 그의 제자들에게 가르쳐 주었다는 말을 전해 듣기도 했습니다."

일행은 예수의 대답에 귀를 기울였다.

예수는 고개를 끄덕이며 다음과 같이 말했다.

"여러분들은 기도를 할때 이방인들처럼 거짓된 말을 되풀이 하지 마시오. 그들은 말을 잘 해야만 하나님께서 들어주실 걸로 생각하고 있는 모양이나 아버지께서는 여러분이 원하기 전에 무엇이 필요한 지 이미 알고 계십니다. 여러분은 그들을 닮지 말고 이렇게 기도하시오."

하늘에 계신 우리 아버지
온 누리에 거룩하신 이름이 빛나시며
아버지의 나라가 임하시며
아버지의 뜻이 하늘에서와 같이
땅에서도 이루어지소서.
오늘 우리에게 일용할 양식을 주시고
우리에게 잘못한 이를 우리가 용서하듯이
우리의 죄를 용서하시고
우리를 유혹에 빠지지 말게 하시며
다만 악에서 구하소서.

"여러분들이 남의 잘못을 용서한다면 하늘에 계신 여러분의 아버지께서도 여러분의 죄를 용서하실 것입니다. 그러나 여러분이 남의 잘못을 용서치 않으면 여러분의 아버지께서도 여러분의 죄를 용서치 않을 것입니다. 여러분이 기도할 때 어떤 사람과 다툰 일이 생각나면, 그를 먼저 용서하시오."

예수는 또 많은 대중들 앞에서 보라는 듯 자신을 과장해서 믿음을 고백하는 사람들처럼 기도하지 말 것을 경고했다.

혼자서 아무도 보지 않는 곳에서 드리는 기도가 더 진실하며, 그러한 기도가 하나님의 마음에 합당한 것이라고 말해 주었다.

또 그는 다음과 같은 말을 주었다.

"우리들의 아버지는 어디서나 우리의 기도를 듣고 계십니다. 빵을 달라는 아들에게 돌을 줄 어버이가 어디에 있겠습니까? 또 생선을 달라는 아들에게 뱀을 줄 아비가 여러분 중에 있다고 생각하십니까? 아무리 사악한 사람이라도 자식이 청하면 좋은 것을 주려고 하는 것이 인지상정인데, 어찌 하늘에 계신 여러분의 아버지께서 청하는 이들에게 왜 더 좋은 것을 주시지 않겠습니까? 나는 여러분께 약속합니다. 구하시오, 얻을 것입니다. 찾으시오, 받을 것입니다. 두드리시오, 열릴 것입니다. 구하는 사람은 얻을 것이며 찾는 사람은 받을 것입니다. 또 두드리는 자에게는 열릴 것입니다."

감동에 이끌리듯 마리아가 물었다.

"그 말씀의 뜻은 저희들의 기도를 모두 하나님께서 들어주신다는 말씀인가요?"

"어떤 아버지가 아들이 원한다고 해서 모두 들어주겠소?"

예수가 대답했다.

그 말에 마리아는 얼굴을 붉히며 다시 물었다.

"어린아이와 같은 질문이었습니다. 물론 원하는 대로 다 주지 않을 것입니다. 선생님, 저의 얕은 소견을 용서해 주세요."

"막달라 마리아! 나는 당신의 질문에 이런 대답을 드리고 싶습니다. 만일 당신의 아버지가 자식에게 줄 좋은 선물과 해가 될 것을 아시고 구별해서 주듯이, 하늘에 계신 당신의 아버지께서도 당신과 나를 위해 그렇게 하여 줄 것이 아니겠습니까?"

휴식이 끝나자 다시 여행이 시작되었다. 한낮의 더위는 시원한 바람에 씻기어 한결 상쾌한 기분을 주었다.

들판을 지나 늪지대를 두 시간 가량을 가자, 나무덩굴에 가리워진 작은 길이 수풀 사이로 드러나보였다. 그 길 먼 곳에 불연듯이 우뚝 솟은 산이 나타났다. 길은 산쪽으로 아득히 뻗어 있었다. 길을 따라 갈수록 산은 점점 더 가까이 다가왔다. 그러자 큰 산이 앞을 가로막았다.

"타보산이다. 난 저 산 밑에서 태어났습니다. 이제 가나는 여기서 그리 멀지 않습니다."

바르톨로메오가 기쁨에 찬 큰 소리로 말했다.

타는 듯한 여름 해는 이미 서쪽으로 기울고 서늘한 저녁 바람이 산기슭을 타고 불어왔다. 살로메는 마리아 앞에서 피로와 싸우느라고 앞만 보며 걷고 있었다.

"날 너무 걱정하지 마세요."

마리아의 눈길에 살로메가 대답했다.

"전 이렇게 먼 길을 걷는 것은 처음이지만 꼭 해낼 거예요."

"이놈의 모기들!"

안드레아가 갑자기 그의 팔뚝을 찰싹 때리며 소리쳤다.

필립보는 그의 귓구멍에서 무엇인가를 끄집어 냈다.

그때 마리아는 그녀의 왼쪽 어깨를 쏘는 따끔한 아픔을 느꼈다. 순간 그 곳을 때리자 손바닥에 피가 묻어났다.

"젠장, 모기들 세상이군. 이맘 때 쯤이면 이놈들이 덤불 속에서 나오지요."

바르톨로메오가 모기한테 물린 팔뚝을 어루만지며 말했다.

모기뿐 만이 아니었다. 풀벌레가 요란하게 주위를 날며 덤벼들었다. 예수는 얼굴을 연신 손으로 휘저으면서 걸어갔다. 그 뒤를 따르는 사도들도 얼굴이며 팔, 다리 등을 찰싹찰싹 때리며 투덜댔다. 수산나의 오른쪽 눈 가장자리는 벌써 모기에 물려 퉁퉁 부어올랐다.

모기와 풀벌레들의 맹공격에 일행은 걸음을 더욱 재촉했다. 우거진 덤불 속을 얼마쯤 지나자 마을의 집들이 보이기 시작했다.

요한은 살로메의 뒤를 따르면서 부축하듯 그녀를 보살폈다. 살로메는 거의 쓰러질듯이 비틀거렸다.

"여러분! 바로 눈 앞에 가나가 있습니다. 모기들도 더 이상 우리를 따라오지 못할 것입니다."

바르톨로메오의 낙천적인 말에 모두가 한바탕 웃었다. 그는 고향으로 돌아간다는 마음에 들뜬 모양이었다.

마리아는 바로 자기 눈 앞에서 아른거리는 풀벌레를 바라보았다. 여름 저녁 햇살을 타고 날아다니는 풀벌레들이 이상하게도 아름답게 보였다. 그러면서도 저렇게 아름다운 것들이 사람을 괴롭히는 힘이 있을까 싶은 생각에 생존의 법칙이 신비롭게 느껴졌다.

바르톨로메오의 말은 옳았다. 점점 더 앞으로 걸어나가자 모기떼들은 사라졌다. 이제 가나는 그리 멀지 않은 듯 보였다.

바로 눈 앞에 타보산의 웅장한 모습이 보였다. 산은 비교적 평평한 대지 위에 우뚝 솟아 저녁 노을을 받으며 우람하게 서 있었다.

마을은 산보다 더 가까운 거리에 낮은 언덕을 뒤로 한 집들의 모습이 서서히 나타나자, 지친 사도들은 기쁨으로 새로운 힘을 얻었다.

바르톨로메오는 그의 가족과 친구들을 만나 놀라게 해 주려고 다른 사람들 보다 앞질러 달려갔다.

가나는 유쾌하고 금방 친숙해질 수 있는 인심 좋은 마을이었다. 그곳은 카파르나움보다는 작고 막달라보다는 큰 마을이었다. 아이들은 길가에서 뛰어 놀기에 정신이 없었고 마차들이 한가한 거리를 왕래하고 있었다.

마리아에게는 모든 것이 자기가 태어나 어린 시절을 보낸 막달라와는 다르게 보였다. 피로에 지친 예수의 일행이 마을 한가운데로 걸어가고 있을 때 주민들은 낯선 사람들을 호기심이 가득 찬 눈으로 바라보았다.

그들에게는 예수 일행이 매우 이상하고 색다른 존재로 보였던 것이다. 즉 남자와 여자들은 한결같이 어깨에 다 축 늘어진 가죽자루를 메고, 더위나 먼지를 뒤집어 쓴 모습이 너무나 지쳐서, 마치 걸인 같은 행색을 하고 있었기 때문이다.

"제 모습이 아주 보기 흉하죠. 머리가 너무 헝클어졌어요."

수산나가 마리아를 보며 말했다.

"그래도 제 머리보다는 나은 편이에요. 두건으로 머리를 단단히 맸는데도 이렇게 헝클어졌어요. 보세요. 너무 먼 길을 오느라 땀과 먼지로 엉망이에요. 목욕을 했으면 좋겠네요."

마리아가 먼지를 털어내듯 옷을 털며 말했다.

살로메는 아무 말도 하지 않았다. 그녀는 극심한 피로에 지쳐 있었다. 한 발짝 한 발짝 걷는 것이 고통스럽기까지 했다. 그녀를 더욱 괴롭히는 것은 얼굴과 팔이 햇볕에 타서 진홍빛으로 부풀어 올라 쓰라림을 더해 주었다.

앞서 갔던 바르톨로메오가 일행을 향해 다시 허겁지겁 달려오는 얼굴은 환한 웃음으로 가득 차 기쁨을 감추지 못했다.

그가 큰 소리로 말했다.

"선생님! 모든 것이 다 준비되었습니다. 선생님과 베드로, 야고보와 세 여자분들은 저의 집에 머무르시게 될 것입니다. 지금 저의 어머니가 선생님이 오시기를 기다리고 계십니다. 다른 사도들은 가까운 이웃에 머물 수 있도록 저의 형제들이 친구들과 의논하고 있습니다. 그리고 특별한 것은 선생님의 어머님께서 지금 가나에 계신답니다. 결혼식 때문에 나사렛에서 오셨다고 합니다."

예수의 얼굴은 기쁨으로 빛났다.

"우리들 모두에게 가장 즐거운 말입니다. 정말 당신은 좋은 소식을 가지고 왔군요."

다른 사도들도 그의 말에 마음을 놓으며 그가 인도하는 곳으로 따라갔다.

여름의 저녁 햇살이 석양으로 물들 무렵, 세 여자는 공중목욕탕으로 가서 차가운 물에 몸을 담궜다. 하루의 피로가 가신 듯 몸과 마음이 다시 상쾌해지며 원기를 되찾았다. 여행의 즐거움이란 바로 이런 것일까 하고 마리아는 생각하면서 살로메의 그을린 피부를 연민의 눈길로 바라보았다. 그녀도 머지 않아 자기처럼 갈색의 단단한 피부를 가지게 될 것이다.

목욕을 끝낸 세 여자는 사도 바르톨로메오의 어머니가 마련해 준 방에서 휴식을 취하며 옷을 갈아입었다.

"이 방은 저의 세 아들이 쓰고 있던 방이지요. 그들이 장성해서 떠날 때까지 썼어요. 내 집처럼 편안하게 지내시기 바랍니다."

바르톨로메오의 어머니는 몸이 뚱뚱하고 매우 명랑한 여자였다. 그녀가 그들에게 향유를 갖다주자, 마리아는 살로메의 진홍빛 살갗에 발라주었다.

"음—"

살로메는 엷은 신음소리를 냈다.

"오늘보다 더 견디기 힘든 날은 없겠지요."

그녀가 애처롭게 말했다.

마리아는 그녀의 상처를 매만져 주며 예수의 어머니를 만날 일을 생각하고 있었다. 왠지 모를 기대감이 그녀 가슴 한쪽으로 여름 밤의 어둠처럼 빠르게 밀려옴을 느꼈다.

가나에서의 첫 날 밤을 보내고 아침을 맞이하자, 예수는 제자들에게 카파르나움을 떠나기 전에 그들에게 지시했던 것처럼 두 사람씩 짝을 지어 다른 지역으로 떠날 준비를 하라고 일렀다.

오늘 여섯 사람이 세 그룹으로 나누어 떠났고, 내일은 나머지 사람들이 짝을 지어 떠나야만 했다. 그들은 모두 안식일 이전에 목적지에 도착해야 할 사명을 띠고 있었다.

그들은 새로운 계획과 사명에 준비를 서둘렀다. 출발에 앞서 마지막 점검을 위해 바르톨로메오의 집에서 저녁식사를 함께 하기로 했다.

그 날 오후 예수와 바르톨로메오는 예수의 어머니가 참석하기로 한 결혼식장으로 갔다.

수산나는 바르톨로메오의 어머니가 집안 일로 집을 비우게 되자 모든 일행을 위해 저녁 식사 준비를 책임지기로 했다. 마리아와 살로메도 그녀를 도왔다. 살로메는 살갗이 부풀어 오르고 수포가 생겨 고통이 심했다.

오후 내내 세 여자들은 바빴다. 가장 요리 솜씨가 좋은 수산나는 큰 솥에 스프를 끓이고 오븐에는 양고기와 보리빵을 구웠다.

마리아는 편도나무 꽃가루에 계란을 적당히 섞어 생과자를 만들었다. 그것은 늘 그녀가 즐겨 먹던 간식 중의 하나였다.

살로메는 자기 고향에서 늘 별식으로 즐기는 꽃상치 무침과 강냉이, 민들레 잎을 잘게 썰어 올리브 기름을 섞은 샐러드를 만들었다. 또 과일과 포도주도 준비했다. 성대하게 저녁 식사가 꾸며졌다.

예수와 바르톨로메오가 결혼식장에서 돌아오고, 집주인 격인 바르톨메오 어머니가 귀가했을 때, 세 여자들은 이미 모든 준비를 끝낸 후였다.

그들은 차례로 식탁에 둘러앉았다. 아주 성대하고 흥겨운 저녁 시간이었다. 예수와 일행은 마음 놓고 음식을 들었다. 오랜 만에 가진 자리였다. 이제 이들이 각자의 사명을 띠고 뿔뿔이 흩어지면 언제 또 이런 자리가 마련 될지 아무도 예측할 수 없는 일이었다. 저녁 식사가 끝나자 세 여자는 이 집 여주인을 도와 뒷일을 거들었다.

예수는 내일 아침 떠날 제자들에게 세심하게 주의 사항과 사명을 내려주었다. 우선 그들은 짝을 지었다. 필립보와 마태오가 짝을 지었고, 토마스와 유다 이스카리옷이, 알페오의 아들 야고보와 열성당원 시몬이 한 조가 되어 가능한 한 그들의 고향까지 갈 것을 허락해 주었다.

일행들이 저녁 늦게 각자 자기들이 묵고 있는 집으로 흩어져갈 때 예수는 마리아에게 말했다.

"막달라 마리아! 나의 어머니이신 나사렛 마리아께 당신에 대해 말씀드렸소. 어머니께서는 내일쯤 당신을 한 번 만나보고 싶어 하십니다."

"고맙습니다, 선생님. 저에게는 큰 영광입니다."

예수는 고개를 끄덕거렸다.

"그럴 것입니다. 당신은 내 어머니와 아주 가까운 친구가 될 것입니다. 내일 아침에 어머니가 계신 곳을 가르쳐 드리겠습니다."

다음 날 아침 예수는 떠나는 제자들에게 축복을 내려주며 전송했다.

마리아는 예수의 어머니가 묵고 있는 집을 가르쳐 줄 때까지 잠자코 기다렸다. 얼마 후에 예수가 마리아에게 말했다.

"나를 따라오시오."

두 사람은 밖으로 나와 집 모퉁이를 돌아서 한적한 거리를 얼마쯤 걸어갔다. 큰 길이 나오자 거기서 예수는 마리아가 찾아가야 할 곳을 알려주었다.

"어머니한테는 당신에 대한 모든 것을 이미 말씀드렸습니다. 많은 대화를 나누십시오. 유익한 것이 많을 것입니다. 내 어머니께서는 당신이 꼭 알아두어야 할 것을 아주 자세히 말씀해 주실 것입니다. 두 분은 마음을 터놓고 이야기하시기 바랍니다. 당신들은 특별히 선택된 여자들입니다. 당신이 내 어머니같이, 내 어머니가 당신에게 하는 말은 아무런 제약이 없습니다. 나의 충실한 막달라 마리아! 때가 이르면 당신은 모든 것을 스스로 깨닫게 될 것입니다."

"주여! 때에 이르면 이란 말씀을 하시는 그 때가 언제인지 알 수 있었으면 좋겠습니다."

"당신이 나에 대하여 갖는 것 같이 하나님의 뜻에 대해서는 의문을 갖지 마시오."

그리고 나서 예수는 그녀에게서 떠나갔다.

마리아는 예수가 가르쳐 준대로 천천히 걸어갔다. 큰 건물을 지나자 작은 골목길이 보였다. 그 길로 접어들자 파란 칠을 한 집이 곧바로 나타났다. 그 집에서부터 다섯 번째의 집이 그의 어머니가 묵고 있는 집이었다. 가나에 살고 있는 가족 같은 친구의 집이라고 했다.

마리아는 그 집 앞에서 조용히 문을 두드렸다. 담 너머로 몇 그루의 올리브나무가 보였다. 잠시 후에 안쪽에서 발자국 소리가 들리더니 문이 열렸다. 매우 다정하게 보이는 노부인이 나오며 말을 했다.

"예수의 제자인 막달라 마리아이신가요? 만나게 돼서 반갑습니다. 자, 안으로 들어오시지요."

마리아는 노부인을 따라 정원으로 들어섰다. 드넓은 뜰 안은 아름다운 정원수와 꽃나무가 적당히 배치되어 여름 아침의 싱싱한 햇살을 받고 있었다. 현관으로 들어서, 다시 큰 방을 지나, 제일 끝인 듯 싶은 조그마한 서재로 안내되었다.

"당신을 기다리시는 분이 안에 계십니다."

노부인은 그녀에게 말하며 문을 열어주었다. 그녀가 고맙다는 인사로 목례를 하고 안으로 들어서자 밖에서 문을 닫았다.

조그마한 방 안에는 초여름의 꽃들이 만발한 정원 쪽으로 난 열린 창을 통해 밝은 햇살이 쏟아져 들어오고 한 줄기 싱그러운 바람이 풀내음을 싣고 불어왔다. 의자에 앉아있던 예수의 어머니가 일어서며 반가운 음성으로 말했다.

"만나게 돼서 반가워요. 막달라 마리아!"

마리아가 그녀 곁으로 다가가자, 그녀는 마리아를 껴안았다.

"자, 내 옆에 앉아요."

그들은 의자에 나란히 앉았다. 예수의 어머니가 그녀 특유의 인자

한 눈빛을 띄우며 나직한 음성으로 말했다.

"막달라 마리아! 내 아들이 어제 당신에 대한 이야기를 해 주었습니다. 그래서 당신을 만나게 되었어요. 당신은 어떤 특별한 일로 선택되었다니 참으로 기쁩니다. 그 일이 어떤 일인지는 나에게 말해 주지 않았어요. 때가 오면 알게 되겠지요. 예수는 그것이 우리 두 사람이 함께 해야 될 일이라고 말했습니다."

이에 마리아는 놀라며 외치듯 말했다.

"때가 오면……? 이 말은 제가 알고 있는 유일한 의문입니다. 전 그 말이 무엇을 의미하는지 전혀 알 수가 없어요. 다만, 전 어떤 목소리를……"

마리아는 갑자기 말을 멈추었다.

"당신도 그 목소리를 들었습니까? 나에게는 환영과 같은 것이 보였어요. 천사가 나에게 다가와 말을 했지요."

예수의 어머니는 더 이상 말을 하지 않았다. 그녀 역시 놀라움과 두려움으로 떨고 있음을 알 수 있었다. 마리아 역시도 무슨 말을 어떻게 해야 할지 몰랐다. 순간 자기를 떠나보낼 때 예수가 한 말이 떠올랐다.

"제가 이곳으로 올 때 예수께서는 마음을 터놓고 어떠한 이야기라도 함께 나누라고 하셨습니다. 조금 전에 말씀하신 그 목소리에 대해 늘 많은 의문을 가져 왔습니다. 그래서 마음의 안정을 가질 수가 없어요."

"아마 그것이 예수께서 당신과 내가 이야기하기를 원했던 이유일 것입니다."

"그때 저는 어둠 속에서 아주 낭랑하고 또렷하게 전해져 오는 음성을 들었습니다. 제가 어떤 사실을 그 누구보다도 먼저 알게 될 것이라는 약속을 받았습니다. 그 소리는 제가 세상에 어떤 것을 공표하게 될 것이라고 했습니다. 하지만 세상에 대한 아무런 지식도 없는 시골 여자가 어떻게 세상 사람들에게 나아가서 말할 수 있겠어요. 저는 무척 놀랐어요."

그녀의 말에 나사렛 마리아는 엄숙한 표정을 지었다. 그녀는 천천히 마리아를 바라보며 입을 열었다.

"놀라지 말아요, 막달라 마리아! 그것은 하늘에서 그의 아들을 이 세상에 보내신 하나님의 현시와 관련된 일입니다. 난 예수가 우리의 아버지 하나님을 대신해서 하늘의 왕국을 선포한다는 것만 알고 있어요. 예수는 그것이 어떻게 이루어질 것인지 나에게 말해 주지 않았어요. 그것이 어떠한 것이든 간에 무척 위대한 하나님의 사업이어서 세상에서는 결코 잊어버리는 일이 없을 것입니다."

"전 지금 더 놀랄 따름이에요."

막달라 마리아가 조심스럽게 대답했다.

"그건 내가 하나님의 아들을 잉태하게 되리라고 천사가 말해 주었을 때보다는 덜할 겁니다."

"그럼 그런 말씀을 직접 들으셨나요?"

"난 그때 당신 만큼이나 어린 처녀였어요. 나사렛 마을의 요셉과 약혼을 했지요. 아직 결혼을 하지 않은 때라 그와 잠자리를 함께 한 적이 없었어요. 나 역시 지금 당신이 말한 것처럼 세상에 대해서 아무것도 모르는 시골 여자였다오. 천사가 말한 대로 내가 임신했다는 사실을 알 때까지는 믿을 수가 없었어요. 하나님의 거룩하신 성령이 내 몸 속에 그의 아들을 잉태시켰던 것입니다."

"저는 지금까지 어떻게 해서 예수님이 하나님의 아들로 세상에 태어나게 되었는지 생각해 본 적이 한 번도 없었어요. 사도 바르톨로메오가 이 곳으로 오던 날 선생님의 어머니께서 가나에 계시다는 말을 전해 주었을 때까지도 상상도 못했어요. 솔직하게 고백합니다만, 전 그 분은 아주 유복하게 그리고 좋은 환경 속에서 성장한 사람으로 생각했어요. 아무튼 그런 생각과 함께 어떻게 그런 분이 '하나님의 아들일까.' 하는 의문을 늘 가졌어요."

"사람들은 그렇게 생각하며 믿고 있답니다. 난 지금 당신에게 하고 있는 이 말을 제 약혼자인 요셉과 우리 부모님 이외에는 아무에게도 말하지 않았습니다. 그들은 알고 믿어주어야 했지만, 나를 믿지 않았어요. 나를 무척 아끼고 사랑했던 요셉조차도 내가 다른 사람과 관계가 있는 줄로 의심할 정도였으니까요. 그래서 나중에 환영을 보게 되고 또 진실의 소리를 듣게 되었죠. 그런 후에 나와 결혼을 하게 되었습니다."

"만일 그 분이 당신과 결혼을 하지 않았다면, 당신께서는……."

"그렇지요. 우리의 오랫 동안 내려온 율법을 깨뜨렸다고 나를 기소했거나 법에 따라 처벌했겠지요."

막달라 마리아는 깊은 한숨을 내쉬었다.

"제가 모든 것이 정상이었다면, 아마 지금 쯤은 약혼을 했을 겁니다. 어쩌면 또 결혼을 했을는지도 모르죠. 악령들이 내 몸을 더럽히지 않았다면 말이에요."

"잘 알고 있어요. 예수가 나에게 두 로마 병사들에 대한 이야기와 어떻게 해서 악령들이 씌워졌는지를 말해 주었답니다."

"예수님께서는 어떻게 그 사실을 알았을까요? 전 말씀드린 적이 없는데……"

"예수는 하나님과 가까이 있어요. 지상에 살아 있는 그 누구보다 더 가까이 하나님과 함께 있어요. 하나님은 우리를 잘 알고 계시므로 예수도 모든 것을 알지요."

"제가 이해할 수 없는 것이 너무나 많아요. 한 번은 예수님께 왜 자신이 하나님의 아들인 메사아라고 밝히시지 않느냐고 여쭈어 본 적이 있었습니다. 그러면 모든 일이 쉬워지지 않겠느냐구요."

"내가 당신의 물음에 대해 대답을 드릴 수 있을 것 같군요. 나도 늘 의아하게 생각한 것이 한두 가지가 아니었습니다. 처음에는 사람들이 그를 유태인의 왕으로 여기고 군사 지도자로 추대하였습니다. 그러나 그것은 그를 이 땅에 보내신 하나님의 참뜻이 아니었습니다. 그래서 한때는 로마 군인들한테 체포되어 반역죄로 사형을 언도 받기도 했지요. 그 다음에는 바리새이파 사람들과 다른 전도사들이 그를 믿으려 하지 않고 신을 모독했다고 고발하여 유태인의 율법에 따라 사형을 선고 받는 일까지 있었답니다. 그러나 이런 일보다도 더 그가 슬프게 여기는 것은 이스라엘 백성들에게 존경 받는 인물이기보다, 억압당하는 민족으로서 하나님의 가르침마저, 국토의 혼란 속에서 저버리게 되지 않을까 하는데 있습니다. 그는 하나님의 말씀을 전파하는 사명이 지금 아주 어려운 곤경에 처해 있다고 생각하고 있습니다. 다만, 그는 그가 하고 있는 일을 계속하는 것 이외에는 아무런 방법이 없습니다. 그만큼 예수는 외로운 존재입니다."

"이제서야 그 분을 좀 이해할 수 있을 것 같군요."

막달라 마리아가 진심으로 말했다.

"어떤 일이 일어나면 예수의 진리는 밝혀지게 될 것입니다. 저도 그 일이 무엇인지, 또 언제 일어날 것인지 모르기 때문에 당신께 말씀드릴 수가 없습니다."

막달라 마리아는 그녀를 바라보았다.

"나사렛 마리아시여! 그 일이 일어날 때 꼭 저와 함께 해주세요."

"나도 당신과 함께 있기를 원하고 있답니다. 예수도 그럴 것이라고 나에게 말해 주었습니다."

나사렛 마리아가 그녀를 조용히 바라보며 말했다. 여름의 따가운 햇볕이 바람을 타고 뜨거운 열기를 더해 주고 있었다.

정오가 되자, 예수는 설교를 하기 위해 가나의 집회소로 갔다.

이미 바르톨로메오는 예수가 오늘 설교할 것이라는 말을 친구들에게 전했고, 그의 친구들은 모든 마을 사람들에게 퍼뜨렸다.

이곳 사람들, 특히 병자나 불구자들은 예수의 출현을 고대하고 있었으므로 소문은 꼬리에 꼬리를 물고 이웃마을까지 순식간에 전해졌다.

예수는 막달라 마리아와 살로메를 데리고 갔다. 거리에는 사람들이 집회소로 달려가고 먼 발치 집회소에는 이미 많은 군중들이 웅성거리고 있었다.

집회소로 가는 도중에 바르톨로메오를 만났다. 그는 집회소에 갔다가 예수 일행을 안내하기 위해서 되돌아오는 중이었다. 그가 다소 흥분된 어조로 말했다.

"선생님 이렇게 사람들이 많이 모일 것이라고는 생각지도 못했습니다. 제가 그들에게 나중에 오라고 전할까요?"

"아니오. 내가 문에 서서 안에 있는 사람들 뿐 아니라 밖에 있는 사람도 모두 들을 수 있도록 말하겠소. 설교가 끝난 다음에 나를 만나고 싶다는 이들을 면담하겠소."

집회소에 예수가 당도하자 군중들은 그에게 환호를 보냈다. 그는 조용한 미소로 답례를 하며 문턱에 자리를 잡았다. 안과 바깥 쪽을 차례로 돌아보며 하나님의 말씀을 전하기 시작했다.

그의 낭랑한 목소리는 차고 넘쳐 안에 있는 사람들이나 밖에 서 있는 사람들에게 아무런 불편도 주지 않았다. 마리아와 살로메는 예수 가까이에 있었다.

예수는 기도와 함께 설교를 시작하여 가나 마을사람들에게 그들의 죄를 진심으로 회개하고 하나님의 계명을 따르라고 거듭 강조했다.

"남을 심판하지 마시오. 그러면 그대들도 심판을 받지 않습니다."

마리아의 가슴 속에 깊이 와 닿는 말이었다.

집회소에 모인 사람들은 하나님의 복음에 대한 예수의 바른 해석에 놀라움을 금치 못했다. 그러나 그들을 놀라게 하는 말이 다음 순간에도 이어졌다. 마리아는 자기의 귀를 의심했다.

"주여! 우리의 주라고 말하는 사람들이 모두 하나님의 왕국에 들어갈 수는 없습니다. 다만 우리 아버지의 뜻에 따라 실천하고 행동하는 사람만이 갈 수 있는 곳이 하나님의 나라입니다. 때가 오면 많은 사람들이 나에게 이렇게 말할 것입니다. '주여, 주님이시여! 저희들은 당신의 이름으로 많은 일을 하였습니다,' 하고 말입니다. 그러나 나는 그들에게 이렇게 대답할 것입니다. 나는 그대들을 알지 못합니다. 나에게서 떠나가시오. 사악한 위선자들이여!"

처음으로 막달라 마리아는 지금 그가 설교한 내용이 하늘의 심판을 받을 분이라는 뜻을 내포하고 있다는 새로운 사실을 깨닫게 되었다. 예수가 진술하고 있는 말은 자신이 바로 하나님의 아들임을 공개적으로 발표하는 것이나 다름없었다.

그 날 아침에 예수가 이런 말을 직접할 수 없다는 그의 어머니의 설명을 상기하곤, 마리아는 당황했다. 그러나 군중들은 그 함축된 의미를 이해하지 못했고 깨달을 수가 없었다. 그것이 뜻하는 바를 진정으로 이해한 사람은 막달라 마리아, 그녀 혼자 뿐이었다.

예수께서 자신이 의도하고 있는 깊은 뜻을 미리 말씀하신 것이 아닐까? 그러나 그럴 가능성은 없었다. 그에 대한 해명은 즉시 이루어졌다.

예수는 모인 군중에게 축복을 내린 다음 집회소 계단을 내려오며 뒤를 따라오던 마리아에게 걸음을 멈추며 말했다.

"나를 만나기 위해 온 두 사람이 저쪽에 있습니다. 그들은 세례자 요한의 제자들입니다. 요한은 그들을 보내어 내가 누구인지 알아보려 하고 있습니다. 수고스럽지만, 그들을 나에게 데리고 와서 보고 들을 수 있도록 해 주시오. 막달라 마리아!"

마리아는 예수가 시선을 주고 있는 쪽을 바라보았다. 예수에게로 가까이 오려고 밀고 당기는 군중들과 조금 떨어진 건물 모퉁이에 서 있는 두 사람을 찾았다.

마리아는 다가서는 군중들을 헤치고 두 사람이 있는 쪽으로 갔다. 따가운 여름 햇볕 아래서 사람들은 더 예수 가까이로 가기 위해 거의 필사적이었다. 그녀의 이마에는 땀방울이 맺혀 흘러내렸다.

그 사람들은 지금 집회소 정문 쪽에서 일어나고 있는 모든 일들을 아주 유심히 관찰하고 있었다. 마리아가 그들 곁으로 다가서며 말했다.

"당신들은 예수께 물어볼 것이 있어 세례자 요한이 보낸 분들이시지요."

순간 두 사람은 놀라며 그녀를 바라보았다. 그 중의 한 사람이 둥그레진 눈을 치켜뜨며 말했다.

"어떻게 그 사실을 아셨습니까?"

"조금 전 나의 주님 예수께서 당신들을 인도해 오라고 말씀해 주셨습니다. 함께 가시면 저의 선생님이 하시는 일을 보고 들을 수 있습니다. 지금 예수께서는 두 분을 기다리고 계십니다."

"어떻게 그 분이 우리들을 알아보았을까요?"

"그 분의 말씀을 못 믿으시는가요?"

마리아가 되물었다.

"아니오. 맞습니다. 우리는 요한에게서 왔습니다. 그 분은 지금 여기서 그리 멀지 않는 세포리스라는 곳에 계신데, 왕 헤로데 안티피스의 궁전 감옥에 감금되어 있습니다."

라고 말하면서 마리아에게 한 손을 내밀며 다시 말을 이었다.

"나는 스테파노이고 제 옆에 함께 있는 친구는 여호수아라고 합니다. 우리들은 요한의 제자들로 그 분의 분부를 받고 나사렛 예수를 찾아왔습니다."

마리아는 그가 내민 손을 잡았다.

"저는 막달라 마리아입니다. 주 예수와 그의 사도들과 함께 있는 일행입니다. 그럼 저를 따라오세요."

그들은 집회소에서 나오는 사람들을 멀리 돌아 예수가 있는 곳으로 갔다. 벌써 그의 주위는 많은 사람들로 에워싸여 있었다.

스테파노라고 불리는 요한의 제자는 키가 큰 젊은이로 밝은 금발의 곱슬머리를 가진 이스라엘 사람 중에서는 매우 보기 드문 인상으로, 마리아에게서 시선을 떼지 않았다.

아무 말도 하지 않고 그녀의 뒤를 따르는 여호수아는 많은 군중들에게 자주 시선을 주었다.

"실례합니다."

마리아는 가끔 군중들 사이를 헤치며 연거푸 말했다.

그들이 예수가 있는 곳에 다다랐을 때 살로메는 나이 많은 노파 한 명을 예수 앞으로 데리고와 서 있었다.

그 여인은 장님이었기 때문에 두 손으로 앞을 더듬으며 예수를 어루만졌다. 그러자 예수는 자기의 손을 입으로 가져가 침을 묻힌 다음 여인의 움푹 패인 두 눈에 손가락을 갖다대었다.

"자, 이제 당신의 눈꺼풀을 비비시오. 그러면 보게 될 것입니다. 당신에게 광명을 주신 하늘에 계신 당신의 아버지께 찬양을 드리시오."

그러자 눈 먼 여인은 예수의 말대로 자기의 눈꺼풀을 문지르다가 손을 멈췄다. 숨을 가쁘게 몰아쉬더니 큰 소리로 외쳤다.

"하나님께 찬미를 !"

이제 눈을 뜬 여인은 목이 메어 더욱 높이 소리쳤다.

"내가 빛을 보게 되다니……. 오 ! 하나님 !"

살로메는 다음 사람을 대기시키고 있었다.

뒤틀린 한쪽 다리를 목발에 의지한 젊은이였다. 아직도 그 나이 많은 노파가 외치고 있어 그의 차례를 방해하였다. 바르톨로메오는 죽 늘어선 행렬의 끝에서 차례를 기다리는 군중들을 정리하느라 바삐 뛰어다녔다.

마리아가 앞으로 나서며 노파를 한쪽으로 비켜 세우고 말했다.

"당신은 이제 광명을 얻었습니다. 눈부신 태양을 바라보지 말고 땅을 보고 걸으세요."

"나는 하늘에 계신 우리 아버지를 우러러 보고 있는 중입니다."

노파는 다시 고개를 들면서 외쳤다.

"하나님께 영광을! 난, 나를 볼 수 있어요. 다시 눈을 갖게 되었어요."

이윽고 옆에 서 있던 사람들이 그녀를 부축해서 군중 사이로 데리고 나갔다. 그들은 하나님의 자비를 찬양하며, 그녀가 제대로 걸을 수 있을 때까지 길을 열어주었다.

"저는 죄를 지었습니다. 그 때문에 사고가 일어났는지도 모르겠습니다만, 전 회개하고 하나님께 용서를 빌고 있습니다."

젊은이가 예수에게 말했다. 그가 그 동안 겪어 온 고통이 그의 얼굴에 서려 있었다.

"하나님께서 당신의 말을 들으시고 나에게로 인도하셨습니다. 더 이상 죄를 짓지 않으면 앞으로 사고를 당할 염려가 없습니다."

예수는 몸을 숙여 젊은이의 뒤틀린 다리에 손을 대었다. 그러자 젊은이의 다리가 곧게 펴졌다. 그러자, 그는 서서히 몸을 바로 세우더니 짚고 있던 목발을 땅에 내려놓았다. 그리고 나서 그가 울음 섞인 목소리로 말했다.

"제가 다시 온전한 몸을 갖게 되었습니다. 이런 말로 당신께 감사의 말씀을 드린다는 것은 너무나, 미약한 일이겠지요? 저는 이제 다시 쓸모있는 몸을 갖게 되었습니다. 어떻게 감사의 말씀을 드려야 되겠습니까?"

"나에게 말하지 말고 하늘에 계신 당신의 아버지께 말하시오. 그리고 그 분의 계명에 따라 사시오. 그러면 당신은 지금보다 더 큰 하늘나라를 얻게 될 것입니다."

"주 예수여! 이제야 저는 모든 것을 깨달을 수 있습니다."

그는 땅에 버렸던 목발을 주워 마리아에게 건네주며 말했다.

"나도 다른 사람들처럼 이런 것은 필요치 않게 되었습니다."

그는 뒤돌아 서서 두 발로 똑바로 걸어갔다.

마리아는 그에게서 목발을 받아 집회소 벽에 기대어 놓았다.

"당신의 말은 바로 사실임을 증명할 것입니다."

그녀는 혼자 중얼거렸다. 요한의 제자들은 잠시 넋을 잃고 젊은이의 뒷모습을 바라보고 있을 따름이었다.

바르톨로메오는 군중들을 일렬로 정돈시키느라 정신없이 뛰었고, 살로메는 다음 사람을 준비시키느라 분주했다.

마리아는 예수에 의해 완치된 사람들이 돌아가는 것을 도와주었다. 그들 모두는 감동하며 하나님의 은총을 기뻐하였다.

요한의 두 제자는 아무 말없이 지금 자기들 눈앞에서 행하여지고 있는 기적들을 망연히 바라보고 있을 따름이었다.

마지막 환자가 치료되자, 모든 사람들은 길가에 무릎을 꿇고 그들의 친척이나 친구들, 다정한 이웃들에게 한결같이 베풀어 준 하나님의 은총에 대해 침묵으로 감사의 기도를 올리고 있었다. 밝고 따가운 여름 한낮의 더위도 그들은 잊은 듯 했다.

예수는 그들 모두에게 말했다.

"나에게 감사하지 말고 이 말씀을 전해 주기 위해 나를 보내신 주 하나님이신 우리 아버지께 모든 영광을 돌리시오."

이윽고 군중들이 모두 떠나가자, 예수는 그를 기다리고 있는 두 사람을 향해 다가오며 말했다.

"요한은 지금 어떻게 지내고 있습니까?"

"그것은 우리도 잘 모릅니다. 한 가지 분명한 사실은 그가 감금되어 있다는 것입니다. 왕 헤로데 안티파스가 그를 감옥에 가둔 체 가끔 불러다가 자기에게 복종할 것을 명령하고 있다는 이야기를 전해 들었을 뿐입니다. 요한의 정당한 말에 왕은 큰 감명을 받고 크게 당황하고 있다고 합니다. 왕은 요한이 유태인의 메시아인지 아닌지 걱정하고 있습니다. 그것은 자신의 왕위가 위태롭다는 생각에서이지요. 더 큰 걱정은 요한이 민중을 이끌고 봉기해 왕에 대항하지 않을까 염려하는 것입니다. 왜냐 하면 요한은 왕이 옛 법률을 깨고 그의 형수를 아내로 맞이한 것을 비난했기 때문입니다. 그러나 요한이 정말 메시아라면 —요한은 그것을 완강히 부정하고 있습니다만— 왕은 신의 노여움을 두려워하고 있습니다. 우리는 요한의 제자로서 그 분이 지금 당하고 있는 위험은 왕의 부정한 행위를 비난한데 있다고 봅니다."

스테파노라는 사람이 요한에 대한 근황을 말했다.

"요한은 당신에 대한 말을 많이 했습니다."

다른 사람이 마리아를 의심쩍은 눈으로 보며 말했다.

"마음놓고 말하시오. 막달라 마리아는 하나님을 위해 봉사하고 있는 사람입니다."

"요한이 당신의 행동에 관해서 들은 것과 그가 당신을 메시아라고 믿고 있다는 이야기는 어딘지 모르게 약간 다른 것같습니다. 그는 우리들을 당신에게 보내며 이런 것을 물어보도록 지시하였습니다. 즉 당신이 우리가 기다리고 있는 분, 구약시대부터 많은 선지자들에 의해 예언되고 하나님께서 약속하신 그 메시아인가, 아니면 아직도 다른 분을 기다려야 하느냐는 물음이었습니다."

예수는 요한의 제자들에게 이렇게 대답하였다.

"여러분이 지금 듣고 본대로 요한에게로 가서 말하시오. 장님이 눈을 떠보이고, 절름발이가 다시 제대로 걸으며, 문둥병자가 깨끗하게 낫고, 귀머거리가 듣게 되었으며, 죽은 사람이 다시 살아나고, 가난한 사람들이 기쁜 소식을 들었다고 말입니다. 나에게 의심을 품지 않고 나를 끝까지 믿는 사람은 참으로 행복합니다."

요한의 두 제자는 서로 마주 보았다. 그러자 여호수아가 큰 소리로 말했다.

"주여! 우리는 보고 또 들었습니다. 당신은 그리스도이시며, 요한이 예언하시던 바로 그 메시아입니다. 우리는 그렇게 요한에게 전하겠습니다."

"하나님께서 그를 보호해 주시기를……."

예수가 말했다.

그때 스테파노가 머뭇거리듯 마리아를 바라보며 말했다.

"나를 용서해 주시오, 막달라 마리아. 당신처럼 젊은 여인이 어떻게 이런 어려운 일을 하실 수 있습니까? 나는 당신이 그 불쌍한 사람들을 위해 약한 여자의 몸으로 일하는 모습을 감명 깊게 보았습니다."

"저의 생명은 주 예수와 하늘에 계신 하나님께 달려 있습니다. 어떻게 제가 그 분들을 위해 일하지 않을 수 있겠습니까?"

그녀가 나직하게 대답했다. 그러자 금발의 잘 생긴 스테파노가 손을 내밀며 말했다. 그의 목소리는 정중했다.

"당신을 찬양하고 존경합니다. 막달라 마리아! 잠시 저의 무례한 행동을 용서하시기 바랍니다."

마리아는 젊은이가 내민 손을 다시 잡았다.

"괜찮아요. 스테파노!"

그녀는 그를 올려다보며 미소지었다. 순간 마리아는 자신에게 와닿는 젊은이의 손에서 강하게 전해져 오는 어떤 강렬한 힘을 느꼈다. 그는 친구 여호수아를 따라가면서 마리아를 뒤돌아보며 웃음을 던졌다.

여자의 몸으로 젊은 남자에게 자신이 찬양을 받는다는 것은 새로운 경험이었다. 그녀는 당황한 나머지 얼굴을 붉혔으나 기분은 좋았다.

그들 두 사람마저 떠나가자, 마리아는 예수와 함께 바르톨로메오의 집으로 갔다. 한 발 앞서 그는 떠나고 없었다.

"선생님, 저는 세례자 요한이라는 사람에 대해서 많은 이야기를 들었습니다만, 전 그 분을 알지 못합니다. 그 분이 어떤 사람인지 알려주시겠습니까?"

"그러지요. 기회가 있으면 우리 어머니에게서 더 많은 이야기를 들을 수 있을 것입니다. 내 어머니는 요한의 어머니이신 엘리자벳의 조카입니다. 어머니는 당신에게 요한이 태어나기 전에 엘리자벳을 방문했던 일을 말해 줄 것입니다. 다음 이야기는 어머니한테서 들으시오. 아주 자세히 들려줄 것입니다."

"기회가 오면 그 분께 여쭈어 보겠습니다."

막달라 마리아가 말했다.

"요한에 대해서 더 알고 싶으면 베드로에게 물어보시오. 베드로는 내가 세례를 받고난 다음, 요한에게 요르단강에서 세례를 받았습니다. 그때 그는 어부 시몬이었습니다."

"요한이 선생님께 세례를요. 죄에 대한 회개를?"

"이상하게 들립니까?"

"아닙니다."

마리아는 믿지 못하겠다는 듯이 말했다.

"언젠가는 당신에게 마지막 예언자인 요한의 위대함에 대해 말해 줄 것입니다."

"요한은 선생님께서 오실 것을 예언하셨습니다. 지금 막 떠난 그 분의 제자들도 그런 말을 하였습니다. 전 성경을 배웠어요. 그럼, 그 말은 요한이 마지막으로 예언을 한다는 뜻인가요."

"그렇소, 마리아. 모든 예언들이 나를 통하여 완성될 것입니다."

마리아는 잠시 그의 말에 대하여 생각해 보았으나 그 뜻을 이해할 수 없었다. 그녀는 예수를 올려다보며 조용하게 말했다.

"선생님, 저는 오늘 많은 것을 배웠습니다."

그들은 더 이상 아무 말도 하지 않고 걸어갔다. 늦은 여름 햇볕이 따갑게 발끝에 와 닿았다.

얼마 동안을 걷다가 마리아가 다시 말문을 열었다.

"제가 들은 대로 요한이 요르단강에서 죄를 회개하라고 세례를 주었다면, 왜 선생님께서는 저희들에게 세례를 주시지 않습니까?"

"내 형제들도 세례를 받게 될 것입니다. 하지만 마리아가 생각하고 있는 것과는 다릅니다. 아주 새로운 방법으로 당신들에게 베풀어 줄 것을 약속합니다. 그 때가 오면 당신은 알게 됩니다. 나는 곧 사도들에게 말해 줄 것입니다만, 그들은 이해하지 못할 것입니다. 당신도 그들과 같은 생각을 가질 것입니다."

마리아는 침묵을 지켰다.

바르톨로메오의 집 앞에 이르자, 예수가 걸음을 멈추고 마리아를 돌아보며 말했다.

"막달라 마리아, 당신은 다른 사람들이 듣지 못하는 말을 듣고 있습니다. 그리고 어디에도 기록되지 않을 더 많은 것들을 앞으로도 더 듣게 될 것입니다. 이러한 것들을 잘 기억해 두기 바랍니다. 때가 되면 당신은 그것들을 모든 사람들에게 전해야 합니다."

다음 날은 안식일이었다. 지금까지 가나에 남아있는 일행을 위한 휴식 겸 축하연을 베풀 예정으로 되어 있었다. 세 여자들은 바르톨로메오의 어머니와 함께 집회소 예배에 참석하기 위해 집을 나섰다.

예수는 집회소에서 기도의 참뜻에 대해 간단히 설명하며 한 예를 들어 기도해 주었다.

"하늘에 계신 아버지……."

그가 지난 번에 사도들에게 들려준 기도문이었다.

예배가 끝날 즈음 집회소 원로들은 예수에게 이 지방의 행정 당국자들과 마을 지도자들을 위한 설교를 부탁하였다.

그들은 그가 설교하는 복음에 대해서 더 많은 것을 듣기를 원했고, 의문이 가는 점에 대해 묻고 싶었던 것이다. 또 지도층의 부인들도 그것을 원하고 있었다.

예수는 그 자리에서 서슴없이 승낙했다. 장소는 집회소이며 내일 정오로 시간을 약속했다. 이런 갑작스런 일은 그들 일행이 가나 출발을 연기해야 된다는 것을 의미하기도 하였다. 일행은 안식일의 남은 시간을 휴식으로 조용히 보냈다.

다음 날 아침이 되자, 예수는 마리아에게 특별히 당부했다.

"막달라 마리아. 당신도 알고있듯이 나는 오늘 정오 집회소에서 특별 초청을 받아 설교를 할 예정입니다. 나는 당신이 그 곳에 참석해서 부인들과 함께 있다가 나중에 그들과 대화를 나누기를 바라고 있습니다. 그들이 하는 말을 듣고, 그들의 질문에 답해 주며 하나님의 복음을 이끌어 주시오."

마리아는 예수의 말에 놀라며 자신 없는 소리로 말했다.

"선생님, 저는 아는 것이 없습니다. 부족한 저에게 어찌……."

"당신은 지금까지 내가 가르쳐 온 많은 것을 들었습니다. 당신이 하늘에 계신 당신의 아버지에 대해 아는 것을 그대로 말하면 됩니다. 그러나 한 가지 나를 하나님의 아들이나 메시아로는 말하지 마시오. 오직 당신 스스로 혼자의 힘으로 말하시오."

예수는 그녀에게 강한 어조로 말했다.

"하지만 아직은……. 선생님, 저에게 큰 용기와 더 많은 것을 가르쳐 주시기 바랍니다."

"세상에는 남자들 만큼이나 많은 여자들이 있습니다. 그들은 하나님을 믿는데 있어 똑같이 중요합니다. 남자들은 나와 사도들에게 질문을 하겠지만, 여자들은 그렇지 못합니다. 여자들은 남자들의 모임에서 이야기하는 것이 허용되지 않습니다. 이 임무는 당신이 마땅히 받아야 될 하나님의 사명입니다. 알겠어요, 막달라 마리아!"

그는 말을 마치자 마리아를 그 자리에 남겨둔 체 자리를 떴다. 그녀는 너무나 갑작스런 말에 몸을 떨지 않을 수 없었다.

그녀는 예수가 사도들을 전도하기 위해 떠나보내면서 그들 각각의 임무와 경험에 대해 설명하던 광경이 새삼 떠올랐다.

사실 그녀는 때가 오면 온 세상에 그리스도의 사명과 그를 증명할 최초의 사람으로 선택된 여자였다. 예수는 이처럼 마리아까지 시험하고 있었던 것이다. 다소 굳어진 마음으로 마리아는 자기에게 주어진 집안 일을 끝마쳤다.

정오가 다가오자 마리아는 예수와 함께 집회소로 갔다. 그 어떤 의무감에 그녀의 마음과 발걸음은 무거웠다. 지난 날처럼 많은 군중은 보이지 않았다. 특별히 오늘 초청된 사람들은 이 작은 도시를 다스리는 특권자와 유지들로 한정되어 있었기 때문이다.

먼저 와 있던 베드로와 요한이 문 앞에서 예수를 맞았다.

예수와 마리아가 집회소 안으로 들어섰을 때는 초청된 사람들이 자리에 앉아 권위에 찬 위엄으로 그를 기다리고 있었다.

마리아는 뒤쪽에 마련된 여자들의 자리로 갔다. 그녀는 용기를 얻기 위해 예수를 바라보았지만, 그의 표정에서는 아무 것도 얻어낼 수 없었다. 이제 임무는 완전히 그녀에게 맡겨진 것이다.

열 명 가량의 여자들이 거만한 자세로 앉아 있었는데, 모두들 나이가 들어보였고, 이 지방 특권층의 부인들임에 틀림없었다. 바로 앞에 앉아 있는 사람들의 부인들이었다.

마리아는 그녀들 곁의 빈 자리에 앉으려고 미소를 지으며 인사했다. 그러나 그녀들의 표정은 무표정하다 못해 냉랭했다. 다만, 고개를 한 번 까딱해 보일 뿐이다. 그러면서 마리아를 바라보는 그녀들의 시선 속에는 어떻게 감히 우리들과 함께 자리를 할 수 있느냐는 멸시에 찬 눈길로 나이에 맞지 않게 수수한 옷차림을 하고 있는 마리아의 아래 위를 훑어보았다.

마리아는 침을 한 번 꿀꺽 삼켰다.

"주여, 제가 옳은 일을 할 수 있도록 도와주십시오."

그녀는 무릎을 꿇고 짧은 기도를 올렸다.

예수가 앞으로 활달하게 걸어 나오자, 여자들의 시선은 그에게로 일제히 쏠렸다.

그는 잠시 무릎을 꿇고 기도를 올렸다. 그의 모습은 매우 경건하게 보였다. 그리고 나서 천천히 자리에서 일어나 사람들을 정면으로 바라보았다.

"가나의 형제 여러분. 나는 당신들에게 특별히 하나님의 말씀을 전해 드리고자 이 곳에 왔습니다. 잘 들으시오. 한 사람의 종이 두 주인을 섬길 수는 없습니다. 우리 인간은 한 쪽을 미워하게 되면 다른 한 쪽을 사랑하게 되고, 또 한 쪽을 극진히 위하면 다른 한 쪽을 업신여기게 마련입니다. 여러분은 하나님과 재물을 동시에 섬길 수는 없습니다. 재물을 이 세상에 쌓아두지 마시오. 세상에서는 좀이 먹고 녹이 슬기도 하며, 도둑이 벽을 뚫고 들어와 훔쳐갑니다. 그러므로 재물은 하늘에 쌓으시오. 하늘에 쌓아두면 좀이 먹거나 녹슬거나 도둑이 들어와 훔쳐 갈 수도 없습니다. 여러분의 재물이 있는 곳에 여러분의 마음도 있습니다."

마리아는 그녀 앞에 앉아 있는 두 여자가 서로 시선을 교환하는 표정을 지켜보았다. 알 수 없다는 듯이 한 여자가 어깨를 으쓱거렸다.

예수는 계속해서 말했다.

"그러므로 여러분은 무엇을 먹고 마시며 살아갈까? 또 몸에는 무엇을 걸칠까 하고 불안해 하거나 초조해 하지 마시오. 목숨이 음식보다 소중하지 않습니까? 또 여러분의 몸이 옷보다 더 소중하지 않습니까? 공중의 새들을 보시오. 씨를 뿌리지도 않고, 거두지도 않고, 곳간에 쌓아두지 않아도 하늘에 계신 여러분의 아버지께서는 그들을 먹여 살리십니다. 여러분들은 새보다 더 귀한 하나님이 택하신 백성들이 아닙니까? 여러분 가운데 누가 그렇게 애태운다 해서 목숨을 한 뼘 만큼이라도 늘릴 수 있습니까? 저 들판에 피어 있는 꽃들이 어떻게 자라는지 살펴보시오. 가꾸지도 않고 잡초를 뽑아주지 않아도 온갖 영화를 다 누린 솔로몬 왕보다 더 화려한 빛깔로 치장하고 있습니다. 여러분은 왜 그렇게 믿음이 약합니까? 오늘 아침에 피었다가 내일이면 아궁이에 던져질 들꽃도 이처럼 입히시거늘, 여러분이야 얼마나 잘 입혀 주시겠습니까? 그러므로 무엇을 먹고 무엇을 마실까, 또 무엇을 입을까 근심 걱정하지 마시오. 이런 것들은 우리 주 하나님을 모르는 이교도들이 애써 참는 고통과 같은 것입니다. 여러분이 이 모든 것을 필요로 한다는 것을 하나님께서는 잘 알고 계시므로 여러분은 먼저 하나님의 나라를 찾고 그 정의를 이루기에 힘 쓰시오. 그러면 이 모든 것을 댓가없이 받을 것입니다. 그러므로 여러분은 내일을 어떻게 살까 근심 걱정하지 마시오. 내일 걱정은 내일 하시오. 오늘은 오늘 하루의 괴로움으로 족합니다."

그리고 또 예수는 자선을 베푸는 것에 대해서 말했다.

"여러분은 일부러 남들에게 잘 보이려고 선행을 하는 일이 없도록 하시오. 그런 선행은 하늘에 계신 여러분들의 아버지께서 상을 내리지 않으실 것입니다. 그러므로 여러분이 자선을 베풀고자 한다면 칭찬을 받기 위해 위선자들이 많은 회당이나 길거리에서 뻐기듯이 스스로 자랑하지 마시오. 분명히 말해 둡니다. 그들은 이미 받을 것은 다 받았습니다. 자선을 베풀 때는 오른손이 하는 일을 왼손이 모르게 그 일을 숨기시오. 그러면 숨겨둔 일을 보신 여러분의 아버지께서 그것을 모두 갚아주실 것입니다."

예수는 설교를 마치고 자신과 그의 일행인 사도들에게 그 동안 베풀어준 친절에 대해 감사했다.

또 예수는 그의 말을 듣고자 모인 사람들과 가족에 대해서까지 축복을 내려주었다.

그러자 답례로 집회소 원로 중의 한 사람이 이토록 가나에까지 와서 하나님의 말씀과 고통 받고 있는 환자와 불구자들에게 새로운 삶을 준 것에 대해 감사했다. 그리고 나서 예수 주위로 사람들이 몰려와 제각기 이해할 수 없는 질문을 했다. 한편 베드로와 요한이 그의 사도임을 알고 몰려가 많은 질문을 던졌다.

마리아는 여자들을 향해 말했다.

"예수께서는 우리들에게 깊이 기억하게 될 많은 유익한 말씀을 하셨습니다. 그렇지요?"

여자들은 마리아의 물음에 그렇다는 듯이 고개를 끄덕였다. 그러자 그 중 한 여인이 반문하듯 말했다.

"기억하게 될 유익한 말씀이라구요? 내가 기억하기로는 그는 이렇게 말했어요. 우리는 새들처럼 아무 일도 할 필요가 없으며, 또한 우리가 아무런 일을 하지 않아도 하나님께서 음식을 부엌에 가져다 준다고 했어요."

다른 여자가 그 말을 되받았다.

"하나님께서 공중에 나는 새를 먹이신다구요? 천만에. 하나님께서는 새에게 먹이를 주시지 않아요. 먹이를 주는 것은 제 남편이라구요. 남편이 밭에 씨를 뿌릴 때면 항상 새들이 날아와 뿌린 씨앗들을 쪼아먹지요."

바로 그때 마리아 앞에 앉아있던 한 부인이 의심쩍은 시선으로 마리아를 돌아보며 말했다.

"나는 금과 은으로 된 꽃병과 접시들을 가지고 있어요. 하늘이 어디에 있는지조차 모르는데 어떻게 하늘에 보관할 수 있을까요."

네 여자들이 너무 격렬한 어조로 반감을 가지고 떠들어댔기 때문에 마리아는 그녀들이 하는 말의 뜻을 분간하기가 힘들었다.

잠시 동안 마리아는 마음의 균형을 잃고 아무 말도 할 수 없었다. 정체모를 공포감이 순간적으로 그녀를 낙심케 했다.

"잠시 기다리세요. 한꺼번에 모든 것을 대답해 드릴 수가 없어요. 당신들은 뭔가를 잘못 알고 계십니다."

"잘못 알고 있다구요. 난 잘못 알고 있는 것이 없다구요."

제일 먼저 반대 의견을 말한 여자가 싸울 듯한 기세로 말했다.

"정말 그는 아무 뜻도 없는 말을 했어요."

다른 여자가 당당하게 대꾸했다.

"제발 진정하세요. 우리 조용히 앉아서 말씀해 보실까요. 제가 그에 대한 설명을 해 드릴 수가 있을 것 같습니다."

마리아의 말에 제일 나중에 말한 여자가 매서운 눈초리로 그녀를 쏘아보며 말했다.

“당신은 도대체 누구죠? 질질 끌려다니는 고양이처럼 보이는 사람들과 함께 이 마을에 온 예수 추종자들 중의 한 명인가요?”

그 여인의 말에 마리아는 낮지만 또렷하게 말했다.

“맞습니다. 나는 예수의 제자입니다. 하나님을 위해 봉사하고 있지요. 당신들이 그 분의 말씀을 이해하지 못함은 정말 애석합니다.”

순간 마리아의 머리 속에는 예수의 말이 떠올랐다.

‘박해를 받은 사람은 행복합니다.’

그리고 또다른 말이 생각났다.

‘다른 뺨도 내주시오.’

“나를 용서해 주시기 바랍니다. 그 분의 말씀을 이해하지 못한다고 해서 당신들을 책망하지 않았어야 옳았습니다. 자, 이제 예수께서 하신 말들을 다시 한 번 이야기해 볼까요?”

그 여자들은 마지 못해 듣는 표정을 지으며 마리아의 다음 말을 기다렸다.

“저는 예수님의 말씀을 자주 듣고 있습니다. 그 분이 뜻하는 바를 말씀드려 볼까요? 하늘의 재물에 대해서 먼저 시작하지요.”

그때 마리아의 말을 가로막으며 금과 은으로 된 물건을 갖고 있다는 여자가 말했다.

“어떻게 하면 내가 하늘에 재물을 보관해 둘 수 있습니까? 그것들을 팔아서, 예를 들면 가난한 사람들에게 아무도 모르게 나누어 주어야 한다는 뜻일까요?”

“예수의 말씀은 그런 뜻이 아닙니다. 비록 그 분이 그런 일을 인정하신다고 해도…….”

마리아가 대답했다.

“나는 절대로 팔지 않겠어요. 그것을 제 아들이나 손자들에게 물려주겠어요.”

마리아는 침착하게 말했다.

“예수께서는 가끔 그런 비유를 들어 말씀하시곤 합니다. 비유가 훨씬 설득력이 있으니까요.”

“왜 그 분은 좀더 쉽게 말하지 않는가요?”

다른 여자가 진정으로 알고싶어 하는 표정을 지으며 말했다.

마리아는 그녀들이 이해할 수 있는 대답을 하기 위하여 마음을 단단히 고쳐먹으며 말했다.

“저도 처음에는 당신들처럼 그런 의문을 가졌습니다. 그러나 차츰 그 분의 말씀을 이해할 수 있게 되었답니다. 예수께서는 말씀의 참뜻을 이해하도록 많은 비유를 들어 말씀하십니다. 그 비유들이 만일 어떤 특정한 사물이나 그것에 제한된 것이라면 몇몇 한정된 사람들 만을 위한 말에 지나지 않습니다. 그러나 늘 그 분의 말씀은 많은 비유를 함으로서 모든 사람들에게 똑같이 적용될 수 있도록 하고자 함입니다. 하늘에 재물을 쌓아두라고 한 말은 금이나 은, 또는 세속적인 물건을 의미하지 않습니다. 그 분이 말씀하고자 하는 참뜻은 하나님의 계명을 따르기 위해 우리 인간들이 할 수 있는 행동을 말하고 있습니다. 즉, 그것은 우리가 선한 일을 하면 하나님의 기억 속에 쌓인다는 뜻입니다. 그런 것들이 진정한 보물이며,

이 세상에 있는 모든 물질들은 영원히 지속될 수 없지만, 하나님의 기억 속에 남아 있는 행함의 보물은 우리들 모두에게 영원히 남으며 지속될 수 있다는 거지요."

마리아의 말을 듣고 금과 은접시를 갖고 있다는 여자는 아무 대답도 없이 침묵을 지킬 뿐이었다.

"하늘의 재물에 대해 이제야 겨우 이해할 수 있게 되었군요. 허나, 왜 우리를 하나님이 먹이시는 새들에 비유했는지 이해할 수 없어요. 제 남편은 많은 땅을 갖고 있는 지주입니다. 물론 남편도 저 앞에 앉아있습니다만, 그는 그런 말을 아주 싫어합니다. 제 남편은 자기가 뿌려 놓은 씨앗을 쪼아 먹거나 헤쳐서 농사를 망치는 새들, 더구나 결실을 맺을 때 날아드는 새떼들로 항상 화가 나 있어요."

마리아는 그녀의 의문에 순간적으로 다른 말을 떠올렸다.

"예수께서 말씀하신 다른 비유를 한 가지 예로 들어볼까요? 들에 핀 백합화가 좋은 본보기가 될 것입니다. 만일 우리가 하나님에 대한 의무 이상으로 물질적인 것만 생각한다면, 그것은 잘못된 믿음이지요. 물론 하나님께서는 아무 일도 하지 않는데도 우리의 식탁에 빵과 고기를 놓아주시지는 않습니다. 우리는 일을 해야 합니다. 그러나 만일 우리가 눈이 어두워 물질적인 재물만 탐하고 그것들만 소중하게 생각한 나머지 하나님을 잊어버린다면, 우리는 하나님께서 가질 수 있게 해 주신 모든 재물을 소유할 자격이 없음을 일깨운 말씀입니다. 당신들도 볼 수 있듯이 우리 주위에는 너무도 많은 사람들이 먹고 마시며 입을 것을 마련하려고 동분서주하는 동안에 그들은 하나님을 잊고 마는 것입니다. 그러므로 예수께서는 우리가 원하는 것에 대해 확신을 주는 비유로 말씀드리고 있습니다."

그러자 농부의 아내는 깊은 생각에 잠기는 모습을 보였다.

"제 남편은 그런 말에 절대로 복종하지 않을 겁니다. 아마도 남편은 하나님께서 농사를 망치는 새들을 들판에서 멀리 쫓아내 주기를 바랄 것입니다."

"새들은 먹이를 찾아 나는 것이 주어진 역할입니다. 만일 하나님께서 모든 것을 만들어 주시므로서 우리가 아무런 걱정없이 편한 생활만 한다면, 그것은 우리가 살아있는 특별한 의미가 없지 않을까요? 그렇게 생각되지 않나요?"

아직도 납득할 수 없다는 듯이 한 여자가 불평을 늘어놓았다.

"예수께서는 우리들이 입고 있는 옷에 대해서도 말했어요. 그 분의 말씀에 따르려면, 우리는 거지처럼 옷을 입고 생활해야 합니다. 저는 좋은 옷을 입는 취미를 즐기고 있습니다. 그것은 저만이 갖고 있는 자부심입니다. 전 제가 원하는 것을 얻기 위해 예루살렘과 아테네, 멀리 로마까지 사람들을 보냅니다. 제가 그런 옷을 사서 입을 능력이 있는데, 왜 하필이면 거지같은 차림을 해야 된다는 건가요?"

마리아는 그녀의 표정을 지켜보았다. 말이 끝나자 마리아는 자신있게 되물었다.

"당신은 하나님보다 당신이 갖고 싶은 옷이나 장신구에 대해 더 많은 생각을 하고 계십니까?"

여자는 갑자기 불안한 표정으로 바뀌면서 당황한 듯 말했다.

"아닙니다. 아니예요. 그렇게는 생각하고 있지 않아요."

"확실한가요?"

마리아가 다시 물었다.

"그래요. 그것만은 틀림없는 것 같군요."

그녀의 허둥지둥하는 대답에 다른 여자들은 웃었다. 함께 온 여자들은 그녀가 값비싼 옷에 얼마나 집착하고 있는지 잘 알고 있다는 듯한 표정이었다.

이제는 긴장감이 풀리고 온화한 분위기가 감돌았다. 그녀들의 얼굴에는 지금까지 느껴 볼 수 없었던 평온과 다정함이 감돌았다.

한 여자가 마리아에게로 다가오며 팔을 벌렸다. 금과 은의 재물을 이야기하던 여자가 마리아의 어깨를 감쌌다.

"전 당신의 이야기에 매우 만족하고 있어요. 이제 우리들 모두의 생활은 예수의 말씀처럼 바뀌어져야 한다고 생각해요. 정말 당신에게 감사를 드리고 싶어요. 그런데 우린 당신의 이름도 또 어디서 왔는지도 모르고 있습니다."

"전 마리아라고 합니다. 막달라 마을 어부의 딸이지요. 그래서 우리 일행은 나를 막달라 마리아라고 부르고 있어요."

다른 여자가 마리아에게 정중히 사과의 말을 했다.

"당신을 끌려다니는 고양이라고 말한 것을 어떻게 해야 용서 받을 수 있을까요? 막달라 마리아! 나도 당신처럼 하나님을 위해 봉사를 했으면 좋겠어요."

"당신도 그럴 수 있을 거라는 생각이 듭니다."

이제 마리아는 거리낌 없이 대답했다. 그러면서 그녀는 머리를 숙여 그 여자의 얼굴에 자기의 볼을 갖다 대었다.

바르톨로메오의 집으로 돌아오는 길에 마리아는 무의식적으로 환성을 질렀다. 조금 전에 자신이 직접 대처한 일에 스스로 만족하는 자신감에 찬 소리였다. 그녀보다 한 걸음 앞서 걷고 있던 예수와 베드로가 작은 소리로 웃었다.

"그래서 마리아, 당신은 그 여자들을 일대 일로 대면했군요."

예수의 말이었다.

"절 보고 질질 끌려다니는 고양이 같다고 말했어요."

"나는 막달라 마리아가 오늘 한 일이 얼마나 어려운 것인가를 잘 알고 있습니다. 내가 하는 말은 우리의 아버지께서 나를 통해 하시는 말씀입니다. 앞으로도 많은 사람들과 토론을 해야 합니다. 어느 장소든 간에 오늘처럼 여자들을 만나 대화를 가지게 된다면, 조금 전처럼 그렇게 하여 주시오. 막달라 마리아!"

예수가 진지한 표정으로 말했다.

"제가 말한 것을 아셨습니까?"

"나는 당신과 함께 있던 여자들이 집회소를 떠나는 모습을 보았습니다. 그들은 아주 만족스런 표정들이었습니다. 그 여자들은 당신과 이야기하기 전에는 그렇지 않았습니다. 내가 하나님의 복음을 전하고 있을 때도 그녀들의 표정에는 아무런 감화가 없었습니다."

"전 지금 그녀들에게 무슨 말을 했는지 조금도 기억하지 못합니다. 처음에는 그들의 말을 듣고 몹시 화가 났어요. 그런데 선생님께서 하신 두 가지의 말씀이 생각났어요. '박해 받는 사람들은 행복합니다.' 라는 말과 '다른 쪽 빰도 내주시오.' 라고 하신 말씀뿐이었습니다."

마리아는 자기의 마음을 솔직하게 털어놓았다.

그 때까지 침묵을 지키며 걷고 있던 베드로가 말했다.

"마리아! 예수께서 우리들에게 하신 말씀 중에 한 가지 더 기억해 둘 말이 있어요. 우리를 사도라고 명시해 주시면서 박해를 받게 되더라도 무엇을 할까 걱정하지 말라고 하셨습니다. 우리 주 하나님께서는 어떤 경우라도 우리들이 하고자 하는 말을 가르쳐 주신다는 말씀을 기억하겠지요?"

"네. 확실하게 기억하고 있어요. 하지만 저는 사도가 아니잖아요."

마리아가 대답했다.

"우리는 다 함께 하나님을 위해 봉사하는 사람들이지요. 우리들 사이에 무슨 차이가 있겠습니까?"

베드로는 의미있는 눈길로 예수를 바라보며 말했다. 그러나 예수는 더 이상 아무 말도 하지 않았다. 다만, 그 손을 내밀어 그녀의 팔을 가볍게 잡았다가 놓았다. 막달라 마리아는 이러한 예수의 말없는 행동이 자신에 대한 그의 믿음을 확인해 주는 것이라고 깊이 깨달았다.

아침이 되자, 일행은 그 동안 바르톨로메오 어머니의 따뜻한 환대에 감사하며 가나를 떠난다고 말했다.

그러자 그녀는 일행이 아들과 함께 다시 돌아와 머물러 주기를 간청했고, 예수와 사도들은 다음에 이곳을 지날 때 꼭 그렇게 하겠노라고 약속한 다음 걸음을 재촉했다.

이른 아침의 여름 햇살은 서서히 그 열기를 더해갔고 일행은 더위를 의식해서였는지 걸음을 재촉하였다. 모두들 밝은 표정들이었다.

막달라 마리아는 이 작은 도시에서 머물고 있던 여러 날 중에 어제 저녁이 가장 행복한 시간으로 기억될 것이라고 마음에 새겼다. 그녀가 행복한 순간 속에 오래도록 머무르고 싶었던 것은 예수의 어머니 마리아를 만났을 때의 일이었다. 두 여자는 오랫동안 대화를 나누었고 예수에 대한 현시를 말했던 것이다. 또 막달라 마리아는 예수의 탄생에 관한 이야기와 그녀 자신에 관한 것은 물론, 그녀의 남편 요셉이 겪어야만 했던 고통에 관한 이야기를 들었다.

예수의 어머니는 일찌기 다른 사람들에게는 말하지 않았던 자기만의 비밀을 숨김없이 말해 주었다. 그리하여 그 누구도 알 수 없는 전능하신 하나님의 아들 예수가 어떻게 이 세상에 강림하게 되었는가를 증거해 주었다.

"나는 어느 누구에게도 말할 수 없었어요. 남편 요셉에게까지 비밀로 했었으니까요. 그러나 요셉은 곧 나를 이해해 주었어요. 하나님께서 우리들에게 내려주신 말씀을 들은 다음 모든 사실을 알게 되었으니까요. 그래서 하늘이 내리신 임무를 비밀리에 함께 나누어 가지게 된 것이지요."

“예수께서는 자랄 때 어떤 소년이었나요?”

“다른 소년들과 조금도 다를 바가 없었습니다. 평범한 어린이들처럼 나사렛에 있는 학교에 다녔습니다. 늘 동네 아이들과 함께 어울려 다녔고, 학교 친구들 하고도 잘 사귀는 다정다감한 소년이었어요. 어떤 때는 장난에 너무 빠져 늦게 돌아오는 날도 많았어요. 가끔은 다쳐서 아픔을 참지 못하고 운 적도 있었어요. 다른 아이들처럼 투정도 부리고 앓아눕기도 했습니다. 한 번은 아주 심한 열병에 걸려 죽지나 않을까 하는 두려움 속에서 걱정도 했구요. 그러나 곧 회복되었어요. 그는 달리기를 제일 좋아했던 것 같아요. 차츰 나이가 들면서는 씨름에 취미를 보였어요. 가끔은 마을 씨름 시합에서 지든 이기든 신사적인 태도를 보여주었기 때문에 모두들 그를 무척 좋아했지요.”

예수의 어머니인 나사렛 마리아는 지난날을 회상하는지 잠시 이야기를 멈추었다가 말을 이었다.

“그래요. 맞아요. 그가 한 행동을 지금에 와서 가만히 생각해 보면 차이점을 찾아볼 수 있을 것 같아요. 그는 보통의 다른 아이들이 부모에게 끼치는 불안감이나 걱정거리는 주지 않은 것 같아요. 아니 확실히 그랬어요. 아무 말썽없이 자란 편이었어요. 그는 일찍 걸음마를 배웠고, 말도 남들과는 달리 빨랐던 것 같아요. 그래서 책도 잘 읽었지요. 그가 때로는 너무 많은 것을 알고 있어서 오히려 부담을 느꼈지요. 확인해 본 결과 학교 선생님에게서나 집회소 어른들한테 배운 것이 아니라는 사실을 알게 되었지요. 좀 의아스러웠지만 아무 말도 하지 않았어요."

"지금 그토록 많은 것을 알고 계신 것은 그 분이 하나님을 통해서 배운 것인가요?"

마리아가 물었다. 잠시 예수의 어머니는 창문 너머로 여름의 짙게 푸른 정원을 내다보다가 그렇다는 뜻으로 고개를 끄덕였다.

"그가 어렸을 때 한 번은 하나님께 봉헌하려고 예루살렘에 있는 성전으로 그를 데리고 갔어요. 파스자제를 지내기 위해 갔던 거지요. 열 두 살 때였어요. 우리들이 모르는 사이에 혼자서 성전 안으로 들어가 그 곳의 원로들과 그들 수준에 맞는 문제를 가지고 토론을 했다는 거예요. 그때 우린 그가 어디로 갔는 지 몰랐어요. 우리가 마침내 그를 성전 안에서 찾았을 때 그 원로들은 예수의 질서정연한 논리에 경탄했다는 칭찬의 말을 해주었어요. 우리는 놀랐어요. 하지만, 사실 난 조금도 놀라지 않았어요. 경탄할 일도 아니었지요. 그는 하늘에 계신 그의 아버지의 보살핌 속에서 이 지상에 살고 있었기 때문이죠."

"그럼 그 분은 자신의 신분을 몇 살 때 알게 되었을까요? 제가 이런 질문을 드려서는 안 된다는 걸 알면서도 묻는군요."

"그렇겠지요. 하지만 대답해 드리겠습니다. 예수는 당신에게 모든 것을 말해 주라고 했어요. 또 그는 나 자신도 완전히 이해할 수 없는 말을 하는데는 어떤 분명한 이유가 있을 것입니다. 당신의 질문에 대한 답이 좀 애매하다고 생각할지 모르나 예수는 자신이 하나님의 아들이라는 사실을 혼자 깨달았을 때 바로 자신이 하나님의 아들임을 확신했을 겁니다."

막달라 마리아는 더 이상 묻지 않았다. 그러나 예수의 어머니는 계속 말을 이었다.

"예수는 우리가 알고 있는 사실을 요셉과 나에게 한 번도 말하지 않았어요. 모든 유태인 젊은이들의 믿음이 그러하듯이 한 평범한 젊은이로서 그도 일을 배웠어요. 요셉을 거들며 목수일을 배웠지요. 그는 아주 성실하게 일을 했고 솜씨도 좋은 편이었어요. 그를 알고 있는 주위의 가까운 사람들을 제외하고는 아무에게도 자신이 하나님의 아들이란 말을 한 적이 없었어요."

막달라 마리아는 그 때 깊은 숨을 들이쉬었다.

"그러한 모든 사실을 듣게 되어서 매우 기뻐요. 저의 언행에 무례한 점이 있었다면 용서해 주시기 바랍니다. 저의 물음은 그저 단순한 호기심에서 드린 질문이 아니었습니다. 제가 아직도 부족한 점이 너무 많아서 듣고 배우라는 선생님의 말씀이 있으셨기 때문입니다."

"나도 당신이 그 이유를 알게 될 때가 오면 누구보다도 당신이 제일 먼저 나에게 물어볼 것이라고 믿고 있었습니다."

막달라 마리아는 몇일 전 그의 어머니가 들려주시던 이야기를 끊임없이 떠올리면서 걸음을 옮겼다. 너무 생각에 열중하느라 더위조차 잊었다.

오늘의 목적지는 나임이었다.

나임은 멀리 유다야와 예루살렘에 이르는 길목에 자리잡고 있는 작은 마을로써 갈릴리 호수 남쪽을 경계선으로 긋고 있었는데, 타보르산 바로 너머였다. 가나에서 두 시간 남짓 걸리는 거리였으므로 많이 걷지 않아도 된다는 안도감 때문에 일행의 발걸음은 가벼웠다.

바르톨로메오와 유다 타테오는 한 조가 되어 남부 갈릴리 지방의 여러 마을을 방문하기 위해 나임을 지나 계속 가기로 예정되어 있었다.

베드로와 안드레아, 야고보, 요한 등 네 사도들 만이 다른 사도들이 다시 그들 곁으로 돌아올 때까지 예수를 수행하기로 했다.

그들이 나임에서 묵을 숙소는 이미 정해져 있었는데, 바르톨로메오의 한 친구를 통해 부자로 소문이 나 있는 요세라는 사람이 자기의 별장을 예수와 일행이 나임에 머무르는 동안 빌려주기로 약속했던 것이다. 그는 예수 일행이 도착하기를 기다리며 별장을 깨끗이 청소해 놓았다.

태양은 시간이 갈수록 점점 달아올랐다. 그들이 가고 있는 들판에는 쉬어 갈 만한 곳이 없었다. 잡초로 우거져 있어 더 덥게 느껴졌다.

찌는 듯한 더위 속에 후끈한 풀내음이 가슴을 답답하게 하였으나 일행은 가나에서의 성공적인 전도 여행에 모두 만족하고 있었으므로 아직도 즐거운 표정들이었다. 예수는 늘 같은 걸음걸이로 긴 팔을 폭넓게 흔들며 맨 앞에서 말없이 걸었고 수산나는 마리아와 함께 나란히 발걸음을 맞추며 걸었다. 그녀가 아주 작은 소리로 소곤거리듯 마리아에게 말했다.

“당신은 아마 모르실 거예요. 내가 선생님과 사랑에 빠질 수 있다는 감정을…….”

그녀는 예수의 뒷모습에 시선을 주었다.

마리아는 갑작스런 그녀의 말에 충격을 받으며 외쳤다.

“수산나! 저분은! 그 말은 모독이에요. 당신은 잊었나요.”

“아니예요. 알아요, 마리아! 난 그런 뜻으로 한 말이 아니예요. 난 다만 남자에 대한 숭모의 마음으로서 사랑을 말한 거예요. 저분은 모든 사람들에게 너무도 다정하고 인내심이 강하며 우리 같은 여자들에게도 항상 친절하세요. 또 그 분은 너무나 잘 생겼으며 건장한 체격과 높은 명성, 또한 권위까지 지니고 계시므로 전 그 분을 한 남자로서 존경하지 않을 수 없어요. 제발 내가 그 분께 부정한 생각을 품고 있다고는 생각하지 말아주세요.”

“그렇게 믿지는 않아요.”

마리아는 애써 말했지만 확신을 할 수가 없었다. 그러나 수산나의 마음은 진실이었다.

마리아는 지금까지 예수를 한 인간으로 생각해 본 적이 없었다. 아니 한순간도 그런 마음을 가질 수가 없었다. 그녀는 처음부터 예수가 하나님의 아들이라는 사실에 놀라며 경배해 왔다. 외경심까지 품고 있었던 것도 부인할 수 없을 정도였다.

예수와 함께 여행을 하며 그의 곁에서 봉사하는 일이 마리아의 모든 잡념을 없애 주었다. 그러나 그가 그리스도이며 구세주로 하나님께서 이 지상에 한 인간으로 살도록 보내셨으며, 하나님의 복음을 전파하도록 독생자를 보내신 뜻이 아닌가?

비록 어린 시절부터 신성한 존재로 인정되고는 있지만, 나사렛 마리아가 어떻게 해서 지상의 예수의 어머니로 선택되었을까?

그녀가 성령으로 예수를 잉태하였고, 하나님의 뜻으로 그를 낳았으며, 그녀의 젖으로 키웠고, 소년 시절을 거쳐 완전한 인간으로 성장시키지 않았던가?

사실 예수는 인간의 감정을 —비록 결점은 없었다고 하더라도— 지니고 있었음은 분명하다. 이러한 상반된 생각이 마리아를 당황하게 만들었다. 그러나 어떻게 그럴 수가 있단 말인가?

갑자기 이해할 수 있는 답이 그녀의 머리 속에 번득이는 섬광처럼 떠오르자, 그녀는 놀란 나머지 걸음을 멈추기까지 했다. 확실한 증거가 그녀를 사로잡았다.

인간은 하나님의 피조물에 불과하며, 하나님과 인간은 같은 구성체라는 사실을 깨달은 것이다. 이러한 내용은 예수가 가지고 온 복음이며 하늘과 땅 사이에 예수가 이중적으로 존재하는 이유이자 설명인 것이다.

이러한 진리가 마리아에게 너무나 확연하게 가슴에 와 닿았기 때문에 그녀는 두려움과 떨림을 맛보았다. 마리아는 어렸을 때 학교에서 율법과 성경에 대해 많은 시간을 공부해 온 사실을 떠올렸다.

엄격한 선생님들이 생생하고도 무섭게 기억에 남도록 가르쳐 준 내용들, 즉 하나님은 하늘에서 세상을 항상 감시하고 있으며, 얼굴을 찌푸린 무서운 존재였고, 그의 주된 말은 '하지 말라'는 부정의 가르침으로 기억되었다. 그러나 예수는 그렇지 않았다.

수산나가 그를 표현하며 묘사한 말은 맞는 내용이었다. 그는 다정하고 인내심이 있으며 늘 친절했다. 또 그는 모든 사람에게 하지 말라는 부정의 말 대신에 하라는 긍정의 소리로 부르짖었다. 행함이 곧 하나님의 계명이며 가르침이라고 역설했다.

또한 카파르나움에서는 그 곳 집회소의 바리새이파 사람들에게 엄한 가르침으로 꾸짖었고, 엄격한 율법을 잘못 지킴으로서 사람의 생명을 앗아가게 하는 원로들에게 화를 내는 너무나 인간적인 속성을 가지고 있는 분이기도 했다.

그러나 그는 어떤 사람이든 간에 가난한 자이거나 부유한 자, 선한 자이거나 교만한 자, 지위가 낮은 자이거나 높은 자를 구별하지 않고, 살로메의 죄를 용서해 주듯이 그들의 죄를 용서해 주는 자비로운 분이기도 했다.

예수는 하나님의 권위로 모든 말을 했다. 그는 하나님으로부터 세상의 사람들에게 전해 줄 복음을 가지고 왔다.

하나님의 참 모습은 집회소의 원로들이나 랍비, 학교 선생님, 율법 지도자들이 창조해 낸 모습과는 달리 다정하고 친절하며 용서해 주는 분이라고 예수는 역설했다. 그러므로 우리의 하나님은 두려움과 겁을 주는 신이 아니라 사랑의 신임을 일깨워 주었다.

길을 따라 한없이 걸어가면서 막달라 마리아는 자신이 찾아낸 해답을 머리 속에 정리하여 마침내는 가장 놀라운 결론에 도달할 수 있었다.

지상의 한 인간으로서, 하늘에 계신 그 분의 아들로서 예수는 전능하신 하나님과 지금까지 존재하지 않았던 모든 사람들 사이의 연결점을 창조해 낸 것이다. 비로소 막달라 마리아는 자신이 지금까지 전혀 생각지도 못했던 하나님의 실상을 본 것이다.

잠시 후에 수산나는 묵묵히 깊은 생각에 잠겨 걷고 있는 마리아에게 말을 걸어왔다.

"제가 조금 전에 한 말은 결코 해서는 안 되는 말이었어요. 예수님을 사랑할 수 있다는 내 말에 당신은 진정으로 이해하지 못하는 것 같았어요. 혹시 육체적인 의미를……."

"정말 잘 모르겠네요. 수산나! 그 분은 한 인간으로서 태어나신 것은 분명한 사실이죠. 그래요. 지금까지 이 지상에서 그 누구보다 훌륭하신 분으로 살고 계신 거예요. 하지만, 그 분은 하나님의 아들이시고 하나님의 분신이십니다."

"전 얼마 후에야 깨달았습니다. 우리들에 관해서 말이에요. 마리아! 당신이나 나나 병이 치료되기 전에는 어떤 남자도 우리를 결혼 상대로 생각하지 않았을 거예요. — 육체적으로는 더 말할 나위가 없고요. 하지만, 난 그런 것들이 모두 부질없는 일이라는 생각이 들었어요. 이젠 내 두 다리가 건강하므로 결혼할 수 있겠다는 자신감이 생겼어요."

"나도 당신이 그렇게 되기를 빌어요. 그건 한 여성으로서 바람직한 일이지요."

"당신의 마음은 어때요, 마리아! 이제는 결혼에 의한 남자와의 육체적인 사랑을 조금도 느끼지 않나요?"

"나에 대해 그런 기대나 생각을 갖지 말아주기 바래요, 수산나!"

마리아가 웃으며 말했다.

"하지만 당신도 나와 똑같은 여성이잖아요?"

"수산나, 난 이제 어떤 남자와의 결혼이나, 이성간의 사랑을 생각할 수 없어요. 아마 아주 먼 장래에도 그럴 거예요. 잘은 모르겠습니다만, 지금 생각으로는 전혀 결혼할 의사가 없어요. 결심을 당신에게 설명해 드렸으면 좋겠지만, 그럴 수가 없군요. 저의 인생은 끝없이 외로움과 고독으로 점철될 여행과 같은 삶입니다. 그러나 당신은 당신의 인생에서 머지 않는 장래에 도래한 모든 행복을 받을 권리가 있어요."

"우리는 앞으로 많은 남자들을 만나게 될 거예요. 제가 말씀드리는 남자들이란 우리와 같은 일행인 사도들이 아니라, 다른 남자들 말이에요."

수산나가 한 손으로 햇볕을 가리며 말했다.

그때 마리아는 상상할 수 있는 어떤 특별한 동기도 없이 그녀의 머리 속에 세례자 요한의 제자인 스테파노의 잘 생긴 모습이 떠올랐다.

"천천히 가요, 수산나! 남자들의 걸음을 쫓아갈 수 없군요."

두 여자는 더 이상 아무 말도 하지 않았다. 자기들 나름대로의 생각에 빠지며 발걸음을 조금 늦추었다.

그들 일행이 나임 마을 입구에 다다르자, 이 곳 마을의 주인격인 요세의 하인이 그들을 맞이했다.

그는 일행을 인도하여 나무들이 늘어서 있는 거리를 지나 담쟁이 덩굴로 둘러싸인 큰 정원이 있는 별장으로 안내했다. 그 하인이 문지기에게 무슨 말인가를 하자, 철문이 좌우로 열렸고 그들은 안으로 들어갔다.

"저의 주인 요세께서 지금 기다리고 계십니다."

하인이 정중하게 말했다. 그들 모두는 놀라며 별장 쪽을 바라보았다. 돌조각으로 지붕이 덮여 있고, 채색된 흙벽돌로 축도된 3층 건물은 아름답도록 우아한 정취를 느끼게 해 주었다.

그들이 무성한 나무와 화려한 꽃들로 잘 가꾸어진 정원을 지나 좀 더 안으로 들어가자, 작은 문이 나타났고, 그 문이 열리면서 토카 제복을 입은 키가 큰 사람이 마중 나왔다. 그의 음성과 태도는 매우 정중했다.

"제가 나임의 요세입니다. 저희 마을에 오신 것을 환영합니다. 당신이 나사렛 예수입니까? 당신에 대해선 이미 많은 이야기를 들었습니다. 당신과 제자들을 저희 집에 모시게 된 것을 무한한 영광으로 생각합니다. 이는 저희 집안의 자랑이며 마을의 큰 기쁨입니다."

"감사합니다. 나임의 요세 씨. 당신의 그 친절한 호의를 감사히 받겠습니다. 당신들을 위해 하나님의 복음을 갖고 이 곳 나임으로 오게 된 것이 무엇보다 기쁩니다."

"저희 마을 사람들은 당신의 말씀을 잘 듣고 실천할 것입니다. 자, 안으로 들어가시지요."

예수는 일행과 함께 주인이 안내하는 크고 넓은 방을 지나 천정이 높은 객실로 갔다. 마리아는 지금까지 이렇게 훌륭한 집을 본 적이 없었다.

주인은 일행에게 이 별장에서 머무는 동안 아무런 불편을 느끼지 않도록 해 주겠다고 정중하게 말했다. 자기 하인들이 가까이에서 보살펴 줄 것이며, 필요한 것이 있으면 서슴치 말고 무엇이든지 말하라고 당부했다. 요세는 그의 부인과 함께 별장에서 그리 멀지 않은 집에서 지내고 있다고 말해 주었다.

요세는 순수한 유태인이지만, 로마인들이 즐겨 입는 토카로 정장한 실리적이면서도 형식에 치중하는 사람 같았다. 대개의 지방 토호들이 그렇듯, 형식적인 것을 중요시하는 습성은 일반적인 생활방식이다.

무엇보다도 그는 대화를 나누던 중에 자신이 요르단강에서 세례자 요한에게 세례를 받은 사람이라고 말했다.

"제가 소문으로 듣기에는 당신이 새로운 복음을 전하는 설교자일 뿐만 아니라, 병자들까지 고쳐 주는 아주 능력 있는 분으로 알고 있습니다. 아마, 당신께서는 이 마을에 살고 있는 많은 병자와 불구자들을 소생시켜 줄 것이라고 우리들은 기대하고 있습니다."

"믿음이 있는 사람들은 병이 나을 것입니다."

예수의 간단 명료한 말에 순간 요세는 당황한 빛을 보였다.

"제 집사람도 환자입니다. 제가 당신이 우리 마을 나임으로 오신다는 말을 전하자, 아내는 당신을 만나보지 않겠다고 거절했습니다. 내 아내는 지금 모든 사람들이 하나같이 말하는 불치병에 걸려있습니다. 제가 생각하기에는 정신분열증이 아내의 마음에 있는 것 같습니다. 이런 말씀을 드리기 죄송하지만, 아내에게는 하나님에 대한 믿음이 조금도 없습니다."

예수는 요세를 조용히 바라보며 낮은 음성으로 말했다.

"우리가 당신의 근심을 덜어드릴 수 있을 겁니다. 댁의 부인과 하나님을 위해 봉사하는 우리의 일행인 막달라 마리아와 서로 대화를 나눌 수만 있다면, 그런 어려운 문제는 해결될 수 있으리라고 봅니다. 요세 씨, 이쪽이 막달라 마리아입니다."

마리아는 거침없이 차분하게 말했다.

"댁의 부인을 꼭 만나뵙고 싶군요. 저도 한 때는 불치의 병에 걸려 모든 희망을 잃고 무서운 나날을 고통과 실의에 빠져 지냈습니다. 몇 번이나 죽음을 각오했었지요. 그러나 이제는 건강한 사람입니다. 이 모든 사실을 댁의 부인께 말씀드리면 좋은 결과가 있으리라 믿어집니다."

"당신이 내 아내를 설득해서 당신의 선생님을 만나게 할 수 있다면, 우리 주 하나님께 모든 감사와 영광을 돌리겠습니다. 아무쪼록 좋은 결과가 있기를 바라며 저도 아내를 당신이 만나볼 수 있도록 잘 설득시켜 보겠습니다. 곧 소식을 드리겠습니다. 마리아!"

요세가 일행들에게 편안히 쉬라는 말과 함께 자리를 뜨자, 마리아가 예수를 보며 말했다.

"선생님, 제가 주님께서 원하고 계신 바대로 말했다고 보십니까?"
"그렇습니다. 정확하게 잘 이야기했습니다. 그의 부인이 강경하게 하나님을 반대하는 마음을 가지고 있다면, 더 더욱 그 부인에게 하나님이 존재하신다는 사실을 일깨워주어야 할 것입니다. 부인은 아마도 어떤 일에 대한 죄책감에 사로잡혀 그것을 비밀로 유지하기 위한 강박감에 시달리고 있다는 증거입니다. 그래서 그녀는 하나님을 몹시 두려워하고 있습니다. 막달라 마리아! 그녀에게 하나님은 모든 죄를 용서해 주신다고 말해 주시오. 당신이 그녀에게 진실을 말하고 하나님의 능력을 설명해 주면 틀림없이 그 부인은 믿는 마음을 갖게 될 것입니다."
그리고 나서 예수는 놀라운 지시를 내렸다.
"막달라 마리아! 그녀와 이야기를 나누고 난 다음에 이렇게 당신의 손을 그녀의 머리 위에 올려놓으시오."
예수는 두 손을 들어올려 마리아의 머리를 감싸듯 잡았다.
"당신이 진실로 주 하나님 아버지를 믿는다면, 이제 당신의 병은 나을 것이라고 말하시오."
"선생님, 그것은 불가능한 일이옵니다."
"당신은 나를 믿습니까?"
"물론입니다. 하지만 제 자신은 믿을 수가 없습니다."
"그러면 당신과 항상 함께 계시는 하나님을 믿으시오."
"선생님께서 말씀하신 대로 하겠습니다."

일행은 별장의 호화로움에 놀라지 않을 수 없었다. 각 층마다 상하수도 시설이 갖추어져 있었고, 무더운 여름날인데도 뜨거운 물이 나오는 욕실이 있고 방 안에는 동방의 화려한 카펫이 깔려 있어 까만 옻칠을 한 침대가 정결하게 놓여 있었다.

세 여자들은 각각 독방을 쓰기로 했다. 모두들 침대에 만족스런 표정을 지었다. 또 세 여자들에게는 각각 시중을 드는 하녀들까지 배정되었다. 그녀들은 자신들의 여행용 가죽 주머니에 들어있는 옷가지를 생각해 보며, 우스운 일인양 — 하녀들은 그녀들이 옷을 벗고 입는 것을 도와주었다.

마리아는 지금까지 이런 유형의 생활을 듣지도 보지도 못했다. 그녀는 지금 자기의 처지가 왕이나 황후가 궁전에서 누리는 일이라고 상상하였다.

저녁 식사 시간이 되자, 예수와 네 사도들, 여자들은 음식이 준비된 식당으로 갔다. 이미 모든 음식들이 주인의 지시에 따라 차려져 있었으므로 예수는 마리아, 수산나, 살로메에게 함께 식사를 하도록 일러주었다.

지금쯤 바르톨로메오와 유다 타테오는 별장의 호화로움을 즐기지도 못하고 나임을 지나쳐 그들의 목적지를 향해 계속 발걸음을 재촉하고 있으리라.

구운 양고기와 향내나는 양념을 섞어 구워낸 커다란 빵과 쌀밥을 곁들인 식사가 식탁 위에 차려지는 순간 성급한 목소리가 바깥 쪽에서 들려오며 문이 열렸다. 문지기가 황급히 뛰어들어왔다.

“선생님! 큰일 났습니다. 지금 집 앞에는 많은 군중들이 몰려들고 있습니다. 어디서 그런 소식을 들었는지 그들은 병자를 고쳐 주는 예수님을 소리 높이 외치면서 밖에 서 있습니다. 어떤 자는 들것에 실려있고 눈 먼 장님도 있습니다. 또 업혀 온 환자도 있습니다. 그들을 돌려보내려고 노력했습니다만, 막무가내였습니다. 저희들의 힘으로는 어쩔 수가 없습니다. 곧 문을 부수고 안으로 들어올 기세입니다. 선생님 어떻게 하면 좋을까요?”

예수는 바로 앞에 놓인 쟁반을 밀어놓으며 자리에서 일어났다.

“문을 열어놓고 사람들을 안으로 들어오도록 하시오. 안드레아와 살로메 두 사람은 그들이 정원에 있는 나무와 꽃들을 상하게 하지 않도록 잘 정돈시키시오. 그리고 베드로는 문간에 서서 한 명씩 들여보내도록 하시오. 나머지 사람들은 전에 하던 대로 각자의 자리에서 맡은 일을 하시기 바랍니다. 나는 현관에서 그들을 만나보겠습니다. 나를 원하는 사람들이 실망해서 돌아가지 않도록 세심한 주의를 기울여 주시오.”

방금 일어난 일이 그날 저녁 식사로 차려진 양고기가 있는 식사의 처음이자 마지막이었다.

처음에는 한 사람씩 들어왔으나 점점 시간이 흐르고 밤이 깊어가자 사람들은 둘씩 셋씩 나중에는 한꺼번에 다섯 명, 열 명씩 떼를 지어 밀어닥쳤다. 그 많은 사람들을 단 몇 명만으로는 당해 낼 수가 없었다.

마지막에는 문 밖에서 기다리고 있던 사람들이 한꺼번에 안으로 들어왔다. 백 명도 넘는 군중들이었다. 그러나 예수는 조금도 주저하는 기색이 없이 그들을 맞아들였다.

일은 늦은 밤까지 계속되었다. 환자나 불구자가 아닌 구경하기 위해 몰려온 사람들은 모두 경탄을 했다.

예수를 만나고 돌아간 사람들 중에는 몸이 아프거나 불구의 몸으로 떠나간 사람은 한 명도 없었다. 그들은 각자의 믿음으로 건강한 모습이 되어 주 하나님의 영광과 찬미를 외치며 돌아갔다.

이윽고 모든 사람들이 가고 일이 끝나자 시중드는 하녀들이 과일과 주스를 가지고 왔다. 일행 모두는 너무나 지쳐서 그것을 먹거나 마실 기력조차 없었다.

첫날 별장에서의 저녁 식사는 이렇게 끝났다.

"오늘밤 자기 집에서 편안한 몸과 마음으로 잠자리에 들 병자들과 불구자들을 대신하여 하나님께 찬미를 드립니다."

베드로가 별장의 문을 닫으며 말했다. 그리고 그는 예수가 아직도 서 있는 현관 쪽으로 달려가 그의 앞에 무릎을 꿇었다.

"예수 그리스도여! 우리의 주님이시여, 그렇게 많은 사람들에게 베풀어 주신 주님께 치료 받은 모든 사람을 대신해서 진실로 감사를 드립니다."

마리아는 지금처럼 시몬 베드로가 그런 행동을 하리라고는 상상조차 하지 못했다. 마리아의 두 눈에도 감격의 눈물이 가득 고였다. 그녀도 베드로 옆에 무릎을 꿇고 앉았다. 그러자 나머지 사람들도 모두 예수 앞에 엎드렸다. 별장에서 이들을 위해 시중을 들던 하인과 하녀들도 무릎을 꿇고 이 엄청난 사실에 놀라고 있었다.

예수는 그의 긴 팔을 들어올리고 머리를 높이 쳐들었다.

"우리들 모두의 아버지시여. 우리들 모두의 감사를 마땅히 받으셔야 할 당신께 이 모든 영광을 드립니다. 당신을 위해서 우리가 오늘 행동할 수 있도록 특별히 은총을 내려주신 당신께 감사드리나이다. 당신의 축복을 나와 함께 있는 모든 사람에게 내려주시고, 당신의 왕국에 더욱 가까이 갈 수 있도록 보살펴 주시옵소서. — 아멘."

매우 피곤한 몸이었지만, 마리아는 안락한 잠자리에서 잠을 이룰 수가 없었다. 이미 이루어진 일과 앞으로 다가올 일들에 대한 끝없는 생각이 그녀의 잠을 멀리 쫓아 내고 있었던 것이다.

"예수께서 저에게 맡기시는 일을 할 수 있도록 믿음과 용기를 주시옵소서."

이제 그녀는 깊은 잠 속으로 서서히 빠져들었다.

얼마를 잤는 지 방문을 가볍게 두드리는 소리에 마리아는 천천히 잠에서 깨어났다. 시녀가 기다렸다는 듯이 과일 주스와 빵, 우유잔이 놓인 아침 식사를 위한 쟁반을 들고 안으로 들어왔다.

"너무 늦었군요."

마리아는 아직도 잠이 덜 깬 소리로 중얼거리듯 말했다.

커튼 사이로 밝은 햇살이 스며들었고 거리의 소음이 들려왔다.

"어젯밤의 일로 무척 피곤하셨을 것입니다. 일찍 깨워 괴로움을 드리고 싶지 않아서 늦도록 주무시게 했습니다.”

시녀는 침대 곁에 놓여있는 탁자에 쟁반을 놓으며 말했다.

“고마워요. 아침 식사까지 갖다줘서. 그 고마움을 어떻게 갚아야 할 지 모르겠군요. 당신의 이름은 뭐지요?”

“클로에라고 합니다.”

마리아는 그녀가 갖다 놓은 주스를 마시며 나이어린 시녀를 호기심 어린 눈길로 바라보았다.

그녀는 매우 젊고 예쁜 모습이었지만, 생김새가 어딘지 모르게 이국적이었다. 납작하고 둥근 얼굴이었다.

“클로에는 어디서 왔어요? 유태인은 아닌 것 같은데…….”

“네, 전 유태인이 아니랍니다. 멀리 파르티아라는 곳에서 왔어요. 전쟁 때문에 이런 신세가 되었습니다. 우리 마을이 점령 당했어요. 적군들이 마을의 여자들을 모두 끌어내 해안에 있는 노예 시장으로 끌고갔지요. 어페스라는 노예 시장에서 아테네로 팔려가거나 다른 변경 지방으로 보내졌답니다. 한편 우리들 중에 몇 명은 다행스럽게도 이스라엘 상인에게 인도되었지요.”

“다행스럽게라구요?”

마리아는 어깨를 떨며 반문했다.

“유태인들의 법률에 의하면 노예들은 팔린 지 7년이 지나면 자유의 몸이 된다고 들었어요. 다른 곳에는 그런 법률이 없어요. 평생토록 노예로 살다가 죽어야 돼요.”

“당신의 말이 맞아요, 유태인의 법률은 그렇게 되어 있어요.”

그러자 나이어린 시녀는 밝은 웃음을 띠며 말했다.

"전 여기서 지금 2년 남짓 지내왔어요. 이제 노예 기간이 5년 밖에 남지 않았어요. 아마도 제가 풀려나면 고향 파르티아로 돌아가게 될 것입니다. 하지만, 너무나 먼 길이에요. 그래서 어쩌면 여기서 살게 될지도 모르죠. 전 이 곳이 좋거든요. 결혼도 할 수 있고 아이들도 낳을 수 있을 거라고 믿고 있어요."

"그렇게 되고 말고요. 클로에. 우리 유태인의 말을 아주 잘 하시는군요. 그럼 우리 하나님에 대해서도 배웠나요?"

"유태인들이 믿고 있는 하나님에 대해서는 약간 들어서 알 뿐이에요. 그러나 저와는 아무 상관 없는 일이지요. 저는 당신의 선생님이신 예수에 대해서 아무 것도 몰라요. 단지 그 분께서 불쌍하고 고통 받고 있는 많은 사람들을 고쳐주고 돌보아 주시는 모습을 보고, 그저 그 분은 여러 신들 가운데 한 분이라고 느꼈어요."

"클로에! 그 분은 하늘에 계신 하나님을 대신해서 말씀하시고 계신 거예요. 우리가 여기를 떠날 때까지 함께 많은 이야기를 나눌 수 있는 기회가 있을 거라고 생각해요. 내가 당신에게 우리의 하나님과 예수에 관해서 많은 이야기를 들려드릴께요."

"네 말씀해 주시기 바랍니다. 저도 듣고 배우겠습니다."

마리아는 빵과 우유를 먹고 마셨다. 하녀는 빈 쟁반과 마리아가 입었던 세탁할 옷들을 챙겨가지고 방문을 나섰다.

그녀가 나가자, 마리아는 옷매무새를 가다듬은 다음 창문 앞에서 무릎을 꿇고 아침 기도를 올렸다. 그런 다음 별장 계단으로 내려가

넓은 방으로 갔다. 수산나와 살로메는 이미 와 있었다.

"정말 멋진 날이에요. 난 내 방에서 하녀가 갖다 준 식사로 아침을 맞이했어요."

수산나가 들뜬 음성으로 말했다.

"나도 그랬어요. 마치 궁전에 있는 공주 같았어요. 다음에는 이런 일은 없을 거예요. 지금 마음껏 즐겨요."

마리아가 웃음을 지으며 말했다.

"예수께서는 바로 조금 전에 산책 나가셨어요. 안드레아와 요한도 함께요. 정오에 집회소에서 설교하실 거라고 말씀하셨어요."

살로메가 알려주었다.

세 여자들은 한가롭게 별장 안의 많은 방들을 구경하면서 화려한 장식들로 꾸며진 실내를 보고 만져 보면서 감탄했다.

시골에서 나고 자란 마리아와 수산나에게는 너무나 뜻밖의 광경들이었다. 살로메가 자랑스럽게 입을 열었다.

"제가 살던 곳에는 이와 같은 저택이 여러 군데 있다는 것을 잘 알고 있어요. 아니예요. 말을 바꾸겠어요. 이런 곳이 있다는 말을 들어서 알고 있어요. 하지만 지금은 달라요."

그녀들은 밖으로 나와 정원에 피어 있는 화려한 꽃들과, 초여름의 풋풋한 내음을 풍기며 서 있는 잘 가꾸어진 나무들을 바라보며 탄성을 올렸다.

아침 햇살을 받아 활짝 꽃잎을 연 이슬을 머금은 붓꽃이며 들장미……. 그리고 그녀들이 이름을 알지 못하는 꽃나무들이 다투어 색색의 꽃을 피우며 가볍게 흔들렸다. 그 꽃들은 다른 지방에서 수입해 온 진귀한 화초들임이 틀림없었다. 정원사가 꽃밭 사이를 대나무 갈퀴로 흙을 북돋아 주는 모습도 눈에 들어왔다.

그때 하인들 중의 한 사람이 그녀들 쪽으로 달려오며 큰 소리로 말했다.

"아가씨들! 저의 주인 요세께서 지금 이 곳에 와 계십니다. 주인께서는 당신들 중에 막달라 마리아라는 분을 찾고 계십니다."

마리아는 수산나와 살로메에게 눈짓을 하고는 하인을 따라 별장으로 갔다. 요세는 넓은 거실에 선 채로 그녀를 기다리고 있었다.

"저희들은 정원에 피어 있는 꽃들을 구경하고 있었습니다."

마리아의 말에 그는 만족스런 표정을 지으며 말했다.

"마음에 드셨다면 더욱 좋겠습니다. 저도 꽃을 매우 좋아하죠. 일년 중에 이맘 때가 되면 붓꽃이 피기 시작하지요. 구름같이 피어나는 그 꽃은 굉장하죠. 아시아에서 사 온 꽃이랍니다. 날이 추워지는 늦가을까지 핀답니다."

요세는 정원 쪽으로 주고 있던 시선을 그녀에게로 돌리며 말을 이었다. 그의 얼굴에는 부드러운 미소가 감돌았다.

"아내에게서 당신에 대한 말을 들었습니다. 말씀드리기 좀 거북합니다만, 아내의 청이니 양해하시기 바랍니다. 이런 말을 했습니다. 언제 보았는지 당신이 지금 신고 있는 샌들이 너무 낡았다고 하더군요. 아내는 샌들 한 켤레를 당신에게 선물했으면 좋겠다고 하더군요. 난 그때 당신에 대해서는 아무 말도 못했습니다. 제 아내가 의심할 것이라는 생각이 들어서였지요."

"그 분이 예수를 뵈었으면 좋겠군요."

"제 아내는 그렇게 하지 않을 겁니다. 하지만 당신들의 여행에 대해서는 다소 호기심은 느끼고 있는 눈치였습니다. 저와 함께 가 주시겠습니까?"

"네. 물론입니다. 제가 두건을 쓰고 올 때까지 잠시만 기다려 주세요."

그녀는 층계를 달려올라가 묵고 있는 방으로 갔다. 머리를 다시 빗고 뒷머리를 위로 말아올린 다음 두건을 쓰고 끈을 맸다.

잠시 동안 창문 옆에 서서 짧은 기도를 올렸다.

"주 하나님! 저와 함께 계셔 주옵소서."

다시 아래 층으로 내려와 요세에게 말했다.

"준비가 끝났어요."

두 사람은 정원으로 나 있는 작은 길을 함께 걸어갔다. 요세의 표정은 불안감에 싸여 어두워 보였다.

"제 아내를 보시면 매우 놀라실 것입니다. 그러나 그녀는 한때 매우 아름다운 용모를 지니고 있었습니다. 남다른 취미로 파티를 자주 마련하곤 했지요. 또 초청된 파티엔 빠지는 법이 없었습니다. 그러나 지금은 아무 파티에도 참석하지 않을 뿐 아니라, 그 누구와도 만나려고 하지 않습니다. 물론 외출한 적도 매우 드물어요. 아내는 뭔가를 두려워하고 있습니다. 무엇 때문에 그러는지 도무지 그 이유를 알 수 없습니다. 의사들도 이미 포기한 지 오래입니다.

그들은 도저히 내 아내를 치료할 수 없다고 말했습니다. 병명조차 모른다는 겁니다."

요세는 아주 절망적인 어조로 말했다.

"예수께서는 댁의 부인을 고칠 수 있어요."

마리아가 자신있다는 어조로 대답했다.

"아내는 하나님을 몹시 두려워하고 있습니다. 그러므로 예수를 만나는 것조차 꺼리고 있지요. 왜 그런지 이해를 할 수 없습니다. 다만 아내가 악몽에 시달리고 있다는 것만 막연하게 느낄 뿐입니다."

이제 두 사람은 그의 별장과는 사뭇 다른 큰 저택 앞에 이르렀다. 별장에서 얼마 떨어지지 않은 거리에 또다른 그의 집이 있었던 것이다. 작은 궁전처럼 보이는 저택이었다. 이런 작은 마을에 어떻게 이와 같은 집을 지었을까 싶을 정도로 규모가 있는 집이었다.

하인이 문을 열자, 안으로 들어서며 요세가 말했다.

"제 아내는 지금 이층 자기 방에 있을 겁니다. 나를 따라 오시지요. 샌들에 관한 이야기를 기억하시기 바랍니다."

"네, 염두에 두겠습니다."

마리아는 금빛으로 도금된 이층 계단을 올라갔다. 현관부터 계단까지는 붉은 빛깔의 아라비아산 카펫이 깔려 있었다.

이층 복도 맨 끝쪽, 큰 창문이 열려 있는 거실에 한 여자가 밖을 내다보며 흔들의자에 앉아 있는 모습이 보였다.

그녀는 마리아를 한 번 힐끗 보고는 손짓으로 들어가라는 표시를 했다. 요세가 그녀 곁으로 가까이 다가가며 애써 부드러운 음성으로 먼저 말을 걸었다.

"악티아! 집으로 오는 길에 별장에 들렀었소. 당신이 말하던 바로 그 처녀요. 이 처녀에게 당신이 친절을 베풀겠다고 약속하지 않았소. 샌들을 주고 싶다고 했잖소. 이 처녀의 이름은 막달라 마리아요."

여자는 아주 천천히 자리에서 일어났다. 얇은 잠옷 같은 차림에 진홍빛 겉옷을 걸친 몸이 윤곽을 드러내보였다.

그녀가 얼굴을 돌렸을 때 마리아는 요세의 사전 주의에도 불구하고 심한 충격을 받았다. 자칫하면 소리까지 지를 뻔했다. 그녀의 모습은 마치 유령과 같았다. 몸은 너무나 말랐고, 깡마른 얼굴은 백짓장처럼 하얗다 못해 푸른 기가 감돌았다.

또 가냘픈 허리를 강조하듯 금으로 장식한 허리띠에 진홍빛 가운을 걸치고 눈가를 검은 색으로 칠한 모습이 요세가 말한 대로 한 때는 굉장한 미인이었음을 짐작하고도 남았다.

그녀의 머리에는 하이얀 상아로 조각된 장식품을 단 검은 머리카락이 얼굴과 대조를 이루며 윤기있게 반짝거렸다.

마리아는 그녀가 너무 젊은 것을 보고 속으로 놀랐다.

그때 그녀는 마리아의 낡고 헤진 샌들을 내려다보고 있었다.

"그래요, 요세! 이 처녀가 좋아할 샌들을 하나 찾아보겠어요."

요세는 가벼운 목례로 마리아에게 인사를 하고는 조용히 문을 닫고 나갔다. 그러자 그의 부인 악티아는 마리아를 호기심이 가득 담긴 눈길로 세심히 뜯어보았다.

"당신의 이름이 막달라 마리아? 그러면 막달라에서 왔군요."

"네 부인. 거기 가 보신 적이 있나요?"

"말로만 들어본 마을이에요. 거기서부터 이 곳까지 내내 걸어서 오지는 않았겠죠."

"저희들은 이 곳까지 걸어서 왔어요. 전 하나님의 복음을 가르치고 전도하시며 병자와 불구자를 고쳐주시는 나사렛 예수의 일행 중의 한 사람입니다."

"왜 걸어서 다니죠. 마차나 말을 타면 빠르고 편할 텐데?"

"우린 가장 소박한 몸가짐으로 생활하고 있어요. 이것은 우리의 주님을 섬기기에 적합한 방법이기도 합니다."

그녀는 약간 당황해 하며 서둘러 말했다.

"자, 가서 샌들을 찾아봐요."

악티아는 턱으로 넓은 방 한구석에 걸린 아름다운 무늬가 수놓인 비단 커튼을 가리켰다.

"저 커튼을 들치면 그 안에 샌들과 튜닉이 걸려 있는 조그마한 방이 있어요. 내게는 필요없는 것들이죠."

마리아는 그녀가 가리키는 쪽으로 갔다. 그러자 악티아가 그녀의 뒤를 따랐다.

비단 커튼을 좌우로 젖히자 현란한 빛깔로 가득 채워진 작은 방이 보였다. 그 안엔 구경하기조차 힘든 값비싼 비단으로 만들어진 튜닉과 보석으로 장식된 갖가지 옷들이 걸려 있었고, 그 바닥에는 여러 줄로 정돈되어 있는 샌들과 보석이 박힌 구두며 이름과 모양을 정확히 알 수 없는 많은 신발들이 가지런히 놓여 있었다.

금세 마리아의 두 눈은 휘둥그레졌다.

"마음에 드는 것을 찾아보도록 하세요. 난 몸이 너무 불편해서 당신을 도울 수가 없어요. 이해해 주기 바래요."

마리아는 약간 머뭇거리며 샌들이 있는 바닥에 무릎을 꿇었다. 너무 아름다운 것들이 많아서 쉽게 손이 가질 않았다.

"죄송합니다. 너무나 아름다운 신발이 많아서 어떤 것을 집어야 될지 모르겠군요. 부인께서 안 신는 신발은 어떤 것인가요?"

"당신의 마음에 드는 것이라면 어떤 것이라도 좋아요. 난 그것들을 신지 않으니까요."

마리아는 그 많은 샌들들 가운데 가장 튼튼하고 수수하게 보이는 가죽 샌들을 하나 골랐다.

"이것을 가져도 될까요?"

"그렇게 하세요."

악티아는 약간 쌀쌀하게 대답하며 무관심한 듯한 표정을 지으며 창문 쪽으로 걸어갔다.

"부인! 무슨 불행한 일이라도 있으신가요? 말씀드리기 죄송합니다만, 당신의 표정이 너무 기운이 없으신 것같군요."

"내가 기운이 없다구요. 난 당신이 보는 것과는 달라요. 그러니 쓸데 없는 질문은 하지 말아요. 저 쪽 긴 의자로 가서 샌들을 신어보고 나가 줬으면 고맙겠어요."

마리아는 그녀가 눈으로 가리키는 긴 의자 쪽으로 천천히 걸음을 옮기며 조용하게 말했다.

"하나님께 도움을 청해 보신 적이 있으신가요?"

"하나님? 그건 당신의 하나님이겠지, 나에게는 하나님이란 없어요. 당신들의 하나님은 내 말 같은 건 들으려고 하지 않을 거예요."

"부인께서도 그런 생각을 하시는군요. 한때는 저도 열심히 기도를 드렸지만, 하나님께서는 저의 기도를 들어주시지 않는다고 생각했죠. 그때 전 매우 고통스러운 병에 걸려 있었어요."

"당신이 아팠다구? 지금 당신은 매우 건강해 보이는데?"

그녀의 무관심하던 표정이 호기심 넘치는 시선으로 막달라 마리아를 바라보았다. 마리아는 긴 의자 한쪽 모서리에 앉아서 가죽 샌들을 신어보고 있었다.

"지금은 그렇죠. 주 하나님 덕분이죠. 하지만, 전 몇 달 전만 해도 무서울 정도의 병마로 고통을 받고 있었습니다. 그때 저 역시도 하나님께서 저의 간절한 기도와 소원을 들어주시지 않는다고 원망하고 있었으니까요."

"설마, 당신이? 무슨 죄로……."

악티아는 뒷말을 잇지 못했다. 자신의 비밀을 조금 내보이는 듯했다.

"저에 대한 사정을 말씀드려 볼까요? 부인께서 저에 관한 이야기를 원하신다면, 모든 사실을 말씀드릴 수 있어요. 전 그 당시 인간으로 취급 받지 못하고 다른 곳으로 추방되기 직전이었습니다."

"막달라 마리아……. 당신이?"

악티아는 다가와서 마리아 바로 곁에 앉았다. 그녀의 눈은 동정과 기대와 고통에서 벗어나려는 듯한 애원에 젖었다.

"나에게 당신이 겪었던 일을 들려줘요."

이제 그녀는 마리아의 그 어떤 힘을 갈망하는 모습이었다.

"저는 열네 살 때 두 로마 병사들한테 강간을 당했어요. 그런 일이 있은 후 일곱 악령들이 내 몸 속에 남게 됐지요. 그것은 나도 감당할 수 없는 무서운 고통이었어요. 언제 어디서 악령들이 내 몸 안에서 고통을 줄지 모르는 거였어요. 그 고통은 심한 발작으로부터 시작되곤 했지요. 그런 발작이 종종 일어나다보니 그만 학교에서 쫓겨나게 되었어요. 마을에선 저를 — 저를 말예요. 창녀라고 손가락질을 했어요. 그럴만도 했어요. 왜냐 하면 악령들이 내 몸을 망쳐 놓았으니까요. 발작을 하게 되면 많은 사람들 앞에서 옷을 모두 벗어버렸으니까요."

마리아의 얼굴은 창백해졌고 식은 땀방울이 맺혀 있었다. 지난 날의 고통에 대한 공포가 다시 생생하게 되살아났기 때문이다.

악티아는 창백해져 떨고 있는 마리아의 어깨를 감쌌다.

"아, 불쌍한 마리아! 얼마나 고통스러웠을까. 그 부끄러운 일들을 견디기란 너무나도 힘들었을 거예요. 하지만, 그건 당신의 잘못이 아니잖아요."

"그런 일이 있은 다음에 저는 항상 하나님께 기도를 올렸습니다. 매일 아니, 틈틈이 더 많은 기도를 했어요. 하지만, 전 하나님께서 저의 기도를 들어주지 않는다고 생각했습니다."

"바로 그것을 나에게 말하려고……?"

"마침내 그 분은 저의 기도를 들어주셨어요. 예수를 저에게 보내셨던 거예요. 그래서 예수께서는 제 몸 안에 깊숙이 도사리고 있던 악령들을 쫓아내고 이처럼 건강한 마음까지 주신 것입니다. 이런 연유로 해서 저는 지금 사도들과 함께 예수를 통해 모든 죄를 용서해 주시는 자비의 하나님 말씀을 전하는 일을 돕고 있는 것이지요."

악티아는 이상한 표정으로 마리아를 바라보았다.

"그런 일을 어떻게 알았어요? 어떤 것이 당신에게 그런 믿음을 주었나요?"

"두 가지 이유입니다. 첫 번째는 하나님께서 저의 기도를 들어주지 않는다는 생각이 잘못이었음을 깨달은 후부터였지요. 그 분은 저의 기도를 들어주셨습니다. 제가 직접 은혜를 받음으로서 확인한 거죠. 두 번째는 예수께서 병든 자와 불구자를 완전한 인간으로 고쳐 주시는 사랑을, 그것도 수많은 사람들에게 베풀어 주시는 것을 직접 제 눈으로 목격해 왔기 때문입니다. 부인께서도 어젯밤에 일어났던 일을 기억하고 계시죠?"

이제 악티아는 자신과 싸우고 있었다. 정말 자기의 마음 속에 있는 그 어두운 비밀을 모두 쏟아버리고 싶은 간절한 마음이 솟구쳤다.

"당신이 그 분을 받아들이신다면, 우리 주 하나님께서는 당신의 죄를 모두 용서해 주실 것입니다."

그때 악티아는 마리아를 뚫어지게 쳐다보았다.

"당신은 내가 죄를 지었다고 생각하시나요?"
"그것은 당신과 하나님만이 알고 계십니다. 만일 당신이 죄를 지었다면, 하나님께서는 당신의 죄를 모두 용서해 주실 준비가 되어있으십니다."
"만일 내가 당신에게 말한다면……. 이처럼 오랜 세월 동안 마음속에 품어온 것들을 모두 털어놓는다면……. 아무에게도 당신의 예수에게도 절대로 말하지 않겠다고 하나님의 이름으로 약속할 수 있어요?"
"네. 하나님의 이름으로 약속합니다."
"막달라 마리아! 당신은 나를 놀라게 할 정도로 신비한 힘을 갖고 있군요. 이상스럽게 당신이 나의 죄를 이미 알고 있다는 느낌이 들어요."
마리아는 서슴없이 대답했다.
"같은 여자로서 짐작할 따름입니다. 여자들에게는 항상 많은 유혹이 따르는 법이니까요."
그러자 악티아는 긴 한숨을 내쉬었다.
"맞아요. 나는 간음을 했어요. 하나님의 계명 중에서 하나를 깨뜨리린 죄인입니다. 오년 전의 일이었어요. 로마에 있을 때 일어난 일입니다. 남편은 저를 사업 여행에 동행시켰는데 바쁜 일정에 쫓겨서 나를 돌볼 시간이 없었어요. 일 때문에 여자란 항상 사랑을 해주어야 된다는 사실을 잊어버렸던 모양이었나봐요. 나는 매일 무료한 시간을 보내다가 어느 날 파티에서 한 젊은 로마 청년을 만나게 됐죠. 그는 변장한 악령이었던 것 같아요."

그녀는 기억을 더듬는 듯 말을 멈추었다가 이야기를 계속했다.

"그래요. 맞아요. 변신한 악령이었어요. 막달라 마리아! 나는 그때 지은 한 번의 실수로 지금까지 번민의 나날을 보내왔어요. 그것을 비밀로 지켜왔던 거예요. 만일 그 모든 사실이 알려졌다면 돌에 맞아 죽었을 거예요. 나는 창녀와 같은 몸이에요. 왜 내가 하나님께 기도할 수 없는 지, 이제 그 이유를 알겠죠. 그 분의 노여움으로 나를 때려눕히고 사람들을 시켜 돌로 치라고 명령하실 거예요. 난 차마 하나님을 입에 담을 수 없었던 거예요. 늘 무서운 공포와 두려움 속에서 헤어날 수가 없었어요. 또 자살을 몇 번이나 시도하기도 했어요."

악티아는 눈물을 흘렸다. 그 동안 혼자 간직하고 숨겨온 비밀을 모두 고백하는 통한의 눈물이었다.

마리아는 그녀가 실컷 울도록 조용히 지켜보았다. 울어본 사람만이 눈물의 의미를 알 수 있다고 생각했던 것이다.

"악티아 부인. 이제 저와 함께 우리 주 하나님께 기도하시겠어요?"

그녀는 어깨를 들먹이며 가볍게 고개를 끄덕였다.

아직까지 의자에 앉아있던 두 여자는 거실 바닥에 그대로 무릎을 꿇었다.

"제가 먼저 기도하겠습니다."

마리아가 나직하게 말했다.

"전능하신 하나님. 우리의 자비로우신 아버지. 제가 지은 죄를 용서하여 주시옵소서……. 특별히……. 그토록 오랫동안 고통으로 숨겨온 비밀을…….”

악티아는 마리아의 말을 따라 기도하였다.

긴 통회의 기도가 끝나자, 마리아는 예수가 가르쳐 준 대로 천천히 자기의 손을 그녀의 머리 위에 감싸듯 올려놓았다.

그러나 악티아는 거의 들리지 않는 낮은 소리로 계속 자신의 죄를 기도로 고백하고 있었다.

“저를 용서해 주시옵소서……. 평화와 믿음으로 제 생활을 다시 할 수 있도록……. 저는 믿습니다. 주 하나님을 믿습니다.”

마리아는 자기의 팔을 통해 손가락 끝으로 전해져 오는 강렬한 느낌을 받았다. 그 알 수 없는 능력의 힘이 다시 그녀의 머리로 전해지는 순간이었다.

그때 악티아가 머리를 쳐들고 마리아를 올려다보았다.

마리아는 그녀의 머리를 감싼 두 손을 뗐다. 그와 동시에 그녀의 창백한 얼굴에 혈색이 도는 따뜻함이, 그녀의 어두운 눈에도 광채가 찾아들었다. 그러자 그녀가 소리치듯 말했다.

“막달라 마리아！ 지금 어떤 일이 일어나고 있어요.”

또다시 그녀는 눈물을 흘렸다. 그 눈물은 참회의 눈물이 아니라 고통 속에서 벗어난 기쁨의 눈물이었으며, 재생의 기쁨을 맛보는 감격의 눈물이었던 것이다.

“난 말예요. 내 몸 속에서 어떤 강렬한 힘이 살아나고 있음을 느끼고 있어요. 난 정말 다시 살고 싶어요.”

마리아가 악티아의 방을 나설 때 그만 샌들을 잊고 나올 뻔했다. 그녀는 샌들을 집어들었다.

"맞아요. 샌들을 갖고 가세요. 그것은 그 악몽과 같은 로마 여행에서 산 것들이에요."

그녀의 집을 나서며 마리아는 샌들을 아주 자세히 바라보았다. 그녀가 신기에는 너무 작다는 것을 깨달았다.

클로에에게 주면 되겠다는 생각을 했다.

일주일 동안 일행은 나임에서 계획했던 일을 예정대로 실행하였다.

예수는 매일 정오에 집회소로 가서 그를 만나기 위해 찾아오는 사람들에게 설교를 했다. 갈수록 많은 사람들이 인근에서 몰려왔다. 한편 사도들은 시장이나 사람들이 모여 있는 곳에서 그들 나름대로 복음을 전파했다.

그런가 하면 틈틈이 마을 사람들이 자기들의 집에서 특별 기도를 올려 달라는 간청에 응하기도 했다. 또 그들은 감옥소에서 수강생활을 하고 있는 죄수들에게 전도하기 위해 회개의 기도를 대신 해 주었다.

예수가 설교를 할 때면 마리아는 항상 여자들이 앉아 있는 자리를 찾아 그들과 함께 설교를 들었다. 한편 설교가 끝난 다음에 집회소에 온 여자들의 물음에 답해 주며 그들의 어려움을 해결해 주는데 온 힘을 기울였다.

수산나와 살로메 역시 마리아와 함께 행동하였다. 그녀들도 이젠 마을 여자들의 물음에 해답을 줄 만큼 향상되었다.

식사 시간이 되면 예수는 일행에게 주님의 사명을 아주 상세하게 설명해 주어 복음전도의 사명을 일깨웠다.

사도들과 세 여자들도 매우 열심히 경청하면서 모르는 것은 서슴없이 물었다. 그러나 그들에게는 너무도 모르는 내용들이 많아 늘 부족함을 느끼지 않을 수 없었다.

어느 날 이른 오후 아주 혼잡스러운 사건이 발생했다. 예루살렘에서 바리새이파 사람들이 예고도 없이 그들이 머물고 있는 별장을 찾아온 것이다. 그들의 목적은 예수와의 문답이라고 했다.

그때 예수는 설교를 끝내고 집회소에서 돌아와 다른 사도들처럼 그의 이층 방에서 휴식을 취하고 있었고, 수산나와 살로메도 오후의 낮잠을 즐기기 위해 각자 자기들의 방에서 꼼짝도 하지 않았다.

막달라만이 강렬한 여름 햇볕과 오후 한때의 한가로움을 즐기기 위해 정원으로 나갔다. 그녀는 돌로 만든 벤치에 몸을 기대고 앉아 다투어 피어나는 꽃들의 달콤한 향기를 맡으며 숨을 몰아쉬었다.

그때 그녀는 정문 쪽에서 들려오는 시끄러운 소리를 들었다.

잠시 후에 하인이 그녀에게로 달려오며 말했다.

"저, 많은 사람들이 몰려와서 나사렛 예수를 만나야겠다고 떠들고 있습니다. 그 분과 이야기를 나눌 것이 있어 예루살렘에서 왔다고들 하는군요. 문지기가 그들을 안으로 들여보내도 좋으냐고 물어보라고 해서 뛰어왔습니다."

마리아는 벤치에서 일어나며 말했다.

"네, 그들을 들어오게 하세요. 현관으로 안내하면 제가 거기서 그들을 만나보겠어요."

그녀는 재빠른 동작으로 꽃잎이며 나뭇잎들이 묻어 있는 튜닉 앞자락을 털어내고 머리를 매만졌다. 이마로 흘러내린 머리카락을 뒤로 넘겼다. 그리고는 현관 쪽으로 걸어갔다. 아직 문 쪽에서는 아무 기척이 없었다.

현관 앞에서 마리아는 예수에게 그 사실을 알려드릴까 망설였으나 조금이라도 휴식 시간을 갖게 해 드리고 싶어서 일단 자기가 그들을 먼저 만나보기로 마음먹었다. 이윽고 하인의 안내를 받으며 그들이 현관 쪽으로 왔다.

모두 아홉 명이었다. 모두 긴 옷차림을 하고 있었는데, 머리에는 햇볕을 가리기 위해 밝은 빛깔의 터번을 쓰고 있었다. 그들 중 한 사람은 로마인들의 복장인 토카를 입었고 다른 사람들은 튜닉 차림이었다. 순간적으로 마리아는 이상한 불안감을 느꼈다.

그녀가 먼저 공손히 그들을 맞으며 고개를 숙여 인사를 했다.

"선생님들 수고하십니다. 전 나사렛 예수의 일행인 막달라 마리아입니다. 어떤 일로 오셨는가요?"

그들은 대수롭지 않다는 듯한 표정을 지으며 곁눈으로 마리아를 보았다. 그들 일행 가운데 제일 앞에 서 있던 사람이 가볍게 머리를 숙여 답례를 하며 말했다.

"나는 예루살렘의 산헤드린 랍비 샤마이라고 하오. 나임 집회소 원로이신 몇 분을 제외하고는 모두 성전의 랍비들입니다. 우리는 당신들이 선생님이라고 부르는 나사렛 예수와 대화를 나누고 싶어서 찾아왔소. 우리가 알기로는 그 사람이 여기 묵고 있다고 들었소."

그 사람은 위압감을 느끼도록 강한 어조로 말했다.

마리아는 약간 고개를 숙여 보이며 아주 부드러운 음성으로 대답했다.

"저도 그 분이 지금 별장 안에 계신 줄 알고 있습니다만, 알아봐야겠습니다. 랍비 샤마이, 지금 안채에 계신다면 말씀드리죠. 잠시 저 방에서 기다려주시겠습니까?"

마리아는 그들 일행을 현관 바로 옆에 있는 응접실로 안내했다. 그 방은 호화롭게 장식된 거실 중의 하나였다.

"당신들은 아주 화려한 집에서 묵고 있군요."

그들 중의 한 사람이 빈정거리듯 큰소리로 말하며 거실 안을 둘러보았다. 마리아는 그들의 저의를 알아차릴 수 있었다.

"우리는 여행 중에 하나님께서 마련해 주시는 것을 받고 있습니다. 그만 실례합니다. 선생님께서 계시는지 알아봐야 하겠습니다."

마리아는 그들을 둘러보고는 방을 나와 이층으로 달려 올라갔다.

예수가 거처하고 있는 방은 이층 첫 번째였다. 그녀는 조심스럽게 그의 방문을 두들겼다.

"네, 들어오시오."

예수의 목소리가 안에서 들렸다. 마리아는 가만히 방문을 열고 말했다. 그는 방에서 무엇인가를 읽는 중이었다.

"선생님! 지금 예루살렘 성전에서 온 제관들이 뵙기를 원하고 있습니다. 한 사람이 자기는 산헤드린의 랍비라고 말했습니다. 그들은 선생님과 이야기를 나누기를 바라고 있어요. 전 그들에게 선생님이 지금 별장에 계신지 모른다고 말했습니다."

"또 바리새이파 사람들이군요. 좋아요. 그들을 만나봐야겠습니다. 조만간에 이런 일이 있을 거라고 짐작하며 기다리고 있었습니다."

그런 다음 잠시 말을 멈추었다가 다시 말했다.

"막달라 마리아! 사도들에게도 일러주시오. 나를 따라 오라고 말입니다. 마리아, 당신도 내 말을 들었으면 좋겠습니다."

"선생님, 여자들은 허락되지 않습니다."

"내가 하라는 대로만 하시오. 당신에게는 어려운 일이라는 것을 잘 알고 있소. 그럼 사람들의 눈에 띄지 않는 곳에 있으시오. 내 말을 들을 수 있도록 말이오."

"감사합니다, 선생님. 지금 그들은 응접실에 있습니다."

마리아는 네 명의 사도들이 있는 방으로 급히 가서 문을 노크하며 안으로 들어섰다.

지금까지의 일을 요약해서 들려주자, 그들은 예민한 반응을 보였다. 베드로의 표정이 먼저 변했다. 마리아가 산헤드린이란 말을 하자, 그가 놀라며 소리쳤다.

"산헤드린이란 단체가 어떤 것인지 알고나 있소?"

"알아요. 그들은 유태인 율법을 적극 지지하는 예루살렘 성전의 원로와 랍비 중에서도 강경파들의 모임이지요. 카이사로부터 권능을 받아 율법을 강화하고 있지요. 막달라에 계신 저의 선생님께서 설명해 주신 것을 기억하고 있어요."

마리아와 네 사도들이 방을 나서서 계단으로 달려갔을 때 예수는 층계 중간쯤을 내려가고 있었다. 그들은 예수를 따라 응접실로 갔다.

마리아는 일행이 응접실로 들어가자 조심스런 걸음걸이로 발소리를 죽이며 커튼이 반쯤 가려진 창가로 가서 섰다.

응접실 안은 잘 보이지 않았으나 말소리는 똑똑히 들을 수 있는 자리였다. 사실 마리아는 예수의 신변에 대해 매우 걱정스러웠다. 어쩌면 이 사람들은 예수에게 예기치 않은 행동을 저지를 수 있다는 생각에 더욱 불안스러웠다. 순간 그녀는 예수를 죽이려고 음모를 꾸미던 카파르나움의 집회소 원로들을 떠올려 보았다.

마리아는 그 일행의 대표격인 샤마이에게 말하는 예수의 목소리를 들었다.

"나는 당신들이 찾고 있는 나사렛 예수요. 조금 전에 나를 찾지 않았소? 그리고 여기 나와 함께 있는 사도들은 베드로, 야고보, 요한, 안드레아라고 하오."

예루살렘에서 온 랍비 샤마이는 자신을 먼저 소개한 다음 일행을 인사시켰다.

"나사렛 예수. 우린 당신에 관해서 이미 많은 소문을 예루살렘에서 들었소. 우리는 당신에게 몇 가지 중대한 질문을 하고자 하오. 처음엔 당신이 카파르나움에 있다는 소식을 듣고 그 곳으로 갔었소. 그러나 당신이 어디론가 떠나고 난 뒤였소. 그래서 우리는 소문을 따라 당신의 행방을 찾았던 거요. 마침내 이 곳 나임까지 오게 되었고, 당신이 여기에 머물고 있다는 것을 알게 되었소. 우린 당신을 만나 예루살렘의 모든 산헤드린에 소속된 사람들에게 알려줄 보고서를 꾸며야 할 사명이 있소. 적극 협조해 주리라 믿소. 보고서가 만들어지는 즉시 예루살렘으로 돌아가야 하오."

"무슨 질문이라도 좋습니다."

예수가 담담하게 말했다.

그러나 그의 그윽하고 총명한 눈길이 상대를 쏘아보고 있었다.

"갈릴리 지방에서는 당신에 관한 소문이 걷잡을 수 없을 만큼 들끓고 있소. 우선 예수라는 이름조차 여러 가지로 불리고 있소. 병자를 고쳐 주는 나사렛 마을의 사람, 왕 헤로데 안티파스 감옥에서 탈출한 세례자 요한, 혹은 우리의 옛 예언자들의 성령이 다시 부활한 사람이라고 말하고 있었소."

그는 잠시 말을 멈추고 일행을 둘러본 다음 말을 이었다.

"또 그들은 예언자들이 말해 온 그리스도이며, 하나님의 아들이라고까지 말하고 있었소. 심지어는 메시아, 이스라엘의 구세주, 유다야의 왕이라고 했소. 이러한 상반된 소문들 때문에 예루살렘의 우리들은 매우 혼란스러운 것 또한 사실이오. 이 모든 소문들은 유태민족을 분열시키고 어려운 처지로 몰고간다고 우린 판단하고 있소. 하여간 당신에게 직접 그 해명을 듣고자 하오. 이건 우리 산헤드린의 임무임을 명심해 주기 바라오."

예수는 조금도 동요하는 기색없이 위엄 있는 모습으로 그 자리에서서 랍비의 강경한 말이 끝나기를 조용히 기다렸다.

샤마이가 잠시 동안 바라보다가 말을 이었다.

"우리 바리새이 사람들은 물론, 사두새 사람들도 마찬가지요. 당신이 누구인지 그 증표를 바라고 있소."

예수는 그의 말이 끝나기를 참으며 기다리고 있었다는 듯이 뒤를 이어 말했다. 그의 목소리는 매우 낮았으나 조금은 격양된 음성이었다.

"저녁 하늘이 붉은색이면 당신들은 다음 날은 틀림없이 맑을 것이라고 말합니다. 또 새벽 하늘이 붉은빛이면 당신들은 곧 폭풍이 몰아칠 것이라고 예측합니다. 당신들은 날씨의 징후는 미리알고 구별하면서도 어찌하여 주위의 사악한 시대의 증표를 찾아 내지 못합니까? 그건 위선자들이 저지르는 그릇된 편견에 불과합니다. 악하고 절개 없는 이 세대가 기적을 요구하고 있으나 예언자 요나에게서 일어났던 일을 제외하고는 아무런 증표나 기적을 보여주지 못했소. 요나가 고래 뱃 속에서 삼일 동안을 지냈듯이 하나님의 아들도 이 지상의 땅 속에서 삼일을 지내게 될 것이요."

그러자 예루살렘에서 온 사람들은 도저히 이해할 수 없다는 표정들을 지으며 서로의 얼굴만 바라보았다.

그의 제자들도 알아듣지 못하였으나 겉으로는 어떤 표정도 나타내지 않았다. 마리아 역시 당황하고 있었다.

그러자 그들 중에 다른 사람이 예수에게 물었다.

"그럼 당신은 이 땅에 다시 오기로 예언된 엘리아란 말이오?"

예수는 모든 사람들을 둘러보며 말했다.

"진실로 말하노니, 엘리아와 똑같은 선지자는 이미 와 있소. 그러나 당신들은 그를 배척했고 또 감옥에 투옥시켰습니다. 그에 관해 이런 말이 쓰여져 있습니다. — 너를 보기에 앞서 사람을 보내리니, 제 갈 길을 미리 닦으리라."

"지금 당신은 세례자 요한에 대해 말하는 것입니까?"

다른 사람이 예수에게 물었다.

"여자의 몸에서 태어난 사람 중에서 세례자 요한보다 더 큰 인물은 없습니다. 그러나 여러분들은 명심해 두기 바랍니다. 하나님 나라에서는 아무리 작은 이라도 이 세상의 사람보다 큽니다. 세례자 요한 때까지 율법서와 예언서는 많은 예언을 해왔습니다. 그러나 그 후부터는 하나님 나라의 기쁜 소식이 알려지고 있다는 사실을 깨닫기 바랍니다. 그리하여 많은 사람들은 그 나라에 들어가려고 노력하고 있습니다. 힘 쓰고 노력하는 자만이 그 나라에 들어갈 수 있습니다. 여러분이 예언을 알아듣는 사람들이라면 오기로 약속되어 있는 엘리아가 바로 요한임을 알아야 할 것입니다."

샤마이가 목청을 가다듬으며 입을 열었다.

"우리는 당신이 하나님의 이름을 사용해서 마귀들을 쫓아낸다는 소문을 들었소. 그러나 우리가 알기로 당신은 사탄의 이름을 사용해야 된다고 믿고 왔소. 예수 당신은 틀림없이 마귀들의 왕 베엘제불[역자주 ; 율법학자들이 악마의 괴수라고 생각하던 신의 이름. 구약성서의 바알 제불의 발음이 변화된 것이라고 하는 설이 있다. 바알 제불은 필리스레의 유명한 도시 에크론의 수호신(열왕기 Ⅱ편

1장 2절)으로서 ‘파리의 신’이란 뜻이다. 유태인들은 희생 제물을 더럽히는 파리를 악마로 본 듯하다. 신약성서의 벨 제불이란 발음은 ‘똥의 신’이란 뜻이다. 아무튼 유태인들이 이교도의 신명神明을 경멸하는 뜻으로 사용한 것만은 틀림없다. 예수가 마귀의 힘을 빌려 마귀를 쫓아낸다는 바리새이파의 공격이다] 의 동조자임이 틀림없소.”

마리아는 그때 예수의 얼굴이 흙빛으로 변하는 것을 보자 주먹을 꽉 쥐었다.

바로 예수 옆에 서 있던 사도들도 몸을 떨었다. 그들은 분노하고 있었다. 꼭 무슨 일이 벌어질 것 같은 긴장감이 감돌았다.

방안 분위기를 감지한 예수가 다음과 같이 말했다.

“어떤 나라든지 간에 백성들이 서로 갈라져 싸우면 망하기 마련이고, 집안 식구들 끼리 서로 다투면 화목할 수 없기 마련입니다. 만일 사탄이 사탄을 쫓아낸다면 그들 역시 편을 나눈 것이 되며, 그 나라는 바르지 못한 것입니다. 당신들은 내가 베엘 제불의 힘으로 마귀를 쫓아낸다고 하는데 만일, 그렇다면 당신들의 아랫사람들이 마귀를 쫓아내는 것도 마귀의 힘이 아니고 누구의 힘이겠습니까? 그러니 바로 당신네들의 아랫사람들이 당신들의 말이 틀렸음을 지적한 셈이 되는 것입니다. 그런데 내가 하나님의 성령의 힘으로 마귀를 쫓아냈다면, 당신들은 하나님의 나라가 이미 당신들에게 와 있음을 깨달아야 할 것입니다.”

예수는 계속해서 말했다.

"남의 물건을 훔치기 위해 자기보다 힘이 강한 사람의 집에 들어가 그의 재산을 털어가려면 그 힘이 강한 사람을 묶어놓지 않고서야 어떻게 물건을 가져갈 수 있겠습니까? 다시 말해서 힘이 강한 사람이 무장을 하고 자기 집을 지키고 있는 동안은 그의 재산은 안전할 것입니다. 그러나 그보다 더 힘이 강한 사람이 들이닥친다면 그 집 주인은 의지했던 무기를 빼앗기고 마침내 재산까지 잃고말 것입니다. 그러므로 내 편에 있지 않은 사람은 나를 반대하는 사람이고, 나와 함께 힘을 모아 행동하지 않은 사람은 나를 해치는 사람입니다.[역자주 ; 이것은 바리새이파 공격에 대한 예수의 3단계 공격이다. ①마귀가 마귀를 쫓아내는 것은 내분을 일컫는 말이며, ②사람이 마귀를 쫓아내는 것이 마귀의 힘으로 하는 것이라면, 이 공박을 하는 자들의 부하들도 마귀의 힘으로 쫓아내는 것과 같다는 뜻이며, ③어떤 사람의 집을 털려면 그보다 더 힘이 센 사람이어야 된다는 것이다. 마귀를 쫓아내려면 마귀보다 더 힘이 강해야만 된다. 그러므로 마귀보다 더 힘이 강한 분이 성령이라는 것이다. 결론적으로 성령의 힘으로 마귀를 쫓아내는 예수를 인정해야 하며 따라서 하나님의 나라가 정녕 가까이 왔음을 인정해야 된다는 것이다]."

예수는 손으로 예루살렘에서 온 자들을 가리키며 약간 높은 음성으로 소리쳤다. 그의 음성은 날카롭고 번뜩이는 칼날같은 강한 힘이 있었다.

"이 독사와 같은 족속들이여! 그대들은 악하면서 어떻게 선한 말을 할 수 있단 말이오. 마음에 가득 찬 것이 결국 입을 통해 나오는 것입니다. 선한 사람은 선한 것을 토해 내며 악한 것을 마음에 쌓아두었다가 악한 것을 뱉아내는 법입니다. 잘 들어두시오. 심판의 날이 오면 자기가 지껄인 터무니 없는 말에 대해서 낱낱이 해명해야 될 것입니다. 당신이 한 말에 따라서 당신은 옳은 사람으로 판정을 받기도 하고 죄인으로 판정을 받기도 할 것입니다."

예수는 말을 마치며 고개를 약간 숙였다. 이에 랍비 샤마이는 분노로 몸을 떨었다. 그의 얼굴은 붉다 못해 퍼렇게 질려 있었다. 그는 그의 일행을 돌아다보며 아주 격노한 음성으로 소리쳤다.

"이제 우리들은 들을 만큼 들었소. 자, 모두들 예루살렘으로 돌아갑시다."

그러자 그들 일행 중의 한 사람이 나서며 가로 막았다.

"잠깐 기다리시오. 이 분의 말씀에는 타당함이 있소. 좀더 들어보기로 합시다."

"아니오. 더 들어볼 필요가 없소."

랍비는 완강하게 말하며 그의 일행들을 데리고 거실 밖으로 나가 별장을 떠났다. 조금 전에 말한 사람만 그 자리에 혼자 남았다. 그가 예수에게 정중하게 말했다.

"저는 이 곳 나임에서 살고 있는 시몬이란 사람입니다. 집회소 바리새이파 원로 중의 한 사람입니다. 당신의 말씀은 집회소에서 잘 들었습니다. 난 당신의 말씀을 듣기 위해 예루살렘에서 온 손님들과 함께 이 곳을 방문한 것입니다. 불편하지 않으시다면 저의 집에 오셔서 함께 저녁 식사를 하시며 좋은 말씀을 들려주셨으면 감사하겠습니다."

예수는 그의 말에 동의했다.

역자주 ; 독자들의 이해를 돕기 위해 바리새이파와 사두새파에 관해 부연함. 당시의 율법학자들은 성서의 사본을 만드는데 그 사명과 직책을 중히 여겼다. 또 율법에 능통하였기 때문에 율법을 가르치는 교사로서 존경을 받았다. 그들은 특별히 당파를 만들지 않았으므로 바리새이파에 속하는 사람도 있었고, 사두새파에 속하는 사람도 있었다. 바리새이파는 유태교의 한 종파로서 너무 율법에 치중한 나머지 오히려 율법보다 현실적인 전통에 사로잡혀 있었다. '바리사이오'는 분리된 자들이란 뜻으로 그들은 자기네들 만이 거룩한 자라고 자부하고 다른 사람들과 구별하여 입는 옷까지도 달리 했고 생활 양식도 달랐다. 그들은 일반 유태인들의 존경을 받으며 율법의 형식적인 준수를 엄격히 명령했다. 정치적으로는 의회에서 대다수의 의석을 차지했고 민족의 독립을 꾀하고 있었다. 그러므로 예수는 그들의 위선과 허례허식을 통박하였던 것이다.

사두새파는 바리새이파와 대립하는 종파로서 전통을 무시하고 종교보다도 정치에 더 많은 관심을 가지고 있었다. 대제관 대부분이 이 파에 속해 있었으며 '사두새'란 명칭은 솔로몬왕 때의 대제관 '사록'에 나온 말로서 '올바른 사람'이란 뜻을 가진 히브리어 '사딕크'에서 유래된다. 그들 역시 높은 지위와 재산을 차지하고 있었고 종교적으로는 부활과 천사를 부인한다.

그러자 나임의 시몬이 말했다.

"당신의 제자들도 동행하도록 하시지요. 그들과 함께 당신의 말씀을 들은 후에 많은 대화를 나누고 싶습니다."

그는 예수 옆에 서 있는 마리아에게 잠시 시선을 던지더니 다시 말을 이었다.

"저 여자와 함께 오시면 더욱 감사하겠습니다. 난 선생께서 말씀하시는 동안 저 여자분을 살펴보았습니다. 그녀를 여기까지 동행시킨 이유를 알 것 같습니다. 남들이 무슨 말을 하든 저 여자분을 저녁 식사에 꼭 초대하고 싶습니다."

"나임의 시몬, 당신은 매우 친절하고 관대하십니다. 당신의 초대에 기꺼이 따르겠습니다."

예수가 정중하게 대답했다.

그러자 나임의 시몬은 잠시 주저하는 듯 머뭇거리다가 입을 열었다.

"당신의 말투는 왠지 좀 무뚝뚝한 것 같습니다. 무슨 말씀을 하셔도 상관없습니다만, 전 그저 선생님의 말씀 안에서 진리의 빛을 보고 있으니까요."

그리고 그는 떠나갔다. 그가 가고 난 뒤에 베드로가 말했다.

"주여! 그들에게 너무 심한 말씀을 하신 것은 아닐까요? 그들에게 화를 내는 것이 현명한 일이라고 생각하십니까?"

"뱀같이 지혜롭고 비둘기같이 해가 없도록 하라고 말하지 않았소?"

베드로는 고개를 끄덕거렸다. 다시 예수는 베드로에게 말했다.

"그들이 예루살렘에서 따려고 하는 열매는 아직 많아요."

그러나 베드로는 알아듣지 못하겠다는 표정을 지으며 고개를 가로 저으면서 다른 제자들과 함께 예수가 말한 내용을 서로 의논해 보기 위해 자리를 떴다. 그 때까지 아무 말없이 그 자리에 있던 마리아가 예수 곁으로 다가왔다.

"전, 선생님께서 그렇게 말씀하시는 모습을 본 적이 없었습니다."

그녀는 힘없이 축 늘어진 예수의 손에 자기의 작은 손을 올려놓으며 불안하다는 듯 다시 말했다.

"선생님의 일이 매우 걱정됩니다."

예수는 천천히 발걸음을 옮겨 의자에 앉으며 말했다. 그의 음성은 조금 전과는 달리 매우 조용했다.

"마리아! 우리는 두려움을 참아내지 않으면 사명을 완수할 수 없습니다."

"하지만 선생님께서 그들을 보고 독사라고 말씀하시는 것을 들었을 때, 저는 우리 유태인들이 승리의 환호성을 지르는 것처럼 큰 소리로 외치고 싶은 강력한 힘을 얻었습니다."

"그러나 아직은 승리를 말할 수 없습니다. 막달라 마리아! 당신은 승리의 시작을 들었을 뿐입니다. 앞으로 당신은 승리를 보게 될 것입니다. 나는 확신합니다."

그는 의자에서 일어나며 피곤한 표정으로 말했다.

"막달라 마리아, 나는 내 스스로가 어떤 좌절이나 실망감에 빠져 있는 나약한 모습을 당신에게 드러내보이기를 꺼리지 않습니다. 우리의 아버지께서는 항상 나와 함께 계십니다. 그러나 당신도 내 가까이 있는 위로자입니다. 나는 당신을 어느 누구보다도 믿고 있습니다."

그날 저녁 약속된 시간에 예수와 그의 일행은 시몬의 집에 도착하였다. 예수와 네 명의 제자들, 그리고 막달라 마리아가 동행했다.

시몬의 집은 크고 넓은 정원을 갖고 있었으나 요세의 별장과 같은 저택은 아니었다. 집주인이 문 앞에 서서 특별히 초청된 모두와 인사를 나누었다. 그는 맨 나중에 마리아를 맞이하며 말했다.

"막달라 마리아이십니까? 오늘 오후에 당신을 본 후 나의 좋은 친구 요세와 이야기를 나눌 기회가 있었습니다. 당신을 매우 존경하고 있습니다. 막달라 마리아!"

그녀는 답례로 무릎을 굽혀 인사를 대신했다.

시몬은 그들을 식당으로 안내했다. 놀랍게도 마리아의 자리가 주인 바로 옆에 마련되어 있었다.

예수는 시몬의 오른 쪽에 앉았다. 여자로서 바리새이파 사람들과 식사를 하며 그토록 높은 대우를 받는 것은 특별한 예우였다. 특히 마리아의 경우는 일찌기 그 예를 찾아볼 수 없는 일이었다. 시몬의 부인은 집안 어디서도 볼 수 없었다.

다른 제자들도 식탁 주위에 앉았는데, 마리아 바로 옆에는 야고보가, 예수의 옆에는 베드로, 그리고 요한과 안드레아가 그 맞은편에 앉았다.

주인 시몬은 주님이 준비해 주신 것에 대한 의례적인 축복과 감사의 기도를 드렸다. 대화의 시작은 가볍고 편안한 내용들이었다.

나임 마을 자체와 그 안에서 일어난 여러 가지 사건들에 대해서 대화를 나누었고, 시몬의 친구 요세에 대해서도 많은 말을 했다.

시몬은 마리아에 대해 호기심이 많아서인지 그 만큼 정중하게 그녀를 대했다. 그는 막달라 마을과 그녀의 가족에 대해서 물었다.

마리아는 고기잡는 일과 아버지 직업에 대해 말해 주었다.

시몬은 식료품을 유통시키는 도매 상인이었기 때문에 갈릴리 호수의 어부들인 베드로와 안드레아, 그리고 야고보와 요한은 그들의 지식과 경험을 토대로 하여 대화를 나누었다.

식사로는 맨 먼저 야채 스프가 나왔고, 그 다음에는 지중해에서 잡은 신선한 숭어가 샐러드와 함께 차려졌다. 가득 차 넘치도록 병에 담은 백포도주는 시몬의 말에 의하면 이 지방의 특산물로 특별한 술이었다.

과일들이 —말린 대추야자와 석류, 건포도— 마지막 후식으로 매우 이상하고 전혀 예상치도 못했던 일이 일어나면서 제공되었다.

마리아는 나중에 생각한 일이지만, 식당에 들어가 의자에 앉기 전에 그들이 샌들을 벗는 평상시의 관습대로 일행이 따르지 않았더라면 그와 같은 일은 절대로 일어나지 않았을 것이라는 확신이 들었다.

날씨가 너무 더웠기 때문에 시원한 저녁 바람이 들어올 수 있도록 앞 문을 활짝 열어놓고 식사를 즐기는 중이었다.

그때 한 여인이 —예수가 이 집의 손님으로 초대되었다는 사실을 알았는지— 갑자기 식당 입구에 나타났다.

그 여자는 검은색 옷을 입고 있었고 긴 머리는 어깨 너머까지 흘러내려 야릇한 용모를 보여주었다.

그녀가 예수를 발견한 순간 재빠른 동작으로 몸을 날려 그에게로 달려가더니 발 아래에 쓰러지듯 앉았다. 여자는 울고 있었다.

마리아와 예수 사이에 앉아있던 시몬은 그의 얼굴이 베드로 쪽을 향하고 있었기 때문에 이 돌발 상황을 미처 알지 못했다. 그러나 때 아닌 사건에 놀란 그는 벌떡 자리에서 일어나 손짓을 하며 격노한 소리로 시종을 불렀다.

그때 예수는 손을 들어 그의 행동을 저지했다. 그러자 여인은 가지고 온 설화雪花 상자를 열고 황급히 예수의 발에 기름을 발랐다. 여인은 예수의 발꿈치와 발을 문지르며 어깨를 들먹이자, 눈물이 기름 위로 떨어졌다.

시몬은 이 돌연한 광경을 그 자리에 선 체 멍하게 바라볼 뿐이었다. 그의 입이 약간 벌어지는가 싶더니 곧 다물어졌다. 그는 천천히 자리에 앉으며 두 눈을 지그시 감았다.

예수의 발에 거침없는 동작으로 기름을 바르고 있는 여인 외에는 어느 누구도 움직이지 않았다. 그녀는 계속 흐느꼈고 뜨거운 눈물이 끊임없이 기름이 묻어 있는 발잔등 위로 떨어졌다.

가끔 얼굴을 들어 눈물을 닦는 그녀의 두 눈은 깊은 절망에 싸여 어둡고 암울했다. 고요 속의 그녀의 흐느낌 소리가 조금 전의 즐거웠던 분위기를 침울하게 만들어 놓았다.

예수가 조용히 말했다.

"시몬, 내가 당신께 드릴 말씀이 있습니다."

그러자 시몬이 대답했다.

"선생님 말씀하십시오. 어떤 말씀이라도 저는 상관이 없다고 이미 말씀드렸습니다."

"당신은 내가 만일 예언자라, '나에게 이런 일을 해주고 있는 이 여인이 죄인이며, 거리의 여자라는 사실을 알텐데.' 하고 생각하겠지요?"

"맞습니다, 선생님. 당신이 이런 여자에게 당신의 귀한 몸에 손을 대도록 허락하신 것을 보고 놀라고 있는 중입니다."

그러자 예수는 그에게 질문을 던졌다.

"어떤 돈놀이하는 사람에게 빚을 진 사람이 둘 있었습니다. 한 사람은 돈 5백 데나리온을 그에게서 빌려갔고, 다른 한 사람은 5십 데나리온을……. 두 사람 다 빚을 갚을 수가 없는 사람들이었으므로 돈을 빌려준 사람은 두 사람의 빚을 다 탕감해 주었습니다. 그렇다면, 두 사람 중에서 누가 더 그를 고맙게 생각했겠습니까?"

"물론 그야 빚을 더 많이 진 사람이 아니겠습니까?"

"옳게 생각하였소."

라고 말하며 예수는 그 여인 쪽으로 얼굴을 돌렸다. 그리고는 다시 말을 이었다.

"이 여자를 좀 보시오. 내가 당신의 집에 들어왔을 때, 당신은 나에게 발을 씻으라고 물을 주지 않았습니다만, 이 여자는 내 발에 눈물을 흘려서 자기의 머리털로 내 발을 씻겨주었습니다. 당신은 나에게 인사의 표시로 뺨에 키스하지 않았지만, 이 여자는 내가 들어왔을 때부터 줄곧 내 발에 입을 맞추며 나를 환영하였습니다. 당신은 내 머리에 기름을 부어주지 않았지만, 이 여자는 내 발에 향유를 발라 주었습니다. 이 여자가 이토록 많이 사랑한다는 것은 많은 죄를 용서 받았다는 표시입니다. 조금 밖에 용서를 받지 못한 사람은 조금 밖에 사랑하지 않습니다. 당신은 이와 같은 사실을 잘 알아두셔야 합니다."

예수는 그의 발 아래에 엎드려 있는 여인에게 말했다.

"이미 당신의 죄는 용서 받았습니다. 당신의 믿음이 당신을 구원하였습니다. 평안히 가십시오."

여인은 계속 눈물을 흘리면서 기쁨의 미소를 머금고 자리를 떴다.

그때 나임의 시몬이 물었다.

"당신은 누구십니까? 도대체 누구시기에 저와 같은 여자들의 죄를 용서해 주실 수 있습니까? 선생님께선 율법을—."

"아프지 않은 사람에게는 의사가 필요치 않습니다. 그러나 아픈 사람에게는 의사가 필요합니다. 이 점을 알아두십시오. 나는 율법이 아니라 자비를 가지고 왔습니다. 나는 옳은 사람보다도 죄인들을 불러 회개시키려고 세상에 왔습니다."

그러자 시몬이 머뭇거리며 말했다.

"선생님, 저는 이 마을 집회소의 바리새이파 원로 중의 한 사람입니다. 저는 오늘 당신이 예루살렘에서 온 사람들에게 하신 말씀이나 지금 제가 들은 말씀의 내용을 그대로 저의 질문에 대한 해답으로 받아들일 수 없습니다. 전 지금까지 율법과 조상들의 전통과 관습에 따라 자라왔고 인생을 영위해 오고 있습니다."

잠시 말문을 닫고 무엇인가 골똘히 생각에 잠겨 있다가 다시 말을 이었다.

"저 자신은 한 인간으로서 선생님께서 오늘 오후에 이렇게 저의 집에 오셔서 말씀하신 모든 것들을 다소는 이해하고 있습니다. 저는 당신이 하나님에 의해서 보내진 분이라는 사실까지 굳게 믿을 수 있을 것 같습니다. 그러나, 저로서는 당신의 가르침과 오랜 율법과 전통을 잘 조화시키기가 너무나 어렵습니다."

"법에는 하나님이 주신 법과 인간이 만들어 낸 전통이 있습니다. 하나님으로부터 온 한 가지 계명은 이웃을 네 몸같이 사랑하라는 것입니다."

나임의 시몬은 땀방울이 맺힌 그의 이마를 손수건으로 닦았다.

"하나님 나라는 진정으로 믿는 자에게만 열려있습니다."

"그것은 알고 있습니다. 아니, 알고 있다고 생각하고 있을 뿐입니다. 제자들과 함께 저의 집에 오신 것을 진심으로 감사합니다."

얼마 후에 그들 일행이 시몬의 집을 떠나면서 특별히, 오늘 저녁 식사에 초대해 준 것을 감사한다고 말할 때, 그 주인은 마리아의 손을 잡으면서 말했다.

"나에게 말씀해 주십시오. 그처럼 말씀하시는 예수는 도대체 어떤 분이십니까? 당신에게는 그 분이 어떤 분으로 생각되었는지 빨리 말씀해 주십시오."

"시몬 선생님, 분명히 말씀드리겠습니다. 제가 어릴 때 막달라의 학교 선생님들이나 집회소의 랍비는 하나님을 두려워하라고 가르쳐 주었습니다. 하늘에 계신 전능하신 하나님을 무서워하라고 배웠던 것입니다. 하나님께 충실하지 않는 자는 하나님의 노여움을 살 것이라는 가르침을 받았던 것입니다."

시몬은 고개를 끄덕거리며 마리아의 말에 수긍했다.

마리아는 계속해서 말했다.

"그러나 예수께서는 저에게 하늘에 계신 아버지의 무한한 사랑을 가르쳐 주셨습니다. 하나님은 자비로우시며 우리의 죄를 용서해 주신다고 말씀해 주셨습니다. 하나님은 우리가 유혹에 빠져서 우회할 때에도 용서를 해주십니다. 두려움이 아니라 사랑을 통하여, 저는 제가 믿고 있는 것이 진정한 삶이라는 사실을 증명하면서 생활하고 있습니다. 이것이 제가 우리 주 예수께 배운 모든 것입니다."

시몬은 이런 마리아의 대답을 전혀 예상치 못했다는 막연한 표정을 지었다.

"지금 당신이 말하고 있는 내용은 내가 믿고 있는 사실과는 상당히 다릅니다. 감사합니다. 막달라 마리아! 이제부터는 당신 선생님의 말씀을 이해하도록 노력해 보겠습니다."

일행은 나임에서 안식일을 보냈다. 그날 아침 집회소에서 마리아는 악티아를 만났다. 그들은 여자들 만을 위해 마련된 자리에서 서로를 바라보았다.

안식일의 모든 예식이 끝난 후에 두 여자는 달려가 서로 팔을 잡으며 껴안았다. 너무도 감격해서 말이 나오지 않았다. 마침내 악티아가 속삭이는 듯한 소리로 말했다.

"막달라 마리아! 결코, 제 평생 동안 당신을 잊지 못할 거예요.

당신은 저에게 하나님께서 새로운 생명을 주셨어요. 마치 예수께서 당신에게 새 생명을 주셨듯이……."

이에 마리아는 이렇게 말할 수 있을 뿐이었다.

"저—."

다음 날 아침, 그들은 나임의 요세의 작별 인사를 받으며, 그 동안 그가 베풀어 준 융숭한 환대에 감사하면서, 또 별장 사람들에게 인사를 나눈 다음, 새로운 여행길에 올랐다.

클로에는 자신의 신분을 잊은 체 마리아에게 매달렸다. 이제 그녀는 유태인의 하나님에 대해서 깨달았던 것이다.

"꼭 다시 돌아오세요."

그녀가 간청하듯 말했다.

갈릴리의 남부 경계 지역 위로 나 있는 긴 여로를 따라 서쪽 지중해를 향해 걷기 시작하였을 때, 여름의 태양은 높이 솟아올랐다. 그들 일행은 모두 여덟 명이었다. 예수와 네 제자들과 세 여자들-

이제 그들이 가야 할 길은 집도 인적도 없는 황량한 사막의 연속이라고 말하면서 필요한 물과 음식을 가지고 가야 된다는 말을 이미 들었던 것이다. 또 떠나올 때 나임의 요세는 각별히 사막 여행에는 도둑과 강도가 출몰한다고 귀뜸해 주었다.

그들은 모래언덕이나 골짜기에 숨어있다가 로마 군인들과 동행하지 않은 상인이나 여행자를 보면 습격해서 물건과 사람, 특히 여자를 약탈해 간다는 말을 했던 것이다.

"하나님께서 인도해 주시므로 우리는 항상 주님의 보호 속에서 여행을 합니다."

예수가 걱정하는 요세에게 대답했다.

그렇게 그들은 자신감에 넘쳐 다시 긴 여행을 출발하였고, 지중해 해안을 향해 열심히 걸어갔다. 그러나 많은 고난과 역경들이 그들을 기다리고 있었다.

처음 몇 시간 동안은 약간 경사진 길을 따라 걸어갔다. 갈수록 차츰차츰 나무며 풀숲이 줄어들더니 마침내, 그들은 황량한 사막에 다다랐다.

그늘을 주어 쉬어갈 만한 나무는 전혀 보이지 않았고, 단지 바위틈 속에서 살아남으려고 애쓰는 비틀어진 관목 줄기가 간혹 눈에 뜨일 뿐이었다. 푸른 잔디조차도 제대로 자라지 못한 체 그대로 말라버린 전형적인 사막의 메마른 모습을 보여주었다.

멀리 보이는 언덕 사이로 작은 시냇물이 흘렀던 흔적이 이제는 메말라 굵은 모래가 밑바닥을 볼상 사납게 드러내보이고 있었다.

그들 앞에 펼쳐진 이 황량한 사막은 끝을 알 수 없었고 평평한 모래 지평선이 처량하게 이어지고, 가물가물 솟아오르는 뜨거운 열기의 아지랑이가 시야를 어지럽혔다.

가끔 뜨거운 모래길 위로 반짝이는 푸른 샘물이 나타났지만, 그들이 다가서면 기다렸다는 듯이 환상처럼 사라졌다. 일행 중에서 신기루를 경험해 본 사람은 아무도 없었다.

제일 처음으로 소리친 사람은 수산나였다.

"보세요. 지금 우린 연못으로 가고 있는 중이에요. 우린 얼굴을 식힐 수 있게 되었어요!"

"웃기는 소리 마시오. 그건 너무 열중해 있는 사람에게만 나타나는 환상일 뿐이오. 마치 눈앞에 나타났다가 그대로 사라져 버리고 마는 신기루라는 것이오."

베드로가 신경질적으로 말했다.

떠날 때는 턱 아래로 두건을 풀어놓았던 마리아는 다시 뒤로 단단히 붙들어 맸다. 머리 위로 쏟아져 내리는 뜨거운 열기를 조금이라도 막으려고 두건에 신경을 쓰며 계속 앞을 향해 걸어갔다.

그러나 열기가 점점 더해지자, 등과 가슴 사이로 흘러내리는 땀방울을 느끼게 되었고, 마침내 그녀의 튜닉은 땀으로 젖었다. 한편, 이마에 맺히는 땀방울이 눈으로 들어가지 않도록 연신 닦아냈다. 그러나 끊임없이 흐르는 땀방울이 쏟아지는 햇볕보다 더한 괴로움을 주었다.

길은 온통 모래 구덩이로 이어졌다. 다른 여자들도 똑같이 땀을 흘렸고 남자들의 튜닉도 땀에 젖어 몰골이 말이 아니었다.

수산나와 마리아는 걸어가면서 더위와 고통을 잊으려는 듯이 오래부터 전해 내려오는 옛 민요를 불렀다. 남자들도 컬컬한 목소리로 따라 불렀다. 가사와 멜로디를 배우려고 애쓰며 살로메는 열심히 들었으나 전혀 모르는 노래였다.

그러나 그것도 얼마 동안이었다. 심한 더위와 피로가 뼈와 살 속까지 파고들어 노래할 힘도 남지 않자, 그들은 타는 듯한 침묵 속에서 지친 걸음을 옮겨 놓았다. 세 시간 가량을 걷고 난 뒤에 길가의 바위와 모래 둔덕에 앉아 잠시 휴식을 취하였다.

각자의 허리춤에 준비해 가지고 온 물통의 물을 아껴가며 마셨으나 물은 이미 열기로 인해 뜨거웠다. 힘을 얻기 위해 건포도와 마른 대추야자를 조금씩 먹었다.

구름 한 점, 쉬어갈 손바닥만한 그늘도 없었고, 불타는 태양은 바로 머리 위에서 이글거렸다. 먼지를 일으키는 바람조차 없는 열기 속의 무풍지대였다. 머나 먼 여행길은 그저 텅 빈 듯한 느낌을 줄 뿐이었다. 어느 쪽을 둘러보아도 사람이 사는 흔적을 찾아볼 수 없는 광대하고 황량한 모래사막이 지평선에 맞닿아 이상한 느낌을 주었다.

잠시 후에 일행은 울퉁불퉁한 바위와 평평한 모래 언덕으로 이어진 길을 계속 걸어갔다. 앞으로 쉴 만한 곳에 이르기까지 얼마나 더 걸어야 할지 정확히 아는 사람은 아무도 없었다. 지평선 너머 어디엔가 있을 것이라는 막연한 기대감이 전부였다.

마침내 베드로가 다리를 질질끌며 참기 어렵다는 듯이 투덜대기 시작했다.

"지옥이라도 이처럼 뜨겁지는 않을 거야!"

우리들의 예수가 웃음을 지으며 말했다.

"지옥에 대해 확실히 알아요, 베드로? 지옥은 끝이 없는 곳이오. 그러나 고통은 조만간에 끝이 납니다."

그들 사이의 대화는 점점 고조되어 긴장을 깨뜨릴 듯 했다. 기껏해야 별 내용도 없는 대화였지만, 마치 농담이나 들은 양 웃었다.

마리아는 살로메와 수산나를 곁눈으로 힐끗 보았다. 그녀들은 피로

해 보였지만, 굳게 결심한 듯한 표정이 역력히 드러나보였다.

그들은 걷고 걸었다. 한 시간, 또 한 시간을.

그들은 무언 중에서도 서로 의지하려는 듯이 몸을 가까이 의지하며 걸었다. 남자들도 이제는 여자들 만큼이나 아니 더 극심한 피로감을 느끼고 있는지 걸음걸이가 흐트러졌다.

안드레아는 경련으로 다리를 절룩거렸다. 그는 잠시 길가에서 걸음을 멈추고 헛구역질을 했다. 그러자 살로메가 입을 막으며 역겨움을 달랬다.

베드로 역시 온 힘을 다해 걷고 있는 듯했고, 그의 앞에 서서 걷고 있는 예수도 피로한 기색을 보였다. 일행의 걸음걸이가 차츰 느려졌다.

마리아의 다리와 몸도 무감각해졌다. 이제 그녀는 기계적으로 발걸음을 옮겨놓고 있을 뿐이다.

폭염은 더 이상 견디기 힘든 지경에까지 이르렀다. 이미 태양은 극점을 넘어서 열기가 약해지기 시작했으나 열기로 달아 있는 바위와 모래 땅은 마치 활활 타고 있는 난로 뚜껑처럼 고통을 더해 주었다. 숨막힐 듯한 메마른 대기는 때때로 몰려오는 돌풍과 합세하여 그들의 얼굴과 몸을 사정없이 유린했다.

마리아는 자신이 더 이상 숨을 쉴 수가 없음을 느꼈다. 온 몸의 수분이 말라버린 듯했고 땀도 나오지 않았으며, 그녀의 육체는 서서히 죽음의 문턱을 향해 꺼져가고 있었다. 어디를 보아도 일행 외에 사람의 모습은 보이지 않았다. —카라반도 여행자도 그 이외에 아무것도

—

일행은 휴식을 취하기 위해 자주 걸음을 멈추지 않을 수 없었다. 이제 물통의 물은 거의 바닥이 났고, 그나마 남아 있는 물은 입이 데일 것처럼 뜨거웠다. 겨우 한 줌의 건포도만은 먹을 수 있어 그나마 다행이었다.

그들이 계속해서 얼마 동안을 걸어갔을 때 선두에 서서 걷고 있던 예수가 걸음을 멈추며 큰소리로 외쳤다.

"보시오!"

앞쪽을 가리켰다. 또 하나의 신기루, 이번에는 지평선 위에 나타난 사막의 열기로 만들어진 아지랑이인 듯한 희미한 물체가 아련히 시야에 잡혔다.

"카르멜산이요. 저기에는 푸른 나무와 시원한 물이 있소. 그 곳이 오늘 우리의 목적지요."

아무도 예수의 말을 믿으려 하지 않았다. 그들 일행과 산 사이에는 아직도 가야 될 사막이 수 마일이나 되었기 때문이다.

예수는 제자들을 선택한 첫날부터 다가올 많은 역경에 대해 누누이 설명해 왔다. 그렇다면 이는 단지 시작에 불과한 것일까?

어쨌든 고통스러운 예정은 한 시간 가량 더 걸렸다. 거친 모래와 자갈 바닥에서 올라오는 사막의 열기는 이미 오래 전부터 샌들이 닳아버린 그들의 발에 물집이 생기게 했고 또 터지게 만들었다. 그러나 카르멜산은 여전히 멀리 있었다.

저쪽에 나타난 것이 이번에도 신기루란 말인가? 사막 가운데 희미하게 반점이 보였다. 그 누구도 그것에 대해 말하지 않았다. 너무나 많은 환상을 지금까지 보아온 그들이었기 때문이다. 걸음을 옮길 때마다 서서히 그것은 모양을 드러내기 시작했다. 차츰 뚜렷한 모습의 작은 건물이 시야에 들어왔다. 분명 피난처일 것이다.

일행은 힘을 내어 걸음을 재촉했다. 삼십분 가량을 더 걸어가 헛간처럼 보이는 초가지붕의 초라한 오두막집에 다다랐다. 집 옆에는 작은 우물이 있고, 그 뒤에 무성하게 자란 갈대가 우거진 연못이 보였다. 천국과 같은 아름다운 풍경이었다.

다른 제자들이 기다리고 있는 동안 예수는 그 오두막집의 문을 두드렸다. 잠시 후에 나이가 많은 중년의 여자가 나왔다. 일행을 보고는 놀라 뒷걸음질을 쳤다.

"부인, 우리는 하나님의 이름으로 왔습니다. 사막 건너편 먼 곳에서 걸어와 무척 피곤합니다. 우리는 여행에 지친 몸을 쉬어갈 만한 곳을 찾고 있습니다. 주님의 은총이 당신과 함께 하시길 빕니다."

"저희 집에는 저렇게 많은 사람들이 쉴 만한 장소가 없어요. 거처하고 있는 방이 너무 작아요. 남편과 겨우 지낼 뿐이에요. 또 너무 가난해서……."

여자가 머뭇거리며 말했다.

"우리는 안락한 곳을 찾고 있는 사람들이 아닙니다. 다만, 몸을 쉴 수 있는 곳이면 충분합니다."

그녀는 매우 불안스러운 눈길로 예수와 그의 일행을 바라보았다.

"전 어디가 적당한 지 모르겠어요. 제 남편은 지금 헛간에 있어요.

갈대를 잘라 말리면서 근근이 살고 있답니다. 여기 이 쪽의 빈 방이라도 괜찮으시다면…… 여자분들은 어떨까요? 또 남자분들은 헛간 안에 갈대더미가 있는데 거처할 곳이라고는 그 곳밖에 없군요."

"부인, 당신께 주님의 은총이 가득하시기를. 우리는 오늘 더 이상 걸을 수가 없습니다. 부인께서 어떤 것을 해주실지라도 하늘로부터 후한 보상을 받을 것입니다."

"선생님께 대접해 드릴 것은 없습니다만, 편히 쉬어가시기 바랍니다. 댁들은 매우 착한 사람들로 보였습니다."

그녀는 뭔가 망설이는 듯 아직도 의아한 표정으로 예수를 쳐다보며 말했다.

"선생님, 죄송한 말씀입니다만. — 며칠 전에 이 곳을 거쳐 간 여행자들이 저희 내외에게 말하기를 기적을 행하시며 병자를 고쳐 주시는 사람과 그의 일행이 여행 중에 있다고 전해 주었습니다. 혹시 선생님이 그 분이 아니신지요?"

"그렇습니다. 나는 나사렛 예수입니다. 사람들은 나를 보고 병자를 고쳐주는 사람이라고 말하고 있습니다."

"아! 우리의 하나님께서 마침내 당신을 저희 집까지 보내주셨군요. 저의 남편은 통풍으로 불구입니다. 그래서 거의 일을 하지 못해 생계조차 제대로 꾸려갈 수 없는 형편이랍니다. 저희들은 앞날이 너무나 암담합니다."

이윽고 그녀가 남편을 부르자, 창고 쪽에서 한 남자가 다가왔다. 그는 자기 집 앞에 많은 사람이 있는 것을 보고는 그 자리에 서 있을 뿐이었다. 그러자 여자가 소리쳤다.

"걱정하지 말아요, 요하난! 좋은 분들이에요. 오늘밤에 묵어가려고 할 뿐이에요. 요하난! 이 분은 나사렛의 병자를 고쳐 주시는 분이예요. 이 분께서 아마 당신의 중풍을 고쳐 주실 수 있을지도…. "

그는 등이 거의 두 배나 될 만큼 굽어 걸을 때마다 고통 때문에 얼굴이 일그러지면서 비틀거렸다.

"어떤 사람도 내 중풍을 고칠 수는 없어. 오직 하나님 만이 나의 비참한 인생을 거두심으로서 나를 편안하게 해줄 수 있을 뿐이야."

그가 비탄에 찬 음성으로 울부짖듯 말했다.

"남편은 항상 저런 말씀만 하세요! 남편이 없다면 전 어떻게 될까요?"

여인은 눈물이 글썽거리는 눈을 들어 예수를 바라보며 말했다.

예수는 그 노인에게로 다가갔다.

"요하난! 하나님을 믿으십니까?"

노인은 화를 내며 소리 질렀다.

"아브라함의 하나님! 모세와 예언자들의 하나님! 나는 분명히 하나님을 믿습니다. 그러나 사람을 고친다고 하는 사기꾼, 떠벌이꾼들, 탈선 수도자들은 믿지 않습니다!"

그러자 예수는 그의 손을 요하난의 어깨 위에 올려놓았다.

"자, 똑바로 일어서시오. 요하난! 당신은 하나님을 믿고 있기에 이제 완전히 치료되었습니다."

머뭇거리다가 노인은 똑바로 몸을 펴기 시작했다.

조금씩 조금씩 그는 몸을 더욱 더 곧추 세웠고, 그와 같은 기적을 지켜보고 있는 그의 부인과 모든 제자들도 긴장감마저 느끼면서 바라보았다.

마침내 몸을 바로 세우게 되자, 노인은 소리쳤다.

"이제 고통이 사라졌습니다. 주님! 조금 전에 제가 한 말을 모두 용서해 주십시오. 주님, 당신은 성경에 예언되신 바로 그리스도이십니다. 하나님께 찬미를! 저는 당신이 그 분이라는 것을 알고 있습니다."

그는 예수의 손을 꼭 붙들고는 손등에 입을 맞추었다.

"당신의 하나님께 경배하시오. 나에게 경배하지 마시오. 그러나 나는 당신에게 명하노니 오늘 일어난 일을 다른 사람들에게는 말하지 말고, 당신이 한 말을 반복하지 마시오."

예수는 그의 부인을 향해 돌아섰다.

"당신도 다른 사람에게 말해서는 안 됩니다."

요하난은 그의 부인에게로 달려갔다.

"우린 다시 생명을 얻었소. 우린 다시 새 생명을 얻었소. 당신과 나의 생명을!"

그의 목소리는 목이 메어 들떠 있었다. 또 두 눈에는 눈물이 가득 고였다가 마침내 볼을 타고 흘러내렸다. 그녀 역시 자제하려는 듯 애써 눈물을 감추며 말했다.

"요하난, 이 분들은 사막을 건너오느라 피로에 지치셨어요. 빨리

가서 병아리를 잡아 감사의 음식을 마련해 드려요……."

이렇게 해서 예수와 일행은 식사를 하게 되었고, 겨우 배고픔을 면할 수 있었다. 세 여자들은 매우 피곤했지만, 샘물이 있는 곳으로 가서 하루 종일 말랐던 목을 마음껏 축이고 땀과 모래 먼지로 더렵혀진 얼굴과 손발을 씻었다.

이 조그만 낡은 오두막집은 큰 방 하나와 바로 그 옆에 작은 방이 하나 달려 있었는데, 그 곳에서 그들 부부는 짚을 깐 채 생활하고 있었다.

다른 큰 방에는 벽난로가 있어 요하난의 부인이 잡은 병아리를 다 찌그러진 냄비에다 요리를 하는 중이었다. 다행히도 낡은 식탁과 여러 개의 의자가 있어서 겨우 앉아서 식사를 할 수 있었지만, 집안에 가구라고는 아무것도 없었다.

예수와 제자들은 병아리 요리와 마른 빵, 텃밭에서 딴 신선한 콩으로 저녁 식사를 대접 받았다. 그들은 너무 허기에 지쳐 있던 탓인지 이처럼 맛있는 음식을 먹어본 적이 없었다.

그들 일행이 식사를 하고 있는 동안 이제는 건강한 몸으로 회복된 요하난과 그의 부인은 곁에 서 있을 뿐 일행들과 함께 식탁에 앉으려고 하지 않았다. 잠시 후 식사가 끝나자, 심한 피로가 물밀듯이 밀려왔다.

수산나와 살로메, 마리아, 세 여자들은 가지고 온 기름병을 자루에서 꺼내 햇볕에 데어 물집이 잡힌 피부에 발랐다. 그리고 나서 기름병을 예수와 다른 제자들에게도 건네주며 상처에 바르도록 하였다.

이제 예수와 그의 제자들은 창고 안에 쌓여 있는 갈대더미에 눕기 위해 자리에서 일어났다. 요하난이 등불을 밝혀 들고 앞장을 서며 예수와 제자들을 향해 말했다.

"그리스도께 이처럼 누추한 잠자리를 드려 너무나 죄송합니다. 저 마굿간에는 당나귀가 있습니다. 당나귀가 있어야 말린 갈대를 싣고 장에 갈 수 있기 때문이지요."

"저도 전에는 마굿간에서 당나귀와 함께 지낸 적이 있습니다."

예수는 마리아를 쳐다보며 웃으면서 말했다.

"알아요! 선생님 어머니께서 저에게 말씀해 주셨어요."

마리아도 웃음을 띠며 말했다.

"나의 어머니께서 말씀해 주신 것을 기억하고 있지요. 그 이후로 지금까지도 당나귀를 좋아한답니다."

예수와 제자들은 요하난을 따라 함께 밖으로 나왔다.

"우린 자루를 베개로 쓸 수 있어요."

살로메가 말했다.

"더 좋은 것을 드릴 수 있으면 좋겠습니다만……."

요하난의 부인이 미안하다는 듯 두 손을 비비며 말했다.

"걱정하지 마세요. 우리는 들짐승들이 우글거리는 사막의 거친 바위 위에서도 잠을 잘 수 있어야 합니다."

하고 마리아가 말했다.

요하난이 마굿간에서 돌아오기도 전에 세 여자들은 오두막집의 딱딱한 방바닥의 불편함도 느끼지 못한 체 극도로 지친 상태에서 깊은 잠에 빠졌다.

다음 날 이른 새벽에 일어난 예수와 일행은 다시 길을 걷기 시작했다. 더위를 피하기 위해서였다. 그들 부부는 큰 길까지 따라 나와 그들이 가는 모습을 지켜보았다. 그들 부부는 병든 몸을 고쳐준데 대해서, 또 남편의 건강을 회복시켜 주고 예수가 마지막으로 내려준 하나님의 축복에 대해 한없이 감사했다.

일행은 어제의 긴 여행으로 인하여 뼈마디가 쑤시고, 쓰라린 살갗과 아직까지 물집이 잡혀 있는 발로 걸음을 옮기기에는 무척 고통스러웠지만, 기분만은 상쾌했다.

사실 지난 밤은 결코 안락한 휴식은 아니었다. 맨바닥은 세 여자에게 지금까지 지내온 날 중에서 피로를 풀기에는 가장 불편한 자리였으며, 마굿간에서는 때 아닌 침입자에 놀란 당나귀가 코를 불고 소리를 지르는 바람에 제대로 잠을 이루지 못했다.

그들은 분명 잠을 청하고 있었으나 부산한 당나귀로 인해 잠에서 깨어 있는 거나 마찬가지였다.

웅장한 카르멜산의 모습이 새벽이 밝아오면서 서서히 그 윤곽을 드러내기 시작했다. 먼동이 트며 떠오르는 아침 해가 온 산기슭을 비치자, 산은 금세 푸른색으로 변하기 시작했다. 사막 한가운데서 바라보는 산의 아름다움은 고통만큼이나 벅찬 감격을 맛보게 해주었다.

비록 육체적으로는 매우 힘들었지만, 일행은 예수를 따라 아무런 불평도 하지 않고 계속 앞으로 걸어나갔다. 태양이 점점 더 높이 떠오르자, 다시 열기가 강도를 더해 갔다. 길은 아직도 위험한 구덩이와 바퀴자국으로 볼상 사나웠다.

카르멜산이 차츰 가까워지자 황량했던 사막은 조금씩 모습을 달리 했다. 길을 따라 관목들은 싱싱한 잎을 자랑하였고, 길섶의 풀은 아침 이슬을 받아 더욱 검푸르게 보였다. 여기저기에 집들이 띄엄띄엄 나타나며 활기찬 하루일과를 서두르고 있었다. 모래언덕 사이로 물이 흐르는 샘 주위에는 풀이 숲을 이루었다.

길은 완만한 경사를 이루며 뻗어있었고, 다 자란 관목들 사이로 야생 들꽃이 만발하게 피어 낯선 나그네들을 맞이하고 한 떼의 새들이 머리 위를 날았다.

그들은 이른 아침에 내린 비로 촉촉히 젖어 있는 장소에 이르렀다. 거기서부터 그리 멀지 않은 곳에 엘리아의 성산聖山 카르멜산이 우뚝 서 있었다.

살로메를 제외한 사람들은, 선지자 엘리아가 그릇된 우상 바알을 섬기던 이스라엘 민족에게 살아 있는 하나님을 증명하기 위해, 그가 준비한 제단에 불을 가져가기 위해 하나님께 부탁했던 역사적 사실을 잘 알고 있었다.

그에게 사백 명이나 되는 바알의 제관들이, 자기들의 신에게 제단의 불을 가져가 달라고 부탁하였다.

하루 종일 애절하게 간청을 하였지만, 바알은 그들에게 아무런 대답도 할 수 없었다. 그러나 엘리아가 하나님께 호소하자, 하늘에서 불이 내려와 번제燔祭와 제단과 그 주위에 흐르는 도랑의 물마저 모두 태워버리고 말았다. 변덕스러운 이스라엘 사람들은 그것을 보고 난 뒤에야 비로소 하나님 앞에 무릎을 꿇고 고개를 숙였던 것이다.

엘리아는 바알의 사백 명의 교활한 제관들에게 명령하여 카르멜산 밑의 귀손강에 뛰어들게 하였다.

"단 한 명도 도망치지 못하리라."

결국 엘리아는 그들 모두를 죽게 하였다.

예수는 나사렛에서 떠나올 때, 그의 사명을 처음 시작하기 전에 이미 이 곳을 방문한 적이 있었으므로 이 산에서 일어난 일에 대해서 잘 알고 있었다.

일찌기 엘리아는 카르멜산의 한 동굴에서 기거하며 '하나님의 말씀'을 가르쳤다. 폭이 거의 10마일이나 되는 카르멜산은 기도하는 장소로 모든 이스라엘 사람들에게 알려진 성스러운 산이다.

산 바로 밑에 남쪽과 북쪽으로 이어진 길을 만나게 되자, 그들의 길고도 뜨거웠던 사막의 지루한 여정은 끝이 났다. 그러나 베드로와 요한은 계속 그들의 길을 가게 하기 위해 일행은 잠시 걸음을 멈췄다.

예수는 두 제자를 유다야와 예루살렘에 인접해 있는 로마의 항구 카저리아 집회소로 하나님의 복음을 전하게 하기 위해 남쪽으로 보냈다.

그 곳은 여러 나라 사람들이 모여 사는 국제 항구 도시였다. 이미 그들에게는 그 곳에서 살고 있는 유태인들에게 전도할 사명이 주어졌다. 그 곳에서의 전도가 끝나면 다시 북쪽으로 더 올라가기로 했다. 다른 일행과는 가는 도중에 갈릴리 지방에서 만나기로 이미 약속되어 있었던 것이다.

남아 있는 여섯 명의 일행은 베드로와 요한에게 축복과 행운을 빌어주며 그들이 떠나는 것을 지켜보았다. 그리고 나서 그들은 카르멜 산의 오르막길로 향했다.

예수는 빽빽히 늘어선 산림을 지나 거의 형세도 알아볼 수 없는 기기묘묘한 바위 틈 사이를 타고 위로 올라갔다.

마리아는 곧 이어 그의 뒤를 따랐고, 다른 제자들은 뒤로 처져서 일렬로 올라가고 있었다.

처음에는 바위층을 딛고 올라갈 수 있어서 별로 어렵지 않았다. 또 숲 사이로 시원한 공기가 습기를 머금고 깔려 있어 신선한 느낌마저 주었다.

그러나 차츰 위로 올라갈수록 나무들의 키가 작아져 햇볕이 머리 위로 쏟아져 내렸다. 가느다랗고 좁은 길은 더욱 험하고 경사면도 가파랐다.

예수는 천천히 느린 걸음으로 꾸준히 걸으면서 긴 다리로 바위와 바위를 딛고 발을 옮겨 놓으며, 한 번도 뒤를 돌아보지 않은 체 침묵으로 일관했다. 그런 태도는 나름대로의 침묵과 상념에 사로잡힌 전형적인 수도자의 모습 그대로였다.

마리아는 다리가 가벼워 경쾌하게 한 발 한 발 뛰듯이 걸었으나 곧 숨을 헐떡이게 되었고 가슴도 높이 뛰기 시작하자, 그녀는 마음을 굳게 먹고 예수의 뒤를 놓치지 않으려고 부지런히 뒤를 따랐다.

수산나와 살로메는 마리아를 따라잡기 어려우리 만치 너무나 멀리 떨어져서 안드레아, 야고보와 함께 걸음을 재촉했다. 얼마 후에는 그들의 모습조차 보이지 않았다.

마리아와 예수가 더 높이 산 위로 올라가자, 작은 나무들이 띄엄띄엄 모습을 드러내 놓고 있어 피로감을 더해 주었다.

한때는 오솔길이었던 좁은 길이 사람들의 발자취가 뜸해서인지 이끼로 뒤덮여 있고, 작은 물웅덩이로 이어진 개울은 메말라 바닥이 드러나 있어 오랜 가뭄을 말해 주었다.

예수는 가끔 웅덩이를 뛰어넘었지만, 마리아는 징검다리로 조심스럽게 피해 걸었다.

이제 태양은 그녀의 등에 강하게 내리쬐며 폭염을 쏟았다. 다소 길이 평평해지자 마리아는 예수의 뒤를 바짝 따라갔다. 마리아가 가쁜 숨을 몰아쉬기 위해 잠시 걸음을 멈췄지만, 예수는 변함없이 계속 앞으로 나갔다.

마리아는 힘이 너무 들어 도저히 그의 뒤를 따라 갈 수가 없었지만, 다시 마음을 굳게 먹고 계속 걸었다. 너무나도 힘이 들어서 그만 포기하려는 순간 갑자기 산 정상이 눈앞에 확연히 나타났다. 이윽고 마리아가 산마루에 올라서자 보이는 것은 맑고 푸른 하늘뿐이었다.

그때 예수는 산 정상의 한쪽 끝에 우뚝 서서 팔과 머리를 하늘을 향해 들어올리고 있었다. 이때 마리아는 모든 것을 잊은 듯 멍하니 그 자리에 서서 그를 바라보았다.

훤칠한 키에 몸을 똑바로 펴고 깊은 생각에 잠긴 예수의 모습은 하나님의 아들 그 것이었다.

마리아는 조용히 발걸음을 옮겨 먼 곳을 바라볼 수 있는 곳을 찾아 자리를 잡았다. 또한 그녀는 예수에게 방해가 되지 않도록 그림자처럼 움직이며 세심하게 주의를 기울였다. 그녀는 예수가 그 분의 하나님과 대화를 하고 계신다는 것을 똑똑히 감지할 수 있었다.

한편 발 아래로 끝없이 뻗어 있는 산줄기를 내려다보며 마리아는 조용하게 솟아오르는 경건한 마음과 경탄을 금할 수가 없었다.

그녀는 소문으로만 전해 들은 지중해에 대해 여러 가지로 상상을 해왔으나, 막상 생전 처음 실제로 그 끝을 알 수 없는 검푸른 바다를 바로 눈앞에 대하자, 한순간 가벼운 현기증이 일었다.

너무도 넓고 광활한 수면이 지구 끝까지 흘러 넘칠 것 같아 마리아는 무한한 하나님의 존재가 가슴에 와 닿는 깊은 감명을 받았다. 넓은 푸른 수면은 구름의 그림자로 여기저기 어두운 빛깔을 띄고, 희미하게 보이는 수평선 끝 쪽으로는 파란 하늘이 맞닿아 아물거렸다.

마리아는 이토록 높은 정상에 서서 광활한 공간을 경험해 본 적이 아직 없었기 때문에 자연의 아름다움과 무한함에 그저 감탄스러울 뿐이었다.

저 멀리 바다 건너편에는 낯선 이국 땅 —아시아, 그리스, 로마— 이 분명 존재하며, 그 곳에도 많은 사람들이 살고 있을 것이다. 세상이란 마리아에게 꿈을 주는 미지의 세계였다.

마리아는 그토록 넓고 광활한 세계 속에 존재하는 티끌만한 자신의 의미를 생각해 보자 가벼운 전율이 느껴졌다.

"막달라 마리아！"

그때 마리아가 어디에 있는지 돌아보지도 않은 체 예수가 힘차게 불렀다.

"네, 선생님."

"나와 함께 기도하겠습니까?"

마리아는 밋밋한 바위 위로 올라가 예수가 하고 있는 것처럼 그의 곁에 무릎을 꿇고 앉아, 무슨 질문이라도 하려는 듯한 표정을 지으며 예수를 올려다보았다.

예수는 두 손을 모은 자세로 침묵한 체 꿇어앉아 있었다.

"저도 큰소리로 기도를 드려야 하는가요?"

"당신이 원하는 대로 하시오. 우리의 아버지께서는 어떻게 기도를 해도 듣고 계십니다."

예수는 아직도 뭔가를 기다리는 표정을 지었다.

마리아는 머뭇거리며 소리를 내어 기도를 하기 시작했다.

"하늘에 계신 전능하신 하나님, 바로 제 옆에 계신 당신의 아들 주 예수 그리스도를 위해, 저의 선생님의 아버지이시여, 이 세상에서 너무나도 미약하고 보잘 것 없는 저의 작은 기도를 들어주시옵기 바랍니다. 당신께 기도하오니, 당신의 아들을 보살펴 주시옵소서. 그 분의 어떠한 말씀도 들으려 하지 않는 우매한 자들로부터 부디 보호해 주시옵소서. 주 하나님, 당신이 원하시는 대로 제가 주 예수를 위해 봉사할 수 있도록 저에게 힘과 사명을 주시옵고, 제가 지은 모든 죄들을 용서하여 주시옵소서—."

마리아의 목소리가 거기서 끊겼다. 그러자 예수는 한 손으로 마리아의 팔을 잡고 함께 기도를 올리기 시작했다.

"하늘에 계신 아버지시여. 당신을 위하여 많은 고통과 시련을 이기도록 이 세상에 보내진 당신의 아들로서 당신의 이름으로 봉사할 수 있는 여러 사람들, 특히 제 옆에 무릎을 꿇고 앉아 있는 사람을 보내주시어 무한히 감사합니다. 또한 저와 함께 일할 수 있도록 사도로 임명한 여러 제자들을 보내주시어 감사하옵니다. 앞으로 그들이 지을 지도 모르는 모든 죄를 사하여 주시옵고, 지금 저와 함께 무릎을 꿇고 있는 당신의 딸의 모든 죄를 사하여 주시옵소서. 그들로 하여금 인간의 나약한 본성을 이해하게 하여 주시고, 다른 사람들의 나약함도 함께 용서하여 주소서. 그리고 이 세상의 모든 죄를 대신하여 당신께 용서를 청하나이다. 우리 아버지시여, 특별히 당신께 청하노니 지상에서의 저의 사명이 꼭 이루어지도록 하여 주시옵소서."

예수는 마리아의 손을 놓으며 잠시 기도를 멈추었다가 다시 두 손을 모아 기도를 드렸다.

"아버지시여, 당신께 간곡히 청하노니 이 세상에서 사람의 아들로서 지은 죄를 용서하여 주시옵소서. 이제 저도 인간의 나약함을 깨닫게 되었나이다. — 아멘."

예수는 기도를 끝마치고 일어서서 마리아가 일어나도록 도와주려 했으나, 그녀는 의혹에 가득 찬 시선으로 그를 바라볼 뿐이었다.

"선생님은 죄를 짓지 않으셨습니다. 하나님의 아들이십니다."
"내가 죄를 짓지 않았다는 것을 어떻게 아십니까? 나 역시 이 세상의 한 인간으로서 삶을 영위하도록 보내지지 않았습니까? 사탄의 유혹을 받지 않은 사람이 어디 있겠습니까?"
"선생님은 사탄보다 강하십니다. 그렇지 않다면 제가 어떻게 그 무서운 고통에서 벗어날 수가 있었을까요?"
"그렇소. 당신과 다른 사람들을 위해서 나는 사탄보다 강합니다. 나는 나의 하나님의 힘을 빌어 사탄보다 강합니다. 나는 하나님과 대화를 나누고 그 분을 위한 나의 사명을 준비하기 위해 광야로 나갔을 때, 사탄의 유혹을 받았습니다. 사실 나는 하나님께서 준비해 주신 생활보다 더 안락하고 편한 인생의 방도를 받아들일 수도 있었습니다만, 나는 사탄을 멀리 쫓아 버렸습니다. 주 하나님께서 나를 존재하게 하신 모든 뜻에 반대되는 적이 곧 사탄이라는 사실을 깨달았기 때문이었습니다."
"어떻게 사탄이 그토록 강할까요?"
마리아가 진심어린 눈빛으로 물었다.
"그것은 사람들의 마음과 정신을 통해서만 가능합니다. 사탄은 어떤 형태의 이름이든 하나님과 대항하는 모든 사악한 일은 악을 의미합니다. 하늘에 계신 하나님의 복음을 받아들이는 모든 사람들에게는 아무리 간악한 사탄이라고 할지라도 은밀한 유혹 이외에는 그 어떤 힘도 쓸 수 없는 것입니다."
"사탄은 결코 저를 유혹에 빠지게 할 수 없었어요."

"어떻게 그것을 알지요, 막달라 마리아?"

"저는 알고 있습니다. 오로지 저는 하나님을 통해서만 당신을 섬기고 있기 때문입니다."

"마리아! 당신은 앞으로 당신 스스로가 감당하기 어려운 많은 유혹을 받게 될 것입니다. 나는 지금 당신에게 말한 것처럼 많은 유혹을 받아왔습니다. 나는 당신이 유혹에 무릎을 꿇으리라고는 생각하지 않습니다. 그러나, 만일 유혹에 빠지게 된다면 당신은 이 세상에서 죄를 가장 깊이 뉘우쳐야 할 사람이 될 것입니다. 하지만, 나는 당신 스스로가 이 세상 세람들이 얼마나 쉽게 죄에 빠지는지를 이해하길 바랍니다."

"제가 왜 그것을 이해해야만 될까요? 저는 남의 죄를 대신하여 용서해 줄 수가 없습니다."

"아닙니다. 당신은 당신 자신 안에서 자비로워질 수 있습니다. 마리아! 내가 이 세상에 살려고 온 가장 큰 목적은, 나를 믿는 사람들을 위해 이 세상의 죄를 용서하려고 온 것입니다."

"선생님께서는 그런 말을 일찌기 저에게 해주신 적이 없습니다. 선생님, 저도 이제는 더 많은 것을 조금씩 이해하기 시작했습니다."

마리아는 속삭이는 듯한 목소리로 차분하게 말하며 머리가 저절로 수그러졌다. 그때 그들 뒤쪽에서 어딘지 들뜬 목소리가 들려왔다. 다른 일행들이 그제서야 산길을 따라 올라왔던 것이다.

"아휴! 난 이렇게 높은 산을 오른 적이 없었어요."

살로메가 가쁜 숨을 몰아쉬며 말했다.

수산나도 덩달아 맞장구를 쳤다.

"나도 그래요. 하지만 이 곳의 경치는 너무나 아름다워요!"

마리아는 안드레아가 아직도 다리를 절룩거리고 있는 것을 보았다. 그의 다리에 경련이 일어난 것이 틀림없었다.

여섯 명의 일행은 산 정상에서 휴식을 취하면서 남은 건포도와 대추야자로 아침 요기를 했다. 그들은 광활한 바다의 장관에 숨을 죽이며 감탄할 뿐이었다. 곡물을 가득 실은 배가 돛을 높이 올리고 카이저리아 해안을 유유히 항진하는 광경이 눈 앞에 있었다.

마리아는 그처럼 큰 선박이 있다는 말은 들었지만, 막상 보게 되니 넋을 잃을 정도였다. 수산나도 마찬가지였다.

두 여자는 갈릴리 호수의 작은 고기잡이배들만 보아오다가, 이제 곡식을 가득 싣고 삼백 명이나 되는 선원들과 사람들을 태우고 로마 항구인 오스티아를 향해 지중해를 지나가는 배가 얼마나 큰 지를 새삼 확인하였다.

산기슭과 바다 사이에 울창한 푸른 계곡이 장관을 이루고 있는 것이 지금까지 어려운 고통을 겪으며 지나온 황량한 사막과는 너무나 다른 풍광이었다. 계곡을 따라 이미 많은 사람들이 왕래하던 작은 길이 끝없이 뻗어 있었고, 잘 경작된 농토가 드문드문 시야에 들어왔다.

이렇게 높은 산 정상에서 내려다보니 마차며 보행자들의 모습이 마치 작은 점처럼 가물거렸다.

해변을 따라서 햇빛을 받아 반짝이는 모래사장이 끝없이 펼쳐진 것이 흡사 흰 무명천을 펴놓은 것 같았다.

산 정상까지 빽빽하게 들어찬 잡목숲을 지나오는 가벼운 바람소리를 제외하고는 태초의 고요가 한낮의 정적을 감싸주었다.

예수는 제자들을 돌아보며 말했다.

"계곡 저쪽으로는 페니키아 사람들의 땅입니다. 갈릴리와의 경계선은 카르멜산 정상 너머로 이어진 능선입니다. 여기서 내려가게 되면 이교도와 이방인들의 지역으로 들어가게 됩니다."

그때 살로메가 말을 꺼냈다.

"그러면 전 이제부터는 고향땅에 머물게 되는군요. 이처럼 먼 남쪽까지 와 있게 될 줄은 꿈에도 생각지 못했어요. 타이어와 시돈이 저의 고향입니다."

그들은 예상보다 많은 시간을 카르멜산에서 머물다가 조금은 나른해진 발걸음으로 그들의 목적지를 향해 계속 걸어갔다.

이번에는 멀리 떨어져 있는 바다를 향해 뻗은 카르멜산 기슭을 따라 시원하게 뚫린 내리막길이었다. 그러나 위험한 구덩이가 바위틈 사이에 숨어있었으므로 그들은 조심스럽게 산을 내려갔다. 안드레아의 다리는 여전히 고통스러워 보였다.

이 곳 산기슭은 인가는 물론 농작물을 경작하거나 가축을 기를 수 없을 만큼 가파른 협곡이나 다름없었다.

비탈길을 따라 내려오면서 예수는 엘리아가 살았다고 전해 오는 동굴을 손으로 가리켰다.

어느덧 태양이 산너머로 숨어 버리자, 순식간에 황혼이 깔리면서

잿빛 어둠으로 바뀌었다. 그들이 가야 할 길은 아직도 멀고 험난했으나 일행은 숲 속에서 밤을 지내기로 결정했다.

그들은 더 이상 먹을 식량이 없었으므로 허기에 지친 상태로 숲 속에서 잠을 청해야 할 형편이었다. 그러나 다행스럽게도 가까운 곳에 시냇물이 흐르고 있어 그들은 음식 대신 물로 배를 채웠다.

아직도 산간에는 저녁 어스름이 남아있어 마른잎이 덮여 있는 평평한 곳을 찾아 자리를 잡았다. 일행은 피로에 지친 상태였던지라 가죽자루를 베개로 삼고 바닥에 눕자 순식간에 잠들어 버렸다.

새벽녘에 갑자기 쏟아진 폭우가 그들의 옷을 흠뻑 적셔 놓았다. 비는 몇 분밖에 내리지 않았으나 대지와 산, 계곡은 물론 지친 일행까지 빗물 세례를 퍼부어 다시 잠을 청하기는 어려운 형편이었고, 아직도 머리 위의 나뭇가지에서는 희미한 어둠과 함께 빗물이 뚝뚝 떨어지고 있었다. 예수는 카르멜산이 바다에서 올라오는 습기로 하여 일년 내내 비가 내린다고 설명해 주었다.

오래지 않아 희미한 아침 햇살이 젖은 나뭇잎을 뚫고 주위를 밝히자 일행은 기다렸다는 듯이 젖은 몸으로 다시 목적지를 향해 발걸음을 재촉하였다. 허기와 추위, 뻣뻣한 근육과 비에 젖은 몸과 싸우며 묵묵히 걸어갔다.

그러나 해가 완연히 뜨고 한 시간 가량을 걸어가자, 그들의 옷은 이제 거의 말라서 불편함을 덜어주었고, 다행스럽게도 밋밋한 내리막길은 걷기에 수월하여 걸음을 재촉함에 따라 근육의 피로가 차츰 풀리자 경쾌한 마음으로 앞을 향해 발걸음을 옮겨 놓았다.

어느 틈에 일행은 빽빽한 숲을 지나 환하게 펼쳐진 평평한 대지로 이어지는 푸른 들판에 탐스럽게 자라고 있는 농작물을 볼 수 있었다. 거의 지중해에 닿았는지 시야에 가득 들어온 물은 햇빛에 더욱 푸르고 맑게 보였다.

일행은 모두 아름다운 한낮의 정경에 감탄의 환호성을 질렀다. 그들의 눈앞에는 몇 채의 나지막한 집들이 해안 한쪽 구석에 옹기종기 모여 있는 작은 마을이 나타났다.

"아! 새로운 운명이……."

순간 마리아는 자신의 모습을 살펴보았다. 그녀의 긴 머리는 등 뒤로 헝클어진 체 흘러내려 있었고, 걸치고 있는 튜닉은 여기 저기 얼룩으로 더럽혀져 볼상 사나웠다. 또한 두 다리와 발은 온통 먼지와 진흙으로 뒤범벅이 된 상태였다.

살로메와 수산나, 마리아는 서로의 모습을 바라보았다.

"우리 모습이 어때요?"

살로메가 장난스런 표정을 지으며 물었다.

"남자들의 모습과 조금도 다를 것이 없어요."

마리아가 미소 지으며 응답했다.

예수 역시 다른 사람과 다르게 보이는 그의 독특한 표정과 태도를 제외하면, 빗지 않아 헝클어진 머리와 빛깔조차 분간할 수 없는 옷매무새로 보아서는 정처없이 떠돌아 다니는 방랑자 같은 모습이었다.

마리아는 이처럼 일행을 이끌고 다니는 예수를 연민의 정으로 바라보면서, 자신의 스승이며 어떠한 역경과 고난, 두려움 속에서라도 영원히 따르고 모실 수 있는 그리스도 예수에 대한 신뢰와 믿음이 가슴 속 깊은 곳에서 뜨겁게 끓어올라 무한한 자랑과 만족감을 동시에 느꼈다.

그녀는 머리를 높이 들어 하늘을 향해 혼자 미소지으며, 자신의 초라하고 비참하게 보이는 겉모습에는 아랑곳하지 않고 즐겁고 경쾌한 발걸음으로 예수의 뒤를 따랐다.

일행이 마을을 향해 다가가자, 한 남자가 그들을 발견하고는 집으로 뛰어들어가 경보 — 아니면 기쁨의 소리로 온 마을에 알렸다.

그 소리가 무엇을 의미하는지 일행은 전혀 알 수 없었다.

그 소리에 맞추어 남자들과 여자들이 집 밖으로 몰려나와 호기심에 찬 눈빛으로 그들을 구경하느라 정신 없었다. 아이들도 덩달아 달려왔다가는 다시 뒷걸음질을 쳤다.

마을 사람들이 지켜보는 가운데 예수와 그 일행은 계속 앞으로 걸어갔다. 그러자 나이 지긋한 남자가 마주 걸어오며 그들 일행을 맞이했다. 예수가 걸음을 멈추며 정중하게 말했다.

"나는 나사렛 예수입니다. 일행과 함께 왔습니다. 당신의 환대를 원합니다. 우리는 아무런 음식도 먹지 못하고 먼 길을 쉬임없이 걸어왔습니다."

그러자 노인이 대답했다.

"나사렛 예수! 우리는 당신이 이 곳으로 오고 계시다는 말을 이미 들었습니다. 전 당신이 그 분일 것이라고 짐작했습니다. 저는 이 작은 마을의 촌장으로 임명된 아란이라고 합니다. 비록 당신들에게 변변치 못한 환대가 되겠지만, 우리 마을 사람들은 당신과 일행을 진심으로 환영합니다."

"하나님의 은총이 당신과 함께 하시기를 빕니다."

예수가 그의 말에 응답하자, 아란이라고 자신을 소개한 노인이 말을 이었다.

"지금 당장 드릴 말씀이 있습니다. 저는 페니키아 사람입니다. 이방인이지요. 당신들의 하나님을 믿지 않는 사람입니다. 저는 그리스 민족의 존경을 받고 있는 아폴로를 따르고 있습니다. 그러나 이곳의 주민들 중에는 유태인의 믿음을 가지고 있는 사람들도 많이 있습니다. 우리는 각자가 믿고 있는 종교에 관계없이 모두 화목하게 잘 지내고 있습니다. 종교는 다르지만, 그들도 당신들을 환영할 것입니다."

예수는 웃음 띤 얼굴로 대답했다.

"우리의 하나님께서도 그런 것에는 관계없이 당신들 모두에게 은총을 내리실 것입니다."

그러자 촌장 아란이 다시 말을 이었다.

"그리고 한 가지 물어보고 싶은 말이 있습니다. 저희들은 나사렛 예수에 관해서 많은 이상한 소문을 들었습니다. 저희들로서는 매우 이해하기 곤란한 말들이었습니다. 저희들에게도 말씀해 주시면 정말 고맙겠습니다. 무엇보다 먼저 여행에 지친 여러분들께 쉴 만한 곳을 마련해 드리지요. 가진 것은 별로 없습니다만, 같이 나누어 가지시길 바랍니다. 자, 따라 오십시오."

그는 한 손을 들어 집이 있는 곳을 가리키며 말했다.

또 그는 주위에 몰려 있는 마을 사람들에게 소문으로 듣던 예수와 그 일행이 이 곳까지 찾아왔음을 알려주었다.

예수와 일행은 얼마 동안이라도 머물러 줄 것을 바라는 마을 주민들의 환대를 받자 매우 기뻤다.

마을 사람들은 하나같이 친절했고, 진심으로 예수와 일행을 맞아주었다. 그들은 여행자들 주위로 몰려와 따뜻한 인사를 서로 나누었고, 고향 사람처럼 손을 잡았다.

페니키아 사람이건 유태인이건 간에 그들은 우정과 환대를 표시하며, 그들의 집으로 일행을 데리고 갔다. 그때 한 젊은 여인이 마리아를 쳐다보고는 다소 당황스런 표정을 지었다.

"당신을 어디서 많이 본 것 같은 느낌이 들어요. 당신의 얼굴을 어디선가—."

"저 역시 그런 느낌이 드는군요. 정확하게 어디서인지는 모르겠어요. 아직 많은 곳을 여행하지는 않았어요. 전 막달라 마리아라고 합니다."

"막달라! 그래요. 저도 막달라에서 왔어요. 우린 학교에 함께 다녔었지요. 그때 당신이 어린 나이였지만……. 이제서야 당신이 기억 나는군요."

젊은 여인이 기억을 더듬으며 말하다가 갑자기 말문을 닫았다.

마리아는 웃음을 지으며 그녀의 의구심에 대답해 주었다.

"당신은 나를 악령에 들린 미친 소녀로 기억하고 있지요? 벌거벗은 모습으로 거리를 뛰어다니는……. 전, 그 뒤로 학교에 나가지 못하게 되었지요."

젊은 여인은 당황해 하며 얼굴을 붉히면서 더듬거리듯 말했다.

"아, 기억이 나요. 하지만……."

여인은 다시 망설였다. 그러자 마리아가 말했다.

"걱정하지 말아요. 저기 계신 예수께서 내 몸 안의 악령들을 내쫓아 주셨어요. 이제 저는 완전히 나았어요. 아무런 두려움도 없구요. 이런 연유로 해서 전 예수님을 따르고 있답니다. 다른 사람들에게도 예수께서 저에게 행하여 주신 일을 모두 말해 주었어요."

그러자 젊은 여인은 갑자기 한 걸음 뒤로 물러서며 놀란 표정을 지었다.

"나를 겁내지 마세요."

마리아는 그 여인에게 미소를 지으면서 밝은 표정으로 말했다.

"네, 걱정하지 않아요. 나사렛 예수께서 행하신 많은 일들을 익히 들어서 잘 알고 있어요."

그녀는 곧 얼굴을 환히 펴면서 말을 이었다.

"전 에스더라고 해요. 다비드와 결혼해서 이 곳까지 왔어요. 지금 우리에게는 한 살된 아들이 있어요."

그녀는 자랑스러운 듯이 말했다.

"어머, 에스더. 어쩌면!"

"마리아, 당신이 여기 계시는 동안 우리와 함께 지내도록 해요. 다비드와 저는 그 이의 부모님과 함께 살고 있어요. 그들은 매우 착한 사람들이에요. 제 고향 막달라에서 온 친구라는 것을 알면 매우 반겨줄 거예요."

그리하여 마리아는 다비드의 부친 집에 손님으로 묵게 되었다.

페니키아 사람으로 이방인 아란은 예수와 두 제자를 마을에서 제일 큰 자기 집에 모시겠다고 고집했다.

수산나는 한 유태인의 집으로 갔고, 살로메는 그녀가 왜 유태인의 종교로 개종했는 지 이해하지 못하는 페니키아인의 집에서 머물기로 했다. 일행들이 이처럼 여러 집에 나누어 머물게 된 것은 처음 있는 일이었다.

마리아는 에스더 가족의 따뜻한 환대를 받았다. 그녀는 조그마한 객실로 안내되었고, 그 곳에서 더렵혀진 손과 발을 닦으며 머리까지 감고 오랜만에 깨끗한 옷으로 갈아입은 다음 머리를 곱게 빗었다. 기분이 한결 나아졌다.

잠시 후에 에스더의 어머니는 마리아에게 삶은 옥수수와 우유, 그리고 벌꿀을 바른 빵을 갖다 주었다.

그토록 심하게 허기를 느낀 적도 없었지만, 마리아는 두 번째의 음식은 정중하게 사양했다. 물론 더 많이 먹고 싶은 생각도 들었으나 그 집 형편을 생각해서 한 행동이었다.

이 집의 시어머니는 이리저리 마리아의 뒤를 따라 다니며 자상하게 친딸을 대하듯 보살펴 주었고, 에스더의 방에서 편히 쉬라고 권하였다. 마리아는 감사하는 마음으로 그들의 환대를 받아들였다.

마리아는 마른 해초가 깔린 부드러운 침대에 누웠다. 그녀의 몸에서 따뜻한 체온이 흘러나와 짭잘한 느낌을 주는 기분 좋은 바닷 내음과 어울려 마냥 상쾌함을 주었다. 그러자 얼마 안 있어 마리아는 깊은 잠 속으로 떨어졌다.

묘한 꿈이 마리아를 깨워 놓았다. 어떤 일이 순간적으로 일어났고 예수께서 그녀를 기다리는 꿈을 꾸었다. 마리아는 단지 약간의 문제가 있는 꿈이라고 스스로를 달랬으나, 어떤 불길한 예감에 자리에서 벌떡 일어나 눈에 가득 찬 졸음을 털어내고, 그 집 식구들에게 미안하다는 말을 남기고는 곧바로 집을 나왔다.

그 길로 급히 아란의 집으로 달려갔다.

이미 예수를 제외한 일행들이 모두 모여 있었다. 그들과 함께 이곳에서 만나기로 약속한 두 사도 필립보와 마태오가 와 있었다.

그들은 이웃마을에서 예수와 일행의 도착을 기다리고 있다가, 그날 아침 늦게 이 마을에 머물고 있다는 소식을 듣고 급히 달려왔던 것이다. 그들은 마리아가 오기 바로 직전에 마을에 당도했다.

필립보와 마태오는 무서운 소식을 가지고 돌아왔다. 왕 헤로데 안티파스의 명령에 의해 세례자 요한이 목이 잘려 죽임을 당했다는 것이다.

"지금 예수께선 어디에 계신가요?"

마리아가 불안해하며 물었다.

"요한의 죽음에 대한 말씀을 들으시고는 아무 말없이 홀로 밖으로 나가셨습니다."

슬픈 목소리로 한 제자가 말했다.

마리아는 즉시 밖으로 나가 예수를 찾았다. — 바로 그 꿈이!

예수는 고개를 깊숙이 숙인 체 두 손을 꼭 마주 쥐고는 어두운 정원에서 홀로 깊은 상념에 잠겨 있었고, 젖은 그의 두 눈에는 눈물이 가득 고여 있었다.

"아무 말도 하지 마시오. 마리아! 지금은 그 어떤 말도 필요 없습니다."

예수는 마리아를 향해 돌아서며 다시 말했다.

"마리아, 당신이 오기를 기다리고 있었습니다. 나는 이제 엘리아가 있던 카르멜산으로 가서 기도를 올리며 단식을 하려고 합니다. 아무에게도 내가 있는 곳을 알리지 마시오. 나는 혼자 있어야만 됩니다. 다만, 내가 내일 돌아올 것이라고만 전하시오."

"네, 선생님 말씀대로 하겠습니다."

마리아는 그가 카르멜산을 향해 빠른 걸음으로 가는 뒷모습을 한동안 바라보았다.

예수가 오늘 아침에 출발했던 곳에 다다를 때까지의 시간을 짐작하면서 마리아는 정원에 서서 멀어져가는 그를 배웅했다.

이윽고 예수의 힘없는 모습이 멀리 숲의 어둠 속으로 사라지자 마리아는 일행이 있는 집 안으로 돌아왔다.

"선생님께선 혼자 계시기 위해 잠시 집을 떠나셨습니다. 내일 돌아오실 것입니다."

마리아가 일행에게 알려주었다.

"주님께서는 어디로 가셨습니까?"

야고보가 의자에서 일어나며 물었다.

"모릅니다. 저도 모르는 일입니다. 저에게 아무것도 묻지 마세요. 저도 말씀드릴 수가 없습니다."

마리아가 약간 어두운 표정을 지으며 대답했다.

그러나 알 수 없는 두려운 생각이 엄습해 왔다.

예언자 요한은 '오시기로 되어 있는 분'보다 앞서 보내시어 그 분이 오심을 예고하도록 하나님께서 보내신 사자가 아니었던가.

'오시기로 되어 있는 분'은 바로 예수 그리스도이신데, 이제 요한이 죽음을 당했다면, 예수 그리스도께서는—?

그녀는 더 이상 아무 생각도 할 수 없었다.

예수는 이미 모든 것을 알고 계셨다. 그것은 그 분의 아버지이신 주 하나님의 뜻대로 이루어지리라는 약속일 것이다.

마리아에게 나타난 예고는 모든 것이 사실로 증명되었다. 그러한 사실을 그녀는 마음 속에 굳게 간직한 체 지내야만 했다.

필립보와 마태오가 전한 이야기는 납득하기 힘든 내용이었다.

로마의 황제 카이저의 명에 따라 임명된 갈릴리 지방의 통치자 헤로데 아티파스는, 그의 형수이자 조카인 이혼녀 헤로디아스와 결혼하였다. 그들 두 사람은 유태인으로 대죄를 지으면서까지 유태인의 전통과 율법을 어기며 결혼을 감행하자, 세례자 요한이 마침내 그들의 결혼을 반대하며 대규모 시위를 하기에 이르렀다. 이에 헤로디아스는 강한 적개심을 품게 되었다.

어느 날, 궁전에서 파티가 열리자, 왕 안티파스는 헤로디아스의 딸 살로메에게 손님들 앞에서 춤을 추도록 하였다.

"살로메와는 전혀 관계가 없습니다."

필립보가 재빨리 설명을 덧붙였다.

헤로디아스의 딸 살로메가 손님들 앞에서 훌륭하게 춤을 추자, 왕 안티파스는 많은 사람들이 보는 앞에서 맹약을 하며, 그녀가 원하는 것이라면 자신의 왕국을 절반이라도 주겠다며 소원을 말하라고 하였다.

그러자 살로메는 그녀의 어머니에게로 가서 무엇을 갖기를 원하느냐고 물었다.

헤로디아스는 지금이 복수할 수 있는 절호의 기회라고 생각한 나머지 딸에게 세례자 요한의 목을 달라고 말하도록 시켰던 것이다.

"세례자 요한의 목을 잘라 쟁반에 담아다 주세요."

살로메가 요청하였다. 그러자 약속을 지켜야 하는 왕 헤로데는 망설였지만, 별다른 방도가 없었다.

헤로데는 하는 수 없이 명령을 내렸다. 그리하여 모든 것은 약속대로 이행되었다. 마리아는 그 무서운 이야기를 전해 듣자 온 몸에 힘이 빠지면서 곧 쓰러질 것만 같았다.

사도 필립보와 마태오의 안전한 귀환에 일행은 환영을 하고 기쁨을 나누어야 할 자리였지만, 즐거움이라고는 없었다. 그들 모두는 늘 예수가 요한을 가리켜 가장 위대한 예언자라고 한 말을 너무나도 생생하게 기억하고 있었기 때문이다.

그날 오후 늦게까지 슬픔과 걱정으로 안절부절 못하고 있던 마리아는 자기가 묵고 있는 집으로 돌아왔다.

에스더가 아기에게 죽을 먹이고 있는 평온한 모습이 눈에 들어왔다. 마리아는 자신의 무거운 걱정으로 그 아름답고 행복한 정경을 깨뜨리고 싶지 않았다. 어린 아이는 수저로 장난을 치며 염소젖과 끓인 옥수수 죽을 먹으면서 호기심에 가득 찬 눈길로 마리아를 빤히 쳐다보았다.

두 여자는 함께 앉아 고향 막달라에 관한 이야기로 꽃을 피웠다. 얼마 후에 에스더는 아기를 재우려고 나갔고, 마리아는 저녁 식사를 준비하는 그녀의 시어머니를 도와주려고 부엌으로 갔다.

"아닙니다. 좀더 쉬셔야 됩니다."

그녀의 시어머니가 극구 만류했다.

"도와드리고 싶어요. 며느리와 손자, 온 식구가 모두 행복한 가정입니다."

"내 손자! 그 아기의 이름은 제 남편의 이름을 따서 사울이라고 지었답니다. 아주 훌륭하신 아기의 할아버지이시지요."

"비록 짧은 시간이나마 당신들 가족과 함께 지낼 수 있어 참으로 행복합니다. 저의 어머니처럼 기억할 것입니다. 저도 당신을 어머니라고 불러도 되겠습니까?"

"물론이지요, 좋을 대로 하세요."

그녀는 마리아 곁으로 다가와서 뺨에 키스를 해주었다.

"마리아! 지금부터 당신은 우리 가족의 한 사람입니다."

마리아는 씻어야 할 생선이 광주리에 가득 담겨 있는 것을 보고는 일을 서두르기 시작했다.

"막달라 마리아! 당신이 그런 일을 하는 모습을 보니 너무 기쁘군요. 사실 당신에게만 하는 말이지만, 평생토록 바닷가에서 살아온 터라 지금까지 계속 생선을 씻으며 살아왔어요. 그래서 생선 씻는 일이 이젠 진저리가 난답니다. 하지만, 마리아는 그 일이 무척 익숙해 보이는 걸요."

마리아가 웃으며 대답하였다.

"저의 아버지가 어부이시라. 저는 어렸을 때부터 이런 일에 자연히 익숙하게 되었지요."

그녀는 에스더의 남편 다비드가 밭에서 돌아오면 만나보기로 마음먹었다.

에스더의 남편은 여름 야채를 재배하기 위해 세 명의 젊은 일꾼을 고용하고 있는 건실한 사람이었다. 지금까지는 날씨가 좋은 탓에 벌레들이 너무 극성을 부려 고기잡이보다 밭일에 더 신경을 써야 했다.

다비드는 하루 종일 기름병을 들고 다니며 상추에 붙은 해충을 잡느라 시간을 보냈다고 말했다.

"얼마나 많은 벌레들을 잡아 병에 넣었는지 모를 정도입니다."

에스더의 남편이 검게 탄 얼굴로 말했다.

생선과 콩을 곁들인 신선한 샐러드가 마련된 저녁 식사 시간에 온 가족이 식탁에 둘러앉아 즐거운 대화를 나누었다. 집안 사람들은 계속해서 마리아에게 여행담과 방문한 여러 지방에 대해 물었다.

마침내, 이 집안의 가장인 사울이 예수에 관한 주제로 이야기를 꺼냈다. 사울이 마리아에게 물었다.

"오늘 전해져 온 소식을 들었습니까? 세례자 요한에 관한 이야기 말입니다."

"네, 들었어요."

마리아가 대답했다. 이에 사울이 약간 고조된 음성으로 말했다.

"헤로데왕은 우리 유태인들의 분노를 살 많은 부정한 일을 저질렀습니다. 만일 로마 황제가 우리 백성들이 그를 증오하고 있다는 사실을 안다면, 분명히 왕을 갈아치울 것입니다. 요한에 의해 약속된 그 메시아가 곧 오시기만 한다면, 우리 유태 민족을 로마의 독재로부터 벗어나게 하여 자유를 가져다 줄 것입니다."

마리아는 신중하게 대답을 했다.

"제가 들은 바에 의하면 —저를 용서해 주시길 바라는 마음에서입니다만— 요한은 하나님 나라를 모든 사람들에게 가져다 주실 '오시기로 약속되어 있는 분'을 예언한 사람이라고 생각됩니다. 그 분은 무엇보다도 세상 사람들에게 자신들의 죄를 회개하라고 말씀하셨습니다."

그리고 나서 마리아는 자기의 말에 어떤 대답이 나올지 명확히 알고 있는 상태에서 질문을 하였다.

"예언자 요한이 로마로부터의 해방과 자유를 예언했습니까?"

노인은 마리아를 미심쩍은 눈초리로 바라보았다.

"저, 아닙니다. 그러지는 않았다고 생각합니다. 하지만, 우리는 하나님의 권능으로 우리 민족을 해방시킬 메시아이며 유태인의 왕, 지도자가 나타나실 것이라는 많은 예언자들의 약속을 들어왔습니다. 우리는 요한이 예언한 분이 바로 메시아라고 믿고 있습니다."

마리아는 예수가 바로 그 메시아라는 것을 솔직하게 말할 수 없었다. 그러나 이러한 직설적인 표현 이외의 다른 방법으로 노인의 물음에 대답을 해주어야 했다.

"노인께서는 복음을 가르치시며, 그 분을 믿는 사람들에게 하늘나라의 문을 열어보이게 하는 메시아를 꼭 하나님께서 보내셨다고 생각하고 계십니까?"

이번에는 사울이 멍하니 마리아를 바라보았다.

"무슨 말씀을 하려는 것인지……."

사울이 다그쳐 물었다.

마리아는 적절한 해답을 구하느라고 잠시 망설이다가 조용히 입을 열었다.

"다만—. 너무나 많은 사람들이 하나님을 통해서 우리의 세속적인 문제가 해결되기를 바라고 있습니다. 그러나 사실은 하나님께서는 우리가 그 분이 준비해 놓으신 하늘 나라에 더 많은 관심을 가지고 살아가기를 원하고 계십니다."

그러자 사울이 목청을 돋우며 말했다.

"젊은 아가씨, 당신은 상당히 일리가 있는 말씀을 하고 계십니다. 나도 그 점에 관해서는 더 많은 생각을 해야 한다고 믿고 있습니다. 그러나 내가 알고자 하는 것은 당신이 따르고 있는 나사렛 예수라는 분이 정말로 우리 유태 민족의 메시아인지 아닌지에 관한 명쾌한 해답을 듣고 싶습니다. 그 점에 대해 말씀해 주실 수 있습니까?"

마리아는 천천히 그의 물음에 대답하였다.

"제가 생각하기엔 당신만이 그 질문에 대한 해답을 얻을 수 있으리라고 생각합니다. 저는 예수께서 저에게 행하신 일의 의미만 알고 있을 따름입니다. 일찌기 저는 몹쓸 병을 앓았습니다. 그런데 그 분이 저를 치료해 주셨구요. 저는 제 자신에 대한 존엄성을 잃어버렸으나 예수께서 다시 그것을 찾아주셨습니다. 저는 아주 절망적이었으나 그 분은 저에게 새로운 희망을 주셨습니다. 저는 하나님을 두려워했었으나, 하늘에 계신 나의 아버지와 예수께서는 특별한 자비를 저에게 보여주셨습니다. 저는 한때 죽으려고까지 했습니다. 그러나 예수께서는 저에게 새로운 생명을 주셨습니다. 이러한 일들이 저에게 존재의 의미를 주었으며, 이 세상에 오신 예수의 참 모습이라 믿고 따르고 있습니다."

마리아는 자신의 솔직한 대답에 스스로 당황해 하며 얼굴을 붉혔다. 그녀가 말한 내용은 너무도 자연스럽고 확신에 찬 것이었다.

바로 그 순간 마리아의 머리 속에 떠오른 생각은 캄캄한 산 속에서 홀로 계실 예수에 대한 것이었다.

식탁 주위에 앉아 있던 사람들은 아무 말도 하지 않았다. 다시 사울이 침묵을 깨뜨렸다.

"막달라에서 오신 마리아! 만일 예수가 당신에게 그토록 큰 의미를 지니게 하셨다면, 아마 그 분은 다른 사람들에게도 큰 의미를 보여주시고 계실 것입니다. 그 분과 대화를 나눌 기회가 있으면 좋겠습니다."

"꼭 그렇게 될 것입니다."

마리아가 나직하게 말했다.

다음 날 아침 일찍 에스더가 마리아를 깨웠다.

"막달라 마리아, 당신의 일행들 가운데 한 사람이 찾아왔어요. 당신을 만나러 왔어요."

그 소리에 마리아는 재빨리 자리에서 일어나 튜닉을 대충 걸치고 머리도 빗지 않은 체 문으로 달려갔다.

사도 안드레아였다.

"마리아! 이웃 마을에서 굉장히 많은 사람들이 몰려왔어요. 그들은 선생님을 뵙고 말씀 듣기를 원하고 있습니다. 그리고 고쳐 주어야 할 병자들도 데리고 왔어요. 마리아, 저기 좀 봐요!"

안드레아가 옆으로 비켜서자, 마리아는 마차를 타고온 사람과 걸어서 온 많은 사람들이 마을 한가운데 있는 공터에 모여 서 있는 모습을 보았다.

"마리아, 선생님은 지금 어디에 계십니까? 그 분을 찾아 말씀을 드려야겠어요."

"안드레아 사도님, 그럴 수 없어요. 오늘 안으로 돌아오신다고 말씀하셨어요. 그 때까지 그들이 기다릴 수 없을까요?"

"이렇게 뜨거운 날씨에 하루 종일을? 아픈 사람들도 있는데……."

"당신이 그들을 고쳐 주시면 되지 않습니까?"

"아, 마리아 ! "

"예수께서는 사도들에게 권능을 주셨어요. 여기 계신 네 분을 포함해서 모든 사도들에게 병자를 고칠 수 있는 힘을 주셨잖아요?"

"지금 야고보도 그런 생각을 하고 있어요. 하지만 그것은 선생님이 원하시는 바일 뿐이오."

"어떤 일이 있어도 지금은 선생님을 방해해서는 안 됩니다. 당신이 환자들을 고쳐주고 있으면, 주님께서 곧 돌아오실 것입니다."

"야고보에게 그렇게 전하겠습니다."

안드레아는 아직도 의심스런 표정으로 말했다. 그가 떠나자, 마리아는 곧 방으로 되돌아와 몸단장을 깨끗이 한 다음 머리에 두건을 썼다.

이윽고 마리아가 아란의 집에 도착하자, 네 사도들 —야고보, 안드레아, 필립보, 마태오— 은 문 밖에 서 있었다.

야고보는 병으로 고통받고 있는 환자들을 데리고 나왔다. 살로메도 이미 그곳에 도착하여 다리가 불구인 사람이 마차에서 내리는 것을 도와주고 있었다. 마리아도 그녀와 합세하여 일을 도왔고, 얼마 지나지 않아 수산나가 달려왔다.

첫 번째 사람은 눈이 먼 여자였다. 야고보는 그 여자에게 광명을 안겨 주었다. 주위에 몰려 서 있던 사람들은 모두 놀라며 웅성거렸고, 이 광경을 보려고 모인 마을 사람들도 모두 입이 벌어지며 사도들의 놀라운 능력에 그저 감탄할 뿐이었다.

태양이 중천에 떠오른 정오가 되자, 이미 네 사도들은 스물 네 명이나 되는 환자들을 치료해 주었다. 그들 중에는 유태인 뿐만 아니라 페니키아 사람들도 있었다. 그들은 모두 한결같이 기뻐하며 사도들에게 감사했다. 그러자 곧 예수가 그들 곁으로 돌아왔고, 얼마 전에 보였던 절망의 표정은 이미 사라진 밝은 얼굴이었다.

예수는 사도들이 행한 일을 보았다. 사람들은 모두 예수께 말씀 듣기를 청하였다. 많은 사람들 한가운데 선 예수는 지상의 모든 것을 창조하신 조물주 하나님의 복음을 말해 주었다. 하나님을 믿고, 그 분의 영원한 하늘나라를 믿는 것은 모든 사람들 즉, 유태인, 페니키아인, 그리스인, 로마인, 아시아인, 그리고 그들의 신앙이 어떤 것이든 간에 온 세상 누구에게나 열려져 있다고 말하였다.

그때 군중 속에서 한 사람이 소리쳐 물었다.

"어떻게 하면 당신의 하나님에 대한 믿음을 가진 행동을 할 수 있습니까?"

"그 분의 계명과 성경을 배우도록 하십시오. 그리고, 이 두 가지의 계명이 다른 모든 일의 근간을 이룬다는 사실을 기억해 두십시오. 첫째 계명으로 가장 위대한 계명인 —너의 몸과 마음과 정성을 다하여, 주님이신 너의 하나님을 공경하라—. 그리고 두 번째는 —너 자신처럼 네 이웃을 사랑하라 입니다."

사람들이 감사하며 자기들의 마을을 향해 떠나가고 난 후 예수는 사도들에게 말했다.

"내가 당신들과 떨어져 있어도, 또 당신들에게 어떤 기회가 오더라도, 나 없이 내가 원했던 일들을 당신들 스스로가 할 수 있게 되어 참으로 기쁩니다."

아마도 그 날 아침의 광경을 보고 가장 큰 감화를 받은 사람은 페니키아 사람인 마을 촌장 아란이었을 것이다.

"당신께 말씀드린 것과 같이 전 여태까지 아폴로신을 믿고 살아왔습니다. 이제 저는 아폴로가 아무 것도 아닌 존재라는 사실을 깨닫게 되었습니다. 앞으로는 저 역시 당신의 주 하나님을 믿고 섬기겠습니다."

그 날 오후, 에스더는 마리아에게 수산나와 살로메를 데리고 바다로 해수욕을 하러 가자고 제의했다. 세 여자들은 모두 즐거워하며 흔쾌히 받아들였다.

그녀들은 카르멜산 끝자락이 갑자기 수면 속에 잠긴 듯이 지중해 쪽으로 드넓게 뻗어 있는 해변으로 갔다.

하얀 모래사장에서 에스더가 미리 준비해 온 짧은 수영복으로 갈아입었다. 주위에는 아무도 그녀들을 보는 사람이 없었다. 네 여자는 동시에 반짝이는 물속으로 뛰어들어가 마치 해녀들처럼 헤엄을 쳤다.

"아! 물이 굉장히 짜요!"

수산나가 외쳤다.

"정말!"

마리아도 놀라며 말했다.

수산나와 마리아는 지중해가 염수라는 사실을 몰랐던 것이다. 자신들의 고향인 갈릴리 호수의 담수와는 전혀 다른 바다의 성질을 미처 몰랐다.

에스더와 살로메는 서로 쳐다보며 웃었다. 그녀들은 수영을 하고 잠수도 하면서 여름 한 때를 마음껏 즐겼다. 그리고는 깨끗하고 반짝이는 모래사장으로 올라와 일광욕을 즐기며 수영복이 마를 때까지 바닷바람과 해조음에 몸을 맡기고 기다렸다. 얼마 후에 그녀들은 다시 옷을 갈아 입고, 상쾌하고 즐거운 마음으로 돌아오는 길에, 소리 높혀 합창을 하며, 서로를 쳐다보고는 소녀들처럼 웃었다.

에스더 가족들과 저녁 식사를 하는 도중 사울이 말했다.

"막달라 마리아! 오늘 내가 직접 보고 듣고 난 후에야 당신이 어제 저녁에 나에게 들려준 말을 확실하게 이해할 수 있게 되었습니다. 그리고 이제는 예수가 사람들이 기다리는 왕이나, 전사(戰士)인 메시아가 아니라는 것도 분명히 알 수 있게 되었습니다. 나도 그런 메시아를 너무나 기다렸던 것 같습니다. 이제 그 분이 이 땅의 죄인들 뿐만 아니라, 다른 모든 세상의 죄인들을 구원하려고 하나님께서 보내신 그리스도라는 것을 알았습니다."

마리아는 고개를 끄덕였다.

"저는 당신 스스로 큰 진리를 찾으셨다고 믿습니다."

밤이 되어 혼자 쉬고 있을 때 에스더가 마리아의 방으로 왔다.

"당신이 내일 떠난다니 정말 섭섭해요. 당신은 우리 시어머니 보고 어머니라고 불렀다지요. 저는 동생이 없어요. 그래서 당신을 제 여동생으로 삼았으면 좋겠어요."

“나도 가고 싶지 않아요. 에스더 언니.”

“내 아기와 남편이 없다면, 나도 동생처럼 예수님을 따르고 싶어요. 불쌍한 사람들을 도와주면서요. 난 하나님을 믿는 것처럼 그 분을 믿고 있어요.”

마리아는 에스더를 바라보며 속삭였다.

“당신의 말씀이 옳아요. 하지만 당신은 한 아기의 어머니로서, 아내로서의 소명을 받았고, 저는 다른 목적으로 부름을 받았어요. 그러나 우리는 모두 하나님을 섬기고 있는 것입니다.”

에스더가 고개를 끄덕이며 대답했다.

“잊지 않겠어요. 잘 자요.”

마리아는 그날 밤 행복한 마음으로 잠자리에 들었으나 자신의 미래에 대한 불투명한 예감이 그녀의 머리 속을 떠나지 않았다.

다음 날 아침 일행은 카르멜산 기슭의 작은 마을을 떠나 그들의 목적지를 향해 북쪽으로 걸음을 재촉하였다.

일행은 새로운 이방인들의 도시를 방문한다는 기대감과 호기심을 가지고 카르멜산 기슭의 마을을 떠났다. 한때는 악카라는 이름으로, 혹은 에이커라 불려졌던 고대 도시로, 지금은 항구이며 페니키아의 상업 중심지인 프톨레마이스로 향했다.

아란은 예수와 일행을 위해 미리 사람을 시켜 부동산 업자인 한 친구에게 편지를 보냈다. 그에게서 예수와 그 일행이 부두 가까이에 있는 큰 집을 마음대로 사용해도 좋다는 답장이 왔다.

예수가 계획하고 있는 2주일 동안을 임대료도 받지 않고 빌려 주겠다는 내용이었다. 그러나 그 집은 시내에 있긴 있으나 너무 오래되고 낡아, 내부 시설이 사용하기에 부적당한 상태라고 적혀 있었다.

"우리는 비바람만 피할 수 있는 곳이면 족합니다."

예수가 걱정하고 있는 아란에게 말했다.

한편 프롤레마이스로 가는 도중에 아주 즐거운 일이 생겼다. 세 명의 승객과 마부만 탄 마차가 일행을 따라왔다. 키가 큰 젊은 사람이 마차에서 내렸다. 금발머리에 수염을 잘 다듬은 미남자였다.

"주 예수여! 저는 세례자 요한의 제자 스테파노입니다. 당신을 뵙기 위해 가나에서부터 이 곳까지 줄곧 따라왔습니다."

"물론입니다. 당신을 기억하고 있습니다."

예수가 손을 내밀며 말했다.

"저와 함께 있는 친구는 전에 만나보신 여호수아입니다."

다른 한 남자가 스테파노를 따라 내렸다. 그리고 나서 한 여자가 내려오도록 도와주었다.

"쿠자의 아내 요안나입니다. 헤로데 안티파스왕의 시중드는 일을 했습니다."

예수께 여호수아와 요안나가 인사를 하였다.

뒤이어 스테파노가 말을 이었다.

"주 예수여! 요한은 돌아가시기 얼마 전에 특별히 저희들에게 당신을 찾아뵙고 일행에 참가할 수 있도록 말씀드려 보라고 하셨습니다. 그 분은 당신이 예언한 그리스도임을 말씀해 주셨습니다. 때가 오면 당신에게 도움이 되도록 하라고 일러주셨습니다."
"요한이 한 말은 내가 바라던 바입니다. 우리 두 사람은 형제이며, 나의 사촌인 요한의 죽음을 애도합니다."
"그것은 정말로 상상할 수도 없는 끔찍한 일이었습니다."
스테파노가 격한 음성으로 말했다.
"주 예수님! 저의 말씀을 들어주시기 바랍니다."
요안나라는 여인이 잠시 말을 멈추고 서 있다가 애원하듯 말했다.
"제 남편 쿠자는 저에게 예수님을 따라 다니며 봉사할 것을 권했습니다. 저도 남편의 뜻에 따라 주님을 위해 일하겠습니다. 이것은 제 남편에 대한 존경과 사랑의 표시입니다. 또 남편은 궁전에서 자신의 위치를 지킬 수 있으나, 만일 모든 지위를 버리고 당신을 따르겠다고 한다면, 왕 헤로데 안티파스에게 분노를 사게 되고 그 결과 당신께 큰 해를 입히게 될 것입니다."
스테파노가 그녀의 말을 받았다.
"저희들은 아무도 모르게 이 곳까지 달려왔습니다. 어젯밤 한밤 중에 세포리스를 떠났습니다. 선생님께서 카르멜산 가까운 마을에 계시다는 말을 들었습니다. 거기서 우리는 선생님 일행이 프톨레마이스로 가는 도중이라는 사실도 알았습니다."
"당신들 세 사람이 진심으로 우리와 함께 일해 주기를 바라며 기꺼이 맞이합니다. 요안나, 당신도 우리 일행의 한 사람이 되어, 나에게 충실하고 소중한 세 여자들과 함께 지내도록 하십시오."
예수가 세 여자들을 돌아보며 말했다.

마리아가 요안나 곁으로 가자 수산나와 살로메도 그녀와 함께 행동했다.

"요안나, 당신이 우리들과 함께 지내게 되어 정말 기뻐요."

마리아가 진심으로 환영하며 말했다. 서로 소개를 마치자, 마부는 다시 마차를 돌려 세포리스로 돌아갔다. 인원이 늘어난 일행은 서로 대화를 나누며 마음을 터놓았다.

요안나는 이십대 후반으로 다른 세 여자들 보다 나이가 더 들어보였고, 부드러운 검은색 머리를 등 뒤로 땋아 묶고, 작은 키에 약간 똥똥하게 보였으나, 맑은 눈과 시원한 미소가 매력적이었다.

스테파노가 마리아 곁으로 다가왔다.

"막달라 마리아, 나는 당신을 처음 만난 날 이후로 자주 생각해 왔습니다. 이제부터 당신과 함께 여행을 하게 되어서 정말 기쁩니다."

"고마워요, 스테파노, 우리들에게도 큰 기쁨입니다."

일행은 프톨레마이스에 도착하자, 그들을 기다리고 있는 집을 찾았다. 관리인이 맞이하여 안내해 주고는 어디론가 사라졌다.

그 큰 집은 높고 오래된 4층 건물이었는데, 정말 변변치 못한 시설로, 방은 아주 오랫동안 사용하지 않은 듯 곰팡이 냄새가 방 안을 가득 채우고 있었고, 빗물이 흘러내린 흔적이 곳곳에 보였다.

"어휴, 저 먼지 좀 봐요. 우리가 앞으로 어떻게 지내야 할지 알겠어요."

수산나가 얼굴을 찡그리며 말했다.

이제 네 명이 된 여자들은 아래층은 남자들이 쓰도록 하고 자신들은 커다란 다락방을 쓰기로 했다.

스테파노는 허리춤에 간직하고 있던 돈을 가지고 여호수아와 함께 거리로 나가 저녁 거리를 사고, 앞으로 먹을 먹거리를 적당히 장만했다. 나머지 다른 사람들은 서둘러 부엌이며, 난로와 방들을 깨끗이 청소했다.

이 곳에서 첫 번째로 맞는 저녁이 되자, 예수와 일행은 커다란 식탁 주위에 편안한 마음으로 둘러앉았다. 예수와 일곱 명의 사도들, 그리고 두 명의 신참자들, 네 여자들이 모두 함께 앉았다.

먼저 예수는 그들을 보살펴 주고 모든 은혜를 내려주시는 하나님께 감사의 기도를 드렸다. 또한 하늘에 계신 그들의 아버지가 계속 축복해주기를 빌고, 특히, 새로 들어온 세 사람과 다른 지방을 순회하며 전도 중인 제자들을 위해 기도를 올렸다.

"그리고 이 도시에서 우리의 사명을 잘 수행할 수 있도록 끊임없이 안내하여 주소서……."

예수는 이 곳 프톨레마이스에 있는 동안 많은 고난을 당하게 되리라는 사실을 미리 알고 있었다. 예루살렘에 있는 산헤드린의 바리새이파 사람들은 이미 경고를 보내왔다.

예수는 하나님의 이름을 욕되게하는 불손한 자이며, 선조들의 전통을 무시하고 복음에 대해 현혹적인 여러 가지 설교를 함으로서, 민중들을 혼란에 빠지게 한다고 모함을 했던 것이다. 그리고 그가 그릇된 명성으로 많은 인기를 얻고 있으니 조심하라는 내용이었다.

프톨레마이스의 집회소 원로들은 매우 보수적이어서 각별한 주의를 기울이기로 했다. 그러나 시내의 유태인 지역에 있는 집회소에서 정오에 예수의 설교가 열리게 되었고, 마리아는 그녀가 일상적으로 하던 것처럼, 여자들의 자리에서 듣고 말하는 여러 가지 질문에 대한 대답을 해 주었다.

이 곳 프톨레마이스의 여자들은 다른 어떤 지방의 여자들보다도 더 많은 의심을 갖고 적대하는 감정을 역력히 드러냈다.

마리아는 여러 가지 왜곡된 편견들을 그들이 도착하기 전부터 이미 가지고 있었다고 생각하였다. 그러나 사람들이 하루하루 불어나며 집회소 주변을 에워싸듯 많이 모여들었다. 그들은 병자들을 데리고 왔으며, 예수는 모두를 치료해 주었다.

예수는 이방인들에게 하나님을 믿으라고 강요하지 않았으며 세심하게 주의를 기울였다. 단순히 그들에게 복음에 대한 새로운 소식과 일찌기 그들이 들어보지 못한 기쁨의 소식을 전할 뿐이었다.

예수는 제자들에게 말했다.

"그들 스스로가 모든 것을 결정하도록 하시오. 우리가 뿌려준 씨앗을 그들이 스스로 선택하도록 하시오. 많은 씨앗들이 뿌리를 내리지 못할 것이나, 때가 오면 웅장한 숲의 나무들처럼 이방인들 사이에도 하나님의 말씀이 널리 퍼지게 될 것입니다."

바리새이파 사람들은 예수와 그 일행의 일거일동을 관찰하며 못마땅해 했다.

어느 날 아침, 마리아는 예수가 설교를 한 다음 환자들을 치료해 주기로 되어 있는 집회소를 향하여 정오가 될 무렵 혼자서 갔다.

그녀가 집회소가 있는 거리로 들어서자, 많은 군중들이 운집하여 길을 막고 있었다.

마리아는 두 명의 남자가 토카를 걸치고 건너편 보도 위에서 서성거리며 유심히 집회소 쪽을 살피는 모습을 발견하였다. 두 사람은 이따금 군중 쪽으로 시선을 보내고 있었다.

마리아는 그들이 전에 본 적이 있는 집회소의 원로들임을 단번에 알아차렸다. 그와 동시에 공을 치며 뛰노는 어린 소년을 데리고 거리로 나온 한 여자가 바로 앞에 있는 도로를 건너는 것을 마리아는 미처 보지 못했다.

그때 한 대의 마차가 반대 방향에서 달려왔고, 마부는 채찍을 휘두르며 속도를 더욱 높였다.

갑자기 어린 소년이 놓친 공이 빠른 속도로 달려오는 마차 쪽으로 굴러갔다. 소년은 주위를 살펴보지도 않은 체 놓친 공을 잡으려고 달려들었다. 그러자 순식간에 말발굽이 소년을 짓밟아 넘어뜨렸다. 마차의 바퀴가 소년의 몸 한가운데를 밟고 지나갔다. 마리아는 그 끔찍한 장면을 바로 눈앞에서 목격했다.

거리는 온통 소년과 어머니와 구경꾼, 마리아의 비명소리로 가득 찼다. 마부는 황급히 고삐를 잡아당겨 급정거를 한 다음 서둘러 뛰어내렸다. 소년의 어머니도 달려왔다.

마리아가 세 번째로 거리로 뛰쳐나와 정신없이 당황하는 사람들에게로 달려갔다. 소년은 완전히 무의식 상태로 쓰러져 있었다.

마리아는 자기도 모르게 무릎을 굻고 어린 소년의 가슴에 귀를 대 보았다. 거의 숨을 쉬지 않았다. 소년의 어머니는 안절부절 하다가 정신이 나간듯했고, 마부는 계속 뭐라고 중얼거렸다.

"어쩔 수 없었습니다. 어떻게 할 수가 없었다구요—."

소년의 뒤집어진 눈동자 속에 죽음의 그림자가 드러났다. 마차 바퀴 자국이 소년의 배 위에 선명하게 남아 있었다.

"예수께! 집회소에 계신 예수께서만! 그 분께로 데리고 갈 수만 있다면……."

마리아는 소년의 파리한 손을 잡고 하늘을 우러러보며 큰 소리로 외쳤다.

"오! 하나님. 하늘에 계신 우리 아버지, 이 소년을 죽게 하지 마시옵소서! 주 하나님, 이 소년을 예수께 데려갈 동안 만이라도 살려주시옵소서. 당신의 아들 예수그리스도께! 예수 그리스도의 이름으로 간청하오니 이 소년의 생명을 거두지 마시옵소서. 제발 저의 기도를 들어주소서……."

마리아는 다시 고개를 숙여 소년을 내려다보았다. 그러자 소년은 숨을 쉬기 시작했다. 그때 소년의 흐릿한 눈이 마리아를 올려다보고 있는 것이 아닌가. 마리아는 기쁨에 목이 메어 흐느꼈다.

"감사합니다. 나의 아버지 하나님, 하늘에 계신 나의 하나님, 정말 감사합니다."

마리아는 큰 소리로 외쳤다.

이제 소년은 몸을 움직여 일어나 앉았다. 마리아도 일어서며 소년이 일어날 수 있도록 도와주었다.

"내 공은 어디에 있어요?"

소년이 의아한 표정으로 물었다. 모든 일이 순식간에 벌어졌던 것이다. 그러자 소년의 어머니는 너무도 놀라 입이 헤 벌어진 상태로 휘둥그레진 눈으로 어찌할 바를 모르고 멍하니 서 있었다.

마부는 다시 마차를 뒤로 빼냈지만 그 역시도 놀란 표정이 역력했다. 거리의 많은 사람들은 아직도 보도 위에 그대로 서서 놀라운 기적에 어리둥절해 할 뿐이었다.

마리아는 공이 있는 쪽으로 걸어가 공을 집어올리며 말했다.

"여기 있다, 아가야. 네 공이다."

소년은 달려가 그의 어머니의 품으로 뛰어들었다. 이제는 악몽에서 깨어난 소년의 어머니는 팔을 벌려 아들을 가슴에 꼭 껴안았다.

"난 당신이 말씀하시는 것을 들었어요. 당신이 제 아들의 생명을 구해 주셨어요! 당신이……."

그녀는 마리아에게 아직도 정신이 몽롱한 상태 속에서 감사의 뜻을 전했다. 이윽고 그녀의 눈에 가득 고인 눈물이 흘러내렸다. 마부 역시 충격 속에서 헤어나지 못하고 무슨 말인가를 혼자 중얼거리고는 재빨리 말을 몰아 떠나갔다. 한동안 넋을 잃고 몰려 있던 구경꾼들도 각자의 할 일을 찾아 자리를 뜨면서 아직도 믿기지 않는 듯한 표정을 지으며 머리를 가로저었다.

마리아는 소년의 어머니에게 말했다.

"당신의 아들을 데리고 집으로 가셔도 좋습니다. 소년은 매우 건강합니다. 아무런 이상도 없습니다."

그 순간 마리아는 두 명의 집회소 지도자들이 그녀 바로 옆에서 유심히 살펴보고 있음을 알았다.

"당신은 마력을 가진 여자로군요. 우리는 직접 눈으로 보고, 우리 귀로 똑똑히 들었소."

한 원로가 말했다.

"마력이 아닙니다. 하나님을 믿으며 신뢰한 것 뿐입니다."

마리아가 침착하게 대답했다.

다른 원로가 말을 가로 막으며 입을 열었다.

"당신은 자신이 지닌 마력의 발휘를 위해 거룩하신 하나님의 이름을 사용하였소. 당신은 그런 권리를 행사할 자격이 없소. 이러한 행위는 신에 대한 모독이오."

"이 일은 절대로 하나님에 대한 모독이 아닙니다. 하나님을 진정으로 믿는 사람이라면, 누구나 그 분의 이름을 사용하여 간절한 기도를 드릴 수 있습니다. 분명히 말씀드리지만, 당신들은 하나님을 진정으로 믿지 않고 있습니다."

마리아가 확신에 찬 음성으로 말했다.

두 원로는 노기 띤 얼굴로 그녀를 노려보며 말했다.

"조금 전 그 소년은 다친 것이 아니오. 다만 기절했을 뿐이었소. 그러나 당신은 거룩하신 하나님의 이름을 사용해서, 마치 당신이 그 소년을 낫게 해 준 것처럼 거짓된 행동으로 꾸민 것이오. 당신은 하나님께 불경을 저지른 죄의 댓가를 알고나 있소?"

"물론입니다."

마리아가 똑바로 대답했다.

침착하게 대처하려고 노력했지만, 그녀의 목소리는 떨렸다. 신을 모독한 죄의 댓가는 돌로 쳐서 죽이는 끔찍한 형벌이었던 것이다.

"그리고 당신은 예수의 이름을 그리스도라했소. 그는 하나님의 아들이거나 그리스도가 아니오. 당신은 두 배로 불경을 저지른 것이오. 당신도 예수라고 불리는 작자를 따라 다니는 사람이오?"

"나는 예수의 제자입니다."

"당신 이름은 뭐요?"

"막달라 마리아라고 합니다."

두 바리새이파 원로는 서로 눈짓을 교환하며 묘한 웃음을 지었다.

"됐소. 이것이 우리가 필요로 하는 것이오."

그들은 함께 떠나갔다.

이런 모든 사건에 충격을 받은 마리아는 더 이상 집회소로 가서 설교를 듣거나 병자를 고쳐주는 일을 감당할 수 없었다.

마리아는 몸을 떨며 집으로 돌아왔다.

백부장과 그의 부하들이 그녀를 소환하려고 찾아왔을 때 마리아는 아직도 집 안에 혼자 있었다. 지금까지 아무도 집회소에서 돌아오지 않았다.

마리아가 다락방에서 조금 전의 일을 걱정하고 있는데 문을 요란하게 두들기는 소리가 들려왔다. 그녀는 구석에 숨어서 집에 아무도 없는 것처럼 숨죽이고 있으려고 생각했으나, 곧 그런 행동이 아무 소용없는 일이며, 오히려 다른 사람들에게 걱정만 안겨주어 번거로워질 것이라는 생각이 떠올랐다.

혹시 어떤 글이라도 남겨 놓을 수만 있다면, 그러나 종이도 펜도 없었다. 문을 더 세차게 두들기는 소리는 계속해서 들려왔다.

마리아는 계단을 내려가 현관문 앞에서 걸음을 멈췄다. 문에 기대어 낮은 음성으로 기도를 올렸다. 문을 두들기는 소리는 계속해서 들려왔다.

이윽고 문을 열자, 갑옷을 입은 백부장이 철모를 쓰고 허리에 장식이 달린 큰 칼을 찬 네 명의 로마 병사를 대동하고 서 있었다.

"막달라 마리아라는 여자를 만나러 왔소."

백부장이 거칠게 말했다.

"제가 막달라 마리아입니다."

그녀의 말소리는 무서워서 더듬거렸다.

백부장은 깜짝 놀라며 그녀를 바라보았다.

"당신이 막달라 마리아?"

"네, 저를 그렇게 부르고 있습니다."

"그렇다면……. 프톨레마이스 지사청의 명령에 따라 당신을 체포하게 되어 유감입니다."

마리아는 밖으로 나와 문을 닫았다.

백부장이 그의 부하들에게 신호를 하자 한 병사가 다가와서 무거운 쇠사슬이 달려 있는 수갑을 그녀의 가는 손목에 채웠다.

또 허리에 무거운 쇠사슬 고리가 둘러졌다. 걸으면 긴 쇠사슬이 질질 끌릴 정도로 무겁고 힘에 겨웠다. 순간적으로 지난 날 로마 병사들의 거친 손이 기억에 되살아나자, 그녀는 부들부들 몸을 떨었다.

또 다른 족쇄가 발목에 감겼다. 약간의 여유를 주어 도망치거나 뛰어갈 수는 없었지만 걸을 수는 있게 해 놓았다.

"제가 무슨 죄목으로 기소되었습니까?"

마리아가 백부장에게 물었다.

"나도 모르겠소. 내가 할 일은 다만 당신을 감옥으로 데리고 가는 것일 뿐이오."

백부장이 앞으로 나가자, 두 병사들이 그녀를 양쪽에서 호위하며 걸어갔다.

그들은 칼집에서 짤막한 칼을 꺼내들었다. 한 병사가 그녀의 허리에 둘려진 꼭 죈 사슬을 약간 느슨하게 늦춰 주었다.

이런 모습으로 그들은 프롤레마이스 거리를 지나갔다. 그러자 행인들이 호기심에 찬 시선으로 바라보았다.

마리아는 절망감에 빠져 일행 중에서 아무나, 특히 예수가 그녀를 발견하고 구해 주기를 간절히 바랐다. 하지만 아무도 보이지 않았다. 그 누구도 그녀에게 일어난 일을 알 리가 없었다. 쇠사슬이 점점 조여왔다. 두 손은 수갑의 무게 때문에 앞쪽으로 축 처지게 하였지만, 허리를 두른 쇠사슬은 엉덩이까지 흘러내려서 고통을 더해 주었다. 그녀의 말목은 족쇄에 부대껴 물집이 생기기 시작했다.

마리아는 입술을 깨물었다. 자신의 나약함을 보여서는 안 된다고 굳은 결심을 하며 쓰라림과 쇠사슬의 무게를 참으며 묵묵히 걸었다.

도시의 반대 편 변두리까지 이런 모양새로 걸어가야 할 그녀에게는 너무나 먼 거리였다. 가끔 그녀는 거의 쓰러질 것 같은 격심한 고통에 몸의 중심을 잃었다.

마침내 그들은 높은 돌담과 육중한 철문으로 닫혀 있는 무시무시한 건물 앞에 도착하였다. 백부장과 안에 있는 사람 사이에 몇 마디의 말이 오고가더니 철문이 열렸다.

"여기서 당신을 감옥의 관리소장에게 인계하겠소. 미안하게 됐습니다. 당신은 내가 데려 온 다른 사람들처럼 보이지는 않소. 너무 걱정하지 말기 바라오."

백부장이 진심으로 미안하다는 표정을 지으며 말했다. 그녀는 아무 대답도 하지 않았다.

그들은 또 하나의 철문을 지나서 어두운 통로를 따라 이어진 내리막길로 들어섰고, 등불이 간간이 비치는 조그마한 방 앞에서 걸음을 멈췄다. 문은 열려져 있는 상태였다. 한 남자가 책상 앞에 조는 듯이 앉아 있었다.

백부장은 책상 위에 서류를 한 장 떨어뜨렸다.

"이 여자를 당신께 인도하라는 명령을 받았소. 막달라 마리아라고 합니다."

감옥의 관리소장인 남자가 대충 마리아를 훑어보았다.

"수고했소. 우리가 인계 받겠습니다."

백부장은 네 명의 병사들을 데리고 다시 나가려다가 뒤를 돌아다보며 마리아에게 말을 건넸다.

"행운이 있기를 빕니다."

서류를 훑어보던 관리소장이 말했다.

"시의 지사청 앞에서 공판이 열릴 때까지 유치될 것이오."

"시간이 얼마나 걸릴까요?"

마리아가 불안한 마음을 애써 감추며 침착하게 물었다.

"그것을 누가 압니까? 하루일 수도 있고, 일주일, 그렇지 않으면 한 달이 걸리는 경우도 있소……. 누가 압니까?"

관리소장은 다른 서류 뭉치를 들여다보고 있었다. 그러다가 그 중에서 한 장을 집어들며 말했다.

"당신의 것이 여기 있소. 막달라 마리아, 프톨레마이스 시민들의 고소에 의하여 체포되었음. 죄목은 불경과 매춘, 그리고 선동죄로 되어 있소."

"뭐라고요? 모두 거짓말이에요!"

마리아가 울분에 찬 음성으로 소리쳤다.

관리소장은 다시 그녀를 쳐다보았다.

"불경이라, 그게 무슨 죄지? 매춘이라고? 그런 여자 같아 보이지는 않는데……. 선동이라, 이건 좀 중요한 죄목이군. 무엇 때문에 이런 일을 당하게 되었소?"

관리소장은 마리아의 얼굴을 자세히 들여다보며 물었다. 그의 얼굴과 눈빛에는 친절과 부드러움이 감돌고 있어 마리아의 닫힌 마음을 다소나마 열어주었다.

“전 죽어가고 있던 소년을 살려주었을 따름입니다. 사고 직후였어요. 그래서 하나님께 간절히 기도를 드렸어요. 그러자 소년은 다시 소생했어요. 그것이 소위 불경이라고 하는 것입니다. 다른 고소 내용은 사실과 전혀 다릅니다.”

“난 당신을 믿습니다. 당신은 얼마 전에 이 도시로 온 유태인들 즉, 병자를 고쳐주는 일행들 중의 한 사람이지요?”

“네, 전 나사렛 예수의 제자입니다.”

마리아가 대답했다.

“당신을 동정합니다. 그러나 명령은 어쩔 수 없지요. 지사청에서 당신을 소환한다는 연락이 있을 때까지 우리는 이 곳에 감금해 두어야 합니다.”

그는 차마 얼굴을 못보겠다는 듯 시선을 다른 곳으로 돌렸다.

“당신처럼 어질고 죄가 없는 약한 여자를 이런 감옥에 가두고, 여러 가지 힘든 일을 겪게 하는 것이, 저에게는 무척 힘들고 괴로운 일입니다. 당신이 우리 감옥에 구금되는 기간이 짧기를 진심으로 바랄 뿐입니다.”

관리소장은 문쪽으로 걸어가서 간수를 불렀다.

“피고인이 호송되었다. 그녀에게 다른 사람처럼 태형을 가하지 말도록 하라. 채찍질은 딱 세 번만 하도록……. 만일 그녀에게 쓸데없이 많은 고통을 가하게 되면, 우리는 나중에 비난을 받을 테니까 각별히 유념하도록 하라. 그녀의 죄는 아주 경미한 것이다. 알았나?"

간수는 그녀의 허리에 늘어져 있는 쇠사슬 끝을 집어들었다.

"따라 오슈."

우락부락한 간수가 퉁명스럽게 말했다.

마리아는 그를 따라 어두운 통로를 지나갔다.

"여기요."

간수는 그녀의 팔을 내팽개치듯이 뿌리치며 쇠창살로 된 방문을 가리켰다.

마리아는 전혀 보지도 듣지도 못한 살벌한 방에 놓여 있는 책상과 가죽 채찍, 천장에서 축 늘어져 있는 밧줄과 여기저기 흩어져 있는 고문용 도구들이 보기에도 끔찍하게 흩어져 있었다. 그녀의 가슴은 놀라 뛰었다.

'이것이 바로 고문실이로구나.'하는 두려움이 순간적으로 느껴졌다.

한 사람이 긴 의자에 죽은 듯이 누워 있었다.

"새 피고인이 왔소. 여자요. 대장이 살살 다루라고 명령했소. 채찍질은 세 번만 하시오."

그러자 누워 있던 사람이 천천히 일어났다. 우람한 몸을 질질 끌듯이 일으켜 세우더니 마리아에게로 다가왔다.

"옷을 벗어."

"손과 허리에 쇠사슬이 매어져 있습니다."

마리아가 겁먹은 소리로 겨우 말했다.

그 남자는 마리아를 힐끗 보고는 간수를 향해 말했다.

"뭐라고 말했지? 살살 다루라고……. 그럼 옷을 벗겨야지?"

그러자 간수가 어깨를 한 번 으쓱하며 말했다.

"옷을 벗길 필요는 없어. 채찍질만 세 번 하랬어."

그러자 그는 몸을 이리저리 움직이더니 마리아의 두 팔을 들어 올렸다. 그런 다음 쇠사슬을 십자가형 고리에 고정시킨 쇠막대기에 걸었다. 그러자 마리아의 두 팔이 머리 위로 올려졌다. 조금도 움직일 수가 없었다.

잠시 침묵이 흘렀다. 그녀는 숨을 죽이며 기다렸다. 그러자 휙 하는 공기를 가르는 듯한 바람 소리와 함께 가죽 채찍이 그녀의 등을 세게 내리쳤고, 그녀의 젖꼭지에까지 와 닿았다. 겨우 한 번의 채찍질이었다. 그와 함께 채찍에 살점이 붙어 떨어져 나가는 찢어지는 고통이 온몸을 덮쳐왔다.

두 번째의 채찍질은 첫 번째 것보다 훨씬 강했다.

마리아는 어느 정도 고통에 익숙해져 있었지만, 전혀 상상조차 할 수 없는 고통이 실제로 그녀에게 몰려왔던 것이다. 마리아는 턱을 힘껏 다물고 이를 악물었다. 마음을 단단히 먹고 숨을 죽였다.

세 번째의 채찍이 날아왔다. 이번에는 조금 약했다. 이젠 끝났다고 그녀를 데리고 온 간수가 말했다. 그러자 마리아는 깊은 한숨을 내쉬었다.

그러나 예상치도 않았던 네 번째의 채찍이 허리에 감겨진 쇠사슬 바로 윗부분을 사정없이 강타했다. 순간 마리아는 펄쩍 뛰었으나 아무 소용이 없는 동작이었다. 그 뒤를 이어 다섯 번째의 채찍이 엉덩이를 파고들었다. 이미 상처가 난 곳에 쓰라린 고통을 더해 주었다.

"안 돼! 소장님이 세 번만 하라고 그랬어. 조금 전에 내가 분명히 말해 줬는데."

간수가 소리쳤다.

"그랬어? 난 못 들었는데. 좋아! 내가 실수를 했군."

그는 높이 쳐 들었던 채찍을 내리며 마리아 앞으로 와서 그녀의 팔을 쇠고리에서 풀어놓고 쇠사슬을 바닥에 내던지는 바람에 그녀는 그만 넘어지고 말았다. 마리아의 젖가슴 밑으로 흘러내린 피가 튜닉을 적시며 밖으로 내비쳤다.

"이젠 다 끝났어. 자, 데리고 가."

마리아는 몸을 일으키려고 애를 썼다. 그녀의 등줄기에서부터 전해져 오는 고통은 마치 심하게 덴 화상의 쓰라림처럼 참기 힘든 아픔이었다. 마리아는 가슴을 타고 흘러내리는 끈끈한 액체가 상처 난 곳에서 흐르는 핏방울일 것이라고 어렴풋이 짐작했다.

"따라 와. 네 감방으로 데려다 줄 테니까."

간수가 퉁명스럽게 말했다.

간수는 마리아의 허리에 감겨 있는 쇠사슬을 잡아끌며 어슴푸레한 불빛을 던지는 등불이 군데군데 켜져 있는 긴 계단을 밟고 밑으로 내려갔다. 긴 내리막 계단이 끝나자 평평한 좁은 통로가 다시 나타났고, 그 좌우에는 쇠창살로 만들어진 감방이 눈에 들어왔다.

그 쇠창살을 붙잡고 마리아를 바라보는 죄수들의 표정은 희미한 불빛 속에서도 창백하게 보였고, 움푹 패인 눈들은 아예 삶을 포기해

버린 듯한 절망 뿐이었다. 무엇보다도 매캐한 공기는 죽음과 고통을 강요하는 듯한 느낌을 주었다. 이 암울한 어둠의 세계 — 마리아는 갑작스럽게 공포의 전율을 맛보았다.

"여기야 ! "

-36-이라는 조그만 팻말이 붙어있는 감방 앞에서 걸음을 멈추며 간수가 말했다. 그와 동시에 묵직한 열쇠로 잠겨있던 쇠창살문을 열었다.

"이 감방은 네 명이 사용할 수 있는 곳인데, 지금은 두 명밖에 없어. 자, 들어와."

그가 먼저 들어가며 쇠사슬을 잡아당겨 마리아가 따라 들어오도록 했다. 뿌옇게 어둠을 밝히고 있는 등불이 통로에서 그리 멀지 않은 곳에 있었으나 감방 안은 어둠 뿐이었다.

어둠 속으로 한 발 들어서자 형용할 수 없는 역겨운 냄새가 조금 전에 당한 고통만큼이나 그녀의 속을 뒤집어 놓았다. 그때 간수는 어둠 속에서 무엇인가를 달그락거리며 만지고 있었다. 금속성 소리가 어두운 감방 안을 이상하게 뒤흔들었다. 그러는 동안 어둠에 익숙해졌는지 무엇인가 조금, 아니 간수의 느린 동작이 눈에 보였다. 그는 구부렸던 허리를 일으켜 세우며 말했다.

"이봐 ! 네 침상은 저쪽이야. 밥그릇은 조금 있으면 담당 간수가 갖다 줄 거야."

간수가 무덤덤하게 말했다. 그리고는 밖으로 나가 쇠창살문을 소리가 나도록 닫고 다시 잠그고는 불빛을 따라 사라졌다.

마리아는 몸을 움직이려고 했다. 두 다리를 쇠사슬로 옭아매 놓았으므로 아주 짧은 거리 외에는 움직이거나 걸을 수가 없었다. 다만 수갑이 채워진 두 손으로 겨우 쇠창살을 만져볼 수 있을 정도였다. 어둠이 차츰 눈에 익었다.

마리아는 허리에 감겨진 쇠사슬이 바닥에 박혀있는 커다란 고리에 묶여있다는 사실을 얼마 후에야 알았다. 바닥은 물기가 있어 축축했다.

그녀는 감방 어디선가 들려오는 거친 숨소리를 들었다. 통로를 밝히고 있는 불빛이 반사되어 들어오는 희미한 빛에 눈이 익숙해질 때까지 가만히 그 자리에 서 있었다. 간헐적으로 들려오는 메마른 숨소리는 그녀가 갇혀 있는 감방 안에서 나는 것이 분명했다.

어둠에 익숙해지자, 마리아는 벽에 기대어 그림자처럼 앉아 있는 사람의 형체와 비슷한 물체를 발견하고는 가볍게 몸을 떨었다.

또 다른 벽쪽에 긴 의자처럼 보이는 평평한 바닥에 누워 있는 사람을 보았다. 어둠과 채찍보다 더 무서운 공포가 그녀의 작은 가슴을 떨리게 했다.

마리아는 조금 전 간수가 말한 침상을 찾아보았다. 그것은 벽에 붙어있었는데 손으로 만져보니 양쪽 받침다리 위에 나무판자를 올려놓았을 뿐이다. 언제 끝날지 모르는 감옥 생활동안 마리아가 잠을 자야 하는 자리였다.

마리아는 조금씩 몸을 움직여 그 나무판자에 기대듯 겨우 앉았다. 흘러내리던 피가 그대로 튜닉에 말라 붙었는지 더욱 심하게 상처를 자극해 아픔을 더해 주었다.

이제는 감방 안이 어둡지 않았다. 그녀가 갇혀 있는 감방은 생각보다 작았다. 아무 것도 걸려 있지 않은 벽면은 물기로 번들거렸다. 다만, 쇠창살이 있는 쪽만 트여 있어서 다른 감방을 마주 볼 수 있었다. 맞은편 감방 안도 어두워 죄수의 모습은 볼 수 없었다.

그녀가 앉아 있는 침상에서 얼마 떨어지지 않은 곳에 침상이 하나 놓여 있었고, 그 위에 죽은 듯이 누워 있는 여자의 모습이 눈에 들어왔다.

—죽은 것일까?

다른 벽쪽 침상에 두 손을 무릎에 올려놓고 석고상처럼 허공을 바라보며 표정없이 앉아 있는 여자는 죽음 바로 그것이었다.

—미이라 같은 저 여인은 또 누구일까?

감방 안에는 최소한의 생활 도구조차도 갖추어져 있지 않았다. 세숫대야와 의자는 물론, 약간의 물건을 넣어둘 만한 것조차 전혀 눈에 띄지 않았다.

마리아는 습기로 젖어 있는 바닥 한가운데에 있는 하수도 구멍 주위가 약간 경사진 것을 발견했다. 또 자기의 발목을 묶어 놓은 쇠사슬 고리를 보았다. 순간적으로 마리아는 길게 늘어진 쇠사슬의 길이와 하수도 구멍까지의 거리를 눈어림으로 재어 보았다.

그렇다. 하수도 쪽의 경사진 곳을 이용하면 몸을 움직일 수 있을 것 같은 생각이 들었다. 그러나 그 이상은 허락되지 않는 거리였다. 다만, 이와 같은 생각은 머리 속에서만 이루어지는 부질없는 장난 같은 일이었음을 알고 혼자 쓴웃음을 지었다.

마리아는 꼼짝도 하지 않고 앉아있는 여자나 누워있는 두 여자도 자기처럼 하수도 쪽의 경사진 곳을 이용해 몸을 움직여 봐야겠다는 노력을 해 보았을까 하는 엉뚱한 생각에 쓴웃음이 절로났다.

그녀는 아무리 죄지은 사람을 가두어 두는 감옥이라고는 하지만, 그래도 사람들이 생활하고 있는 곳인데, 감방 안이 너무 불결하다는 생각이 들었다. 조금씩 속이 울렁거렸다. 이 곳에서 살아서 언젠가 밖으로 나가려면 이런 불결함과 악취를 참아내지 않으면 안 된다고 스스로 굳게 결심을 했다.

아무리 죄를 지었다고는 하나, 이와 같은 최악의 환경은 인간의 생명을 너무 천대하는 행위라고 여겼다.

마리아는 자신이 왜 이런 곳에 있게 되었는지를 곰곰히 생각해 보았다. 그녀에 대한 고소는 분명 바리새이파 원로들이 예수를 시기하여 그녀를 희생물로 삼기위해, 하나님에 대한 불경이란 죄목을 씌운 것이 틀림없다고 생각했다.

만일 신을 모독했다는 것이 증명되기만 하면, 유태인의 법률을 위반했다는 명목으로 그들이 마음 속에 품고 있는 죽음, 즉 사형이 집행될 것이다. 또한 매춘행위라면 그것 역시 유태인의 법률에 따라 극형인 사형을 받아야 할 죄목이었다.

이 두 가지 죄목은 오랜 전통에 따라, 돌로 쳐 죽이는 잔인한 방법으로 처형되는 가혹한 형벌이다. 선동이란 죄는 유태인들의 법률이 아니라, 로마법을 위반한 죄목이다.

어떤 일로 해서 마리아가 로마제국에 반역했다는 말인가?

그러한 죄목에 관해 곰곰히 생각을 거듭해 보니, 모든 일이 명확하게 이해되었다. 바리새이파 사람들은 그녀를 이용해서 예수를 공격하려는데 목적이 있었던 것이다.

그들은 예수가 민중들에게 엄청난 인기를 얻고 있으므로, 간악한 음모를 꾸며 그에게 죄를 뒤집어 씌워 감옥에 보낼 수는 없었으므로 생각해 낸 것이 바로 마리아의 구속이라는 방법이었음이 틀림없었다.

마리아가 불경죄나 선동죄로 유죄 판결을 받는다면, 어쩔 수 없이 예수도 법적 절차에 따라 혐의를 받고 고소될 것이 분명했다.

집을 떠나기 전에 예수에게 자신의 행방을 알리는 글이라도 남겨놓았더라면 좋았을 것을 하고 생각하며 자기의 실수를 안타까워했으나, 이젠 아무 소용없는 어리석은 생각에 불과했다.

마리아는 자신이 하나님의 뜻에 따라, 또 그 분의 아들을 대신하여 받는 고통이라면 어떤 형벌이 가해질지라도 참아 내리라고 굳게 결심을 했다. 또한 자기에게 가하여지는 모든 고통은 하나님과 예수를 위한 고귀한 희생으로 받아들여야만 된다고 스스로 위로하며 낮은 소리로 기도를 드렸다. 그것은 마음 속으로 하는 간곡한 소망의 기도였다.

'감사합니다. 주 하나님. 나의 아버지시여! 제가 저의 선생님이신 당신의 아들을 대신하여 이 곳에 갇히는 몸이 되었고, 감당할 수 있는 모든 형벌을 당신의 뜻대로 가하게 해 주신 것을 진심으로 감사합니다. 아버지 하나님이시여! 그 분이 이와 같은 역경 속에서 벗어날 수 있도록 도와주시옵소서. 또한 그 분께서는 이러한 어려움을 당하지 않도록 일깨워 주시고, 고통에 대한 경고를 미리 해 주심으로서 박해를 받지 않도록 살펴주옵소서. 저는 더 이상 아무런 부탁의 말씀을 드릴 수 없나이다.'

잠시 후에 한 간수가 바퀴 달린 작은 손수레를 끌고 왔다. 그리고는 감방문을 열고 아무 말 없이 빈 그릇을 마리아에게 건네주었다. 다시 손수레로 가더니 주둥이가 넓은 호리병을 들고와서는 그릇에 국물을 부어 주었다. 빵부스러기와 생선 대가리로 끓인 소금국이었다.

그것을 보자, 두 여자는 기운을 차린 듯 각자 갖고 있던 빈 그릇을 간수 앞에 내밀었다. 간수는 그릇에 맹물 같은 국을 부어주고 문을 잠그고는 옆 감방으로 갔다.

마리아는 억지로라도 빵부스러기와 생선국을 먹으려고 노력하였다. 사실 그녀는 아침부터 지금까지 아무 것도 먹지 못했던 것이다.

얼마 후에, 그녀는 딱딱한 나무판자 침상에 덮을 것도 없이 그대로 누워 온몸이 쑤시는 고통과 두려움으로 거의 잠도 이루지 못하고, 마음을 졸이며 밤을 지새웠다. 마침내는 견딜 수 없는 피로가 몸과 마음 속까지 밀려와 자신도 모르는 사이에 잠이 들었다.

얼마 동안을 괴로운 잠 속에 빠져있다가 다시 깨어나보니, 새로운 하루가 시작되었는지, 아니면 그대로 밤의 연속인지 전혀 분간할 수가 없었다.

—도대체 지금은 몇 시나 되었을까?

마리아는 정지된 시간 속에 갇혀 있는 것 같은 착각에 빠졌다.

마리아는 불결하게 젖어 있는 돌바닥에 무릎을 꿇고 두 손을 머리 위까지 높이 쳐들고는 아침 기도를 드렸다.

'나의 아버지시여. 저에게 이 어려움을 감당할 수 있는 용기와 힘을 주십시오. 이러한 일이 어떤 결과를 가져올지라도……. 죽음에 이를지라도 온전히 정신을 차릴 수 있는 지혜를 주십시오.'

이렇게 기도를 마치자, 마리아의 두 눈에서는 뜨거운 눈물이 하염없이 흘러내렸다.

다른 두 여자는 이런 기도 소리를 밖에서 들려오는 소음으로 알았는지 아랑곳하지 않았다. 잠이 든 것일까? 마침내 마리아도 지루한 잠 속으로 빠져들었다.

복도에서 다가오는 손수레 소리에 마리아는 다시 잠에서 깨었다. 그녀는 침상 한구석에 일어나 앉았다.

다른 간수가 문을 열고 빵덩어리를 가지고 왔다. 죄수를 세어보고는 셋으로 나누어 한 조각씩 건네주었다. 다시 물통을 들고 와서는 마리아 앞에 섰다.

"당신 그릇은?"

간수가 물었다.

마리아는 식사를 하고 난 뒤에 그릇을 어디에 두었는지 전혀 기억이 나지 않았다. 그러자 간수가 바닥에서 그릇을 집어들어 마리아에게 건네주며 사나운 눈길로 쏘아보았다.

간수는 마리아의 그릇에 물을 채워 주고는 다른 여자들에게 가서도 똑같이 해주었다. 그는 다시 감방 밖으로 나가 쇠창살문을 잠궜다.

마리아는 자신이 얼마나 갈증을 느끼고 있는지조차도 알 수 없었다. 그저 물을 조금 마시고는 딱딱한 빵을 베어 물었다. 그러나 단단한 빵조각은 나무껍질처럼 딱딱해 씹기 힘들었다.

마리아는 물그릇 속에 빵조각을 담궈 부드럽게 해서 먹었다. 천천히 조금씩 모두 먹었다. 이제 그녀의 머리 속에는 지급되는 음식을 모두 먹어야 힘을 얻을 수 있다는 생각 뿐이었다. 다시 물을 한 모금 더 마시고는 그릇을 내려놓았다. 아직도 반 정도는 남아 있었다. 마리아는 조심스럽게 물그릇을 침상 위에 올려놓았다.

간수들이 먹을 것을 가져오려면 아직도 많은 시간을 기다려야 한다는 것을 알고 있었으므로, 이제 그녀 역시 이 곳 생활에 차츰 익숙해져 먹는 물까지도 소중히 다루었다.

한편 마리아는 같은 방에 있는 여자들에게 말을 붙여보려고 노력했다.

"이것이 아침 식사인가요?"

그러나 그녀들의 대답은 무관심과 체념에서 나오는 긴 한숨과 알아들을 수 없는 중얼거림 뿐이었다.

마리아는 용기를 잃지 않고 그녀들에게 무슨 연유로 이 곳에 들어오게 되었는지 물어보았다. 하지만 그녀 바로 앞의 여자는 대답 대신

벽 쪽으로 돌아누웠다.

침상에 앉아있던 다른 여자는 아무 말도 없이 그저 멍하니 마리아를 쳐다볼 뿐이었다. 아마도 그녀는 정신마저 빼앗겼으리라고 생각되었다. 마리아는 이 여자들이 얼마나 오랫동안을 이 곳에 갇혀 있었는지, 또 앞으로 얼마나 더 기다려야만 되는지 궁금했지만 알 수 없었다.

'시간?'

감옥에는 시간이라는 것이 없다. 낮과 밤을 구별할 수 없는 곳이 바로 감옥이었다.

그녀는 자신의 건강을 어느 정도라도 유지하려고 몸을 일으켜 세워 쇠사슬이 달린 손을 올렸다 내렸다 하며, 경직된 몸을 풀기 위해 움직여 보았다.

지친 몸에 쇠사슬이 너무 무거워 제대로 움직일 수가 없었다. 또 몸을 좌우로 굽혀 보기도 했다. 움직일 때마다 허리에 감긴 쇠사슬이 살을 파고드는 것처럼 고통을 주었다.

마리아는 눈어림으로 짐작했던 하수구 쪽의 경사진 면을 이용하여 걸어 다녔다. 그러자 돌바닥에 닿는 쇠사슬의 금속성 소리가 조용한 감방 안을 크게 울렸다. 소리는 불쾌한 느낌을 주었다. 그리고 나서 마리아는 자신의 몸과 정신을 가다듬기 위해 침상 끝에 앉아 깊은 명상에 잠겼다.

예수와 사도들의 얼굴이 차례로 떠올랐다. 그들은 그녀의 행방에 대해 무척 궁금해 하며 찾고 있을 거라는 생각이 끝도 없이 이어졌다.

그러나 예수는 그녀에게 일어났던 사건과 지금 당하고 있는 모든 고통을 소상히 알고 있으리라는 믿음이 차츰 마음을 안정시켜 주었다. 아니면, 일행과 예수도 분명 그녀가 없어진 사실을 알고는 그녀를 찾기 위해 몸소 수소문을 하고 있을 것이다.

시당국을 통해 알아보고 또 부랑자들을 수용시키는 보호소에도 확인하고 결국은 이 곳 감옥을 생각해 낼 것이다. 그러나 바리새이파 사람들은 그녀에게 유죄 판결을 내려 사형 되기를 원하고 있으므로 절대로 가르쳐 주지 않을 것이다.

한편으로 사도들과 예수는 그녀가 항구에 정박해 있는 이름모를 배에 감금되어, 머나 먼 이국으로 실려가 노예로 팔리게 될지도 모른다고 생각한 끝에 찾기를 단념해 버릴 것이라는 불길한 예감이 스치자, 마리아는 마치 예수가 그렇게 하기라도 할 것같아 불안스러웠다.

언제일지는 몰라도 그녀가 지사청으로 송환되면, 재판 절차에 따라 연고자를 불러줄 것이다. 그렇다면하고 마리아는 다시 생각을 바꾸었다. 만일 그렇게 된다면 예수는 예기치 않은 또다른 곤경에 빠지게 될지도 모른다. 차라리 아무 말도 하지 않는 것이 예수와 일행을 위한 최선의 방법이라는 생각이 들었다.

다만, 그 분에게 어떤 위험에 대한 경고만 할 수 있다면, 자신은 그 어떠한 역경에 처하더라도 모든 것을 감내할 수 있으리라고 생각했다. 그러나, 지금의 그녀로서는 그런 가능성도 희박했다.

바리새이파 사람들은 정치적으로 많은 영향력을 행사하고 있었다.

그들에게는 지금이 예수를 모함하기에 가장 좋은 기회이며 유죄 판결을 내리기에 적당한 기회라고 판단했을 것이다.

앞으로 그녀에게 내려질 판결은 오랜 세월 동안을 이 세상과 격리된 체 어두운 지하 감방에서 일생을 보내야 될 장기 복역수나 아니면, 어느 외진 성벽 아래에서 돌에 맞아 죽어야 하는 극형이 내려질 것이다.

이들 중에 어느 쪽이 더 어려운지, 지금의 그녀로서는 상상조차 할 수 없었다. 그러나 만약 예수가 그녀 앞에 나타나지 않았더라면, 아마 지금쯤 그녀는 외부 세계와는 단절된 어느 수용소에서 그 무서운 악령들이 주는 고통을 받으며 서서히 죽어가고 있을 운명이 아니었던가. 그렇다면 악령이 없는 지금의 이 감옥 안이 훨씬 깨끗하고 편안하다고 마리아는 행복하게 생각했다.

자기 때문에, 아니 그 어린 소년이 마차 바퀴에 무참히 깔려 죽게 되었을 때, 어린 생명의 목숨을 구해 달라는 자신의 간절한 기도를 예수의 이름을 빌어 하나님께 올리자, 다시 소생한 어린 생명, 이제 자신은 소년의 생명을 대신하여 죽게 된다 할지라도 아무런 미련이 없다는 믿음을 갖기에 이르렀다.

그리하여 마리아는 자신을 포기해도 된다는 결론을 내렸다.

수감될 때 채찍으로 맞아 얻은 등의 상처가 너무 쓰라려 그녀는 침상 위에 옆으로 누워 수갑을 찬 두 손을 머리 위로 올려놓았다.

수많은 고통의 시간이 흘러갔으나, 아니 시간이 흐른 것이 아니라, 자신이 시간 속에서 흘러가는 것 같은 느낌이 들었다. — 감방 안에서는 시간이란 개념이 존재하지 않았다.

마리아는 자신의 생명이 담보되어 있는 이 작은 공간 속에서 고독과 불안, 두려움과 고통을 이겨내기 위해 랍비 메네라우스에게서 배운 성경 구절을 암송하기 시작했다.

그녀가 기억할 수 있는 성경 구절을 모두 암송한 다음에는 아버지와 고기잡이를 하면서 그물이 찢어질 정도로 많이 잡았던 생선의 숫자를 세어보았다.

한 광주리를 가득 채웠다는 생각을 하고 두 번째의 광주리에 담을 물고기의 수를 다시 세기 시작했다. 세 번째의 광주리…….

마침내 마리아는 잠이 들었다. 이렇듯 죽어 있는 듯한 상태 속에서 어디선가 밥 때가 되었는지 손수레 소리가 어렴풋이 들려왔다. 정확히 식사할 때가 온 것이 틀림없었다.

덜커덩거리며 쇠창살문이 열리자 간수가 들어와 닦지도 않은 마리아의 그릇에 국과 빵, 많은 생선 대가리들을 채웠다.

마리아는 식사 기도를 올린 다음에 천천히 먹기 시작했다. 적어도 먹는다는 행위는 삶을 영위하기 위해 꼭 해야만 하는 무의식적인 약속, 이 세상에 태어남과 동시에 본능적으로 주어진 약속이므로 될 수 있는 한 남김없이 다 먹었다.

한 방에 함께 수감되어 있는 다른 죄수들은 혼수 상태에 빠져 있었던 터라 음식을 주는 대로 벌컥벌컥 들이마셨다.

때로 마리아는 다른 방의 죄수들이 이야기하는 소리며, 끊임없이 쿨룩거리는 거친 기침소리를 듣기도 하고, 약간 멀리서 들려오는 신음소리에 놀라기도 했다. 간수들이 긴 통로를 따라 왔다갔다 하는 발자국 소리도 들었다.

한 번은 멀리 떨어지지 않은 감방에서 두 남자 죄수들이 싸우는 소리가 들려왔다. 그들은 심한 욕설을 주고 받았고 서로 치고 박는 둔탁한 소리가 간간이 들리기도 했다. 그러자 간수가 그녀에게 사용했던 똑같은 채찍을 들고 달려가자 얼마 안 있어 감방은 다시 조용해졌다.

또 한 번은 그들이 싸우는 소리가 나자, 두 간수가 그녀의 감방 앞을 쏜살같이 달려가고 나서, 잠시 후에 짐승 같은 비명이 들려오더니 살갗에 닿는 채찍소리가 뒤를 이었다.

사내들의 애처로운 울부짖음이 끊일 사이없이 들려오며 감방 안을 울렸다. 얼마 후에 그 소리는 어둠 속의 희미한 불빛처럼 서서히 사라졌다.

마리아는 온 몸을 떨었다. 잠시 후에 두 간수는 한 죄수의 발목에 묶여 있는 쇠사슬을 잡아끌고 그녀의 감방 앞까지 왔다. 돌바닥 통로를 따라 질질 끌려온 남자 죄수는 다시 비명을 지르기 시작했다. 몸을 바닥에 누인 체로 끌려온 그는, 고통으로 몸부림을 칠 때마다 머리를 양쪽 벽에 부딪치며 짐승처럼 울부짖었다.

"안 돼요. 안 돼! 살려주시오."

그가 다시 어디로인가 끌려갔고 짧은 시간이 흐르고 난 후 이번에는 바로 위층에서 나는 더욱 비참한 소리가 온 감방 안에 울려 퍼졌다. 순간적으로 고문실일 거라는 생각이 들었다.

마리아는 손으로 귀를 막으려 했으나 수갑이 채워져 있어서 그 비참한 절규를 고스란히 다 들어야만 했다.

"주여! 저 불쌍한 영혼을 거두어 주시옵소서."

나직한 기도 소리가 저절로 입에서 흘러나왔다.

이러한 공포와 정신적인 고통 속에서 마리아는 더 없는 두려움과 절망감을 느끼지 않을 수 없었다. 그녀는 어둠 속에 마주 보이는 황량한 벽면을 물끄러미 바라보며 침상 끝에 앉았다.

이제 그녀의 두 눈은 캄캄한 어둠 속에서도 그 벽에 붙어 있는 돌의 크기와 형태를 구별할 수 있을 정도였고, 지루한 시간을 잊으려고 벽의 돌들을 서로 비교해 보기도 하고, 돌모양과 상상 속의 그림을 연관지어 보기도 했다. 이와 같은 눈의 놀이가 그녀가 감방 안에서 누릴 수 있는 유일한 즐거움이며 자유였다.

또 그녀는 두 손을 함께 사용하여 돌의 형체를 더듬어 보기도 하였으나 수갑이 채워져 있는 상태라 무게 때문에 그나마도 오래 계속할 수가 없었다.

이제 그녀는 다른 것들로 생각을 돌렸다. 물과 빵, 소금국을 날라다 주는 손수레가 몇 번 왔었는지를 기억을 더듬어 세어보았지만, 그나마도 횟수를 잊어버렸다. 손수레가 하루에 두 번 왔는지 아니면 세 번 왔었는지 도무지 알 수가 없었다. 감옥 안에서는 날짜를 알아둘 필요가 없었으므로 두 번이든 세 번이든 그들에게는 의미없는 것이었다.

그런데 재미있는 광경이 벌어졌다.

한 간수가 지금까지 보지 못했던 커다란 물통을 단 손수레를 끌고 왔다. 그는 그 물통을 감방 안까지 끌고 들어와서는 뚜껑을 연 다음 여인이 앉아 있는 침상 바로 밑에 물을 끼얹었다. 그리고 누워 있는 다른 여자 침상에도 똑같이 했다.

그리고는 아무도 없는 빈 침상 밑에까지 물청소를 한 다음 마리아 앞으로 다가와서는 그녀의 침상 밑에 물을 부었다. 그녀는 앉은 체로 쏟아붇는 찬물이 샌들을 신고 있는 발을 적시도록 그대로 내버려두었다. 찬물이 발이 닿자, 조금은 기분이 상쾌했다. 도대체 무엇 때문에 그렇게 하는 것일까?

간수가 나가자 마리아는 물이 하수도 구멍으로 흘러내리는 것을 보았다. 그러나 구멍은 곧 막혔다. 검은색의 더러운 물이 하수도 구멍으로 모여 들었다.

마리아는 가만히 앉아서 진창이 된 틈새로 물이 빠져 나가는데 시간이 얼마나 걸리는지 어림으로 재어 보았다. 고인 물은 줄어든다고 느낄 수 없을 정도로 조금씩 줄어들었다. 그녀는 하수구 가장자리를 눈여겨 보며 물이 빠져나간 자국을 계산해 보았다.

—도대체 언제 쯤이면 이런 유치한 놀이를 그만두게 될 것인가?

"막달라 마리아! 마리아!"

자신을 부르는 소리에 그녀는 퍼뜩 잠이 깨었다.

쇠창살문을 바라보았다. 간수 바로 옆에 누군가가 서 있었다.

"막달라 마리아!"

재차 부르는 소리에 그녀는 벌떡 일어나 그쪽으로 달려갔다. 그러나 성급한 마음과는 달리 한 발짝도 제대로 옮길 수가 없었다. 발목에 감긴 쇠사슬이 그녀의 걸음을 방해했던 것이다.

곧 마리아는 넘어진 몸을 일으켜 세워 걸을 수 있는 넓이 만큼 발을 옮기며 그들이 있는 곳으로 다가갔다.

간수 옆에 서 있는 사람은 키가 크고 금발인 남자였다.

"아! 스테파노—."

"접니다. 마리아! 드디어 당신을 찾았군요. 당신을 찾는데 얼마나 많은 시간이 걸렸는지 몰라요."

"저도 왜 이런 지경에 놓이게 됐는지 모르겠어요. 시간이 얼마나 흘렀어요?"

"나흘 쯤 되었어요. 마리아! 지금 당장 당신을 구출해 낼 수는 없어요. 언제쯤이 될지는 확실하게 말씀드릴 수가 없습니다. 하지만 꼭 구출될 것입니다. 그 때까지 견딜 수 있겠어요?"

"네, 뭐든지 견뎌낼 수 있어요. 확실한 사건의 진상을 알 수만 있다면 말이에요. 꼭 참아 낼 거예요."

"막달라 마리아. 당신이 어떻게 이 곳에 오게 되었는지 빨리 말해줘요. 이것은 아주 중대한 문제입니다. 규칙상 면회 시간은 너무 짧아요. 우린 무슨 죄목으로 당신이 갇히게 되었는지, 또 누가 고소했는지 잘 알고 있어요. 그러나 무슨 이유로 그런 죄목을 씌워 당신을 구속했는 지 반드시 알아야만 됩니다."

스테파노의 빠른 말에 마리아는 정신을 가다듬었다. 지금은 많은 시간이 흘러가 아득한 일처럼 느껴졌다.

그녀는 한 소년의 사고와 자기가 올린 기도에 대해서, 그리고 나중에 바리새이파 두 원로들과 주고받은 대화 내용을 간추려서 그에게 설명해 주었다.

"그래서 이렇게 됐군요. 알 만합니다. 이젠 우리가 답변할 차례입니다. 마리아! 우리가 다시 이 곳에 오려면, 지금보다 더 많은 시간이 걸릴지도 모릅니다. 이 감옥 관리소장은 지사청의 허가 없이는 면회를 할 수 없다고 말했어요. 지사청은 반나절 밖에 일을 안 해요. 또 면회를 허락받는다 해도 규정된 시간은 아주 짧아요. 지금 여호수아가 밖에서 기다리고 있어요."

그가 초조하게 말했다.

"스테파노! 예수께 어서 이 도시를 속히 떠나시라고 전해 주세요. 그리고 당신들도 모두 떠나셔야 만합니다. 그 바리새이파 원로들이 선생님의 뒤를 쫓고 있어요."

"선생님께서도 그 모든 사실을 알고 있어요. 하지만, 그 분은 마리아, 당신 없이는 절대로 떠나시지 않을 겁니다. 예수께서 직접 오시려고 하셨습니다만, 제가 만류하고 대신 왔습니다. 우리는 바리새이파 사람들이 밤낮으로 그 분을 감시하고 있다는 사실을 새로이 알아냈습니다. 만일 그들이 예수께서 당신과 함께 있다는 것을 목격하게 되면, 그들은 즉시 선생님을 체포할 것입니다. 그렇게 되면, 그들은 우리 일행 모두를 여러 죄목으로 고소할 것입니다. 마리아, 그들은 당신을 자기들 계획의 미끼로 사용하고 있습니다."

"아! 스테파노, 제발 그 분에게 떠나시도록 말씀해 주세요. 만일 선생님께 무슨 일이라도 일어나면……."

스테파노는 완강히 머리를 흔들었다.

"그 분은 절대로 떠나시지 않을 것입니다. 그리고 사도들도 그 분 없이는 떠나지 않을 것입니다. 다행히도 바리새이파 원로들이 모르는 사람은 여호수아와 저 뿐입니다. 당신을 여기서 구출하기 위해 최선을 다할 것입니다. 그리고 지사청의 청문회를 통해서 당신이 석방되도록 노력할 것입니다."

"아니예요. 스테파노, 전 석방되지 못할 거예요. 전 그 점을 알고 있어요. 예수께서는 나를 잊으셔야 합니다. 그 분께서는 그 분의 복음을 계속 전하셔야 할 사명이 있습니다. 하나님께서는 그 일을 위해 그 분을 보내셨지 저를 위해서 보내신 것이 아닙니다."

그때 간수가 스테파노의 어깨를 두드렸다.

"시간이 다 됐소."

그러자 스테파노가 재빨리 말했다.

"막달라 마리아! 예수께서는 당신에게 메시지를 전하라고 하셨습니다. —'마리아에게, 그녀는 하나님 아버지의 보호를 받고 있다고 말하시오. 믿음을 간직하고 당신의 운명과 사명을 기억하라고 전해 주시오. 이렇게 말하면 그녀는 내가 말하려는 뜻을 알 것입니다.'— 하고 말입니다."

"기억하고 있다고 전해 주세요."

스테파노는 쇠창살 사이로 손을 집어 넣으며 말했다.

"당신의 손을 잡을 수가 없군요. 아, 마리아! 당신의 손을 잡을 수가 없어요."

마리아는 애써 미소를 지으려고 노력하였다.

"저도 당신의 손을 잡을 수 있다면 좋겠어요. 바로 지금 말이에요. 스테파노!"

"주님이 함께 하시길 빕니다. 마리아!"

간수는 스테파노를 떠밀고 나갔다. 그들의 발자국 소리가 긴 통로를 따라 사라졌다.

메어질 듯 가슴이 아파왔으나 예수의 앞날에 어떤 위험이 닥쳐올 것 같은 불안한 그림자가 그녀 곁을 떠나지 않고 맴돌았다.

지금 당하고 있는 고통쯤은 아무것도 아니라고 마리아는 비관적으로 생각하였다.

"막달라 마리아?"

한 간수가 감방 문을 열고 안으로 들어와 주위를 두리번거리며 감방 안을 살폈다.

"당신들 중에 누가 막달라 마리아요?"

"저에요. 제가 막달라 마리아입니다."

그녀가 침상에서 일어나려 했으나 아찔한 현기증이 일어 머릿 속이 아득해져 휘청거렸다.

"관리소장이 사무실에서 당신을 기다리고 있소."

간수는 몸을 굽혀 고리에 묶여 있던 쇠사슬을 풀고는 한쪽 끝을 집어들었다.

"날 따라 오시오."

그러나 마리아는 몸을 움직일 수가 없었다. 그녀가 움직이려 하지 않자 간수는 쇠사슬을 집어던지듯 내동댕이쳤고 발로 바닥을 구르며 소리를 질렀다.

"따라 오라고 하지 않았소?"

마리아는 그를 따라 천천히 발걸음을 옮겼다. 발목의 통증과 함께 두 다리가 휘청거렸다. 얼마 만에 걸어보는 자유로운 발걸음인가.

그러나 갇혀 있던 감방에서 잠깐 동안이라도 풀려나 앞날이 어떻게 될지도 모르는 곳으로 가고 있는 그녀의 마음은 착잡했다. 어떤 일이 자기를 기다리고 있을까?

스테파노가 와 주기를 너무나도 오랫동안 기다리다 지친 터인지라 삶에 대한 감정과 감각은 마비 상태였고, 모든 것을 체념한 그녀였다.

마리아는 간수의 뒤를 허탈한 걸음걸이로 따라가면서 짧은 시간 동안 국과 빵, 물을 급식해 준 손수레의 횟수를 가늠해보려고 했으나 어림도 없었다. 그 동안 끊임없이 음식물을 날라준 손수레는 일상의 반복이 아닌가.

불결한 감방 안의 지독한 냄새와 신음소리, 고통을 견디다 못해 토해 내는 비명과 절규, 절그럭거리며 쇠사슬이 바닥에 닿는 불유쾌한 금속성 소리, 까맣게 입을 벌린 하수구, 불빛에 희미하게 반사되는 바닥의 축축한 물기, 이제 이런 모든 것에 너무나 익숙해진 마리아였다.

처음에는 매우 성가시게 보였던 두 명의 감방 동료도 그녀의 동정심을 자극했다. 무료와 무가치, 그리고 무엇보다도 절망적인 것은 그들이 인생의 쳇바퀴 속에서 스스로 자신의 개성이나 인간성까지 포기해버린 체 이제는 산송장이나 다름없이 존재한다는 상실감이었다.

그리하여 마리아 자신도 그녀들처럼 서서히 죽음 가까이로 동화되어갔던 것이다. 마침내 마리아는 그녀들을 이해했고, 그들과 함께 호흡하면서 같은 운명체인 그들의 절망이 무엇인지를 깨달았다.

세 여자들은 똑같은 소금국을 먹었고 더러운 물도 함께 나누어 마셨다. 그녀들은 다른 죄수들이 토해 내는 불결한 공기를 들이마시고, 조금도 움직이려 하지 않는 무기력 속에서 썩어 문드러져 갖가지 냄새가 나는 공해마저 함께 나누어 마셔야 했던 운명은, 어디서 비롯된 것일까?

이와 같은 일들이 밖에서 생활하고 있는 자유로운 사람들에게도 일어날 수 있는 일일까? 그들은 교도소 안에서 같은 인간들이 겪는 고통을 조금도 이해할 수 없을 것이다. 마리아는 이 점이 매우 의문스러웠다.

지금 그녀가 무엇보다도 궁금해 하는 일은, 밖에 있는 예수와 그 일행에게 무슨 일이 일어나고 있는가 하는 걱정이었다.

또 그녀는 지하 감옥과 무덤을 비교해 보았다. 무덤 속에는 흙을 덮고 죽은 자들이 누워있어 더 이상 인간과의 관계, 사사로운 일상사와 날씨와 태양과 달에 관한 아무런 생각이나 걱정이 없는 상태일 것이다. 그러나 살아 있는 사람들은 아무 생각없이 무덤 위를 밟고 지나 갈 것이며, 죽어서 무덤 속에 누워 있는 자들은 그 어떤 걱정도 없이 영원한 잠을 잘 것이다.

마리아는 스테파노가 전해 준 예수의 메시지에 온 신경을 집중시켰다. 그녀는 항상 예수가 자신의 사명에 대해 해준 말을 기억하고 있었다. 그렇다면 그녀가 이런 감옥에 갇히게 된 것과 이미 예수로부터 들은 현시에 대한 공표(公表)와는 어떤 연관성이 있는 것이 아닐까? 이런 끝임 없는 상념을 동반한 체 그녀는 지금 고통을 참아가며 간수를 따라 복도의 경사진 계단을 올라가고 있는 중이었다. 이따금 다리가 휘청거려 걸음걸이가 부자연스러웠다.

신선한 공기 — 오히려 이상한 냄새였다. 그녀에게 신선한 공기란 어떠한 것인지 잊혀진지 이미 오래였다. 간수는 마리아의 등을 밀며 고문실 앞을 지나갔다. 지난 고통의 기억이 되살아 나서 그녀는 고개를 돌렸다.

이윽고 간수는 관리소장의 사무실 앞에서 걸음을 멈추었다.

순간 알 수 없는 불안감이 마리아의 마음에 밀려왔다.

"막달라 마리아라는 여자를 데리고 왔습니다."

간수가 부동 자세로 말했다.

"함께 들어와."

처음 이 곳에 들어왔을 때 보았던 바로 그 사람이 책상 앞에 앉아서 서류를 들여다보고 있었다.

"막달라 마리아? 맞죠. 당신을 기억하고 있습니다. 지사청으로부터 당신을 소환하라는 명령이 왔습니다. 아마 당신에 대한 공판이 오늘 오후에 있을 겁니다. 조금 있으면 백부장이 당신을 호송할 것입니다."

"그럼, 전 어떻게 될까요?"

관리소장은 대답 대신에 어깨를 한 번 으쓱거리더니 말했다.

"지사청에서는 당신을 이 곳에 재수감 명령을 내릴 수도 있고, 경우에 따라서는 해안에 있는 타이어 재판소로 보내 로마인 판사 앞에서 재판을 받게 할 수도 있습니다."

그는 마리아의 낙망하는 듯한 표정을 건너다 보고는 다시 말을 덧붙였다.

"물론, 당신의 무죄가 증명된다면 곧 석방될 수도 있습니다. 허나 대부분의 죄수들은 이 감옥으로 다시 돌려보내지지요. 그들의 자백을 기다리기 위해서죠."

순간 마리아의 안색이 하얗게 질렸다.

"고문실에서요?"

"당신을 지사청으로 호송할 것이라고 분명히 말했습니다."

관리소장은 의자에서 벌떡 일어나 문쪽으로 걸어가더니, 그의 사무실 문을 활짝 열었다.

"많은 것을 제공할 수는 없었습니다만, 여기 세면실에서 얼굴과 손을 씻도록 하시오. 그러나 당신의 쇠사슬은 풀어줄 수 없습니다. 그것은 규정입니다. 당신 혼자서 할 수 있는 일은 별로 없습니다만, 마음 놓고 닦으시오. 곧 수건을 가져다 줄 것입니다."

"제가 얼마 동안을 여기에 있었나요?"

마리아가 궁금하다는 듯 재빨리 물었다.

"십 일이었소. 아마, 당신은 지사청과 잘 아는 친구가 있는 모양입니다. 그래서 십 일만에 소환되게 되었습니다. 그렇지 않았다면 몇 주일 더 걸렸을 것이오."

세면실 안에는 큰 욕조가 있었다. 마리아는 안도의 숨을 내쉬며 손과 얼굴, 팔뚝까지 깨끗이 씻었다.

또 젖은 수건으로 머리카락의 먼지도 닦아 냈다. 허리에 묶여있는 쇠사슬 때문에 발과 다리는 씻을 수 없었다.

"백부장이 도착했습니다. 자, 이젠 떠나도록 하시오."

관리소장이 세면실 안으로 들어서며 말했다.

로마인 백부장은 전에 그녀를 이 감옥으로 데리고 왔던 사람과는 다른 인물이었다. 그의 부하 한 명이 쇠사슬 끝을 들어올렸다.

"감사합니다. 관리소장님!"

마리아가 말했다.

"당신을 위해서 드리는 말씀입니다만, 이 곳으로 다시 돌아오지 않기를 진심으로 바랍니다."

그가 대답하였다.

정문 밖으로 나오자 쏟아져 내리는 강렬한 햇빛 때문에 앞이 보이지 않았다. 순간 견디기 힘든 어지럼증이 일었다.

전처럼 두 명의 병사들이 ―허리에 칼을 차고― 양쪽에서 호위하고 백부장이 앞서 걸었다.

그러나 십일 동안의 지옥과 같은 감옥 생활을 끝낸 마리아는 다시 정신을 차리고 자유스럽고 신선한 맑은 공기를 마음껏 마셨다.

오랜 시간을 기다린 끝에 마리아는 법정으로 끌려갔다. 연단 위에 대리석 책상을 앞에 놓고 앉아 있는 고위 관직의 로마식 토카를 입은 지사 앞으로 불려갔다. 연단 쪽으로 걸어나가면서 그녀는 사고가 일어난 직후 그녀를 고소했던 두 명의 바리새이파 원로들이 서 있는 것을 곁눈으로 보았다. 그들은 한 패로 보이는 다른 사람들과 함께 있었다.

다시 다른 쪽을 힐끗 돌아본 순간 —아, 하나님 감사합니다.— 스테파노와 여호수아가 그녀를 바라보고 있었다.

스테파노는 자신감 있는 표정으로 그녀를 보고 미소를 지었다.

지사는 얼굴을 찡그리며 바로 앞에 서 있는 마리아를 내려다보았다. 찡그리던 그의 표정은 서서히 사라졌다.

지사는 마리아에게서 어떤 확신을 얻은 표정이었다.

"여인이여! 당신의 이름을 말하시오."

지사가 거만하게 말했다.

"막달라 마리아라고 합니다."

"그러면 갈릴리 지방 출신이오."

"네."

"당신은 유태인으로서의 종교적 믿음이 확실하다고 말할 수 있습니까?"

"그렇습니다."

지사는 책상 위에 놓여 있는 몇 가지 서류를 집어들었다.

"막달라 마리아. 프롤레마이스의 어느 시민이 당신의 잘못에 대해 고소를 제기했소. 그리고 나에게 고소에 대한 증거도 가지고 왔소. 유태인의 법률에 따르면 사형에 처해질 죄목들이오. 그러나 무엇보다 로마 통치하에 있으므로 로마법에 따라야 하고 어떠한 선고나 형벌도 로마제국의 법정에서 승인되어져야 합니다. 그들의 고소가 타당성이 있는지 심문하는 것이 내가 해야 할 임무요. 이런 내용을 이해할 수 있겠소?"

"이해합니다."

마리아가 떨리는 목소리로 지사의 물음에 차분히 대답하였다.

"당신에게 제기한 첫 번째 죄목은 당신이 하나님께 불경한 일을 저질렀다는 죄요."

이렇게 말하고 지사는 원로들 쪽으로 얼굴을 돌렸다.

"이 여자 피고에 대한 증인을 앞으로 내보내시오."

그러자 원로 중에 한 명이 걸어나와 마리아 옆에 섰다. 그의 얼굴은 이미 반백의 수염으로 덮여 있었으나 번뜩이는 두 눈은 그들의 승리를 장담하듯 마리아를 노려보았다.

"당신의 이름은?"

"프롤레마이스의 시민 이스마엘입니다."

"당신도 유태인 종교를 믿고 있습니까?"

"저는 우리 시의 집회소 원로 중의 한 사람입니다. 그러나 우리 종교의 법률을 믿으며 그대로 행하는 자이옵니다."

지사는 그에 관한 서류를 들여다보았다.

"프톨레마이스의 이스마엘, 당신은 이 여인이 하나님의 이름을 사용해서 불경을 저질렀다고 고소를 제기했습니다. 어떻게 해서 이런 고소를 하게 되었습니까?"

"저 여자는 단순히 기절한 한 소년을 자기가 죽음에서 구해 주었다고 거짓 증거하기 위하여 많은 사람들이 모인 곳에서 하나님의 이름을 사용했습니다. 그러한 권능을 가진 사람은 이 세상에 아무도 없습니다. 그러한 그녀의 행위는 우리 유태인의 법률에 따라 처벌을 받아야 마땅합니다."

지사는 그를 의혹에 찬 표정으로 바라보았다.

"소년이 정말로 단순히 기절했다는 사실을 알아보기 위하여 그 소년을 자세히 검사해 보았습니까?"

"그럴 기회가 없었습니다. 소년은 곧 일어나 걸어갔습니다."

그러자 지사는 다른 두 명의 증인을 불렀다. 그들은 법정 뒷쪽에서 있었다. 마리아는 하마터면 기절할 뻔했다. 그들은 다름 아닌 그 사고의 당사자들인 소년의 어머니와 사고를 낸 마차의 마부였던 것이다.

마리아는 재빨리 스테파노 쪽을 바라보았다. 그는 여전히 미소를 보내고 있었다.

두 사람의 신분과 상황을 대조해 본 후 지사는 마부에게 먼저 질문을 했다.

"사고가 난 다음 그 소년을 보았습니까?"

"네, 지사님. 저는 옆에 서 있었는데 소년이 거의 죽어가고 있는 것을 보았습니다. 제 마차 바퀴가 소년을 거의 두 동강이 낼 뻔했으니까요. 하지만, 그건 제 잘못이 아닙니다. 지사님, 전 그때 어쩔 수가 없었습니다."

"걱정하지 마시오. 아무도 당신을 비난하지 않을 것이오."

그리고 나서 지사는 소년의 어머니에게 문제로 제기된 기도소리를 어떻게 들었느냐고 물었다.

"그 때, 저 여자분은 그 자리에 엎드려 기도를 드렸습니다. 지사님, 그녀가 하나님께 기도를 드렸던 것입니다. 제 아들은 거의 죽어 있었어요. 그녀의 기도가 있자, 아들은 곧 소생했습니다. 그리고 그녀는 하나님께 감사했습니다. 전 그녀의 하나님을 믿고 있습니다. 그녀는 거의 죽어가고 있는 제 아들의 생명을 간절한 기도로 구해 준 것입니다!"

"어떻게 당신 아들이 거의 죽은 상태인지 알았습니까?"

소년의 어머니가 더 큰 소리로 말했다.

"전 아들을 보았어요. 바로 제 아들을요. 아이는 정신도 감각도 없었어요. 아들의 몸은 피로 온통 뒤범벅이 되어 있었어요. 이건 사실입니다. 지사님!"

"충분합니다. 그렇다면 프톨레마이스의 이스마엘, 당신도 하나님의 이름을 사용하여 기도를 합니까?"

지사는 소년의 어머니를 안심시켜 놓고는 다시 바리새이파 원로에게 물었다.

"네, 물론 그렇게 합니다."

"그것도 불경입니까?"

"분명히 아닙니다."

"소년의 생명을 구해 달라고 당신은 하나님께 기도를 했습니까?"

"아닙니다. 제가 어떻게? 전 다만 소년이 일어나 걸어갔다는 사실을 증명해 드렸을 뿐입니다."

"당신이 소위 불경이라고 하는 말을 하기 전에 소년이 먼저 일어났습니까? 아니면 후에 일어났습니까?"

"어떻게 제가 그런 질문에 대답을 할 수 있습니까? 저는 이 여자의 불경스러운 말을 들었을 뿐입니다. 그녀는 주 하나님의 이름을 사용하는 불경을 저질렀습니다. 하나님의 계명에는 그 분의 이름을 헛되이 사용하지 말라고 분명히 명기되어 있습니다."

"프롤레마이스의 이스마엘, 내 말을 잘 들으시오. 내가 질문하는 요점은 소위 그녀가 저지른 불경이, 당신의 하나님에게 영향을 미쳐 소년을 낫게 해주었는지를 명확히 가리려는 것입니다. 혹은 그것이 정말 불경인지, 하나님의 이름을 사용하는 것이 금지된 계명인지, 한편 소년이 죽음의 위험을 당한 적이 없는지를 확실하게 밝히고자 합니다. 나에게 분명히 말해 주시오. 당신의 하나님의 권능이 강력해서 마차에 치인 소년을 위한 기도를 들어줄 수 있다거나 들어주려고 한다는 사실을 믿습니까?"

그 원로는 침을 튀기며 말했다.

"왜 우리 하나님께서 필요하지도 않은 기도를 들어주십니까? 그 소년은 마차에 치거나 사경을 헤멘 일이 없습니다. 전 그것을 지금까지 두 번 씩이나 증명해 드렸습니다."

"그렇다면 당신은 사고의 당사자인 소년의 어머니와 마부가 증언한 사실을 반박하는 것입니까?"

"물론입니다. 그들의 증언을 부정합니다. 그들은 그와 같은 말을 하려고 꾸몄던 것입니다. 제 말이 두 사람의 증언을 반증할 수 없다는 것입니까?"

이제 마리아는 가쁘게 숨을 몰아쉬었다. 그러나 계속 시선을 밑으로 내리깔고 지사의 엄중한 질문과 원로의 답변을 조용히 경청하는데 집중했다.

지사는 잠시 말을 멈추고 생각에 잠겼다.

"프톨레마이스의 이스마엘, 본인은 당신의 지위와 권위를 존중하여 다른 죄목에 대한 토론을 끝낼 때까지 본 죄목에 대한 결정을 유보합니다. 당신은 또 이 여자에게 매춘 행위로도 고소하였습니다. 유태인의 법률에 따르면 상당히 중대한 범죄입니다. 이 여자가 그런 행위를 했다는 사실을 증명해 주시겠습니까?"

"지사님, 그녀는 남자의 무리들과 떼를 지어 수많은 지역을 여행하였습니다. 그들이 그녀에게 매춘 행위를 원하지 않았다면 무엇을 원했겠습니까? 그것은 너무도 자명한 일입니다."

"명확한 증거가 없으면 판결을 내릴 수 없습니다. 당신도 그것을 아셔야 합니다. 그럼 당신은 이 여자가 매춘 행위를 하는 현장을 본 일이 있습니까?"

"아닙니다. 지사님, 어떻게 제가 그런 일을 목격했겠습니까? 그것에 관한 제 심증에는 아무런 의혹도 없습니다. 간음은 우리 하나님께서 내리는 형벌 중 가장 큰 벌을 받는 죄목입니다. 그녀는 우리의 법률에 따라 처벌되어야 합니다."

마리아는 표정없이 바리새이파 사람들의 위선으로 가득 찬 얼굴을 바라보았다.

"이스마엘, 본 사건인 매춘 행위에 대하여 몇 가지 질문을 더 하겠습니다. 당신들은 매춘부라는 여자가 당신들의 집회소에 들어가는 것을 허락합니까?"

"분명히 안 됩니다, 지사님. 그녀는 우리의 율법에 따라 마땅히 사형을 받았어야 했습니다. 분명 들어갔을 것이라고 생각합니다만, 그 당시 우리들은 그녀의 직업을 알지 못했고 또 죄도 알지 못했습니다."

"그러면 지금은 어떻게 그것을 압니까? 그리고 왜 좀 더 일찍 알지 못했습니까?"

"지사님, 제 말을 의심하십니까?"

지사는 웃음을 지었다.

"제가 어떻게 존경 받는 원로 분의 말씀을 의심하겠습니까? 비록 당신이 간음에 대한 증거는 제공하지 못했지만, 본인은 당신과 당신과 관련된 인물들이 제기한 세 번째의 죄목인, 로마제국에 지대한 영향을 주는 선동에 대한 토론이 끝날 때까지 판결을 연기하려 합니다. 그러면, 막달라 마리아! 본인은 이 죄목이 가장 중요한 문제임을 일깨워드리는 바입니다. 이것은 유태인의 법률이 아니라 로마 법률에 의해 결정될 것입니다. 선동이란 이 지방과 모든 제국의 영역의 통치자이신 우리의 카이저 황제에 대한 선동적인 반역을 의미합니다. 이 말을 알아듣겠소? 그리고 이 죄에 대한 형벌은 가장 엄하다는 사실도 알고 있소?"

"네, 알고 있습니다, 지사님."

마리아는 나지막하나 분명한 어조로 말했다.

"프톨레마이스의 이스마엘, 당신의 고소에 대한 모든 증거를 제시하시기 바랍니다."

"우리의 증거 내용은 당신에게 준비해 드린 소장에 기록되어 있습니다, 지사님."

"본인은 이미 그것을 읽어보았소. 당신들은 이 여인을 유태인과 이방인들의 평화를 파괴하는 나사렛 예수라는 사람을 돕고 충동질하였다고 고소하였습니다. 당신들의 주장에 의하면 나사렛 예수는 기존 질서, 아마도 로마제국을 뜻할 것입니다만, 이 기존 질서에 대항하는 불화와 반역을 조장하는 위협적인 존재라고 했습니다. 그러므로 당신들이 말하는 예수는 '병자를 고쳐 주는 자'로 우리 시에 들어온 사람을 말하는 것입니까?"

"바로 그 사람입니다. 그리고 저 여인도 바로 그 자의 추종자입니다. 저 여자는 —우리 시의 여자들에게— 우리의 법률과 전통에 반하는 설교를 하였습니다."

"정확하게 이 여인이 뭐라고 말했습니까?"

"제 자신이 그녀의 말을 직접 듣지는 않았습니다만, 예수의 설교는 들었습니다."

"그가 로마제국에 반역하는 말을 하였소?"

"직접적으로는 말하지 않았습니다만, 그는 우리가 가르치는 신앙과 다른 내용을 집회소 사람들에게 말하며 당황케하기도 하는 등 —간접적으로— 그런 말을 하였습니다. 그는 우리의 승인도 받지 않고 우리의 전통에 관해서 잘못된 내용을 페니키아 사람들에게 전하기도 하였습니다."

"당신들은 예수가 당신들의 집회소 앞에서 유태인이나 페니키아인들의 병을 치료해 주는 것을 본 일이 있습니까?"

"네. 그 사실을 부정하기는 불가능합니다만, 그런 일은 우리의 집회소와 아무런 관련이 없습니다."

"당신은 예수의 치료를 인정합니까?"

"병자를 치료해 주는 사람은 많이 있습니다. 그 자도 우리 하나님의 이름을 사용하고 있습니다."

"이번에도 불경죄입니까?"

"그렇습니다. 지사님."

"자, 그러면 이제 처음으로 되돌아갑시다. 한 가지 질문을 더 하겠습니다. 그들이 당신의 하나님의 이름을 사용했건 안 했건 간에 그녀가 행한 기도가 우리 카이저 황제께 반역을 선동한다고 믿습니까?"

"그렇게 말씀드리지는 않았습니다. 그것과는 다릅니다."

"대답하시오?"

"음 — 아픈 사람을 치료해 주는 일은 좋은 일입니다만……."

"그러면 선동이오?"

"그 말 그대로는 아닙니다만……."

"프톨레마이스의 이스마엘, 당신이 진실되게 답변해 주기를 바랍니다. 만일, 당신이 진실한 대답을 하지 않는다면 본인은 당신이 이 사회에서 높은 지위에 있음에도 불구하고 당신을 본 법정에 대한 위증과 사기죄로 고발할 것을 엄숙히 경고합니다."

지사의 말은 낮고 부드러웠으나 엄격함이 있었다.

이스마엘은 돌아서서 그의 동료들을 바라보았다. 그들의 얼굴은 마치 바위처럼 굳어 있었다. 지사는 계속 말을 이었다.

"이스마엘, 당신은 진정으로 본인 앞에 있는 이 여인이 당신들이 제기한 죄목에 대해 유죄라고 믿습니까?"

그 바리새이파 원로는 이제 자기 자신과 싸우고 있음이 분명했다.

"당신은 나 뿐만 아니라, 당신의 하나님에게도 올바른 답변을 해야 합니다."

지사가 말을 덧붙였다.

마침내 이스마엘은 고개를 떨구며 대답했다.

"아닙니다. 지사님, 이 여자가 그런 죄목에 대해 죄가 있다고는 믿지 않습니다. 아! 용서해 주십시오, 하나님!"

재판석에 앉아 있던 지사는 그의 자리에서 몸의 긴장을 풀며 부드럽게 말했다.

"진실을 듣게 되어 참으로 기쁩니다. 당신은 하기 힘든 말을 소신 있게 잘 해주었습니다. 당신의 동료들에게 자비롭게 대해 줄 것을 부탁드리는 바입니다. 본인은 유태인 집회소 원로들에게 다음의 사실을 주지시켜 드립니다. 그들은 모두 카이저 황제의 칙령에 의해 누구나 자신의 하나님을 섬길 권리를 가지고 있습니다. 그러므로 나사렛 예수와 그의 추종자들도 동등한 권리를 가지고 있는 것입니다. 본인은 본 사건이 유태인들 사이의 의견 불일치에서 비롯된 것이라고 생각합니다. 이런 사건은 로마의 법정에 의존하지 말고, 당신들 사이에서 자체적으로 해결해야할 문제입니다. 모든 분쟁은 평화적인 방법으로 해결하고, 타인에게 해를 주어서는 안 된다는 점을 유념하기 바랍니다. 만일 그런 문제들이 해결되지 않는다면, 각 종파의 사람들은 카이저 황제의 특명에 따라 각각 다른 방법으로 같은 하나님을 섬길 권리가 있는 것입니다."
지사는 마리아를 내려다보며 말했다.
"막달라 마리아라고 불리는 이 여인에 대한 모든 고소를 더 이상 유보 조건없이 기각하는 바입니다. 백부장, 이 여인에게서 쇠사슬을 벗겨 주도록 하시오. 이제, 이 여인은 자기가 원하는 곳으로 가도 좋습니다. 본인은 이 여인에게 프롤레마이스의 시민들이 좀더 따뜻하게 환대하며 맞이하지 못한 것을 유감으로 생각한다는 말씀을 드리고 싶습니다."

프롤레마이스를 떠난 후 막달라 마리아는 자신이 새로운 위기에 처해 있음을 다시 깨닫게 되었다. 이번에는 그녀 자신이 직접 저지른 일의 결과였다.

늦은 여름에 길을 떠나 초가을의 몇 주일 동안 갈릴리 호수를 따라 먼 길을 일행과 함께 여행했다.

일행은 즐거운 마음으로 길을 걸으면서 노래를 부르기도 하고, 많은 일과 노역을 해도 지치는 기색이 없었다. 대부분의 도시와 마을에서는 그들을 환영하였으나 그렇지 못한 곳도 있었다.

때로 일행은 들판에서, 산림 속에서, 진흙 바닥에서, 사막 한가운데 어디에서든지 노숙을 했다. 물론 허기에 지치는 날이 있는가 하면, 많은 음식이 잘 차려진 잔칫집에 초대 받기도 하였다. 샌들이 닳아 다 떨어지고 옷이 낡아지면 여기 저기서 많은 사람들이 신발과 옷을 가져다 주었다.

그러나 예수는 물론 그를 따르는 제자들과 일행의 모습은 점점 더 야위어 더 이상 여행을 하기는 힘든 상태에까지 이르렀다. 오직, 요안나만이 체중이 줄었다고 즐거워 할 뿐이었다.

살로메는 일행들 중에서 가장 힘들게 여행을 했으며, 수산나는 이제 여행에 익숙해져 두 다리가 더 건강해졌다고 즐거워했고, 마리아 역시 지난 날 감옥에서의 악몽과 뼈만 남았던 모습에서 기운을 되찾아 다소나마 건강을 유지하고 있는 형편이었다.

모든 사람들은 힘을 모아 성의껏 예수를 도왔고, 그 분의 말씀을 듣기 위해 모여든 사람들에게 하나님의 복음을 전하는 사명을 다 했다. 그러나 막달라 마리아의 문제는 심각할 정도로 점점 깊어갔다.

그것과 싸워 이기려는 그녀의 온갖 노력은 심각성을 입증해 주는 셈이 되었다.

그것은 참으로 불가사의한 일이었다. 언제부터 그녀의 마음 속에서 싹이 튼 것일까? 그녀는 오랫동안 자신이 스테파노와 사랑에 빠졌다는 사실을 인정하려 하지 않았다.

마리아는 여행 중에 얻은 많은 경험이나, 감옥 생활을 통해 느낀 여러 가지 일들이 자신을 치료할 수 없을 정도로 변화시켰다는 것을 깨달았다. 이제 그녀는 나이어린 시골 소녀가 아니었다. 이성에 대해 감정을 절실히 느낄 만큼 성장한 여인의 모습을 간직한 인격체였다.

인간의 본성은 행위에 따라 선하게 나타날 수도 있고, 때로는 추악하고 탐욕스러운 행동으로 옮겨지는가 하면, 동정에 의해 감동을 받기도 한다. 이렇듯 마리아는 평범한 여자가 아니라, 강인한 여성으로 성장하기에 이르렀다.

그녀는 약점도 지니고 있었지만, 의무와 사명에 대해서는 남다른 용기와 강인한 인내심을 보여주었다. 문제는 프톨레마이스의 악몽같은 사건 이후에 스테파노가 그녀에게 보여준 관심에서 비롯되었다.

이상한 우연의 일치랄까? 그는 그녀가 일하는 곳이면 항상 가까이서 서로를 도왔다. 기회가 있을 때마다 그들은 철학적인 문제와 인간, 무엇보다도 두 사람만이 함께 느낄 수 있는 공통의 관심과 주제에 대해서 긴 대화를 나누기도 하였다.

스테파노는 세례자 요한을 만나기 전에는 예루살렘에서 살았으며, 자주 해외 여행을 즐겼다. 그는 건전한 젊은이로서 마리아보다 폭넓은 경험을 통해 얻은 많은 지식을 지니고 있었다. 그러므로 그녀는 그가 들려준 아시아의 이색적인 전통과 관습, 그리스 문화에 깃든 사상에 깊이 심취하게 되었다.

그러나 마리아는 한 인간으로서 극심한 공포와 고통, 삶과 죽음을 넘나드는 위험을 겪었으며, 스테파노가 지금까지 알지도 느끼지도 못해본 개인적인 불행을 수없이 겪어 온 성숙한 여자였다.

그리하여 두 사람은 서로의 견문을 자연스럽게 넓혀 주는 사이로까지 발전하였다. 그러는 동안 마리아의 마음 깊은 곳에 그에 대한 감정이 서서히 자라기 시작했던 것이다.

그녀는 스테파노가 예수에게 어떤 사명을 받아 멀리 가 떨어져 있을 때, 그를 그리워한다는 사실을 부정하려고 애를 썼다. 그러다가 그를 만나게 되면 타오르는 기쁨이 얼굴에 역력히 드러났다.

마리아는 스테파노가 짓는 미소와 그의 푸른 눈동자를, 또 그의 금발의 곱슬머리를 사랑했다. 마침내 마리아는 자신이 한 여성으로서 한 남성을 동경하고 그리워함을 절실히 깨달았다.

스테파노가 마리아에 대해 느낀 감정 역시 분명했다. 오랫동안 두 사람은 서로 사랑에 대해 표현하거나 확인하려 하지 않았다.

그러나 마리아는 행복한 사랑보다 더 깊은 실의에 빠지게 되었다. 그녀는 자신의 힘으로 해결할 수 없는 상황에 처해 있음을 절실하게 깨닫지 않으면 안 되었다.

일행은 갈릴리 북쪽 산간지방을 여행하고 있는 중이었다. 그들은 많은 협력을 해주고 있는 마을에서 조금 떨어진 외곽지대의 어느 빈 집에 머물게 되었다. 그 곳을 거점으로 다른 마을과 농가들을 방문하며 돌아다녔다.

어느 날 아침, 식사를 일찌감치 끝낸 다음 스테파노는 마리아 혼자 일상적인 허드렛일과 청소를 하고 있는 모습을 발견하자, 대신 빗자루를 들며 말했다.

"마리아! 당신에게 꼭 하고 싶은 말이 있어요. 사랑스런 마리아, 나와 결혼해 주시겠습니까?"

예상치 않았던 갑작스런 그의 말에 마리아는 그 자리에 멈춰 선 체 두 눈만 크게 떴다.

"스테파노!"

"그 동안의 삶과 여행을 통해, 이처럼 한 여인에게 연민의 정을 느껴본 적이 없었습니다. 사랑합니다. 마리아! 나의 몸과 마음을 바쳐 당신에 대한 일념으로 지내고 있는 제 진심을 알아주기 바랍니다."

그녀는 그의 얼굴을 마주 볼 수가 없었다. 고개를 돌려 그의 불타는 눈빛을 애써 피했다. 그랬다. 그녀는 언젠간 이런 일이 벌어질 것이라고 예감했다. 그것은 한편으로 그녀 자신이 기대하던 일이었는지도 모른다.

마리아는 얼굴을 들어 고즈넉이 그를 바라보며 말했다.

"알아요. 전 이미 오래 전부터 알고 있었어요. 그리고 내 마음의 변화를 당신께 전해 드리고 싶은 강렬한 욕구도 있었어요. 하지만, 스테파노! 저는 결혼할 수가 없어요. 아마 영원히 결혼하지 못할 거예요. 결혼이란 저에겐 불가능한 일입니다."

"왜요? 당신이 어렸을 때 겪었던 일 때문인가요? 그렇게 생각한다면 참으로 어리석은 자기 비하입니다. 그 일은 나에게 아무런 장애가 되지 않습니다."

"스테파노, 그것 때문이 아니예요. 다른 이유가 있어요. 제 인생은 오직 우리의 하나님께 있어요."

"내 인생도 마찬가지입니다. 우린 함께 같은 길을 걷고 있으며, 똑같은 믿음을 갖고 있습니다. 또 우리가 지금 하고 있는 것처럼 당신과 나의 선생님이신 예수 그리스도를 위해 우리의 남은 인생을 함께 바치는 일인 것입니다."

마리아는 가볍게 머리를 저었다.

"그 이상의 일입니다. 설명해 드리고 싶지만, 그럴 수가 없어요. 정말 모든 것을 솔직하게 말씀드리고 싶지만……. 전, 그럴 수가 없어요."

"마리아! 나는 도저히 당신의 태도를 이해할 수가 없어요. 다른 사람들도 결혼했어요. 베드로도 그렇구요!"

"잘 알고 있어요. 스테파노! 이 정도는 당신께 말씀드릴 수 있어요. 저에게서 악령들이 물러가기 바로 직전에 어떤 목소리가 저에게 들려왔어요. 거기서 저는 의무와 꼭 해야 할 사명을 받았습니다. 때가 되어 그 일이 완수될 때까지는 아무에게도 말해서는 안된다고 했어요. 제가 감옥에 있을 때 당신이 그 분께 받아 저에게 전해 주신 메시지를 기억하고 계시죠? 제 자신도 그것이 무엇인지 정확히는 알 수 없어요. 오직 예수께서만 알고 계십니다. 저에게도 말씀해 주시지 않았어요. 그 목소리는 제가 예수님을 만나리라고 예언해 주었어요. 그리고 다음 날 그 분이 막달라에 오시어 저에게서 악령들을 쫓아내 주셨어요. 그때 이미 그 분은 그 목소리를 알고 계셨어요. 그리고 저에게 자기를 따르라고 청하셨답니다. 이것이 지금까지 제가 여기에 있게 된 이유입니다."

"마리아! 분명 당신이……."

그는 마리아의 말을 듣곡 마음을 가다듬으려고 애를 쓰는 표정이 힘겨워 보였다.

"하지만, 분명히 하나님께서는 우리의 결혼을 반대하지 않을 것입니다. 당신은 이미 성숙한 여성입니다. 마리아! 당신은 자신만의 사명과 더불어 한 여성으로서의 인생을 살아갈 권리가 있습니다. 우리의 결혼은 허락된 하나님의 뜻입니다."

마리아는 갑자기 팔을 뻗어 스테파노의 목을 와락 껴안았다.

"나도 당신을 사랑해요. 스테파노! 저의 마음을 다 바쳐서요. 하지만 말예요, 전 결혼을 할 수가 없어요. 제발 저에게 그런 청은 하지 마세요."

그녀는 그에게서 두 팔을 푼 다음 그대로 뛰쳐나와 허겁지겁 위층으로 올라갔다. 그 곳에는 여자들의 침대가 나란히 놓여 있었다.

마리아는 침대에 몸을 힘없이 던지고 쓰러진 체로 슬픔에 어깨를 들먹거리며 한없이 울었다.

늦은 가을 오후의 햇살이 그녀의 작은 육체 위에 쏟아져 내렸다.

그녀의 타오르는 마음만큼이나 눈부신 햇살이었다.

그로부터 일주일이 지난 어느날 오후였다. 스테파노가 마리아 곁으로 다가오며 나직하게 말했다.

"나와 함께 저쪽 산으로 올라가지 않겠어요. 그 곳에는 아름다운 가을 경치가 익어가고 있을 거예요. 별로 춥지도 않을 겁니다. 우리 둘이서만 나누고 싶은 중요한 이야기가 있어요. 거기라면 주위 사람들의 방해를 받지 않을 겁니다."

마리아는 그의 요청에 망설였으나 스테파노의 태도가 너무나 엄숙하고 진지하였으므로 쉽게 거절할 수가 없었다.

"알았어요, 스테파노. 당신이 원하시는 대로 함께 가겠어요. 쇼올을 가져가도 되겠죠. 돌아올 때는 추울 것 같아요."

다른 여자들과 함께 쓰고 있는 좁은 다락방에서 마리아는 옷가지 등을 뒤지면서 잠시 생각을 가다듬어 보았다. 왠지 자꾸만 가슴이 두근거렸다.

스테파노는 틀림없이 결혼에 대해 재차 이야기를 할 것이고, 그러면 그녀의 지금까지의 결심이 자칫하면 흔들릴지도 모를 일이었다.

차라리 '네!' 하고 승낙해 버리는 편이 더 쉬울 것 같았고, 마음의 끝없는 방황에서 벗어나고 싶은 강렬한 욕망이 그녀를 흔들어 놓았다. 그녀 역시도 그를 진실로 사랑했으며, 마음과 육체도 그를 그리워하고 있었다. 정말 그를 그녀 자신만의 한 남자로 소유하고 싶었던 것이다.

그와의 결혼은 마리아에게 밝은 미래를 약속할 것이며 젊음을 향유할 수 있는 평탄한 생활이 보장되리라. —사랑 속의 행복한 나날들, 안정감, 건강한 아이들, 스테파노에 대한 강렬한 그리움이 다시 머리에 떠올랐다.— 그만큼 그는 마리아에게 설득력 있는 남자였다.

그들 두 사람은 울퉁불퉁한 숲 사이의 작은 오솔길을 따라 올라갔다. 이 작은 길은 양치기들이 양을 몰고 다니는 길이었다.

산 아래 쪽의 기슭에는 빽빽한 침엽수들이 짙은 그늘을 드리웠으나 올라갈수록 작은 관목들로 바뀌었다.

공기는 맑고 서늘해 상쾌한 느낌을 주었다. 길은 점점 커다란 바위들이 많아 거칠어졌고 가을은 한 발자국 더 깊어가는 것처럼 보였다.

"걷기 힘든 길이네요."

마리아가 숨을 몰아쉬며 말했다.

"그러나 양들에게는 걸을 만한 길이지요."

스테파노가 웃으며 대답했다.

그는 앞서서 올라가며 그녀의 손을 잡아 주었다. 따듯한 온기가 마리아의 작은 손에 전해졌다.

여린 가을 햇살이 이들 두 젊은 남녀의 이마 위에서 곱게 부서져 내렸다. 두 사람은 말이 없어도 즐거웠다. 마주 보는 눈빛으로, 잡은 손으로 너무나 많은 말을 주고받을 수가 있었다.

한 시간 가량을 걸어 낮은 언덕에 오르자, 스테파노는 약간 비탈진 기슭으로 돌아가자고 제안했다.

"저쪽으로 조금 돌아가면 더 편한 자리가 있을 것 같습니다. 경치도 아름다울 것 같네요."

그녀는 고개를 가볍게 끄떡였다. 그의 말이라면 이 세상 끝까지라도 따라가고 싶은 것이 지금 그녀의 마음이었다. 그만큼 그는 그녀에게 사랑스러운 존재였다.

두 사람은 또 다시 길이 나 있지 않은 울창한 잡목 숲을 헤치면서 거친 바위 틈 사이를 더듬으며 앞으로 나갔다.

스테파노는 마리아의 쇼올을 들어주어 그녀가 자유롭게 숲을 헤치고 올라갈 수 있도록 도와 주었다.

두 사람은 길을 트는데 정신을 쏟느라 대화를 나눌 틈이 없었다. 가끔 이름 모를 새들이 잡목 사이로 날았다. 조금 더 나아가자 바로 눈앞에 마치 바위로 작은 성을 쌓은 것 같은 공터가 나타났다.

"아! 저기서 쉬도록 합시다. 더 좋은 곳은 없을 것 같습니다."

"네."

마리아는 깊이 숨을 몰아쉬며 대답했다.

두 사람은 잡목 숲을 뚫고나가 바위 옆의 작은 공터에 이르렀다.

그 곳은 병풍처럼 둘러쳐진 바위로 바람이 자는 듯했고 따사로운 가을 오후의 햇살이 가득 넘쳤다.

"아! 저길 좀 봐요."

마리아는 눈 앞에 펼쳐진 드넓은 공간 너머로, 작은 언덕과 끝없이 뻗어 간 산마다 층층이 쌓아놓은 산봉우리들을 내려다보며 환호하듯 말했다.

멀리 흰 눈이 덮인 헤르몬산이 마치 꿈처럼 우뚝 솟아 있었다. 이

거대하고 웅장한 산은 갈릴리호수 어디에서나 볼 수 있는 거인과 같은 모습을 하고 있었다.

"아버지를 따라 고기잡이를 나갈 때면 언제나 저 산을 바라보곤 했지요. 헤르몬산은 사실 저의 꿈이기도 했어요."

마리아는 문득 고향 생각이 났다. 아마, 지금쯤 아버지 자카리아스와 오빠 사무엘도 배에서 저 산을 바라보고 있을 것이라는 생각이 들었던 것이다. 이제 막달라 마을은 그녀에게는 너무나 멀리 떨어져 있는 곳이었다.

스테파노는 마른 목초 위에 그녀의 쇼올을 내려놓으며 부드럽게 말했다.

"자, 여기 앉아요. 여긴 바위에 몸을 기댈 수도 있어요."

마리아는 바른 자세로 앉으며 얼굴은 아직도 먼 산 아래쪽을 내려다보고 있었다.

"너무 경치가 아름다워서 눈이 떨어지지 않네요."

그녀는 반쯤 그를 의식하는 표정을 지으며 중얼거리듯 말했다.

방금 그들이 걸어서 올라온 길이 발밑 멀리까지 보였다. 그 좁은 길은 실타래처럼 가물거렸다.

맞은편 산은 이제 막 태양이 넘어간 뒤라 검푸르고 어두운 빛깔로 젖어들었고 주위에는 아무 소리도 들려오지 않았다. 오직 두 사람만이 산과 하늘 아래 있을 뿐이었다.

마리아는 어느 날인가, 예수와 함께 서 있던 카르멜산의 정상을 머리 속에 떠올렸다. 잠시 동안 두 사람은 자기 나름대로의 생각에 빠져 누구도 먼저 입을 열지 않았다. 그들은 자신들의 마음을 무너뜨리게 될 지도 모르는 주위의 정적을 깨뜨리기가 무서웠던 것이다.

이윽고 스테파노가 용기를 얻은 듯 마리아를 건너다보며 먼저 말했다.

"마리아! 난 당신과 우리의 이야기를 방해하지 않는 곳에서 대화를 나누고 싶었습니다. 난 지난 번 당신과 함께 나눈 이야기에 대해 여러 가지로 생각해 보았습니다. 하나님께서는 우리들의 결혼을 축복해 주실 거라고 믿습니다. 결코 반대할 이유가 없지 않습니까? 진심으로 당신이 내 아내가 되어주길 바랍니다. 난 매일매일 하나님께 기도했습니다."

"아! 스테파노, 지난 번에 말씀드렸듯이 당신이 모든 것을 이해해 주기를 바래요."

"바로 그 말이 내가 하고싶은 말입니다. 마리아! 아, 막달라 마리아. 난 진심으로 당신을 사랑하고 있습니다."

"스테파노, 저를 도와주세요. 이렇게 말하면 제가 당신을 사랑하는데 방해가 되나요. 저를 사랑하는 노력만큼 이해하여 주시고 저를 도와주세요."

마리아는 그의 어깨에 손을 올려놓으며 말했다.

"이봐요, 마리아. 우리 두 사람이 서로 돕는 딱 한가지 방법이 있습니다. 제가 이 결정을 내리기 전에 선생님과 상의를 했습니다. 마리아, 저는 일행들의 곁을 떠나 예루살렘으로 돌아가고자 합니다."

"스테파노! 지금 — 전 당신이 하고 계시는 말씀을 이해할 수가 없어요."

마리아가 놀라며 그의 말을 가로막았지만, 그녀의 목소리는 차츰 작아져 낮은 속삭임으로 변했다.

그가 떠난다. 이제 그녀 곁을 영원히 떠나간다. 더 이상 스테파노와 함께 있을 수가 없다. —매일 그의 그리운 얼굴을 보지 못하게 된다.— 마리아는 눈물을 감추기 위해 얼굴을 돌렸다.

"스테파노! 제가 그토록 당신을 사랑하지 않았어야 되는 건가요? 아무에게나 해서는 안될 말이지만, 당신께 만은 꼭 말씀을 드리겠어요. 오래지 않아 예수께서는 그 분의 적, 자세히는 모르지만 그들의 손에 죽음을 당하시게 될 것입니다. 비록 그 분이 저에게 그런 말씀을 하지는 않았지만, 전 그것을 확실히 알고 있어요. 그 분은 그와 같은 일이 하나님의 뜻에 따라 일어나야 된다는 사실을 잘 알고 계십니다. 그 분과 저는 서로 그런 내용의 대화를 직접 나누지는 않았지만, 그 분은 제가 그런 사실을 알고 있음을 이미 간파하고 계십니다. 스테파노! 저는 그 분이 — 선생님께서 돌아가신 다음에 해야 할 일이 있어요. 그것이 무엇인지는 저도 알지 못하고 있어요. 아마 그 일이 일어날 때까지."

마리아는 그에게서 약간 떨어져 팔을 머리 위로 올리며 땅 위에 엎드렸다. 스테파노는 그런 자세를 취하는 마리아를 바라보며 아무런 대답도 하지 않았다.

오랫동안 침묵이 흘렀다. 얼마 후에 스테파노가 입을 열었다.

"어떻게 하나님의 아들이 죽음을 당한다는 말이오?"

"그 이유는 정당합니다. 난 그 뜻을 알 수 있어요. 만일 우리의 하나님께서 그 분의 아들이 희생하도록 허락하신다면 이 세상의 모든 사람들은 진심으로 그 분을 이해하게 될 것입니다."

막달라 마리아는 갑자기 굽혔던 몸을 일으켜 세우며 자세를 고쳐 앉았다.

"스테파노! 전 최초로 선택된."

마리아는 갑자기 말을 멈추었다. 아무리 사랑하는 사람이었지만, 그 이상 하나님과의 약속을 저버릴 수가 없었던 것이다. 그러자 스테파노가 얼굴을 찡그리며 못 마땅하다는 표정으로 말했다.

"난 도무지 이해할 수가 없군요. 하지만 언젠가는 우리 두 사람이 함께 걸어야 할 미래가 있을 거라고 확신합니다."

그녀는 머리를 세차게 흔들었다.

"아니예요. 절대로 그럴 수는 없어요. 아, 스테파노! 당신은 나의 가장 소중한 사람이기는 하나 제 인생은 하나님 아버지께 속해 있어요. 그 분이 저에게 무엇이든지 원하기만 하면 저는 기꺼이 그 분의 뜻에 따를 준비가 되어 있어요. 저의 모든 것은 그 분의 뜻이라는 것을 알아주시기 바래요."

스테파노는 슬픈 얼굴로 마리아의 손을 잡았다.

"그렇다면 당신께 꼭 하고 싶은 말이 있어요. 막달라 마리아, 내가 당신을 내 생명보다 더 사랑하고 있으므로 당신이 하고 있는 뜻대로 나도 할 것입니다. 그리고 나 자신도 하나님께 몸과 마음을 다

바치겠습니다. 만일 지금 당신이 말한 것이 모두 사실이라면 —사실이겠지만, 그것을 달리 표현할 방법도 없지만— 나는 우리가 하고 있는 일들이 아직까지는 이해할 수 없는 더 크고 위대한 목적을 향한 행동이라는 것을 믿겠습니다."

마리아는 그의 말에 감동하며 고개를 끄덕였다. 다시 눈물이 쏟아져 앞을 가렸다. 그녀에게는 다시 없는 사랑의 깃발이었으며, 그 모든 것을 인내해 낼 수 있는 힘과 용기의 벅찬 감동이었다.

"내 뜻을 받아줘서 정말 감사해요. 이젠 돌아가요. 스테파노! 우리의 사랑은 이제부터예요."

두 사람은 자리에서 일어났다. 작은 별이 하나씩 그들 머리 위에서 빛나기 시작했다.

그날 밤 기도에서 마리아는 그 동안 자기가 저지른 죄에 대해 하나님께 용서를 청하였다. 사랑에 빠져 하나님께서 내려준 사명보다 더 쉽고 안락한 생활을 얻으려 한 죄를 회개하였다.

또한 그녀는 스테파노가 그토록 오랫동안 연민의 정을 가지고, 그런 마음을 더욱 발전시킨 것은 자신의 잘못에 의한 것으로 간주하고 스테파노를 위해 기도를 드렸다.

한편, 스테파노는 자신이 그녀를 고통 속에 빠뜨린 것을 후회하며, 그녀가 고통에서 벗어날 수 있도록 하나님께 기도했다.

새벽이 되기 직전에 마리아는 옷을 입고 밖으로 나왔다. 바로 문 앞에서 그녀는 여호수아를 만났다. 그는 스테파노가 이미 떠났다고 말해 주었다. 그는 동이트기 전에 떠났다는 것이다.

마리아는 숨이 막혔다.

"그렇게 빨리!"

"그는 나에게 아주 떠난다고 말하지 않았습니다. 다만, 선생님께서 예루살렘에서 할 일을 주셨다고만 말했어요. 전 무슨 일인지 전혀 이해하지 못하겠습니다."

"예수께서도 아시나요?"

"네, 선생님께서는 스테파노가 길을 떠나기 전에 축복을 해 주셨습니다. 아마 선생님은 그를 전송하느라고 지금 밖에 계실 겁니다. 조금 전에 산책을 하시겠다고 말씀하셨어요."

그때 마리아는 예수의 발자국 소리를 희미하게 들을 수 있었다. 즉시 밖으로 달려나갔다. 먼 곳에 서 있는 예수를 발견하였다.

그는 머리를 높이 쳐들고 산 너머 동쪽 하늘로 시선을 주며 서 있었다.

"선생님."

"네, 막달라 마리아?"

"드릴 말씀이 있습니다. 스테파노가 왜 그렇게 빨리 떠났는지 선생님께 설명을 드렸습니까?"

"그럴 필요가 없었습니다. 그리고 당신도 그 이유를 물을 필요가 없습니다. 당신들 두 사람이 서로 상대방에게 어떻게 느끼고 있었는지 명확하게 행동으로 보여주었습니다."

"그런데 왜 저에게 말씀해 주시지 않았습니까?"

"만일 내가 하늘에 계신 나의 아버지와 함께 하늘에 있고, 당신과 함께 없다면, 내가 당신에게 무엇을 해야 할지 또 무슨 말을 해야 합니까?"

"저, 아닙니다. 전 죄를 지었습니다. 스테파노를 너무 사랑한 나머지 그와 결혼하기를 간절히 원했습니다. 저는 그를 제 사람으로 만들고 싶었습니다. 그의 사랑을 모두 받아들이고 싶었습니다. 그에게 실망을 주지 않으려고 노력한 것이 오히려 그에게 더 큰 시련을 주었습니다. 전 그와 함께 지낼 편한 생활만 꿈꾸어 왔습니다. 그래서 유혹에 쉽게 빠졌습니다. 하나님께서 저에게 내려주신 그 의무와 사명을 거역하는 죄를 지었음을 고백합니다. 그리하여 저의 주님과 당신께 부족한 가치 없는 존재로 전락하였습니다."

"이미 내가 당신께 이 세상에서 많은 유혹을 받을 것이라고 말하지 않았습니까? 나 역시 광야에서 하나님께서 나에게 내려주신 생활보다 더 안락하고 편안한 생활을 선택할 수 있는 유혹을 받았다고 말하지 않았습니까? 남자와 여자가 서로 사랑하고 결혼을 하고 싶어 하는 바램은 하나님께서 주신 선물입니다. 그것은 죄가 아닙니다. 당신이 여성으로서의 권리를 포기하게 한 것은 당신 자신의 힘에 대한 하나의 시험이었습니다. 알겠어요, 막달라 마리아?"

"선생님, 무엇보다도 그런 생각을 가진 제 잘못에 대한 당신의 용서를 청합니다."

"마리아, 당신이 희생하려고 결정한 사항이 당신이 지은 죄보다 훨씬 중요하고 위대하다는 사실을 믿을 수 없습니까? 자, 이제 당신에게는 또 하나의 짐이 올려질 차례입니다."

"무엇이든지 말씀하세요, 선생님!"

"당신은 매일 아침 기도에 이런 말을 추가해야 합니다. —아버지, 당신께 죄를 지은 모든 사람들을 용서하고 자비를 베푸는 것처럼, 저의 죄를 사하여 주셔서 감사하나이다. 하늘에 계신 나의 아버지시여.— 하고 말입니다."

마리아는 그 말을 듣고 이해하려고 노력하였다.

"선생님, 그 말씀이 무엇을 의미하는지 설명하여 주시기 바랍니다. 제가 이미 지은 죄는 용서할 수가 없는 것이 아닙니까?"

"아니오. 주 하나님을 위하거나 나를 위해서가 아닙니다. 당신은 자신을 위해서 할 수 있습니다. 죄를 지은 사람들에게 자비를 베풂으로써, 당신은 많은 사람들을 하나님 나라로 인도할 수 있습니다. 특히, 당신이 앞으로 만나게 될 여자들 중에서 많은 사람을."

"선생님, 저는 그런 일을 할 자격이 없습니다!"

"그렇소. 바로 그것입니다. 나는 지금까지 당신이 겪어온 경험을 높이 사서 당신에게 그런 자격을 부여한 것입니다. 당신 자신의 죄를 통하여 인간 본성의 나약함을 깨달을 수 있었던 것입니다. 이것이 바로 내가 당신을 필요로 하는 뜻입니다. 자, 이제 아침 식사를 하러 갑시다."

남자들은 이미 식탁에 둘러앉아 있었고 여자들은 그들에게 음식을 날라다 주고 있었다.

베드로가 그녀에게 물었다.

"스테파노는 어디에 있습니까? 오늘 아침부터 지금까지 그를 보지 못했습니다."

마리아는 염소젖을 컵에 따라 주며 식사 시중을 들다가, 하마터면 쏟을 뻔하였다.

그때 예수가 대신해서 말했다.

"내가 그를 예루살렘으로 보냈습니다. 그의 집이 그 곳에 있어 돌아오는 파스카제 | 유태인의 해방절인 4월제를 의미함. 즉 이스라엘 민족이 해방된 날을 기념하는 제일 큰 명절이다. '파스카'라는 뜻은 '지나쳐 버린다 ; Passover'는 말이다. 그 내용은 「출애굽기」 12장 13~23절에 있다. 이스라엘 사람들이 이집트에서 노예살이를 하고 있을 때 이를 해방시키기 위하여 하나님께서 이집트에 많은 천벌을 내렸는데, 그 중 마지막에 이집트인들의 맏아들을 천사를 보내어 죽이기로 하고, 이스라엘 사람들에게는 이 난을 면할 수 있도록 양을 잡아 그 피를 문설주와 문, 인방과 중방에 바르도록 명하였다. 그래서 천사는 양의 피를 바른 집을 지나쳐 버렸다. 이 천벌로 이스라엘 사람들은 이집트를 탈출했다 | 를 준비하도록 명했습니다."

"파스카제라고요? 그것은 봄이 아닙니까?"

베드로가 의아해 하며 말했다.

"그렇소. 4월에 있습니다. 겨울이 지나가면 축제 바로 전에 예루살렘으로 갈 것이오. 스테파노가 우리들이 묵을 곳을 마련한다고 했소. 늦으면 그곳의 모든 숙박 시설은 만원이 됩니다. 많은 나라에서 순례자들이 파스카제를 기념하기 위하여 몰려오므로 묵을 만한 숙소가 마땅치 않을 것입니다."

마리아는 빈 병을 들고 부엌으로 가 정신이 없는 상태로 우유를 다시 채워 넣었다.

"막달라 마리아, 지금 무슨 생각을 하고 있어요? 우유가 더 필요해요?"

수산나가 물었다.

"뭐라고 하셨어요. 아? 네, 우유병을 다시 채워 주세요."

다음 날 정오가 되자, 일행은 포도 농장 주인의 초대를 받고 가 신선한 포도를 따서 먹었다.

그들 일행은 북부 갈릴리 지방의 순회를 마치고 단 시와 카이저리아 필리프를 돌아서, 카파르나움으로 돌아가는 길목인 요르단강을 건너는 나루터 가까이에 머물고 있었는데, 일행은 모두 열일곱 명으로 예수와 열 두 사도들과 네 명의 여자들이었다.

여호수아는 스테파노와 합세하기 위하여 먼저 예루살렘으로 떠난 뒤였다. 그들이 포도를 다 먹은 후에 예수는 일행들에게 아주 낮은 목소리로 다음과 같이 말했다.

"잠시 나와 함께 앉읍시다. 이제는 알 때가 되어 사도들에게 해야 할 말이 있습니다. 여자들도 듣도록 하시오. 당신들에게 묻겠습니다. — 사람들은 나를 보고 누구라고 합니까?"

"어떤 사람들은 세례자 요한이라고 하고, 또 다른 사람들은 엘리아라고 하며, 혹은 예레미아라고도 합니다. 아니면 예언자 중의 한 사람이라고 부릅니다."

"그러나 당신들은 내가 누구라고 말하겠습니까?"

잠시 침묵이 흘렀다. 마리아는 재빨리 사도들의 얼굴을 둘러보았다. 대부분의 사도들은 예수가 묻고자 하는 말의 뜻을 잘 알고 있었으며, 그녀와 다소 익숙치 못한 몇몇 사도들은 어리둥절한 표정을 지었다. 그들은 망설였다.

예수가 새로 이름을 지어준 베드로가 먼저 대답했다.

"당신은 그리스도이시며, 하나님의 아들이십니다."

"요나의 아들 시몬, 당신은 정녕 행복합니다. 하늘에 계신 나의 아버지가 아니고서는 그 누구도 그와 같은 말을 당신이 알게 해줄 수 없습니다. 내 말을 잘 들으시오. 그대는 베드로 즉, 반석입니다. 나는 이 반석 위에 내 교회를 세우겠습니다. 죽음의 나라는 이 교회를 이기지 못할 것입니다. 또 나는 하늘나라의 열쇠를 그대에게 주겠소. 그대가 땅에서 용서한 것은 하늘에서도 용서할 것이며, 땅에서 용서하지 않은 것은 하늘에서도 용서하지 않을 것입니다."

마리아가 '교회'라는 낱말을 예수에게서 들은 것은 이번이 처음 이었다. 그것은 무엇을 의미하는 것일까? 그녀는 예수께 다시 질문하기 위하여 머리 속에 깊이 기억해 두었다.

그리고 나서 예수는 예루살렘으로 가면 원로들과 대제관들, 율법학자들에게서 받을 고난에 대해 제자들에게 자세히 설명해 주었다.

그는 죽음을 당할 것이며, 그 후 삼 일만에 죽음에서 다시 부활하리라고 말했다.

"나는 부활이요, 생명이기 때문입니다."

예수가 말했다.

모든 사람들은 그의 예기치 못한 말을 듣고 놀라서 아무 대답도 못했다. 마리아는 자기의 얼굴에 피가 거꾸로 몰리는 것을 느꼈다. 그녀가 간직하고 지금까지 지녀온 그 말은 사실이었다.

베드로가 극구 부정하려고 들었다.

"주님, 당신께는 그런 일이 일어날 수 없습니다. 당신은 죽음과 먼 분이십니다."

그러나 예수는 베드로에게 대답했다.

"사탄아, 물러가라! 너는 나에게 방해만 되는구나. 하나님의 일은 생각하지 않고 사람의 일만 생각하고 있으니 말이다."

예수는 베드로를 심하게 책망하였다.

"누구든지 나를 따라오려면 자기를 버리고 자기의 십자가를 져야 합니다. 그리고나서 나를 따라오시오. 누구든지 제 목숨을 건지려고 하는 사람은 잃을 것이오. 나를 따랐기 때문에……. 또 기쁜 소식을 전했기 때문에 자기 목숨을 잃은 사람은 건질 것입니다. 사람이 온 세상을 다 얻는다 해도 자기 목숨을 잃은 다음에는 그것이 무슨 소용이 있겠습니까? 아무것도 자기 목숨과는 바꿀 수 없는 것입니다. 악이 범람하고 절개없는 이 세상에 태어나서 내 말을 창피하게 생각하는 사람은, '이 사람도' 아버지의 영광을 위해 거룩한 천사들을 거느리고 올 때에는 자기 자신을 창피하게 생각할 것입니다."

이윽고 예수가 자리에서 일어서자 주위의 사도들도 따라 일어섰다.

일행은 다시 냉정한 마음으로 정신을 가다듬고 예수를 따라 카파르나움으로 가는 여정에 올랐다. 이제는 그들이 아주 오래 전에 머물렀던 집을 향해 발걸음을 옮겼다.

그날 저녁 마리아는 혼자서 예수를 찾았다.

"선생님, 오늘 하신 말씀이 정말 사실이옵니까?"

"그것을 모르고 있었습니까, 마리아?"

"아닙니다. 선생님, 저는 세례자 요한이 죽었다는 소식을 선생님께서 들으신 후에 알았습니다. 제가 잘못 알고 있기를 바랐었습니다."

예수는 고개를 끄덕거렸다.

"그날 밤에 산에서 돌아왔을 때, 그 사실을 받아들였습니다."

"그것은 하나님의 뜻입니까?"

"그렇소. 나는 당신이 눈물을 흘리지 않기를 바랍니다. 마리아, 당신은 나의 충실한 사람입니다. 나는 내가 필요로 할 때 당신의 힘이 필요할 것입니다."

"저는 굳센 힘을 가질 것입니다. 선생님, 이 일은 제가 공표해야 할 소식과 연관이 있는 것인가요?"

"그렇소. 막달라 마리아. 때가 오고 있습니다. 바로 그 순간에 모든 것을 알게 될 것입니다."

예루살렘

마리아는 행렬을 따라 걸으면서 누군가가 길에 떨어뜨린 종려나무 잎을 집어들었다. 길 옆에 늘어서서 즐거운 모습을 보여주고 있는 구경꾼들에게 종려나무 잎을 흔들어 축제 분위기를 돋구어 주었다.

"호산나! 주님의 이름으로 오시는 이여. 찬미 받으소서. 호산나! 호산나!" | 호산나 - 원래의 뜻은 '구해 주소서'라는 뜻이 전의되어 환호성으로 변한 것이다. |

군중들은 소리를 드높여 예수께 찬미를 드렸다. 그러나 마리아의 마음은 그들과 같을 수가 없었다. 그녀는 주워 든 종려나무 잎을 길가에 떨어뜨렸다.

사도의 일행에 합류하려는 순례자와 추종자들의 긴 행렬 맨 앞에서 예수는, 어린 당나귀를 타고 베타니에서 예루살렘으로 가는 큰 길을 따라 나섰다. 지금 자신의 운명인 죽음을 맞이하기 위해 가고 있는 예수의 앞 일을 마리아는 너무나 잘 알고 있었다.

"다비드의 후손 만세
주님의 이름으로 오시는 분
이스라엘의 왕 만세.
우리의 선조 다비드의 왕국이
이제 가까이 왔도다.
하늘 높은 곳에 계시는
하나님 만세!"

그들은 마리아의 마음과 같을 수 없었다. 열정적인 군중들은 이미 예루살렘의 초입까지 달려나와 갈릴리로부터 온 나사렛의 예언자를 맞이하고자 열광하였다.

예수의 긴 다리는 어린 당나귀의 등에서 땅에 닿을 정도였다. 그러나 예수는 머리를 높이 쳐들고 손을 흔들며, 길 양쪽에 늘어서서 그를 환영하고 있는 군중들에게 웃음을 지어보였다. 그들은 종려나무 가지를 흔들면서 그 앞에 깔아 놓은 잎사귀들을 밟으며 자카리아스의 예언을 노래하였다.

시온의 딸에게 알려라
네 임금님이 너에게로 나가신다고
겸허하신 분이 나귀 타고 가신다.
암나귀의 새끼나귀 타고 가신다.
시온의 딸아, 겁내지 말라
네 임금님이 가신다.

암나귀의 새끼나귀 타고 가신다.

바로 다음 날 아침에 예수는 다른 사람들과 멀리 떨어진 곳에서 마리아를 자기 곁으로 불렀다.

"나의 충실한 막달라 마리아. 우리가 예루살렘으로 들어간 다음 나는 당신과 한 동안 이야기할 기회가 없을 것입니다. 내 주위에 너무도 많은 사람들이 몰려들 것입니다. 당신이 들을 수 있는 것은 모두 귀담아 듣고 볼 수 있는 것은 모두 주의 깊게 관찰하기 바랍니다. 나에게 일어날 일들, 성경에 씌어 있는 예언은 모두 나를 통해 완성될 것이기 때문입니다."

"이제는 선생님 말씀의 뜻을 알아듣겠습니다. 주님."

"다른 사람들은 아직까지도 이를 이해하지 못하고 있습니다만, 당신은 이 진리에 대한 증인이 될 것입니다."

예수의 말 속에는 사도들조차도 그가 곧 십자가에 처형될 것이라는 사실을 진정으로 믿고 있지 않다는 의미가 들어있었다.

"이 일은 당신에게도 고통스러운 고난이 될 것입니다."

예수가 매우 침착한 어조로 말했다.

너무 침착한 예수의 말에 마리아는 쏟아져 내리는 눈물을 재빨리 감추며 말했다.

"선생님, 전 울지 않겠습니다. 일전에 울지 않겠다고 약속드린 것처럼 절대로 눈물을 보이지 않겠습니다. 저는 선생님에 대한 믿음이 강하다고 자부합니다."

"그 점은 나도 잘 알고 있습니다. 여기 함께 있는 동안 당신에게 꼭 전할 말이 있습니다. 막달라 마리아라는 당신의 이름은 이 시대의 기록에 남아 땅 위의 세상에서 영원히 기억될 것입니다."

"선생님, 전 그런 것을 원하지 않습니다. 제가 봉사하는 것은 선생님과 우리 주 하나님을 위해서 하는 사명입니다."

예수는 마리아의 두 손을 잡았다.

"막달라 마리아! 내 이름 때문에 박해를 받고 나를 위해서 감옥에 갇히는 사람들은 하늘에 계신 우리의 아버지와 함께 높은 곳을 약속 받게 될 것이라고 말했습니다."

"선생님, 주님! 당신의 발 아래에 무릎을 꿇고 당신과 함께 계실 하늘의 우리 아버지께 기도를 드려도 되겠습니까? 지금 이 선생님과 함께 있는 마지막 시간입니다."

"네, 그렇게 하시오. 마리아."

마리아는 예수 앞에 조용히 무릎을 꿇고 머리를 숙이고 두 손을 합장했다.

"하늘에 계신 나의 아버지시여. 저의 선생님이신 예수 그리스도의 아버지시여. 당신의 뜻에 따라 이 세상의 우리 모두를 위하여 겪으셔야 할 길을 평안하게 하여 주소서. 이제 고통을 겪으실 역사적인 일에 힘과 용기를 불어넣어 주소서."

그녀의 목소리가 높아졌다.

"주 하나님! 당신의 아들을 빨리 당신에게로 인도해 주소서."

기도소리가 차츰 떨리기 시작하자, 마리아는 자기의 흥분된 목소리가 더 이상 높아지지 않도록 애썼다.

"하나님, 나의 아버지시여! 제 생명을 당신께 바치오며, 제가 그 분을 위해 이 세상에서 일하는 동안 모든 것을 바치겠나이다. 지금부터 살아 있는 동안까지 미약한 저에게 힘과 지혜와 용기를 주소서—."

마리아는 기도를 멈추고 땅바닥에 엎드렸다. 그리고 놀랍게도 예수가 그녀 바로 옆에서 함께 무릎을 꿇고 있는 모습을 발견하였다.

"아버지시여! 이 여인 막달라 마리아를 돌보시고, 저에 대한 그녀의 믿음을 지켜주소서. 그녀가 지금까지 일하고 얻은 생명의 설 땅을 돌보아 주시고 영원히 보살펴 주소서 — 아멘."

예수는 먼저 일어나 마리아의 두 손을 잡아 일으켜 세웠다. 흥분하여 거의 정신을 잃을 지경인 마리아는 다시는 만져 보지 못할 예수의 손에 입술을 갖다 댔다.

그러자 예수는 돌아서서 걸음을 옮겼다.

마리아는 자기의 두 손을 내려다보았다. 바로 거기에 그의 눈물방울이 떨어져 있었다.

베타니에서 시작된 긴 행렬은 예루살렘 주위의 성벽 문까지 이어졌다. 운집한 군중들이 예수에게로 밀려들며 저마다의 인사와 환호성과 함성소리를 높였다. 예루살렘의 모든 시민들, 파스카 축제를 기념하려고 온 방방곡곡의 순례자들로 도시는 흥분의 도가니였다.

마리아는 예수가 나귀에서 내리는 모습을 먼 발치에서 바라보았다.

예수는 멀리 언덕 위에 서 있는 거대한 황금빛 성전을 향해 걷기 시작했다. 열 두 명의 사도들이 그의 뒤를 따랐고 엄청난 군중들이 서로 밀치며 따라갔다.

마리아는 잠시 머뭇거렸다. 그녀와 함께 수산나, 살로메, 요안나도 옆에 있었다. 그리고 야고보와 요한의 어머니, 갈릴리에서 유다야를 거쳐 오는 동안 요르단강을 건너 페레아 지방까지의 긴 여정을 일행과 함께 온 여자들도 있었다. 마지막 여행의 방문지는 에리코였다.

그들이 이제부터 무엇을 해야 할 것인가를 잠시 망설이고 있을 때 키가 크고 금발머리에 푸른 눈을 가진 젊은 남자가 마리아에게로 다가섰다.

"막달라 마리아! 당신이 선생님과 함께 꼭 여기에 있을 거라고 생각했어요!"

"아, 스테파노!"

그는 미소를 지으며 고개를 돌려 요안나, 수산나, 살로메에게도 인사를 건넸다.

"진심으로 예루살렘에 오신 것을 환영합니다. 당신들 네 분은 제가 선생님과 사도들을 위해 마련해 놓은 집으로 가셔서 지내십시오."

예수와 더불어 함께 여행한 일행이 아닌 다른 여자들은 이미 예루살렘의 사정에 대해 잘 알고 있었으므로, 각자 파스카 축제동안 지낼 숙소를 정해 미리 놓았던 것이다.

"원하신다면, 지금 당신들을 그곳으로 안내하겠습니다. 그렇지 않으면 숙소를 따로 정하실 수도 있습니다."

마리아는 그를 따라가겠다는 표시로 고개를 끄덕였다. 스테파노는 마리아와 나란히 걸어갔고, 두 여자는 뒤를 따라갔다. 그들은 재빨리 군중 속을 빠져 나갔다.

"우리가 가고 있는 집은 선생님께서 쓰실 본부인 셈입니다. 그리고 당신들 모두 예루살렘에 머무르는 동안은 마음대로 사용할 수 있는 곳이지요."

그가 마리아에게 말했다.

"스테파노—."

마리아가 입을 열었다. — 아니다. 지금은 그에게 말할 때가 아니었다.

스테파노가 계속 말했다.

"그 집은 도시 한복판에 있어요. 성전에서 그리 멀지않은 예루살렘 남쪽에 있습니다. 하지만 당신에게 말씀드려야겠습니다. 그 집은 내가 마련한 것이 아니라, 제 친구의 집입니다. 집주인은 요한의 제자였습니다. 제가 그에게 부탁을 했더니 쾌히 승낙했습니다. 그는 예수님을 메시아라고 믿고 있습니다."

그리고 나서 아주 작은 소리로 속삭이듯 말했다.

"그는 성전의 제관들을 두려워해서 자신의 이름이 밝혀지는 것을 원치 않아요. 아무래도 선생님께서는 이곳에서 매우 큰 어려움에 봉착하시게 될 것 같습니다."

"네, 이미 그 분도 알고 계세요. 우리 모두 다 알고 있어요."

마리아가 말했다.

"대제관 카이아파스가 그 분을 죽일 구실을 찾고 있어요. 하지만 예수께서 민중들로부터 얻고 있는 엄청난 명성과 인기 때문에 실행을 못하고 있는 것입니다. 바로 그 명성 때문에 산헤드린 사람들이 우리 선생님을 두려워하고 있는 것이지요. 그들은 선생님께서 선동을 일으킬 것이라고 단정하며 로마인들이 개입하게 되면 유태인의 신앙은 완전히 금지될 것이라고 믿고 있어요. 그러면 그들은 직업을 잃는 어려움을 당할 것이라고 판단하고 있어요."

마리아는 상황을 그런 식으로 보지 않았다. 하지만 스테파노는 아주 작은 부분만 알고 있을 뿐이었다.

마리아는 그에게 이미 모든 것이 성경에 씌어져 있으며 다가오는 무서운 일들은 피할 수가 없다는 사실을 말할 수가 없었다.

그 집은 삼층 건물로, 규모는 작았지만, 격식을 갖춘 전형적인 도시 건물이었다. 그 건물은 다비드가에 위치해 있었고, 성전 가까운 남쪽 변두리의 거리였다.

큰 저택이 다 그렇듯이 넓은 정원과 연회를 마련할 수 있는 넓은 객실, 복도 양 옆으로 여러 개의 방이 이어져 있고 맨 끝에 식당겸 부엌이 눈에 띄었다.

부엌 뒤쪽 부속 건물에는 노예들이 기거하고 있는 칸막이로 된 작은 쪽방들이 딸려 있었다.

3층은 처음엔 다락방이었으나 지금은 테이블과 긴 의자들이 놓여진 넓은 방으로 개조하여 다용도실로 사용하는 듯싶었다.

네 여자들은 곧바로 그들이 각각 사용할 부엌 뒤쪽의 작은 방을 둘러보았다.

스테파노는 그 집의 이곳저곳을 안내한 다음 마리아를 불렀다.

"당신에게 전할 말이 있어요. 예수의 어머니이신 나사렛 마리아께서 지금 이곳에 와 계십니다. 그 분께서 당신을 찾아오도록 저에게 부탁했습니다. 여기서 아주 가까운 친구분 집에 머물고 계십니다."

"네, 알고 있어요. 그 분은 에리코에서 저희들과 함께 여행하셨습니다. 바쁘시지 않다면 저를 그 분이 머물고 계신 집까지 데려다 주시겠어요?"

길을 가는 도중에 스테파노는 걸음을 멈추며 말했다.

"마리아! 나는 내가 가야 할 길을 잊거나 조금도 마음을 바꾸거나 하지 않았습니다. 마리아, 당신은 어때요?"

마리아는 그의 손을 살며시 잡으며 말했다.

"저 역시도 그래요. 저는 제 인생을 우리 선생님 주 예수와 하늘에 계신 하나님께 이미 바쳤습니다."

그는 잠시 침묵을 지키다가 천천히 말했다.

"나도 당신의 뜻에 기꺼이 따르겠습니다."

스테파노는 그녀의 손을 들어올려 자신의 입술에 갖다 댔다.

막달라 마리아는 그의 친구집에서 머물고 있는 예수의 어머니 마리아를 만났다. 그들은 서로 달려가 껴안았다.

"그 분은 이곳에 와 계십니다. 사도들과 함께 성전으로 가셨어요. 오늘밤은 베타니로 가실 것 같아요. 내일 돌아오실 것입니다."

막달라 마리아가 말했다.

서로에게 마리아라고 부르는 두 여자는 가장 가까운 친구같은 사이였다. 두 여자는 앞으로 예수에게 일어날 모든 일들을 알고 있었다. 막달라 마리아는 함께 그 일을 지켜보기로 약속했던 것이다.

"이 일이 내가 그를 낳은 운명이며, 사명임을 알고 있어요."

예수의 어머니가 무거운 음성으로 말했다.

"그것은 하늘에 계신 그 분의 아버지의 뜻입니다. 아주 오래 전에 이미 지금과 같은 일이 일어날 것을 알았습니다. 그 일은 우리들이 상상할 수 있는 것보다 더 위대하고 장한 일이며, 지금까지 온 세상에 있었던 어떤 일보다도 더 위대한 역사입니다. 그것이 무슨 일인지는 아직 모르지만, 우리는 곧 알게 될 것입니다. 저는 그것을 확실히 느끼고 있습니다."

막달라 마리아가 강경한 어조로 말했다.

"당신도 그것을 알게 될 것입니다. 막달라 마리아! 내가 할 일은 이제 모두 끝난 것 같습니다."

"아닙니다. 그것은 제 일이라기보다는 당신의 사명입니다. 당신은 하나님 아들의 어머니이십니다. 모든 여성들 중에서 영원히 축복받으실 분입니다."

다음 날 아침이 되자, 스테파노는 마리아를 성전으로 데리고 가서 그곳을 구경시켜 주었다.

두 사람은 세계 도처에서 온 각양각색의 사람들로 가득 메운 거리를 함께 걸었다. 바쁘게 움직이는 상인들, 시종을 거느리고 번쩍거리는 호화 마차에 탄 사치스러운 여인들, 가난에 찌든 표정의 거지들이며 랍비들, 갑옷을 걸친 로마 병사들, 토카를 입은 고위 관직의 관리들 등등 온갖 사람들이 거리를 누비며 활보하고 있었다.

마리아는 이런 도시를 지금까지 꿈꾸어 본 적도 없었다. 처음에는 예루살렘의 북적거리는 분위기에 압도되어 놀라기도 하였다.

그녀가 방문하여 이국적인 감정을 맛보았던 카파르나움의 혼잡스러운 풍경도 예루살렘에 비하면 변두리의 작은 도시에 불과했다.

예루살렘은 유태인들의 땅이었으므로 언어는 히브리어를 사용하고 있었다. 마리아는 스테파노의 말씨에서 쉽게 히브리어의 독특한 발음을 느낄 수 있다.

그들은 전능하신 하나님의 영광을 찬미하기 위하여 경배 장소로 만든 웅장한 황금 돔으로 이루어진 성전이 있는 언덕으로 올라갔다.

성전은 유태 민족의 심장이었으며, 이스라엘 백성과 로마 제국 영내로 이주한 사람들, 지상의 끝에서 살고 있는 모든 유태 민족의 삶과 신앙의 중심지였다.

성전으로 가까이 갈수록 마리아의 가슴은 하나님에 대한 경외심과 존경심으로 가득 찼다.

스테파노는 솔로몬왕에 의해 처음 세워지고 바빌로니아인들의 침략으로 파괴된 이후, 성전을 새로 건축한 초기시대의 팔레스티나 헤로데 대왕의 이름을 따서 지은 '왕의 문'을 지나 성전으로 갔다. 성안으로 들어가서 마리아는 삼면이 성곽으로 둘러싸인 이방인의 넓은 정원에 섰다.

"이 정원은 이방인들을 포함한 모든 사람들에게 늘 열려져 있어요. 그들이 원하면 여기서 우리의 하나님께 기도를 드릴 수가 있지요."

스테파노가 일일이 설명해 주었다.

스테파노는 바로 앞에서 벌어진 돌발 사건에 소리치는 수많은 군중들의 함성에 이야기를 멈췄다. 울퉁불퉁한 근육에 노기 띤 얼굴을 하고 수염을 짧게 깎은 키가 큰 사람이 탁자를 뒤엎으며, 돈을 바닥에 내던지고는 한 사람의 목덜미를 잡아 질질 끌고 있었다. 그곳은 온통 아수라장이었다.

마리아는 그 사람이 누구인지 대번에 알아보았다. 그녀는 스테파노의 곁을 떠나 황급히 달려갔다.

"선생님! 무슨 일이십니까?"

그러자 예수가 흥분된 목소리로 말했다.

"나에게 아무 말도 하지 마시오! 이 사람들이 내 아버지의 집을 장사꾼들의 시장으로, 도둑들의 소굴로 만들고 있소!"

그와 동시에 예수는 긴 탁자를 들어올려 힘껏 던졌다. 탁자 위에 있던 모든 것이 —새장과 동전 상자를 포함해서— 사방으로 굴러떨어졌다.

마리아는 즉시 허리를 굽혀 새장에 갇힌 놀란 새들을 풀어 하늘로 날려 보냈다. 그녀에게 비친 예수의 모습은 마치 미친 사람 같았다.

"선생님, 잊으셨습니까? 바리새이파 사람들이—"

"성경에 쓰여져 있습니다. 내 집은 모든 사람들이 기도하는 집으로 불려질 것입니다."

예수는 또다른 탁자를 멀리멀리 내던졌다.

마리아는 돌아섰다. 이사야서의 인용문이 기억에 떠올랐다.

—나의 집은 모든 사람들의 집으로 불려질 것이다.

그리고 예레미아서의 구절도 생각났다.

'너희들은 이 성전에서 내 이름을 빌어 도둑들의 소굴로 만들어 버리려 하느냐? 나는 눈이 멀지 않았도다. 이것은 하나님의 말씀이로다.'

군중들은 예수의 주위로 몰려들며 환호성을 질렀다. 많은 사람들이 앞으로 달려나와 예수를 도와주었다.

그들은 그 부정한 돈을 집어 성문 밖으로 던져 버렸다. 그러나 어떤 사람들은 굴러다니는 돈을 보고 서로 다투면 빼앗으려고 아수라장을 만들어 놓았다.

겁에 질린 막달라 마리아는 스테파노에게로 달려갔다. 그녀는 예수가 전에 그녀에게 들려준 말들, 즉 그녀는 성경의 모든 예언의 마지막 증인이 되리라는 말이 떠올랐다.

마리아는 한쪽 구석을 바라보다가 제관들과 바리새이파 원로들이 그 장면을 보고 있는 것을 발견하였다. 그들은 불가사의한 표정을 짓고 있었다. 흥분된 군중들의 피 끓는 모습을 보고 그들은 어찌 할 바를 모르고 전전긍긍하며 방관할 뿐이었다.

"선생님께서는 지금 무슨 일을 하고 계신 것입니까?"

스테파노가 놀란 기색으로 물었다.

“그 분은 하나님의 성전을 모래사장으로 만들어 버린 대제관들을 응징하고 계십니다. 그러나 그보다 더 중요한 것은, 선생님께서 세상 사람들에게 세속의 일과 하늘에 계신 우리 아버지의 관심사를 영원히 구별하여 행동할 것을 가르치고 계시는 중입니다.”

“그렇게 하시면 이곳에 있는 제관들로부터 호의적인 반응을 얻지 못하실 텐데.”

스테파노가 불안스런 표정으로 말했다.

“거기를 넘어서면 안 됩니다. 여자들에게는 금지되어 있어요.”

그러나 마리아는 그의 경고에도 아랑곳 하지 않고 금녀의 마당으로 들어가 무릎을 꿇고 기도를 드렸다.

차츰 그녀는 극도의 불안과 걱정에서 벗어날 수 있었다. 기도를 드리는 시간만은 모든 번민을 잊을 수 있었다.

오랫동안 기도를 하고나서 마리아는 천천히 발걸음을 옮겨 다비드가의 숙소로 돌아왔다.

다음 날 마리아는 또다시 성전으로 가서 하루 종일 예수가 군중들을 향해 설교하는 말을 들었다.

마리아는 세심한 주의를 기울이며 그의 말을 경청하였다. 그가 군중들에게 설교하는 내용은 현세보다는 미래에 대해 언급한 것이 대부분이라고 느꼈다.

때때로 예수는 혹평을 하며 제관들과 성전의 원로들을 질책하였다. 그의 입에서 그런 말이 나올 때마다 마리아는 마음이 불안해졌고, 걷잡을 수 없는 두려움에 몸을 떨었다.

왜냐 하면 권위 있는 사람을 향한 비방의 말 하나 하나가 십자가에 처형될 때, 그의 손에 박힐 못의 숫자로 생각되었기 때문이다.

그러나 마리아는 하나님의 복음과 뜻을 그르치는 성전의 위선자들인 바리새이파와 사두새파 사람들의 죄악을 낱낱이 밝히고, 성경 말씀과 비교하면서 맹렬히 공박하고 있는 예수의 저 완강한 말은 다음 세대에게 주는 경고의 메시지임을 깨달았다.

틈틈이 마리아는 '부인들의 마당'에서 무릎을 꿇고 기도를 올리며 시간을 보냈다.

예수는 가끔 휴식이 필요하거나 식사 때만 집으로 돌아왔다. 밤이 되면 베타니에 있는 친구 나자로의 집으로 가서 하루의 피로를 풀었다.

한편, 막달라 마리아는 한 주일의 긴장이 극도에 달해 안절부절 못했고 거의 정신이 나간 사람처럼 보였다.

목요일은 일 년 중에 가장 성스러운 날로 파스카제를 기념하는 누룩 없는 빵의 축제 | 누룩 없는 빵의 축제는 과월절에 시작되어 3일간이나 계속되었다. 이스라엘 사람들은 선조들이 이집트에서 탈출하여 40년 동안 긴 여행을 할 때 시간과 재료가 없어서 누룩 없이 빵을 먹은 것을 기념한다. | 전 날이었다.

예수는 사도들에게 금요일 대신 목요일 저녁에 파스카제 축하연을 열겠다고 이미 약속해 놓았다. 이 말은 바로 그가 말하는 내용 이상을 의미하는 하나의 예시였다. 그리고 또 예수는 네 여자들에게도 다비드가에 있는 집에서 음식을 장만하지 말라고 당부해 두었다.

그리고 그 날 다시 베타니로 간다는 내용에 대해서는 아무 말도 하지 않았다. 그리하여 목요일 오후까지도 사도들은 파스카제에 관해서 아무런 질문도 할 수가 없었다. 예수는 베드로와 요한을 거리로 내보내며 이런 말을 했다.

"성 안으로 들어가면 물동이로 물을 길어가는 한 여인을 만나게 될 것입니다. 그 여인을 따라가시오. 여인이 어떤 집으로 들어가면 그 집 주인을 만나서 내가 사도들과 함께 파스카제 만찬을 차릴 방이 어디냐고 물어보라 하더라고 전하시오. 그러면 이층 방을 하나 보여줄 것입니다. 그 방 안은 자리를 깔아놓아 모든 준비가 다 되어 있는 큰 방이니, 거기에다 만찬 준비를 하도록 하시오."

그들이 거리로 나가 예수가 일러준 그대로 하였더니, 정말 모든 만찬 준비를 끝낸 방이 있었다. 그러나 모든 사람들은 예수의 행동을 이해할 수 없었다.

사실 마리아도 그 내용의 비밀을 전혀 알지 못했다. 얼마의 시간이 지난 뒤에야 비로소 알게 되었다. 오늘의 만찬은 예수에게나 사도들에게 특별한 의미를 간직하고 있음을 나중에야 깨달았다.

예수가 마리아를 보며 말했다.

"당신도 파스카제 만찬에 참석하시오."

"저는 안 됩니다. 선생님, 만찬은 남자들, 선생님과 사도들 만을 위한 자리입니다. 여자들은 금지되어 있습니다."

"내가 말하고 있는 여자는 금지되어 있지 않습니다. 당신도 그곳으로 가시오. 식탁에 앉지 말고, 아무 말도 하지 말고, 누구의 눈에도 띄지 않도록 하시오. 오직 듣기만 하시오."

그러면서 웃음을 띤 얼굴로 다시 덧붙여 말했다.

"구석에 숨어 있으시오. 당신이 거기에 참석하게 될 것을 아무에게도 말하지 마시오."

그리고는 뒤로 돌아서서 걸음을 옮겼다.

바로 그때 마리아는 오늘이 바로 그 밤이라는 사실을 깨달았다. ―바로 내일― 마리아는 마음 깊은 곳에서 솟구치는 어떤 격렬한 감정을 억제했다.

저녁에 예수와 사도들이 집을 나와 아무도 모르는 집을 향해 걸어갈 때, 마리아는 야고보와 함께 동행했다. 일행은 주의를 끌지 않기 위해서 여러 팀으로 나누어 행동했다.

"야고보! 전 굉장히 무서워요."

마리아가 말했다.

"나도 그래요. 하지만 제 자신을 위해서가 아니라, 우리 주님을 위해서 하는 일입니다."

야고보가 차분한 음성으로 말했다.

"전 제 자신에 대해서는 걱정이 되지 않지만, 그 분이―."

"막달라 마리아! 이런 시간이 다시는 당신에게 없기를 바랍니다. 저로서는 이제 나만의 시간이 다가오고 있음을 느낍니다. 그렇지만 두렵지 않습니다. 하나님께서 저를 받아주실 것이라는 믿음을 갖고 있으니까요."

온 예루살렘 시내에 이상한 고요가 감돌았다. 그것은 앞으로 다가올 어떤 일에 대한 전조로서 중압감을 주는 무거운 분위기였다.

낯선 사람의 집 이층 방에서 예수와 열 두 사도들은 식탁 둘레에 각각 자리를 잡고 앉았다. 마리아는 어두운 구석에 몰래 스며들었다. 그러나 사도들이 그녀를 위해 암묵적으로 인정하고 있다는 사실을 알았다. 그들은 그녀가 거기 있다는 것을 이미 알고 있었던 것이다.

집주인이나 음식을 날라다 주는 시종들에게조차도 그녀는 한 여자에 불과할 뿐이다. 이토록 마리아는 오랜 전통 때문에 남자들과 함께 있을 수 없는 불행한 시대의 소외된 여자였다. 그러나 마리아는 그날 밤에 평생 동안 기억해 두어야 할 아주 중요한 말을 들을 수 있었다. 제일 먼저 예수는 빵을 잘라 축복한 다음 제자들에게 나누어 주며 말했다.

"이것을(나로 기억하며) 받아먹으시오. 이것은 내 몸입니다."

그리고는 잔을 손에 들고 감사의 기도를 올린 다음 사도들에게 따라 주며 말했다.

"이것을 받아 나누어 마시기 바라오. 이는 내 피입니다. 죄를 용서해 주려고 많은 사람을 위해서 흘리는 새로운 계약의 피입니다."

마리아는 열 두 사도들 가운데 한 사람이 예수를 배반하여 대제관들에게로 갈 것이라는 무서운 내용의 말을 들었다. 그 말에 모든 사도들의 충격은 너무도 커 놀라는 기색이 역력했다.

그러자 유다 이스카리옷이 자리에서 일어나 어디론가 떠났다.

예수가 나직하게 말했다.

"나는 여러분에게 새 계명을 줍니다.
서로 사랑하시오.
내가 여러분을 사랑한 것처럼
여러분도 서로를 사랑하시오.
여러분이 서로 사랑하면
그것을 보고 모든 사람들이
여러분이 나의 제자라는 것을 알게 될 것입니다."

마리아는 예수께서 말씀하시는 중요한 내용을 그녀의 기억 속에 깊이 새겨두려고 노력했다.

"나는 길이요, 진리요, 생명입니다.
나를 통하지 않고서는
아무도 아버지께로 갈 수가 없습니다.
여러분이 만일 나를 안다면
나의 아버지도 알게 될 것입니다.
이제부터 여러분은 아버지를 알게 될 것입니다.
아니, 당신들은 벌써 아버지를 뵈었습니다."

마리아는 마음 속으로 다시 반복해 보았다.

'나는 길이요…….'

마리아는 자기가 하나님의 자비를 많은 여자들에게 보여줄 때가 오면 그의 말씀을 기억해내야 한다고 생각했다. 예수의 길을—.

만찬이 모두 끝나자 예수는 식탁에서 일어섰고 열한 명의 사도들과 일행은 그 만찬의 집을 떠났다. 그들은 시내에서 멀리 보이는 올리브 나무로 꽉 들어찬 게세마니 동산으로 올라갔다.

막달라 마리아는 그들이 다 떠나기 기다렸다가 곧장 묵고 있던 집으로 돌아왔다.

그녀는 잠을 이룰 수가 없었다. 긴긴 밤을 뜬 눈으로 지새우면서 마리아는 그가 겪어야 할 수 많은 고초를 생각하며 하염없이 눈물을 흘렸다. 또 그를 위해 많은 기도를 드렸다.

그녀의 기도는 애처로운 울음이 섞인 간절한 소원의 외침이었다. 그의 아버지인 하나님께 그의 고통이 아주 적게 내려주기를 기도했다. 이제 마리아의 목소리는 흐느낌으로 목이 메었다.

동이 트기도 전에 스테파노가 문을 두드렸다. 마리아가 문을 열자 그가 다급하게 말했다.

"큰일 났습니다. 아주 무서운 소식입니다. 막달라 마리아."

순간적으로 마리아는 두 눈을 꼭 감았다. 머리가 빙빙 돌았다. 잠시 후에 눈을 뜨고 조용히 입을 열었다.

"네, 그들이 그 분을 잡아갔을 것입니다. 선생님은 지금 어디에 계십니까?"

"본시오 빌라도의 궁전에 있습니다. 거기서 그들이 선생님을 죽이라는 선고가 내려지기를 기다리고 있어요. 그들은 성전의 치안 경관과 로마 병사들을 시켜 게세마네 동산에 계시던 선생님을 체포하였습니다. 유다 이스카리옷이 선생님께 키스를 하는 방법으로 적들에게 그 분이 예수님임을 알려주었어요. 유다가 배반한 것입니다. 그들은 선생님을 대제관 카이아파스가 있는 곳으로 데리고 갔습니다. 밤새도록 예수께 가혹한 심문을 하였고, 마침내는 카이아파스가 선생님께 질문을 했습니다. '당신은 하나님의 아들, 그리스도요?' 그러자 선생님께서는 그렇다고 대답하셨던 것입니다. 그 말씀은 그들이 말하는 불경죄의 죄목으로 삼는데 필요한 죄목이 되는 것입니다. 난 이런 사실을 그들의 비밀 음모를 알고 있는 친구를 통해서 알아냈습니다."

마리아는 다시 눈을 감았다.

"이 순간이 바로, 그 분이 스스로 누구인지를 공표하실 시간인 것입니다. 아! 불쌍하신 선생님!"

그리고 스테파노에게 말하였다.

"나는 즉시 그 분의 어머니 마리아께로 가야 합니다. 우리는 그곳에 함께 있을 겁니다."

스테파노가 팔을 들어 올리며 말했다.

"마리아! 오늘 만은 집 밖으로 나오지 말 것을 특별히 부탁드리고 싶습니다. 지금 군중들의 분위기가 심상치 않아요."

"스테파노! 당신은 지금 내가 진정으로 원하는 말을 하고 있는 거예요? 정말 내가 제 자신을 위해서 밖에 나가지 않을 거라고 생각하세요?”

“미안하오. 마리아, 당신은 내 뜻대로 하지 않을 겁니다.”

“돌아가세요, 스테파노. 그리고 당신이 할 수 있는 일이 무엇인가를 알아보세요. 저에게 와 주셔서 정말 고마워요.”

마리아는 재빨리 두건을 머리에 동여매고는 턱 아래의 끈을 단단히 묶었다. —그녀가 오래 전에 산 그 두건이었다. 이제는 너무 퇴색하여 가장자리가 낡아 떨어진 것이었다.— 예수의 어머니가 묵고 있는 집으로 달려갔다.

그녀는 동요된 감정을 억누르며 조용하고 침착하게 말했다.

“먼 곳에서 시끄럽게 들려오는 군중들의 고함소리를 들었어요. 그래서 때가 왔음을 확신하게 되었지요. 자, 이제 당신과 함께 갈 준비가 되었습니다. 막달라 마리아.”

두 여자는 곧 밖으로 나와 행인이 없는 뒷골목을 함께 걸었다. 운집한 군중들의 고함소리가 들려오는 쪽을 향해 발걸음을 재촉했다. 가까이 다가갈수록 군중들의 소리가 더 크게 들려왔다.

“그를 십자가에 처형하라! 십자가에 처형하라!”

두 사람은 온 몸을 떨었다.

그들은 서로 떨어지지 않으려고 손을 꼭 붙잡고는 군중 속을 뚫고 들어갔다. 두 여자는 예루살렘의 총독 빌라도의 궁전이며, 로마 군인들의 사령부인 집정관 건물 앞에 섰다.

예수의 어머니보다 키가 큰 막달라 마리아는 곧 많은 병사들에게 에워싸여 있는 예수를 발견하였다. 병사들이 예수의 손과 등을 채찍으로 때리고 밀며 끌고갔다. 어떤 병사는 그의 얼굴을 손바닥으로 때리기도 했다.

예수는 바로 자기 앞에서 법석을 떨며 고함을 지르는 군중들 너머로 시선을 돌린 체 신경을 쓰지 않는 모습이었다.

그는 늘 입고 있던 갈색 외투에 머리는 온통 헝클어져 사람들이 잡아당긴 흔적임이 역력했다. 그의 이마에는 말라붙은 핏자국이 검게 보였다. 얼굴은 더 더욱 핼쑥하고 마른 모습이었으나 예전처럼 머리를 높이 쳐들고 있었다.

"선생님!"

마리아가 속삭였다.

바로 그때 사도 요한이 그녀들 옆으로 왔다. 그는 군중들 틈에 끼어 있는 두 여자들을 발견하고는 그녀들에게로 왔던 것이다. 요한이 나직하면서도 비통하게 말했다.

"우리 주님께서는 빌라도에 의해 사형 선고를 받았습니다. 이제 성벽 밖에서 사형에 처해지게 되셨습니다."

그의 얼굴은 죽은 사람처럼 하얗게 변해 있었고, 목소리는 떨렸다.

"예수께서 저희들에게 말씀은 해주셨지만, 전 이런 식으로 일이 벌어질 줄은 생각지도 못했습니다. 빌라도는 군중들에게 선생님께서는 아무 죄도 없다고 말했지만, 결국은 군중들에게 굴복하고 말았습니다. 아! 죄악을……."

"이런 일이 일어날 것이라고 이미 성경에 예언되어 있습니다."

막달라 마리아가 말했다.

그녀의 큰 목소리가 소란스러운 군중들의 함성 속으로 사라져 갔는지, 아니면 그녀 혼자만의 생각이었는지 마리아 자신도 분간할 수 없었다.

그녀는 대제관들이 군중들 사이를 돌아다니며 선동하고 있는 광경을 목격했다. 이제 폭도들은 그 어떤 힘에라도 반항하려는 기세로 폭팔 직전에까지 이르렀다. 어떤 무리는 예수에게로 다가가서 마치 손으로 그를 갈기갈기 찢어 조각을 낼 것처럼 달려들었다. 그러나 병사들이 예수를 에워싸고 난폭한 군중들을 저지하였다.

집정관실에서 크고 무거운 십자가가 운반되어왔다. 이윽고 십자가를 예수의 어깨 위에 올려놓고는 그의 옆구리를 긴 막대기로 찌르며 앞으로 걸어가도록 명령했다. 예수는 무거운 십자가를 짊어지고 걷기 시작했다. 또 그는 묶여 있지 않은 두 손으로 십자가를 받쳐들고 몸의 균형을 유지하려고 비틀거렸다.

'아, 십자가!'

마리아의 숨소리가 가빠졌다. 이제 그녀는 공포와 두려움으로 몽롱해 졌다. 행렬의 속도는 느렸고 자주 멈추었다. 얼마 후에 그녀는 예수의 모습을 놓쳤다. 마리아와 요한은 예수의 어머니를 양쪽에서 부축하고 앞으로 나가려고 했으나, 소리를 질러대며 피에 굶주린 군중들이 밀치고 미는 대로 사정없이 밀려갔다.

어느 순간, 누군가가 군중들에 밀려 넘어지는 마리아의 손을 붙잡아 주었다. 베드로였다. 그의 두 눈은 울어서 빨갛게 퉁퉁 부어 있었다.

“어젯밤에 저는 선생님을 세 번이나 모른다고 부정하였습니다. 주님께서 전날에 제가 새벽 닭이 두 번 울기 전에 그 분을 세 번이나 부정할 것이라고 말씀하셨던 것입니다.”

마리아는 아무 말도 하지 않았다. 행렬은 예루살렘 입구를 지나서 골고다라고 불리는 해골산의 작은 언덕으로 향했다. 골고다는 사형 집행을 위해 지정된 장소였다.

그곳에 도착하자, 병사들은 군중을 뒤로 밀어젖히고 예수를 이미 박혀 있는 큰 기둥으로 끌고갔다.

베드로는 어쩔 줄을 몰라 하며 안절부절했지만, 막달라 마리아는 작은 동요도 보이지 않았다. 예수의 어머니는 두 손을 꼭 쥐고 죽 늘어선 병사들을 뿌리치고는 책임자 백부장에게로 갔다.

요한이 함께 갔고, 베드로가 뒤를 따랐다.

“저는 사형자의 어머니되는 사람입니다.”

예수의 어머니가 백부장에게 말했다.

“저희들은 선생님의 제자들입니다. 부탁입니다. 십자가 바로 아래에 있게 해주십시오.”

마리아가 말했다.

로마 장교는 네 사람을 바라보았다.

“그렇게 하시오. 당신도 괜찮겠소?”

“네.”

예수의 어머니가 대답했다. 그러자 어디에 있었는지 야고보가 그들을 따라 앞으로 나왔다. 이제 다섯 명이 함께 서 있었다.

그때 마리아는 한 낯선 사람이 예수의 무거운 십자가를 대신 지고 있는 것을 보았다. 병사들이 시킨 일인지 그 사람의 자발적인 행동이었는지 마리아는 알 수 없었다. 무서운 광경은 더욱 비참한 모습으로 변했다. 허리에 두르는 간단한 속옷 만을 남기고 예수의 옷은 모두 벗겨졌다. 그리고는 병사들이 예수를 땅바닥에 눕힌 다음 양 팔을 벌리게 하고는 십자가에 올려놓았다.

잠시 후에 무서운 망치소리가 들려왔다. 그의 손에 못을 박아 십자가에 단단히 고정시켰다. 이에 예수의 어머니 마리아는 차마 볼 수 없다는 듯 얼굴을 돌렸다.

막달라 마리아는 숨이 막히며 자신의 손에 못이 박히는 느낌이었지만, 모든 것을 참고 방망이로 내리치는 한 동작 한 동작을 놓치지 않고 보았다.

"하나도 남김없이 잘 보시오."

예수가 마리아에게 들려주던 말을 기억했다.

병사들은 십자가를 들어올려 이미 땅에 박혀져 똑바로 세워져 있는 기둥에 붙들어 맸다. 기둥에 고정시킨 나무 못이 겨우 그의 체중을 지탱해 주었다. 그의 두 다리가 다시 기둥에 묶였다. 한 병사가 신 포도주를 부어 적신 솜을 갈대 대궁에 꽂아 올려주었으나 예수는 이를 거절하였다.

이윽고 그의 머리 위에는 빌라도의 명령대로 명패가 붙여졌다. 선동의 죄목으로 사용했던 '유다야의 왕'이었다.

다른 두 죄인이 옷이 완전히 벗겨진 상태로 같은 시각에 십자가에

못이 박혀 예수의 양 편에 세워졌다.

이렇게 예수를 십자가에 처형한 다음 병사들은 주사위를 던져 예수의 겉옷과 다른 옷가지들을 나누어 가졌다. 성경에 쓰여진 대로 모든 것이 이루어졌다.

십자가에 매달린 예수의 얼굴에서 온갖 고통과 괴로움을 본 막달라 마리아는 몸 구석구석에 남아 있는 모든 힘을 모아 울지 않으려고 이를 악물었다. 울지 않기로 이미 그와 약속하였기 때문이다.

예수가 그녀를 내려다보며 입술을 약간 움직였으나 아무런 소리도 들리지 않았다. 마리아는 다시 예수를 올려다보았으나 미소를 지을 수 없었다. 그녀의 입술만 떨리고 있을 뿐이었다.

예수의 어머니 마리아는 얼굴을 돌리지 않을 수 없었다. 비록 자신이 낳은 아들에 대한 부끄러움은 전혀 없었지만, 한 어머니로써 자식을 잃어야 하는 모성은 슬픔에 젖은 눈물을 흘리지 않을 수 없었던 것이다.

한순간에 예수는 어머니 마리아와 요한에게 목이 쉰 거친 음성으로 말했다.

"어머니! 그 사람은 당신의 아들입니다."

그리고 요한에게 말했다.

"이 분은 당신의 어머니입니다."

그 때부터 요한은 예수의 어머니를 자신의 어머니로 모셨다.

정오에 시작된 사형집행은 저녁 여섯 시까지 계속되었다. 하늘에서 서서히 어둠이 내려왔다. 거의 아홉 시간 동안이나 극심한 고통 속에서 몸을 비틀고 있던 예수가 큰 소리로 외쳤다.

"나의 하나님, 나의 하나님, 어찌하여 나를 버리시나이까?"

막달라 마리아는 자신의 손을 보았다. 그녀의 손톱이 손바닥을 파고들어가 흘러나온 핏자국으로 손이 벌겋게 물들어 있었다.

다시 한 번 예수가 소리쳤다.

"다 끝났다."

막달라 마리아는 예수의 임종을 지켜보았다.

이때 땅이 흔들리면서 사방이 암흑으로 뒤덮였다. 다시 빛이 돌아오자, 한 병사는 창을 들어 예수의 죽음을 확인하려고 그의 옆구리를 찔렀다. 그리고 나서 병사들은 예수의 시체를 땅에 내려놓았다.

막달라 마리아가 죽은 예수의 시체 옆에서 무릎을 꿇었다.

"진정으로 모든 일이 끝났습니다. 주여!"

그녀는 두 눈을 감았다.

유다야의 아리마티아에서 온 요셉이라는 남자가 이미 빌라도에게 예수의 매장을 그곳에서 멀지 않은 곳에 새로 만든 무덤을 사용해도 좋다는 허락을 받아놓은 터였다.

요셉이 아마포를 가지고 왔으므로 여자들은 그것으로 예수의 시신을 감쌌다. 이를 언덕에서 지켜보고 있던 수산나, 살로메, 요안나가 다른 사도들과 함께 내려왔다.

예수의 시신은 바위를 파서 만들어진 무덤으로 옮겨졌고, 그 안에 안치되었다. 그리고 예수를 따르던 일행들은 모든 일을 끝마치자 묵묵히 다비드 거리에 있는 집으로 돌아왔다.

그 때는 이미 해가 진 후였으며, 새로운 안식일이 시작되는 시간이었다. 그와 함께 예루살렘의 파스카 축제가 시작되고 있었다.

일행들에게는 그 어떤 축제도 있을 수 없었고, 일요일 아침이 되어 인식일이 끝날 때까지는 더 이상 할 일이 없었다.

격정의 하루가 지나고 안식일 아침이 되었다.

예수의 죽음과 그 충격은 그를 따르던 사람들에게 큰 영향을 주었다. 어제 오후의 사건은 예수를 따르던 모든 사람들의 정신과 감각마저 마비시켜 제대로 생각할 수도 없는 혼돈 상태로까지 몰고갔다.

수산나는 마리아에게 물었다.

"이제 우리는 어떻게 해야 하나요? 선생님이 안 계신 지금, 우리는 어떻게 될까요?"

마리아 역시 그녀의 물음에 알맞은 대답을 할 수가 없었다. 다만 허탈한 마음으로 이렇게 말해 주었다.

"수산나, 우리의 운명을 알기는 아직 너무 일러요. 우리는 주 하나님의 보호 아래에 있어요. 우린 그 사실을 인정해야 만해요. 우리가 믿음만 잃지 않는다면, 어떤 대답일지는 모르지만, 분명히 그 분은 우리에게 대답을 내려주실 거예요."

"저에게는 믿음이 있어요. 부모님이 계신 벳사이다로 돌아갈까 하고 생각도 했어요. 하지만 돈이 없는데 어떻게 갈 수 있어요?"

수산나가 말했다.

"믿음은 인내를 요구합니다, 수산나."

살로메는 아무 말도 하지 않았지만, 걱정스런 모습이었다.

사실 그녀는 불확실한 배경을 가진, 갑작스럽게 유태인 세계에 홀로 있게 된 이방인이었다. 그날 하루 종일 마리아는 사도와 일행이 그들의 미래에 대해 의논하는 이야기를 들었다.

"내일 아침에는 그만 고향으로 돌아가야 할 것 같아요."

한 사람이 낙담한 듯 말했다.

"이젠 고향으로 돌아가서 그 동안 버린 직업을 다시 붙잡아야 해요. 우리도 살아야 합니다."

"베드로, 우리가 다시 배를 찾고 고기잡이를 할 수 있을까요?"

이에 베드로가 대답했다.

"아니오. 그것은 우리 모두가 사명을 완수한 다음에는 할 수 있는 일일 테지만—. 지금 우리는 아무 것도 이룬 것이 없습니다."

또다른 생각이 그들에게 위협을 느끼게 해 주었다.

"우리는 주 하나님을 믿고 있습니다. 그러나 성전의 제관들은 그렇지 않아요. 예수께서는 보통의 죄인들처럼 십자가 형으로 죽음을 당하셨소. 우리도 그 분의 추종자이므로 똑같은 취급을 받을 것이 분명합니다. 제관들이 틀림없이 우리 모두를 체포할 것입니다."

다른 사람이 덧붙였다.

"막달라 마리아. 바깥 문을 꼭 잠가 두시오. 그들에게 체포되고 싶지 않습니다. 우리는 이곳을 속히 떠나 앞으로 숨어있을 만한 곳을 찾아야 해요."

마리아는 자신의 의견을 솔직하게 말했다.

"우리 선생님의 이름으로 숨을 곳을 찾으려고 하십니까? 전 그렇게는 하지 않겠습니다."

베드로가 그녀의 말을 받았다.

"막달라 마리아의 말이 옳습니다. 나는 우리 주님께서 체포되신 후 내가 저지른 일을 모두 고백했습니다. 다시는 그 분을 배반하거나 부정하지 않겠습니다."

야고보가 이어 말했다.

"베드로, 그래도 당신은 우리들 중 그 누구보다도 나은 편입니다. 우리들은 병사들이 선생님을 잡으려고 왔을 때 모두 도망쳤습니다. 저는 지금 제 자신을 몹시 부끄럽게 여기고 있습니다. 우리들은 복음을 전하기 위해 주님께서 선택하신 사도들입니다."

잠시 침묵이 흘렀다. 그때 누군가가 말했다.

"그것은 우리들 문제에 대한 해답이 되지 않습니다. 지금 우리는 무엇을 해야 합니까?"

사실 막달라 마리아 자신도 무척 혼란스러운 상태에 빠져 가슴 아픈 슬픔 속에서 그녀가 이행해야 할 사명인 현시에 대해서 까맣게 잊고 있었다. 과연 그것은 어떤 것일까?

그녀의 선생님이신 예수께서 가르쳐 준 것들이 일순간에 계획은 물론 방향도 없이 사그라지는 순간이었다.

마리아는 예수가 죽은 지 사흘만에 죽음에서 일어나겠다고 말씀하신 내용을 기억했다. 그것은 그가 하늘에 계신 그의 아버지와 함께 있다는 확신을 의미했다. 이런 사실을 믿지 않는 세상의 모든 사람들에게 어떻게 증명할 수 있을까?

주 하나님과 그 분의 아들에 대한 마리아의 믿음은 동요되지 않았다. 조만간에 그녀의 사명은 알려질 것이다. 이제 그녀는 즐거운 마음으로 기다려야만 했다.

마리아는 안식일 다음 날 아침이 되자, 일찌감치 자리에서 일어났다. 그녀는 자기가 어떻게 처신하며 행동해야 좋을 지 결정을 내리지 못하고 있었다.

그녀는 올리버산에서부터 밝아오는 새벽 빛을 받으며 앞을 향해 걸어 나갔다. 그녀의 발걸음은 예수가 안치되어 있는 무덤이 있는 언덕 서쪽 문을 향해 걸어가고 있었다.

그녀는 새벽 시간에 홀로 예수의 무덤을 찾아가는 것이 좋겠다는 생각을 하며 발걸음을 옮기는 중이었다.

사실 마리아와 다른 여자들은 기름과 향유를 가지고 가서 예수의 시신에 바르기로 약속했었다. 그런 일은 안식일 날에는 허용되지 않는 법률로 규정되었다.

성문을 넘어서자 언덕은 봄꽃으로 가득 채워져 그림 같았다.

마리아는 편도나무의 흰 꽃잎들이 땅으로 부드럽게 떨어지며 흩날리는 고즈넉함을 보았다. 그녀가 사랑하는 나무들, — 그 순간 자신의 생일이 어느 사이에 지나가 버렸음을 그제서야 깨달았다. 잠시 걸음을 멈추고 깊은 생각에 빠졌다.

그 동안 얼마나 많은 일들이 자기 주위에서 일어났으며, 또 그에 따른 경험으로 세상을 배웠고, 또 자신이 어떻게 변모해 왔는가를!

그런 일들은 모두 의미가 있는 나날이었으며 순간들이었다.

마리아는 천천히 무덤을 향해 다가갔다. 그때 갑자기 그녀는 걸음을 멈추지 않을 수 없었다. 무덤 앞에 있던 돌이 굴러 떨어져서 옆에 놓여 있지 않은가! 무덤의 문이 열려 있는 것이다!

무덤으로 달려갔다. 그러나 예수의 시신은 그 안에 없었다. 심장이 멎는 것 같았다. 문 밖으로 나와 한없이 울었다. 그토록 쓰라린 울음은 지금까지 참아왔던 모든 것들이 폭발한 감정의 분출이었다. 격심한 절망감에 자신의 손을 비틀었다.

'극악무도하고 잔인한 그 인간들이 죽는 주님의 시신마저 가져가 버리다니!'

바로 그때, 그녀 옆에 하얀 외투를 입고 서 있는 사람이 있었다. 그가 마리아에게 말했다.

"여인이여, 어찌하여 울고 있습니까?"

"사람들이 제 주님의 시신을 가져갔습니다. 그들이 그 분을 어디에 두었는지 모르겠습니다."

"당신은 그 사람이 당신에게 말했듯이 이미 부활한 사실을 모르고 있습니까?"

마리아는 얼굴이 눈물로 젖어 외면하였다. 그러자 그 사람이 다시 물었다.

"여인이여, 어찌하여 울고 있습니까? 누구를 찾고 있습니까?"

하염없이 흐르는 눈물 속에서 마리아는 그 사람은 산의 주인이라고만 생각했다. 눈물 섞인 목소리로 다시 대답했다.

"제 선생님의 시신을 가져간 사람이 바로 당신이라면 어디에 그 분을 놓아두었는지 말씀해 주십시오. 제가 그 분의 시신을 가져가겠습니다."

"막달라 마리아!"

마리아는 눈이 휘둥그레지며 그때서야 그를 쳐다보았다.

"선생님! 선생님! 아! 나의 선생님!"

마리아는 그 자리에서 벌떡 일어섰다.

"왜 그렇게 놀랍니까? 마리아, 당신은 내가 부활이요, 생명이라고 한 말을 기억하고 있습니까?"

마리아는 더욱 커진 눈으로 똑바로 서 있었다.

"네, 선생님. 똑똑히 기억하고 있습니다. 카파르나움에서 돌아오는 도중 포도밭에서 하신 말씀입니다. 그때 저희들은 선생님의 말씀을 이해하지 못했습니다."

"이제서야 이해를 할 수 있습니까?"

"네, 선생님. 저의 주님이신 예수 그리스도! 제가 처음으로……."

마리아는 숨이 막혔다.

예수가 마리아를 보고 미소를 지었다.

"그렇습니다. 당신은 부활을 이 지상에서 사람의 아들이 사명을 완수한 것을 제일 먼저 보고 안 사람입니다. 나의 충실한 마리아. 이 부활을 예루살렘에 있는 나의 형제들에게 알려주시오. 그리하여 그들 앞에 내가 다시 나타날 수 있는 길을 닦아 준비하시오. 자, 이제 가서 나의 증인으로, 당신이 여자로서 말할 수 있는 사람들을 통하여 이 세상 모든 사람들에게 이 사실을 선포하시오."

그리고 나서 예수는 마리아에게 말했다.

"내 앞에 무릎을 꿇으시오, 마리아."

마리아는 두 손을 모으고 무릎을 꿇었다.

예수는 그녀의 머리에 두 손을 올려놓으며 말했다.

"막달라 마리아, 나는 당신에게 하늘에 계신 내 아버지의 성령으로 세례를 줍니다. 당신은 주 하나님 나라에서 영원히 살게 되고 축복을 받을 것입니다. 예수 그리스도의 이름으로 세례를 줍니다. — 아멘."

이상한 느낌이 마리아를 덮쳐왔다. 마치 그 분의 손바닥에'못 자국' 아직도 남아 있는 두 손을 통하여 전해져 오는 이해할 수 없는 힘과 평화를 느꼈다.

예수가 그녀의 머리에서 두 손을 떼자, 마리아는 경이감으로 가득 차서 예수를 올려다보았다.

"마리아, 당신은 주님 안에서 나와 동등한 하나님의 성령에 의해 세례를 받았습니다. 다른 사람들을 위하여, 내가 나의 아버지이시며 당신의 아버지이시고, 나의 하나님이시며 당신의 하나님이신 그 분께로 올라간 후에 성령을 보낼 것입니다. 우리의 하나님께서 살려주시는 가장 귀중하고 위대한 선물이니 성령을 소중하게 잘 새겨두시오. 축복 받은 마리아! 자, 이제 가서 다른 사람들에게 당신이 직접보고 나와 대화한 모든 것을 알리도록 하시오."

마리아는 그 자리에 선 체로 몸을 떨었다.

"당신의 어머니이신 마리아께 먼저 알릴까요?"

예수가 말했다.

"그 분이 지금 당신을 기다리고 있습니다."

마리아는 다시 눈물이 쏟아졌으나, 그것은 기쁨의 눈물이었다.

마리아는 온 길을 되돌아 정신없이 뛰어갔다. 그녀의 가슴은 노래를 부르고 있었다. 지나가던 사람들이 이상한 시선으로 그녀를 바라보았으나 아랑곳하지 않았다. 예수의 어머니 마리아가 머물고 있는 곳으로 곧장 달려갔다.

마리아는 그녀에게 영광스러운 소식을 전하고는 한없는 행복에 젖어 서로 껴안으며 주 하나님께 감사하였다.

그리고나서 마리아는 다비드가에 있는 숙소로 뛰어갔다. 문을 박차고 뛰어들어가며 큰 소리로 외치며 소식을 전했다.

"베드로, 야고보 사도님! 그리고 여러분! 전 우리 주님을 뵈었습니다. 그 분과 대화를 나누었어요. 우리 주님이신 예수께서 죽음에서 부활하셨습니다. 부활은 사실이었습니다. 지금 예수께서는 살아계십니다."

— 성녀 막달라 마리아 · 끝

지은이 : 프란시스 윌슨· 윈스롭 부부
『성녀 막달라 마리아』는 프란시스 윌슨, 윈스롭 부부의 네 번째 종교 소설임. 이들 윌슨 부부는 기독교 신앙의 초창기에 이르는 광범위한 조사와 연구, 특히 교황청 초기에 관련된 역사· 지리· 풍속 등을 연구함. 고대 역사와 구약시대의 비교 연구를 통해 기독교의 가르침과 유태인들의 전통과 관습에 대한 역사적 고찰을 독자들이 이해하도록 많은 글을 써서 발표하였다.

성녀 막달라 마리아

2006년 9월 5일 초판인쇄
2006년 9월 10일 초판발행

지은이 | 프란시스 윌슨 · 윈스롭 공저
옮긴이 | 김 성 렬
펴낸이 | 홍 철 부
펴낸곳 | **문 지 사**

등록일 | 1978. 8. 11(제 3-50호)

서울특별시 은평구 갈현1동 423-16
영업부 | 02) 386-8451
02) 386-8452
편집부 | 02) 382-0026
기획실 | 02) 6407-1314
팩　스 | 02) 386-8453

값 10,000원